10/18

12, AVENUE D'ITALIE. PARIS XIIIᵉ

Du même auteur
aux Éditions 10/18

À L'OMBRE DE LA GUILLOTINE, n° 3690

Série « Charlotte et Thomas Pitt »

L'ÉTRANGLEUR DE CATER STREET, n° 2852
LE MYSTÈRE DE CALLANDER SQUARE, n° 2853
LE CRIME DE PARAGON WALK, n° 2877
RESURRECTION ROW, n° 2943
RUTLAND PLACE, n° 2979
LE CADAVRE DE BLUEGATE FIELDS, n° 3041
MORT À DEVIL'S ACRE, n° 3092
MEURTRES À CARDINGTON CRESCENT, n° 3196
SILENCE À HANOVER CLOSE, n° 3255
L'ÉGORGEUR DE WESTMINSTER BRIDGE, n° 3326
L'INCENDIAIRE DE HIGHGATE, n° 3370
BELGRAVE SQUARE, n° 3438
LE CRUCIFIÉ DE FARRIERS' LANE, n° 3500
LE BOURREAU DE HYDE PARK, n° 3542
TRAITORS GATE, n° 3605
PENTECOST ALLEY, n° 3665
ASHWORTH HALL, n° 3743
BRUNSWICK GARDENS, n° 3823 (*à paraître en octobre 2005*)

Série « William Monk »

UN ÉTRANGER DANS LE MIROIR, n° 2978
UN DEUIL DANGEREUX, n° 3063
DÉFENSE ET TRAHISON, n° 3100
VOCATION FATALE, n° 3155
DES ÂMES NOIRES, n° 3224
LA MARQUE DE CAÏN, n° 3300
SCANDALE ET CALOMNIE, n° 3346
UN CRI ÉTRANGLÉ, n° 3400
MARIAGE IMPOSSIBLE, n° 3468
PASSÉ SOUS SILENCE, n° 3521
ESCLAVES DU PASSÉ, n° 3567
FUNÉRAILLES EN BLEU, n° 3640
MORT D'UN ÉTRANGER, n° 3697
THE SHIFTING TIDE (*à paraître en juin 2005*)

Série « Joseph et Matthew Reavley »

▶ AVANT LA TOURMENTE, n° 3761

ANNE PERRY

AVANT LA TOURMENTE

Traduit de l'anglais
par Jean-Noël Chatain

INÉDIT

10/18

« *Grands Détectives* »
dirigé par Jean-Claude Zylberstein

Sur l'auteur

Anne Perry, née en 1938, à Londres, est aujourd'hui célébrée dans de nombreux pays comme la « reine » du polar victorien grâce aux succès de deux séries : les enquêtes de Charlotte et Thomas Pitt (dont elle a publié le vingt-troisième titre, *Seven Dials,* en 2003), puis celle de William Monk, qui compte aujourd'hui treize titres. Anne Perry s'est depuis intéressée à d'autres périodes historiques, avec notamment *À l'ombre de la guillotine,* qui a pour cadre le Paris de la Révolution française. En 2003, elle publie *Avant la tourmente,* premier opus d'une série ambitieuse de cinq titres dans laquelle elle brosse le portrait de l'Angleterre pendant la Première Guerre mondiale. Anne Perry vit au nord d'Inverness, en Écosse.

Titre original :
No Graves as Yet

© Anne Perry, 2003.
© Éditions 10/18, Département d'Univers Poche, 2005,
pour la traduction française.
ISBN 2-264-03872-1

*Dédié à mon grand-père, le capitaine Joseph Reavley,
qui servit comme aumônier dans les tranchées
pendant la Grande Guerre.*

Et ceux qui gouvernent l'Angleterre
Et en conclave font la guerre,
Hélas, hélas pour l'Angleterre !
Ne reposent pas encore au cimetière.

      G. K. Chesterton

CHAPITRE PREMIER

C'était un magnifique après-midi de la fin juin, une journée idéale pour le cricket. Le soleil irradiait dans un ciel sans nuages et la brise soulevait à peine les jupes claires et fuselées des femmes, ombrelles à la main, sur la pelouse de Fenner's Field. En pantalons de flanelle blanche, les hommes étaient détendus et souriants.

L'équipe de St. John the Baptist était à la batte. Le lanceur de Gonville et Caius se tourna, balle en main, et courut vers la ligne du batteur. La balle s'envola et Elwyn Allard la frappa d'un coup sec et franc, l'envoyant assez loin pour marquer aisément quatre points.

Joseph Reavley se joignit aux applaudissements. Elwyn comptait parmi ses étudiants et maniait sans doute mieux la batte que la plume. Il était moins doué pour les études que son frère Sebastian, mais son caractère inspirait facilement la sympathie et il possédait un sens aigu de l'honneur.

St. John avait encore quatre batteurs en jeu, des jeunes étudiants de Cambridge venus de toute l'Angleterre et demeurant à l'université pendant les longues vacances d'été.

Elwyn marqua modestement deux points. La chaleur était brassée par une légère brise soufflant sur les plaines marécageuses plantées de digues, s'étirant sous le ciel immense vers l'est et la mer. C'était une terre ancienne et paisible, sillonnée de canaux secrets, avec des églises saxonnes ponctuant chaque village. Huit siècles et demi plus tôt, elle constituait le dernier bastion de résistance contre l'invasion normande.

Sur le terrain, un des garçons manqua une balle. Les spectateurs retinrent leur souffle. La rencontre sportive était décisive. À cause d'une faute pareille, un match pouvait se perdre et ils devraient bientôt rejouer contre Oxford. Une défaite serait catastrophique.

Derrière eux, en ville, l'horloge de la tour nord de Trinity sonna trois heures. Joseph se dit qu'il semblait incongru de songer au temps qui passe par un après-midi aussi éthéré. À quelques pas de lui, Harry Beecher croisa son regard et sourit. Beecher avait lui aussi étudié autrefois à Trinity, et l'on avait coutume de plaisanter depuis toujours en disant que l'horloge sonnait une fois pour son propre collège et une fois pour St. John.

Une ovation s'éleva comme la balle était mise hors jeu, et Elwyn fut éliminé avec le score respectable de quatre-vingt-trois points. Il quitta le terrain en remerciant la foule d'un petit signe de la main, puis Lucian Foubister le remplaça sur la ligne du batteur ; il était un peu trop osseux et maladroit, mais Joseph savait que le jeune homme se montrait plus tenace qu'on le croyait et témoignait de fulgurances extraordinaires.

La partie reprit avec un coup frappé et les acclamations fusèrent sous le ciel bleu éclatant.

Perdu dans ses pensées, Aidan Thyer, le directeur de St. John, se tenait immobile à quelques mètres de Joseph, ses cheveux de lin miroitant sous le soleil. Debout à ses côtés, sa femme Connie lui lança un regard et eut un léger haussement d'épaules. Elle portait une toilette en broderie anglaise qui s'évasait sous les hanches, tandis que la longue jupe à la mode atteignait le sol. Elle possédait l'élégance toute féminine d'une brassée de fleurs fraîches, quand bien même l'Angleterre n'avait pas connu semblable chaleur depuis des années.

À l'extrémité du terrain, Foubister frappa la balle avec gaucherie et l'envoya jusqu'aux limites. Le coup fut salué par des cris de joie et tout le monde applaudit.

Joseph sentit qu'on s'agitait dans son dos et se tourna à demi, s'attendant à voir quelque notable venu annoncer la distribution des limonades et des sandwiches. Mais c'était son propre frère, Matthew, qui se dirigeait vers lui, épaules tendues, d'une démarche sans grâce. Il arborait un complet de ville gris clair, comme s'il arrivait à l'instant de Londres.

Joseph s'avança sur la pelouse avec un sursaut d'anxiété. Pourquoi son frère venait-il ici, à Cambridge, interrompre un match du dimanche après-midi ?

— Matthew ! Que se passe-t-il ? dit-il en le rejoignant.

Son frère s'arrêta. Il avait le visage si pâle qu'on l'eût cru exsangue. Âgé de vingt-huit ans, il était son cadet de sept ans, il avait les épaules plus larges et des cheveux blonds, alors que Joseph était brun. Il se ressaisit avec difficulté et déglutit avant de recouvrer la voix :

— C'est...

Il s'éclaircit la gorge. Une sorte de désespoir se lisait dans son regard.

— Il s'agit de père et mère, articula-t-il d'une voix rauque. Ils ont eu un accident.

Joseph refusa de saisir les propos.

— Un accident ?

Matthew hocha la tête, contrôlant avec peine sa respiration saccadée.

— En automobile. Ils sont tous les deux... morts.

Pendant quelques instants, les paroles n'eurent aucune signification pour Joseph. Le visage de son père lui vint aussitôt à l'esprit, émacié et doux, les yeux bleus et francs. Il était impossible qu'il soit décédé.

— La voiture a fait une embardée, expliquait Matthew. Juste avant Hauxton Mill Bridge.

Sa voix paraissait étrange et lointaine.

Derrière Joseph, on jouait toujours au cricket. Il entendit le batteur frapper la balle et une nouvelle salve d'applaudissements.

— Joseph...

Matthew lui avait posé la main sur le bras qu'il serrait fort.

Joseph hocha la tête et tenta de parler, mais il avait comme une boule dans la gorge.

— Je suis désolé, reprit doucement son frère. J'aurais aimé ne pas devoir te l'apprendre ainsi. Je...

— Je t'en prie, Matthew. Je...

Il changea d'idée, en tentant toujours de comprendre ce qu'il se passait.

— La route d'Hauxton ? enchaîna-t-il. Où allaient-ils ?

Matthew resserra son emprise sur le bras de Joseph. Ils firent quelques pas, côte à côte, sur la pelouse baignée de soleil. La chaleur provoquait une curieuse sensation de vertige. Joseph était en sueur bien qu'il se sentît grelotter.

Matthew s'arrêta de nouveau.

— Père m'a téléphoné tard hier au soir, répondit-il d'une voix âpre, comme si les mots lui étaient insupportables. On lui avait remis un document concernant un abominable complot, susceptible de bouleverser le monde que nous connaissons... d'anéantir l'Angleterre et tout ce qui nous est cher. À jamais.

Il avait un air de défi, à présent, les muscles du cou et de la mâchoire crispés, comme s'il pouvait à peine se maîtriser.

Joseph eut l'impression que la tête lui tournait. Que devait-il faire ? Les mots n'avaient plus guère de sens. John Reavley avait occupé la fonction de député jusqu'en 1912, deux ans plus tôt. Il avait démissionné pour des raisons connues de lui seul, mais n'avait jamais perdu son intérêt pour la politique, ni son attention pour l'éthique gouvernementale. Peut-être s'était-il senti prêt à consacrer davantage son temps à la lecture, à son amour de la philosophie, à chiner chez les antiquaires et les brocanteurs, en quête d'une bonne affaire. Le plus souvent, il bavardait avec les gens, écoutait les histoires qu'on lui racontait, échangeait des plaisanteries loufoques et complétait sa collection de limericks.

— Un complot pour anéantir le pays et tout ce qui nous est cher? répéta Joseph, incrédule.

— Non, rectifia Matthew. Un complot qui *pourrait* l'anéantir. Ce n'était pas l'objectif principal, simplement une conséquence.

— Quel complot? Fomenté par qui?

La peau de Matthew était si pâle qu'elle en devenait presque grise.

— Je n'en sais rien. Il m'apportait le document... aujourd'hui.

Joseph allait demander pourquoi, puis s'interrompit. La réponse était logique; deux points au moins coïncidaient. John Reavley avait désiré que Joseph étudiât la médecine et, lorsque son fils aîné avait préféré rejoindre l'Église, John avait alors reporté son ambition sur son fils Matthew. Mais ce dernier avait choisi d'étudier l'histoire contemporaine et les langues ici, à Cambridge, avant d'entrer au Secret Intelligence Service[1]. Si une telle conspiration se préparait, John en avait naturellement informé son fils cadet, et non son aîné.

Joseph déglutit, il avait la gorge serrée.

— Je comprends.

---

1 Appelé aussi MI-6, le SIS fut créé en 1909, en qualité de section étrangère des services secrets britanniques (Secret Service Bureau). (*N.d.T.*)

Matthew relâcha légèrement son emprise sur le bras de son frère. Il avait pour sa part déjà eu le temps d'apprivoiser la nouvelle, d'en saisir la réalité. Il dévisageait Joseph avec anxiété, tout en cherchant manifestement des paroles pour l'aider à surmonter son chagrin.

Joseph fit un effort immense.

— Je comprends, répéta-t-il. Nous devons aller les voir. Où... sont-ils ?

— Au poste de police de Great Shelford, répondit son frère. J'ai mon véhicule.

— Judith est-elle au courant ?

Le visage de Matthew se contracta.

— Oui. Ils ne savaient pas où nous trouver, toi ou moi, alors c'est elle qu'ils ont appelée.

C'était logique... évident. Judith, leur plus jeune sœur, habitait encore chez leurs parents. Hannah, qui était née entre Joseph et Matthew, avait épousé un officier de marine et vivait maintenant à Portsmouth. Il était normal que la police ait téléphoné à la maison de Selborne St. Giles. Il songea à ce que devait ressentir Judith, seule au foyer à l'exception des domestiques, et sachant que ni son père ni sa mère ne rentreraient plus, ni ce soir-là ni aucun soir.

Quelqu'un l'arracha subitement à ses pensées. Il ne l'avait pas entendu approcher. Il se tourna ; Harry Beecher, dont le visage d'ordinaire narquois semblait perplexe.

— Est-ce que tout... ? commença-t-il.

Il s'interrompit en voyant le regard de Joseph.

— Est-ce que je peux aider ? dit-il simplement.

Joseph secoua à peine la tête.

— Non... il n'y a rien à faire.

Il s'employa à rassembler ses idées.

— Mes parents ont eu un accident.

Il prit une profonde inspiration et ajouta :

— Ils sont morts.

Comme les mots sonnaient creux et faux ! Ils n'évoquaient toujours rien de tangible.

Beecher en fut atterré.

— Oh, mon Dieu ! Je suis tellement navré !

— Tu veux bien... reprit Joseph.

— Tout de suite, interrompit Beecher. Je vais prévenir les gens. Vas-y.

Il lui effleura doucement le bras.

— Fais-moi savoir si je peux aider en quoi que ce soit.

— Oui, bien entendu. Merci.

Joseph secoua la tête et commença à s'éloigner, tandis que Matthew remerciait Beecher, avant de se tourner pour traverser la grande pelouse. Joseph le suivit sans regarder les joueurs. Voilà quelques instants, ils constituaient la seule réalité et, à présent, il y avait comme un espace impossible à combler entre eux et lui.

Devant le terrain de cricket, la Sunbeam Talbot de Matthew était garée sur Gonville Place. Joseph la contourna et vint s'installer sur le siège du passager. L'automobile faisait face au nord, Matthew avait sûrement cherché Joseph d'abord à St. John, puis avait traversé toute la ville jusqu'au terrain de cricket. Matthew remit le cap vers le sud-ouest, en longeant de nouveau Gonville Place, pour rejoindre enfin Trumpington Road.

Toute parole était inutile à présent ; chacun était isolé dans sa propre douleur et redoutait le moment où ils devraient affronter la preuve physique de la mort. La route familière, sinueuse, était bordée de champs prêts à être moissonnés, étincelant comme de l'or sous le soleil ; les haies et les arbres immobiles évoquaient une sorte de décor peint de l'autre côté d'un mur qui emprisonnait l'esprit. Joseph les percevait comme autant d'images miroitantes et floues.

Matthew conduisait avec concentration, les mains cramponnées au volant, même s'il devait relâcher leur emprise de temps à autre.

Au sud du village, ils tournèrent à gauche en traversant St. Giles, contournèrent le flanc de la colline pour franchir le pont des chemins de fer et entrer dans Great Shelford, puis s'arrêtèrent devant le poste de police. Un sergent à l'air morne les accueillit, le visage las, le corps voûté, comme s'il avait dû se cuirasser pour la tâche.

— J'suis terriblement désolé, m'sieu.

Il les regarda à tour de rôle, en se mordant la lèvre inférieure.

— J'aurais pas d'mandé si j'avais pas été obligé de l'faire.

— Je sais, s'empressa de répondre Joseph.

Il ne souhaitait pas discuter. Il avait besoin d'agir au plus vite tant qu'il conservait encore son sang-froid.

D'un geste discret, Matthew fit signe de poursuivre, et le sergent se tourna pour les mener à la morgue de l'hôpital, située à quelques rues de là. Tout cela était très officiel, une routine que le policier avait dû accomplir des dizaines de fois : une mort subite, les familles sous le choc, égarées, murmurant des paroles polies, cherchant à comprendre ce qui s'était passé, tout en refusant de l'admettre.

Ils quittèrent le soleil pour s'engouffrer dans la pénombre soudaine du bâtiment. Joseph passa devant. On avait ouvert les fenêtres afin de conserver une certaine fraîcheur et rendre l'atmosphère moins oppressante. Les couloirs étaient étroits, sonores, empreints d'une odeur mêlée de pierre et de phénol.

Le sergent ouvrit la porte d'une salle latérale, puis invita Joseph et Matthew à y pénétrer. Deux corps étaient étendus sur des chariots, délicatement recouverts de draps blancs.

Joseph crut que son cœur allait cesser de battre. Dans un instant, tout serait réel, irréversible ; une partie de sa vie s'achèverait. Il s'accrocha à cette seconde d'incrédulité, le dernier, précieux *moment présent*, avant que tout ne change.

L'agent de police regardait Joseph puis Matthew, attendant qu'ils soient prêts.

Matthew hocha la tête.

Le sergent souleva un drap. C'était John Reavley. Le nez aquilin familier paraissait plus gros, car ses joues étaient creusées, de même que ses yeux semblaient enfoncés. La peau de son front était meurtrie, mais quelqu'un avait nettoyé le sang. Les blessures les plus graves devaient se situer sur la poitrine, sans doute causées par le volant. Joseph chassa cette pensée, refusant de la matérialiser dans son esprit. Il souhaitait se rappeler le visage de son père tel qu'il le voyait, comme assoupi après une journée harassante, et pouvant encore s'éveiller et sourire.

— Merci, dit-il à voix haute, surpris par la maîtrise de sa voix.

Le sergent marmonna quelque chose, mais Joseph n'écouta pas. Matthew répondit. Ils s'approchèrent de l'autre corps et le policier, grimaçant de compassion, souleva le drap, d'un seul côté cette fois. C'était Alys Reavley, la joue droite et le front parfaits, la peau très pâle, mais sans contusion, les sourcils délicatement ourlés. Le côté gauche de son visage restait dissimulé.

Joseph entendit Matthew reprendre brusquement son souffle, et la pièce parut chavirer, comme s'il était ivre. Il se cramponna à son frère, dont il sentit la main se resserrer sur son poignet.

Le sergent recouvrit le visage d'Alys Reavley, commença une phrase puis changea d'avis.

Joseph et Matthew sortirent d'un pas chancelant et traversèrent le corridor pour rejoindre une petite salle isolée. Une femme en uniforme amidonné leur apporta des tasses de thé. Il était trop fort pour Joseph qui crut avoir un haut-le-cœur. Mais, après quelques instants, la chaleur le réconforta et il en but un peu.

— J'suis terriblement désolé, répéta le sergent. Si ça peut vous consoler, ça a dû s'passer très vite.

Il avait l'air misérable, les yeux caves et cernés de rose. En l'observant, Joseph se remémora malgré lui l'époque où il était pasteur, avant la mort d'Eleanor, lorsqu'il devait annoncer aux familles une tragédie et cherchait à les apaiser en s'efforçant d'exprimer une foi en accord avec les circonstances. Les gens se montraient toujours prévenants, tels des étrangers tentant de se rassembler au-dessus d'un abîme de chagrin.

— Que s'est-il passé ? s'enquit-il à voix haute.

— On sait pas encore, m'sieu, répondit l'agent.

Il avait donné son nom, mais Joseph l'avait oublié.

— L'auto a quitté la route, juste avant Hauxton Mill Bridge, poursuivit le sergent. Elle avait l'air de rouler vite, comme qui dirait...

— Ce tronçon est en ligne droite ! l'interrompit Matthew.

— Oui, j'sais bien, m'sieu, approuva le sergent. D'après les traces sur la chaussée, on dirait qu'ça s'est passé tout d'un coup, comme un pneu qu'éclate, voyez ? Difficile de garder le contrôle quand ça arrive. Y s'peut même qu'ce soient les deux pneus du même côté, comme si quelque chose sur la route les avait crevés. Ça peut vous faire décoller, qu'vous soyez bon conducteur ou non.

— La voiture est toujours là-bas ? demanda Matthew.

— Non, m'sieu, dit le policier en secouant la tête. On l'a fait transporter ici. Vous pouvez la voir, si vous voulez, mais si vous préférez pas...

— Qu'en est-il des affaires de mon père ? questionna soudain Matthew. Sa serviette, ce qu'il avait dans les poches ?

Surpris, Joseph le fustigea du regard. La requête était odieuse, comme si ces possessions avaient la moindre importance à présent. Puis il se souvint du document mentionné par son frère. Il regarda le sergent.

— Oui, m'sieu, bien sûr, acquiesça ce dernier. Vous

pouvez les voir maintenant, si vous le souhaitez vraiment, avant qu'on... les nettoie.

C'était presque une question. Il essayait de leur épargner la douleur, mais ne savait trop comment s'y prendre, pour ne pas paraître indiscret.

— Il y a un certain papier, expliqua Matthew. C'est important.

— Oh! Oui, m'sieu, dit l'agent, le visage lugubre. Dans c'cas, si vous voulez bien m'accompagner?

Il lança un regard en direction de Joseph.

Celui-ci acquiesça et les suivit. Il désirait savoir ce que pouvait bien impliquer ce document détestable. Sa première intuition le poussait à penser que cela avait peut-être un rapport avec la récente mutinerie des officiers de l'armée britannique dans le Curragh[1]. L'Irlande connaissait toujours des troubles, mais, cette fois, ça semblait pire encore qu'à l'accoutumée. Plusieurs politiciens avaient alerté l'opinion, en affirmant que cela risquait d'amener le pays à l'une des crises les plus graves qu'il ait connues depuis plus de deux cents ans. Joseph connaissait la plupart des faits, tels que les journaux les avaient décrits, mais, pour l'heure, ses pensées étaient trop disparates pour qu'il pût en tirer la moindre logique.

Le sergent les conduisit dans une autre petite pièce, où il ouvrit l'un des nombreux placards, puis un tiroir. Il en sortit avec soin une serviette en cuir détériorée, aux initiales JRR estampillées juste sous le fermoir, puis un joli sac à main de cuir brun sombre, maculé de sang. Personne n'avait encore tenté de le nettoyer.

Joseph se sentit gagné par la nausée. Peu importait désormais, il ne pouvait néanmoins oublier que ce sang était celui de sa mère. Elle était morte et ne souffrait

1. Plaine marécageuse de tourbières du comté de Kildare. (*N.d.T.*)

plus, pourtant cela comptait à ses yeux. En sa qualité de ministre de l'Église, il devait savoir placer l'esprit au-dessus du corps. La chair était éphémère, un simple réceptacle de l'âme ; on y accordait toutefois une valeur absurde. Elle était puissante, fragile et d'une réalité intense. De manière inextricable, elle représentait toujours la personne que vous aimiez.

Matthew avait ouvert la serviette et examinait les papiers qu'elle contenait, qu'il manipulait avec délicatesse. Il y avait un document en rapport avec une assurance, deux lettres, un relevé de compte.

Il fronça les sourcils et renversa la serviette. Un autre papier s'en échappa, mais ce n'était qu'un reçu pour une paire de chaussures : douze shillings et six pence. Il palpa la poche intérieure, puis les latérales : elles étaient vides. Les mains tremblantes, il regarda Joseph, reposa le porte-documents, puis s'empara du sac à main. Il prit grand soin de ne pas effleurer le sang. D'abord, il se borna à jeter un œil à l'intérieur, comme si on pouvait y apercevoir facilement un document. Puis, comme il ne trouvait rien, il se mit à examiner le contenu avec minutie.

Joseph entrevit deux mouchoirs, un peigne... Il songea aux doux cheveux de sa mère, à leurs boucles naturelles, délicates, et à la manière dont ils reposaient sur sa nuque, lorsqu'elle les relevait en chignon. Il dut fermer les yeux pour refouler ses larmes.

Lorsqu'il se ressaisit et posa de nouveau son regard sur le sac à main, Matthew contemplait l'objet d'un air confus.

— Peut-être était-ce dans ses poches à lui ? suggéra Joseph d'une voix rauque, en brisant le silence.

Matthew lui lança un regard, puis se tourna vers le sergent.

Ce dernier hésita.

Joseph regarda alentour. La pièce était nue, hormis les

placards ; c'était plus une sorte de réserve qu'un bureau. Une simple fenêtre donnait sur une cour destinée aux livraisons et sur des toits, un peu plus loin.

De mauvaise grâce, le policier ouvrit un autre tiroir et sortit une pile de vêtements déposés sur un morceau de toile cirée. Ils étaient trempés d'un sang sombre, déjà en train de sécher. Il fit de son mieux pour le cacher, en tendant à Matthew le veston uniquement.

Son visage plus blême encore, Matthew saisit le vêtement et, de ses doigts gourds, fouilla les poches l'une après l'autre. Il trouva un mouchoir, un canif, deux cure-pipes, un bouton dépareillé et un peu de monnaie. Aucun papier. Il leva les yeux vers Joseph, sourcils froncés.

— Peut-être est-il dans la voiture ? suggéra son frère.
— C'est fort possible.

Matthew resta un instant immobile. Joseph savait ce qu'il pensait : malheureusement, il allait devoir inspecter le reste des vêtements... juste au cas où. Il fut consterné de voir combien il refusait farouchement ce contact avec l'odeur intime, familière. La mort n'était pas encore réelle, la douleur qu'elle provoquait était à peine naissante, mais il connaissait son cheminement ; c'était comme s'il revivait la perte d'Eleanor. Ils devaient poursuivre l'examen sans quoi il leur faudrait revenir plus tard, si le document ne se trouvait pas dans le véhicule.

Mais il était forcément dans la voiture, il le fallait. Dans la boîte à gants ou l'une des poches latérales. C'était curieux qu'il ne l'ait pas glissé dans sa serviette, parmi les autres papiers ! N'est-ce pas ce que n'importe qui aurait fait d'instinct ?

Le sergent attendait.

Matthew battit des paupières.

— Pouvons-nous voir le reste, je vous prie ? demanda-t-il.

Les deux frères inspectèrent les affaires, tout en essayant de détacher leur esprit des gestes que leurs mains accomplissaient. Il n'y avait aucun papier, sauf un petit reçu dans la poche du pantalon de leur père.

Ils replièrent les vêtements et les reposèrent en pile sur la toile cirée. Il y eut un moment embarrassant. Joseph ne savait trop qu'en faire. Il ne désirait certes pas les conserver. Pas plus que les confier à des étrangers, comme des objets sans importance.

— Pouvons-nous les emporter ? s'enquit-il d'une voix heurtée.

Matthew leva soudain la main. Puis la surprise s'évanouit sur son visage, comme s'il comprenait.

— Oui, bien sûr, répondit l'agent. J'vais juste vous les emballer.

— Nous pourrions voir l'automobile, s'il vous plaît ? demanda Matthew.

Ils durent attendre une autre demi-heure : la voiture était encore sur la route d'Hauxton. Après deux tasses de thé, on les emmena au garage, où se trouvait la Lanchester jaune qu'ils connaissaient bien, déchiquetée et broyée. Le moteur était dévié et à moitié enfoncé dans le siège passager. Les quatre pneus avaient éclaté. Personne n'aurait pu s'en sortir vivant.

Matthew ne bougea pas, tentant de garder son équilibre.

Joseph tendit la main vers lui, content de pouvoir s'en rapprocher.

Matthew se redressa et rejoignit l'autre côté du véhicule, où la portière du chauffeur était ouverte, ballante. Il ôta sa veste et retroussa les manches de sa chemise.

Joseph gagna l'encadrement sans vitre de la portière du passager, tout en évitant de regarder le sang sur le siège, puis il ouvrit la boîte à gants d'un geste sec.

Rien à l'intérieur, hormis une petite boîte en fer-blanc de sucres d'orge et une paire de gants de rechange pour la conduite. Il lança un regard à Matthew, et vit ses yeux écarquillés et confus. Aucun document dans la porte latérale. Joseph prit l'atlas routier et le feuilleta, vide lui aussi.

Ils inspectèrent le reste de la voiture du mieux qu'ils purent, en se forçant à ignorer le sang, le cuir déchiré, le métal froissé et les éclats de verre : rien là non plus. Joseph finit par s'extraire du véhicule, les épaules et les coudes meurtris par les parties saillantes de ce qui avait été des sièges et de la carcasse déformée des portières. Il s'était également écorché les phalanges et cassé un ongle en tentant de soulever un morceau de métal.

Il s'adressa à Matthew.

— Il n'y a rien, dit-il.

— Non...

Son frère plissa le front. Il avait la manche droite déchirée et le visage taché de sang.

Quelques années plus tôt, Joseph lui aurait sûrement demandé s'il pouvait le certifier, mais Matthew était désormais au-delà d'une telle condescendance fraternelle. Il avait beau être son cadet, cela n'avait plus d'importance.

— Où cela pourrait-il bien se trouver ? préféra-t-il demander.

Matthew hésita. Il respirait lentement.

— Je l'ignore, admit-il.

Il paraissait abattu, le visage assombri par la fatigue. Ce document méritait qu'il s'y raccroche, comme quelque chose sur quoi il pourrait exercer un certain contrôle.

Joseph comprenait l'importance que cela revêtait pour son frère. John Reavley avait souhaité voir l'un de ses fils embrasser la carrière médicale. Il avait cru éperdument qu'il s'agissait de la plus noble des vocations. Joseph avait entamé sa médecine pour faire plaisir à son père, puis s'était trouvé submergé par son incapacité à influer sur la quasi-totalité des souffrances dont il était le témoin. Il connaissait ses limites et avait vu clairement ce qui constituait sa force et sa véritable mission. Il avait répondu à l'appel de l'Église et mis à profit son don des langues en étudiant le grec et l'hébreu. À l'instar des corps, les âmes avaient besoin d'être soignées. John Reavley s'en était satisfait et avait reporté son rêve sur son second fils.

Mais Matthew avait refusé tout net et orienté ses compétences vers les services secrets. John Reavley avait été amèrement déçu. Il détestait l'espionnage et tout ce qui s'y rapportait. Qu'il ait fait appel au diagnostic professionnel de Matthew au sujet de ce document prouvait à quel point il le jugeait important.

Matthew aurait pu ainsi lui faire profiter de son expérience, mais il n'en aurait plus jamais l'occasion. C'était en partie ce qui causait la peine gravée sur son visage.

Joseph baissa les yeux. Montrer qu'il comprenait était peut-être indiscret en cet instant pénible.

— As-tu la moindre idée de ce que c'est? s'enquit-il, avec une urgence dans la voix, comme si cela pouvait être capital.

— Il a dit qu'il s'agissait d'un complot, répondit Matthew en se redressant. Et que c'était la trahison la plus abjecte qu'il ait jamais vue.

— Une trahison envers qui?

— Je ne sais pas. Il a dit que tout était dans le document.

— En a-t-il parlé à quelqu'un d'autre?

— Non. Il n'a pas osé. Il n'avait aucune idée des gens impliqués, mais cela remontait jusqu'à la famille royale.

Matthew parut stupéfait d'entendre l'énormité de ses propres paroles. Il dévisagea Joseph, en quête d'une réaction, d'une réponse.

Ce dernier attendit un peu trop longtemps.

— Tu n'en crois rien!

La voix de Matthew était rude; lui-même ne savait trop s'il s'agissait ou non d'une accusation. Lisant dans les yeux de son frère, Joseph constata que la propre certitude de Matthew vacillait.

Joseph cherchait à sauver un détail dans ce brouillard.

— A-t-il dit qu'il apportait le document ou qu'il allait seulement t'en parler? A-t-il pu l'avoir laissé à la maison? Dans le coffre-fort, peut-être?

— Il était nécessaire que je le voie, affirma Matthew, en rabaissant les manches de sa chemise avant de reboutonner les poignets.

— Pour faire quoi? poursuivit Joseph. N'aurait-il pas mieux valu pour lui qu'il te dise de quoi il retournait — il était parfaitement capable de le mémoriser —, et décide ensuite comment agir, tout en gardant le document à l'abri?

L'idée ne manquait pas de logique. Matthew se détendit.

— Je suppose. Nous ferions mieux d'aller à la maison, de toute façon. Nous devrions être auprès de Judith. Elle est seule. J'ignore même si elle a averti Hannah. Quelqu'un devra lui envoyer un télégramme. Elle viendra, bien sûr. Et nous devrons connaître l'horaire de son train, pour aller la chercher.

— Oui, en effet, concéda Joseph. Il y aura toutes sortes de préparatifs.

Il ne souhaitait pas y songer pour l'instant; cela relevait de l'intime, de l'irrévocable — accepter que le décès était réel et qu'on ne pourrait jamais faire revivre le passé. C'était fermer une porte à clé.

Ils quittèrent Great Shelford en empruntant des chemins tranquilles. Le village de Selborne St. Giles semblait toujours le même dans la douce lumière dorée du soir. Ils passèrent devant le moulin en pierre, aux murs baignés par l'eau de la rivière. Le bief était aussi lisse qu'une toile cirée et réfléchissait le suave bleu laqué du ciel. Une voûte de chèvrefeuille surplombait le porche menant au cimetière et l'horloge du clocher indiquait six heures et demie passées. Dans moins de deux heures se tiendrait l'office du soir.

Il y avait une demi-douzaine de personnes dans la rue principale, bien que les boutiques soient fermées depuis longtemps. Ils croisèrent le médecin, avec son poney et son cabriolet, qui avançait à vive allure. Il leur fit un signe chaleureux. Il ne pouvait pas être déjà au courant.

Joseph se crispa un peu. C'était l'une des tâches qui les attendaient : informer les gens.

Matthew vira à gauche, sur la petite route de la maison. Les grilles de l'allée étaient closes et Joseph sortit les ouvrir. Quelqu'un avait déjà tiré les rideaux au rez-de-chaussée, sans doute Mme Appleton, la gouvernante. Judith n'avait pas dû y songer.

Matthew descendit de l'automobile tandis que son frère parvenait à sa hauteur, et la porte s'ouvrit. Judith se tenait sur le perron. Elle avait le teint clair de Matthew, mais de lourds cheveux ondulés dans une chaude nuance châtaine. Elle était grande pour une femme et, même s'il était son frère, Joseph voyait en elle une forme singulière de beauté sauvage et vulnérable. Sa force intérieure devait encore s'affiner, mais on la devinait dans son allure et dans son paisible regard bleu-gris.

À présent, elle avait perdu toutes ses couleurs et ses paupières étaient gonflées. Elle regarda Matthew et tenta de sourire, puis descendit les quelques marches pour gagner le gravier. Joseph l'entoura de ses bras et sentit soudain son corps trembler, parcouru de sanglots.

Il ne chercha pas à l'arrêter, ni à trouver des paroles de réconfort. Il n'y avait aucune logique, aucune réponse à la douleur. Il resserra les bras autour d'elle et l'étreignit aussi fort qu'elle s'agrippait à lui. Elle ne ressemblait pas vraiment à Alys, mais la douceur de ses cheveux, la façon dont ils bouclaient serrèrent la gorge de Joseph qui réprima ses larmes.

Matthew passa devant eux. Ses pas s'évanouirent sur le plancher en bois du vestibule ; il murmura quelque chose à Mme Appleton, qui lui répondit.

Judith renifla fort et s'écarta un peu. Elle palpa la poche de Joseph en quête de son mouchoir. Elle se moucha, s'essuya les yeux et le roula en boule pour le garder à la main. Elle entra à son tour dans la demeure, précédant son frère.

— Je ne sais pas quoi faire de moi. C'est stupide, non ? dit-elle d'une voix entrecoupée. Je ne cesse d'aller d'une pièce à l'autre... comme si cela pouvait y changer quoi que ce soit !

Joseph gravit l'escalier derrière elle.

— J'ai envoyé un télégramme à Hannah mais c'est tout, poursuivit-elle. Je ne me souviens même pas de ce que j'ai dit.

Une fois dans la maison, elle se retourna et lui fit face, ignorant Henry, le retriever au poil crème qui quitta le salon au son de la voix de Joseph.

— Comment annonce-t-on aux gens une chose pareille ? Je n'arrive pas à croire que c'est vrai !

— Pas encore, admit-il en se penchant pour caresser le chien qui se frottait à sa main.

Joseph se tenait dans l'entrée familière, ornée de son escalier de chêne, la lumière de la fenêtre du palier se reflétant sur les aquarelles du mur.

— Ça viendra. Demain matin, ça va commencer.

Avec une clarté qui lui donna presque la nausée, il se rappela la première fois qu'il s'était réveillé après la mort d'Eleanor. L'espace d'un instant, tout demeurait tel que par le passé, l'année entière de leur mariage. Puis la vérité l'avait englouti comme une vague glacée et quelque chose en lui s'était figé à jamais.

Une compassion fugace se lut sur le visage de Judith,

il sut qu'elle se rappelait aussi. Il s'efforça de chasser ce souvenir. Elle était la petite dernière de la famille et avait vingt-trois ans. Il devait la protéger, ne pas songer à lui.

— Ne t'inquiète pas, dit-il avec gentillesse. Je me chargerai d'avertir les gens.

Il savait que c'était dur, comme si l'on remettait chaque fois la mort en scène.

— Il y aura d'autres choses à faire. Simplement tenir la maison, pour commencer. Des choses pratiques.

— Oh, oui, répondit-elle en recouvrant toute son attention. Mme Appleton s'occupera de la cuisine et du linge, mais je dirai à Lettie de préparer la chambre d'Hannah. Elle sera là demain. Mais il y a les courses. Je n'ai jamais fait ça. Maman s'en est toujours occupée.

Judith était fort différente de sa mère ou d'Hannah, toutes deux aimaient leur cuisine et les odeurs des plats, du linge de table propre, de l'encaustique, du savon au citron. Pour elles, tenir une maison était un art. Aux yeux de Judith, c'était comme se détourner de la vraie vie, même si, en toute honnêteté, elle ne savait pas encore à quoi ressemblerait la sienne. Joseph devinait néanmoins qu'elle ne serait pas celle d'une femme au foyer. Pour la plus grande exaspération de sa mère, Judith avait décliné au moins deux demandes en mariage tout à fait convenables.

L'heure n'était certes pas à de telles pensées.

— Demande conseil à Mme Appleton, lui suggéra Joseph.

Il contrôla sa voix non sans effort.

— Nous allons consulter les agendas et annuler les rendez-vous.

— Mère devait juger le concours floral, dit-elle en souriant et en se mordant la lèvre, les larmes aux yeux. Nous devrons trouver quelqu'un d'autre. Je ne pourrais pas m'en occuper, même si on me le demandait.

— Et les factures, ajouta-t-il. J'irai voir la banque et le notaire.

Elle se tenait toute droite au milieu de la pièce, les épaules rigides. Elle portait une blouse pâle et une jupe étroite dans les verts tendres. Elle n'avait pas encore songé à mettre du noir.

— Quelqu'un doit trier... les vêtements et les affaires. Je... dit-elle dans un sanglot, je ne suis pas encore retournée dans la chambre. Je n'y arrive pas !

Il secoua la tête, en disant :

— C'est encore trop tôt. Peu importe, nous avons bien le temps.

Elle se détendit un peu, comme si elle avait craint qu'il ne l'y contraigne.

— Du thé ?

— Oui, s'il te plaît.

Matthew se trouvait à l'office avec Mme Appleton, une femme au visage carré et doux, la mâchoire opiniâtre. Elle se tenait debout à la table, dos à la cuisinière, sur laquelle une bouilloire commençait à siffler. Elle arborait son habituelle robe bleue toute simple, et le coin droit de son tablier en coton était fripé, comme si elle l'avait utilisé machinalement pour sécher ses larmes. Elle renifla avec vigueur en regardant d'abord Judith puis Joseph, sans se soucier pour une fois d'interdire au chien d'entrer. Tout en s'éclaircissant la voix, elle se tourna vers le cadet :

— J'vais m'en occuper, m'sieu Matthew. Vous f'rez rien qu'à vous brûler, sinon. Vous avez jamais su vous débrouiller en cuisine. Contentez-vous d'emporter mes tartes à la confiture, comme si y avait personne dans la maison pour les manger. Tenez !

Elle lui arracha la bouilloire des mains et prépara le thé avec force bruits de couverts qui s'entrechoquaient.

Lettie, la femme de ménage, entra en silence, visage pâle et marqué par les larmes. Judith la pria de préparer la chambre d'Hannah, et la bonne obtempéra en quittant la pièce, soulagée d'avoir quelque chose à faire.

Reginald, l'unique homme de la domesticité vivant à demeure, fit son apparition et demanda à Joseph s'ils prendraient du vin pour le dîner et s'il devait sortir des tenues noires pour Matthew et lui.

Joseph déclina l'offre de vin, mais accepta qu'on lui prépare les vêtements de deuil. Le mari de Mme Appleton se trouvait à l'extérieur et passait son chagrin en bêchant son jardin tant aimé.

Dans la cuisine, ils s'assirent en silence autour de la table nettoyée et sirotèrent le thé chaud, chacun plongé dans ses pensées. La pièce était aussi familière que la vie elle-même. Les quatre enfants étaient tous nés dans cette demeure, où ils avaient appris à marcher et à parler, et dont ils avaient franchi le portail pour aller à l'école. Matthew et Joseph avaient quitté la maison pour se rendre à l'université, Hannah pour se marier à l'église du village. Joseph se rappelait les interminables séances d'essayage de la robe dans la chambre d'amis, avec sa sœur qui tentait de rester debout sans trop bouger, tandis qu'Alys s'affairait autour d'elle, épingles à la main et entre les lèvres, un pli ici, une pince là, bien décidée à ce que la toilette soit parfaite. Et ç'avait été le cas.

Alys ne reviendrait plus désormais. Joseph se souvenait de son parfum, toujours du muguet. La chambre en resterait imprégnée.

Hannah serait anéantie. Elle était si proche de sa mère, lui ressemblait à maints égards; elle se sentirait à jamais privée de son modèle. Elle n'aurait plus personne avec qui partager les petites victoires et les menus échecs de la vie domestique, les enfants qui grandissent, leurs progrès à l'école. Personne n'allait calmer ses angoisses, lui enseigner les simples remèdes pour une poussée de fièvre ou un mal de gorge, ou encore lui montrer la meilleure façon de raccommoder, adapter, se tirer d'affaire. C'était une complicité disparue pour toujours.

Pour Judith, ce serait différent : le sentiment d'une relation inaccomplie, comme une blessure béante, désormais impossible à panser.

Matthew posa sa tasse et regarda Joseph, attablé en face de lui.

— Je crois que nous devrions aller trier des papiers et des factures.

Il se leva et racla le sol avec sa chaise.

Judith ne parut pas remarquer les tremblements dans la voix de son frère, ni le fait qu'il tentait de l'exclure.

Joseph savait ce que Matthew voulait dire : il était temps de chercher le document. S'il existait, alors il se trouverait ici, dans la maison, même si l'on avait peine à comprendre pourquoi John ne l'avait pas emporté avec lui.

— Oui, bien sûr, répondit Joseph en se levant aussi.

Ils feraient mieux d'occuper Judith à quelque tâche. Elle n'avait pas besoin d'être mise au courant pour l'instant, sinon jamais. Il se tourna vers elle.

— Tu veux bien consulter les comptes de la maison avec Mme Appleton et regarder ce qu'il y a à faire ? Il faut peut-être annuler certaines commandes, décliner des invitations.

Elle hocha la tête, peu assurée d'avoir la force de parler.

— Vous allez rester ? s'enquit Mme Appleton en reniflant à nouveau. Que voulez-vous pour dîner, m'sieu Joseph ?

— Rien de particulier, répondit-il. Ce que vous avez.

— J'ai un saumon froid et du pudding aux fruits d'été, dit-elle, comme pour justifier le choix d'Alys.

Si c'était assez bon pour le maître et la maîtresse, ça le serait certes autant pour le nouveau chef de famille, et la terre n'allait pas s'arrêter de tourner.

— Et il y a du bon fromage d'Ely, ajouta-t-elle.
— Ce sera parfait, merci.

Il suivit alors Matthew qui se tenait déjà à la porte.

Ils traversèrent le couloir, puis le hall d'entrée, pour gagner le bureau de John Reavley qui donnait sur le jardin. La lumière brillait encore à l'horizon et dorait la cime des arbres du verger. Les feuilles miroitaient dans le vent qui se levait, tandis qu'un vol d'étourneaux formait une masse noire sur le ciel ambré et décrivait d'amples volutes dans le soleil couchant.

Joseph parcourut du regard la pièce familière, qui n'était pas sans évoquer une version ancienne de celle qu'il occupait à Cambridge. Elle contenait un simple bureau en chêne, des étagères de livres tapissant presque deux murs. Les ouvrages dataient de l'époque universitaire de John. Certains étaient en allemand. La plupart reliés en cuir, quelques-uns en toile, ou même en papier, lus et relus. Il y avait tout un lot de dessins récemment acquis sur la table, près de la fenêtre.

Au-dessus de la cheminée trônait une marine de Bonnington[1], dont la couleur hésitait entre le bleu et le vert, mais un gris lumineux mêlait les deux nuances au cœur même du tableau. Il suffisait de le contempler pour prendre une bouffée d'air frais et presque sentir le picotement du sel dans la brise. John Reavley aimait tout dans cet endroit. Chaque objet témoignait d'un moment de bonheur ou de beauté qu'il avait connu, mais le Bonnington était particulier.

Joseph s'en détourna.

— Je vais commencer par ici, dit-il en s'emparant du premier livre sur l'étagère la plus proche de la fenêtre.

Matthew s'attela au bureau.

Ils cherchèrent pendant une demi-heure avant le dîner

---

1. Richard Parkes Bonnington (1802-1828), aquarelliste, peintre et lithographe, appartenant à l'école romantique anglaise. (*N.d.T.*)

et toute la soirée qui suivit. Judith alla se coucher et, à minuit, les deux frères étaient encore en train de fouiller parmi les papiers, examinant les ouvrages pour la deuxième ou la troisième fois, allant jusqu'à déplacer les meubles. Ils finirent par s'avouer vaincus et s'obligèrent à pénétrer dans la chambre du maître de maison pour explorer les tiroirs remplis de vêtements, les tablettes contenant les affaires de toilette et les bijoux personnels, les poches des tenues suspendues dans les armoires. Aucun document.

À une heure et demie du matin, la tête lourde et les yeux en feu, comme brûlés par des grains de poussière, Joseph acheva son inspection. Il se redressa, puis remua doucement les épaules pour soulager la douleur.

— Il n'est pas ici, dit-il d'une voix lasse.

Matthew ne répondit pas tout de suite. Son regard ne quittait pas le tiroir qu'il avait inspecté de fond en comble à trois reprises.

— Père a été très clair, répéta-t-il, obstiné. Il a dit que la portée, l'audace de ce document étaient d'une ampleur qui dépassait l'imagination. C'était terrible.

Il releva la tête, les yeux cernés de rouge, en colère, comme si Joseph le défiait.

— Il ne pouvait faire confiance à quelqu'un d'autre, en raison des personnes impliquées.

L'esprit de Joseph était trop épuisé et trop affligé pour se révéler inventif, même pour épargner les sentiments de Matthew.

— Alors où est-ce? demanda-t-il. L'aurait-il confié à la banque? Ou au notaire?

Le visage de Matthew exprimait la dénégation, mais il s'accrocha à cette éventualité l'espace de quelques secondes, car il ne pouvait songer à autre chose.

— Nous devons leur parler demain, de toute façon.

Joseph s'installa sur la chaise près du bureau. Matthew était assis sur le tapis, à côté des tiroirs.

— Il ne l'aurait pas donné à Pettigrew, dit Matthew en repoussant les mèches qui lui barraient le front. Ce sont des juristes spécialisés uniquement dans les affaires de famille... testaments et patrimoine.

— Donc un endroit sûr pour cacher quelque chose de précieux et de dangereux, soutint Joseph.

Matthew lui lança un regard furieux.

— Serais-tu en train de prendre la défense de père ? D'insinuer qu'il n'était pas en train de se faire des idées à propos de quelque chose de parfaitement inoffensif ?

Joseph fut affecté par l'accusation. C'était exactement ce qu'il faisait... défendre, nier... et la perte le rendait confus et étourdi.

— Est-ce nécessaire ?

— Cesse d'être aussi raisonnable, bon sang ! répliqua Matthew d'une voix brisée, l'émotion à vif. Bien sûr. Ce n'était pas dans la voiture ! Ça n'est pas dans la maison.

Il agita violemment la main en désignant la porte et l'étage au-dessus.

— Est-ce que ça ne te semble pas assez bizarre, assez invraisemblable ? Un morceau de papier apportant la preuve d'un complot destiné à éliminer tout ce que nous aimons et ce en quoi nous croyons... qui implique jusqu'à la famille royale, mais dès que nous le cherchons, il se volatilise !

Joseph ne dit rien. Une vague idée lui vint, mais il était trop épuisé pour la saisir.

— Qu'y a-t-il ? reprit son frère d'un ton abrupt. À quoi penses-tu ?

— Est-ce que cela pourrait être en évidence ? dit Joseph en fronçant les sourcils. Quelque chose qui nous crève les yeux, mais sans que nous le reconnaissions, je veux dire ?

Matthew balaya la pièce du regard.

— Comme quoi ? Pour l'amour du ciel, Joe ! Une conspiration de cette ampleur ! Le document ne va pas être accroché au mur avec les tableaux !

Il remit les papiers dans le tiroir, se leva et le replaça dans le bureau.

— Et avant que tu t'en inquiètes, j'ai inspecté les fonds de tous les tiroirs.

— Ma foi, il y a deux possibilités, dit Joseph, poussé à l'ultime conclusion. Soit ce document existe, soit il n'existe pas.

— Tu es un génie des lapalissades! contra Matthew, amer. J'y avais déjà pensé.

— Et tu en as déduit qu'il existait? En t'appuyant sur quoi?

— Non! rétorqua son frère. J'ai juste passé la soirée à mettre la maison sens dessus dessous, parce que je n'avais rien de mieux à faire!

— Tu *n'as* en effet rien de mieux à faire. Nous devions trier les papiers, de toute manière.

Il désigna la pile mise de côté.

— Et plus vite nous le ferons, moins ce sera pénible. Nous pouvons réfléchir à ce complot tout en les regardant, cela nous rendra la tâche plus facile.

— Entendu! trancha Matthew. Je suis désolé.

De nouveau, il repoussa les épaisses mèches blondes de son front.

— Mais, en toute franchise, il avait l'air tellement sûr de ce qu'il avançait! Sa voix était chargée d'émotion, sans un soupçon de son habituelle ironie.

Il fit une petite grimace, puis reprit la parole, d'une voix cassée :

— Je sais ce que cela a dû lui coûter de m'appeler pour une raison pareille. Il détestait les services secrets. Il n'aurait rien dit s'il n'avait pas été certain de son fait.

— Alors il l'a caché dans un endroit auquel nous n'avons pas encore pensé, en déduisit Joseph, qui se leva à son tour. Va te coucher, maintenant. Il est presque deux heures et nous avons beaucoup de choses à faire.

— Hannah a envoyé un télégramme. Elle arrive par le

train de deux heures quinze. Tu veux bien aller la chercher ? s'enquit Matthew en massant ses tempes endolories. Ça va être dur pour elle.

— Oui, je sais. J'irai à la gare. Albert me conduira. Puis-je emprunter ta voiture ?

— Bien sûr.

Matthew secoua la tête, perplexe.

— Je me demande pourquoi il n'a pas conduit père, hier.

— Ou pourquoi mère l'a accompagné, renchérit Joseph. Tout cela est si étrange ! J'interrogerai Albert en chemin.

Le lendemain les tint occupés à de menues besognes accablantes. Il fallait prendre les dispositions pour les obsèques et Joseph rendit visite à Hallam Kerr, le pasteur. Assis dans le salon quelque peu austère du presbytère, il l'observait bataillant pour trouver d'improbables paroles de réconfort spirituel, mais c'était vain. Au lieu de cela, ils discutèrent des détails pratiques de la cérémonie : le jour, l'horaire, les hommages, les cantiques. C'était un rituel immuable qu'on observait dans la vieille église pour chaque décès dans le village. Son apparence familière tranquillisait, apportait l'assurance que si l'un d'entre eux parvenait au terme de son voyage, la vie elle-même poursuivait son cours. Il y avait là comme une certitude emplie de sérénité.

Juste avant le déjeuner, M. Pettigrew vint du cabinet notarial leur présenter ses condoléances et leur assura que tout était en ordre sur le plan juridique... et qu'on ne lui avait remis aucun document à garder en lieu sûr, ces derniers temps. Rien cette année-là, en tout cas. Deux ou trois titres en août 1913 constituaient les derniers dépôts. Il ne fit pas encore allusion au testament, mais ils savaient qu'il faudrait s'en occuper le moment venu.

Le directeur de la banque, le médecin et d'autres voisins leur rendirent visite ou déposèrent des fleurs et leurs cartes. Judith leur offrait du thé, qu'ils acceptaient parfois, et d'embarrassantes conversations suivaient.

En début d'après-midi, Albert Appleton conduisit Joseph en voiture à la gare de Cambridge, pour accueillir Hannah en provenance de Londres. Joseph avait pris place auprès de lui, à l'avant de la Sunbeam Talbot de Matthew.

Albert gardait un œil attentif sur la route. Il semblait fatigué, la peau parcheminée sous son hâle, et il avait négligé une petite ombre grise sur la joue en se rasant le matin. Il n'était pas homme à exprimer son chagrin, pourtant il était arrivé à St. Giles dès l'âge de dix-huit ans et avait servi John Reavley toute sa vie adulte. C'était pour lui la fin d'une époque.

— Savez-vous pourquoi mon père a pris lui-même le volant hier ? demanda Joseph, comme ils passaient à l'ombre d'une rangée d'ormes.

— Non, m'sieu Joseph, répondit Albert.

Il mettrait un certain temps avant d'appeler Joseph « Monsieur Reavley », s'il le faisait toutefois un jour.

— Sauf qu'y avait une branche du vieux prunier dans le verger qui pendait beaucoup et touchait l'herbe. Il voulait savoir si j'pouvais la sauver. J'y ai mis un tuteur, mais ça marche pas toujours, ma foi. Suffit d'un coup d'vent et elle s'arrache. Ça laisse une entaille dans le tronc et ça fait crever tout le reste. Dès qu'y fera un peu frisquet, le gel l'emportera, de toute manière.

— Je vois. Vous pouvez la sauver ?

— Vaut mieux la retirer.

— Savez-vous pourquoi ma mère est partie avec lui ?

— P't'êt' que ça lui plaisait d'l'accompagner, pardi.

Albert gardait les yeux fixés sur la route.

Joseph ne reprit la parole qu'à leur arrivée à la gare. Depuis son enfance où il rêvassait au jardin ou au verger, il savait qu'on pouvait partager une sorte de silence de bon aloi en compagnie d'Albert.

Ce dernier gara l'automobile devant le bâtiment et Joseph alla attendre sur le quai. Une demi-douzaine de personnes y patientaient, mais il évita à dessein leur regard, au cas où il aurait croisé quelqu'un de sa connaissance. Il ne souhaitait faire la conversation avec personne.

Le train arriva à l'heure, crachant de la fumée dans un grincement d'essieux. Les portières s'ouvrirent en claquant. Les gens s'interpellèrent ici et là, tout en se débrouillant tant bien que mal avec leurs bagages. Il aperçut Hannah presque aussitôt. Les autres femmes arboraient des toilettes aux couleurs estivales ou de délicats pastels. Hannah quant à elle portait un long tailleur de voyage tout noir. De la poussière maculait le bas de sa jupe fuselée, à hauteur des chevilles, tandis que des plumes sombres ornaient son chapeau par ailleurs assez austère. Elle avait le visage pâle, et ses grands yeux bruns et ses traits doux évoquaient tant Alys que, l'espace d'un instant, Joseph sentit son émotion le submerger et le chagrin l'engloutir. Il resta immobile, pendant que les gens passaient devant lui en se bousculant, incapable de réfléchir ou même de concentrer son regard.

Elle se tenait devant lui, valise en main, les larmes coulant à flots sur ses joues. Elle laissa choir son bagage sur le quai et l'attendit.

Joseph la prit dans ses bras et l'étreignit aussi fort qu'il le put. Il la sentit tressaillir. Il avait déjà tenté de préparer ce qu'il allait lui dire, mais tout lui échappait à présent. Il était ministre du culte, le seul parmi eux censé avoir la foi pour répondre à la mort et surmonter la douleur qui consumait tout de l'intérieur. Mais il avait fait l'expérience récente d'un malheur cruel et aucune parole n'avait pu l'atteindre en profondeur.

Dieu du ciel, il devait trouver quelque chose à dire à

Hannah! À quoi servait-il donc, lui, plus que les autres, s'il en était incapable?

Il se détacha d'elle enfin et porta sa valise jusqu'à la voiture, où Albert attendait.

Elle s'arrêta, contempla le véhicule inhabituel, comme si elle avait espéré trouver la Lanchester jaune. Puis, le souffle coupé par la peine, elle comprit pourquoi l'automobile n'était pas là.

Albert se remit au volant et démarra. Hannah ne disait rien, il revenait à Joseph de parler avant que le silence ne devienne pesant. Il avait déjà décidé de ne pas mentionner le document. C'était un souci inutile pour sa sœur.

— Judith sera contente de te voir, commença-t-il.

Elle le regarda avec une légère surprise et il sut aussitôt qu'elle était plongée dans ses pensées, absorbée par sa propre douleur. Comme si elle lisait en lui, elle esquissa un sourire, d'un air coupable.

Il tendit la main, paume vers le ciel, et elle s'y agrippa. Pendant quelques minutes, elle ne souffla mot, cherchant à retenir ses larmes.

— Si tu y vois la moindre logique, confia-t-elle enfin, ne me le dis pas maintenant, s'il te plaît. Je ne crois pas que je pourrais le supporter. Je ne veux pas connaître un Dieu capable de faire une chose pareille. Surtout qu'on ne me demande pas de l'aimer! Pas question!

Plusieurs explications vinrent aux lèvres de Joseph, toutes rationnelles et bibliques, mais aucune ne répondait aux besoins de sa sœur.

— Il est naturel d'avoir mal, préféra-t-il répondre. Je ne pense pas que Dieu s'attende à ce que nous acceptions cela avec calme.

— Bien sûr que si! répliqua-t-elle, la voix heurtée. « Que Ta volonté soit faite! »

Elle secoua vivement la tête.

— Enfin, je ne peux pas dire ça. C'est stupide, absurde et horrible. Il n'y a aucune bonté là-dedans.

Elle luttait pour que la colère subjugue le chagrin épouvantable qui la dévorait.

— Quelqu'un d'autre a-t-il été tué? s'enquit-elle. L'autre voiture? Elle doit bien exister. Père n'a pas tout bonnement quitté la route, quoi qu'on dise.

— Personne d'autre n'a été blessé et on n'a aucune preuve de la présence d'un autre véhicule.

— Que veux-tu dire par « preuve »? lança-t-elle, furieuse, les joues s'empourprant. Ne sois pas aussi pédant! Tellement raisonneur que ça en devient obscène! Si personne ne l'a vue, il n'y aurait pas de preuve!

Il ne la contredit pas. Elle avait besoin d'éclater contre quelqu'un et il la laissa faire, jusqu'à ce qu'ils aient dépassé les grilles et s'arrêtent devant le perron. Elle prit plusieurs inspirations, entre deux sanglots, puis se moucha et annonça qu'elle était prête. Elle parut vouloir ajouter quelque chose, une parole plus gentille, en le regardant de ses yeux embués de larmes. Enfin elle se ravisa et franchit la portière, soutenue par Albert.

Ils dînèrent en silence. De temps à autre, l'un d'entre eux évoquait de petits détails pratiques à régler, mais personne ne s'en souciait. Le chagrin était le cinquième convive et dominait tout le reste.

Joseph retourna ensuite dans le bureau de son père et s'assura qu'ils avaient bien écrit les faire-part à tous leurs amis. Il nota que Matthew avait rédigé la lettre essentielle destinée à Shanley Corcoran, l'ami le plus proche de son père. Tous deux avaient étudié ensemble à l'université: Gonville et Caius. Il serait particulièrement difficile de l'accueillir à l'église, en raison des souvenirs si lointains liés aux meilleurs moments de la vie, que sa présence remuerait.

Toutefois, partager leur peine pourrait d'une certaine manière les aider aussi. Peut-être seraient-ils ensuite capables de parler de John. Une partie de lui serait ainsi maintenue vivante. Jamais Corcoran n'en éprouverait d'ennui, ni ne laisserait la mémoire s'étioler dans quelque endroit plaisant du passé, d'où toute aspérité aurait disparu.

Vers les neuf heures et demie, l'agent de police du village se présenta. Il avait sensiblement le même âge que Matthew, mais semblait las et tourmenté.

— J'suis désolé, dit-il, en secouant la tête, les lèvres pincées. Y vont terriblement nous manquer à tous. J'n'ai jamais connu des gens meilleurs qu'eux.

— Merci, répondit Joseph avec sincérité.

Tout en retournant certes le couteau dans la plaie, ces paroles mettaient du baume au cœur. Ne rien dire, c'eût été nier leur importance.

— Dimanche, c'était un mauvais jour, de toute façon, poursuivit l'agent qui se tenait debout, mal à son aise, dans le hall d'entrée. Vous avez su c'qui s'est passé à Sarajevo?

— Non, quoi?

Joseph n'en avait cure, mais ne voulait pas paraître impoli.

— Une espèce de fou a tiré sur l'archiduc d'Autriche... et sur la duchesse aussi.

Le policier secoua de nouveau la tête.

— Morts tous les deux! J'suppose que vous avez pas eu l'temps d'lire les journaux.

— Non.

Joseph n'était qu'à moitié conscient de ce qu'il disait. Lire la presse lui était sorti de la tête. Comme si le reste du monde n'existait pas, ne faisait plus partie de leur existence.

— Je suis navré.

L'agent haussa les épaules.

— C'est loin d'ici, m'sieu. On a pas à s'inquiéter, j'imagine.

— Non. Merci d'être venu, Barker.

L'agent baissa les yeux.
— J'suis vraiment désolé, monsieur Reavley. Sans eux, ça s'ra plus jamais comme avant.
— Merci.

CHAPITRE II

Les obsèques de John et Alys Reavley se déroulèrent le matin du 2 juillet, dans l'église du village de Selborne St. Giles. C'était encore une chaude journée sans un brin d'air, et, au-dessus du porche du cimetière, le parfum du chèvrefeuille embaumait tant l'atmosphère qu'il vous rendait déjà somnolent avant midi. Dominant les tombes, les ifs semblaient poussiéreux dans la touffeur ambiante.

Le cortège arriva lentement, deux cercueils portés par des jeunes gens du village. La plupart étaient allés à l'école avec Joseph ou Matthew ; ils avaient joué au football avec eux ou passé des heures au bord de la rivière, à pêcher ou plutôt à rêvasser l'été durant. À présent, ils avançaient avec précaution, tentant d'équilibrer le poids sans trébucher. Les pierres inclinées du chemin étaient usées çà et là depuis mille ans par les fidèles, les convois funéraires et les officiants de l'époque saxonne jusqu'au monde moderne actuel du petit-fils de Victoria, George V.

Joseph leur emboîtait le pas, avec Hannah à son bras, qui peinait à conserver son sang-froid. Elle avait acheté une nouvelle robe noire à Cambridge, ainsi qu'un chapeau de paille assorti, orné d'une voilette. Elle gardait la tête haute, mais Joseph avait la forte impression qu'elle se laissait guider par lui, les yeux mi-clos. Elle avait détesté ces jours d'attente. Chacune des pièces où elle entrait lui rappelait la perte de leurs parents. Le pire, c'était la cuisine. Elle était peuplée de souvenirs : les nappes cousues par Alys, les assiettes décorées de fleurs sauvages qu'elle avait aimées, le panier plat qu'elle utilisait pour ramasser les têtes flétries des roses, la poupée de paille, achetée à la foire de Madingley. L'odeur qui y flottait évoquait les crêpes et les gâteaux au saindoux, et les savoureux friands chauds aux oignons et aux rognons.

Alys aimait acheter le cottenham double-crème veiné de bleu et le beurre au yard, plutôt qu'au poids comme aujourd'hui. C'étaient les détails qui affectaient le plus Hannah, peut-être parce qu'ils la prenaient au dépourvu : Lettie qui arrangeait les fleurs dans le mauvais vase (qu'Alys n'aurait jamais choisi) ; le chat Horatio assis dans l'arrière-cuisine, où Alys ne le lui aurait pas permis ; le livreur de poissons qui jouait les effrontés, alors qu'il n'aurait pas osé répondre auparavant. Tout cela constituait les premiers signes d'un changement irrévocable.

Matthew avançait avec Judith quelques pas derrière, tous deux tendus et regardant droit devant eux. Judith portait aussi un chapeau à voilette et une nouvelle toilette noire, dont les manches descendaient jusqu'aux poignets, et la jupe était si entravée qu'elle l'obligeait à marcher à petits pas. Judith ne l'aimait pas, mais elle lui allait à merveille.

À l'intérieur de l'église, l'air était plus frais, chargé de l'odeur de moisi des vieux ouvrages, de la pierre, et de la lourde fragrance des fleurs. Joseph les remarqua aussitôt en manquant s'étrangler de surprise. Les femmes du village avaient dû dépouiller leur jardin de toutes les fleurs blanches : roses, phlox, œillets à l'ancienne, et une multitude de marguerites de toutes les tailles, simples et doubles, disposées en berceaux. Elles formaient une sorte d'écume pâle qui se brisait sur les vieilles boiseries sculptées, puis rejoignait l'autel, étincelant aux endroits où le soleil filtrait par les vitraux. Il savait que les fleurs étaient destinées à Alys. Elle avait vécu en comblant les attentes de tout le village : modeste, loyale, toujours le sourire aux lèvres, capable de garder un secret, fière de son foyer et ravie de s'en occuper. Elle échangeait volontiers des recettes avec Mme Worth, des boutures avec Tucky Spence, même si celle-ci était un vrai moulin à paroles, et écoutait patiemment Miss Anthony parler des heures de sa nièce en Afrique du Sud.

Les villageois avaient eu plus de mal à comprendre John : un intellectuel qui avait beaucoup étudié et souvent voyagé à l'étranger. Mais une fois ici, il avait témoigné de plaisirs assez simples : sa famille et son jardin, de vieux objets de collection, des aquarelles du siècle dernier qu'il avait plaisir à restaurer et à encadrer. Il raffolait des bonnes affaires et chinait dans les boutiques d'antiquités et de curiosités, ravi d'écouter les anecdotes de gens ordinaires, pittoresques, et toujours prêt à entendre ou à raconter une plaisanterie... plus elle était longue et farfelue, plus il l'appréciait.

Le souvenir de Joseph l'accompagnait tandis que l'office débutait, et il contempla les visages familiers, tendus, tristes et confus. L'émotion l'oppressait tant qu'il ne put chanter les cantiques.

Ce fut alors à son tour de prendre la parole. Il ne souhaitait pas prêcher, ce n'était pas le moment. Hallam Kerr s'en chargerait. Joseph voulait seulement honorer la mémoire de ses parents, témoigner son amour comme un fils.

Il eut grand-peine à éviter que sa voix ne se brise, à suivre le fil de ses idées et à exprimer des paroles claires et simples. Mais cela relevait de ses compétences, après tout. L'expérience du deuil ne lui était pas étrangère et il l'avait explorée dans son esprit jusque dans les moindres recoins.

— Nous voici réunis au cœur du village, peut-être même son âme, pour dire provisoirement un au revoir à deux des membres de notre communauté qui étaient vos amis, nos parents... Je parle en mon nom, ainsi qu'en celui de mon frère, Matthew, et de mes sœurs, Hannah et Judith.

Il hésita, luttant pour dominer son émotion. On n'entendait pas le moindre frémissement, ni le moindre murmure dans l'assemblée.

— Vous les connaissiez tous deux. Vous les croisiez dans la rue jour après jour, au bureau de poste, chez les commerçants, à côté de chez vous. Et, pour la plupart, vous vous retrouviez ici. C'étaient de braves gens et nous sommes blessés et anéantis par leur disparition.

Il s'arrêta un instant, puis reprit :

— La patience de ma mère va nous manquer, son goût de l'espérance, qui n'était pas un vain mot; jamais le refus du mal ou de la souffrance, mais la paisible confiance qu'on pouvait les surmonter et l'espoir en un avenir meilleur. Nous ne devons pas la décevoir en oubliant ce qu'elle nous a enseigné. Nous devrions être reconnaissants pour chaque vie qui nous a apporté du bonheur, la gratitude consiste à chérir ce don, le garder précieusement, le mettre à profit et le transmettre à autrui sans l'altérer.

Il vit un mouvement, un hochement de têtes, une centaine de visages connus tournés vers lui, sombres et meurtris par la soudaineté du chagrin, chacun blessé dans ses propres souvenirs.

— Mon père était différent, poursuivit-il. L'esprit brillant, mais le cœur simple. Il savait écouter autrui, sans juger à la hâte. De toutes les personnes de ma connaissance, il pouvait raconter les blagues les plus longues, les plus drôles et les plus alambiquées, sans qu'elles soient jamais lestes ou malveillantes. À ses yeux, la méchanceté constituait le plus grand péché. Vous pouviez être brave et honnête, obéissant et dévoué mais, sans la gentillesse, vous aviez échoué.

Il se surprit à sourire, même si les larmes continuaient à voiler sa voix.

— Il se souciait peu des religions établies. J'ai souvenance de l'avoir vu s'endormir à l'église et s'éveiller en applaudissant, comme s'il se fût cru un instant au théâtre. L'intolérance lui était insupportable et il trouvait souvent que les croyants pouvaient se révéler comme les pires fanatiques. Mais il aurait défendu saint Paul au péril de sa vie pour ses paroles d'amour : « Si je parle la langue des hommes et des anges, et ne possède pas l'amour, je ne suis rien. »

« Sans être parfait, c'était un homme bon. Il se montrait indulgent envers les faiblesses d'autrui. Je m'emploierai volontiers à œuvrer toute mon existence durant pour que vous puissiez dire la même chose de moi, quand viendra mon tour de dire au revoir... provisoirement.

Il tremblait de soulagement en regagnant sa place auprès d'Hannah et sentit la main de sa sœur se refermer sur la sienne. Mais il savait que, sous sa voilette, elle pleurait et ne le regarderait pas.

Hallam Kerr monta en chaire, avec des paroles vibrantes et assurées, mais manquant curieusement de conviction, comme si, lui aussi, était dépassé par les événements. Il poursuivit l'office à son habitude, les mots et la musique s'entrelaçant pour former une trame éclatante, à travers l'histoire de la vie du village.

Joseph continua ensuite de remplir son devoir, plus pénible encore. Il se tint à la porte de l'église et serra les mains des gens qui tentaient maladroitement d'exprimer leur peine et leur soutien ; rares furent ceux qui y parvinrent. D'une certaine manière, l'office se révéla insuffisant ; quelque chose n'avait toujours pas été dit. C'était comme un désir, une aspiration inassouvie et Joseph le ressentait comme un vide en lui. À présent, alors qu'il en avait le plus besoin, ses paroles avaient perdu leur pouvoir. Sa dernière parcelle de certitude échappait à son emprise.

Judith et Hannah se tenaient debout côte à côte, à l'ombre du porche. Matthew n'était pas encore sorti. Joseph s'avança au soleil, pour parler à Shanley Corcoran, qui attendait à quelques mètres de là. Ce n'était pas un homme grand, et pourtant sa personnalité marquée, sa vitalité inspiraient un tel respect que personne ne s'approchait de lui, même si la plupart ne le connaissaient pas, ignoraient encore plus le génie de ses réalisations, mais ils n'auraient pas davantage compris s'ils avaient su. Le mot *scientifique* aurait dû suffire.

Il marchait maintenant vers Joseph, les deux bras tendus, la figure décomposée par le chagrin.

— Joseph, dit-il simplement.

Joseph trouva presque insupportables la chaleur de la poignée de main et l'émotion qu'elle suscitait. La familiarité d'un ami aussi proche le submergeait. Il demeurait sans voix.

Ce fut Orla Corcoran qui vint à sa rescousse. C'était une belle femme, au visage sombre et exotique.

— Joseph sait combien nous sommes peinés, mon chéri, dit-elle en posant sa main gantée sur le bras de son époux. Nous ne devrions pas nous acharner à le dire, car les mots n'existent pas pour l'exprimer. Le village attend. C'est au tour de ses habitants, et plus tôt ce devoir sera accompli, plus vite la famille pourra retrouver sa maison et sa solitude.

Elle regarda Joseph.

— Peut-être que dans quelques jours nous pourrons vous rendre visite et passer un peu plus de temps avec vous ?

— Bien sûr, répondit spontanément Joseph. Venez, je vous en prie. Je ne rentrerai pas à Cambridge avant la fin de la semaine. J'ignore les projets de Matthew... nous n'en avons pas discuté. Nous souhaitions seulement voir cette journée s'achever.

— C'est bien naturel, admit Corcoran, en lui lâchant enfin la main. Et Hannah va sans doute regagner Portsmouth.

Un pli d'anxiété se forma entre ses sourcils, comme il ajoutait :

— Je suppose qu'Archie est en mer, sinon il serait ici en ce moment ?

Joseph acquiesça.

— Oui. Mais il est probable qu'on lui accorde une permission exceptionnelle à sa prochaine escale.

Quant à Hannah, il ne pouvait rien faire pour elle. Elle devait désormais affronter cette épreuve : aider ses enfants à surmonter la disparition de leurs grands-parents. C'était la première grande perte de leur vie et ils auraient besoin de leur mère. Elle s'était déjà absentée presque toute une semaine.

— Bien sûr, si c'est possible, ajouta Corcoran.

— Pourquoi non ? répliqua Joseph, un peu sèchement. Pour l'amour du ciel, sa femme vient juste de perdre ses deux parents !

— Je sais, je sais, dit Corcoran avec douceur. Mais Archie est un officier en exercice. J'imagine que tu étais trop pris par ta propre peine pour te tenir au courant des nouvelles du monde, et l'on ne saurait t'en vouloir. Toutefois, cet assassinat à Sarajevo est tout à fait atroce.

— Oui, reconnut Joseph, sans comprendre. On les a abattus, n'est-ce pas ?

Cela avait-il de l'importance, à présent ? Pourquoi Corcoran y songeait-il... juste aujourd'hui ?

— Je suis désolé, mais...

Corcoran paraissait un peu voûté. L'impression était

si légère qu'on avait peine à la définir, mais son regard sombre évoquait davantage que le chagrin ; quelque événement à venir qui lui inspirait la crainte.

— Ce n'était pas qu'un fou avec une arme, dit-il gravement. C'est bien pire.

— Vraiment ? dit Joseph, incrédule.

— Il y avait plusieurs assassins, expliqua Corcoran sur le même ton. Le premier n'a rien fait. Le second a lancé une bombe, mais le chauffeur l'a vue venir et s'est débrouillé pour accélérer et l'éviter.

Ses lèvres se plissèrent.

— Ledit lanceur a avalé une espèce de poison, puis s'est jeté dans le fleuve, mais on l'a repêché vivant. Plusieurs personnes ont été blessées dans l'explosion de la bombe et ont dû être hospitalisées.

Il s'exprimait à voix très basse, ne souhaitant pas être entendu des gens présents dans le cimetière, même si l'affaire était de notoriété publique. Peut-être n'en avaient-ils pas compris la signification.

— L'archiduc a poursuivi sa visite selon l'emploi du temps prévu, continua-t-il, en ignorant les froncements de sourcils d'Orla. Après son discours au peuple à l'hôtel de ville, il a souhaité se rendre au chevet des blessés. Son chauffeur a tourné dans la mauvaise rue et s'est retrouvé nez à nez avec le dernier assassin, qui a bondi sur le marchepied, pour tirer sur l'archiduc dans le cou et sur l'archiduchesse dans l'estomac. Tous deux sont morts presque aussitôt.

— Je suis navré, grimaça Joseph.

Il pouvait se représenter la scène, mais, au même moment, les visages devinrent ceux de John et Alys, et le décès de deux nobles autrichiens à plus de mille kilomètres s'évanouit dans des abîmes d'insignifiance.

Corcoran s'agrippa de nouveau à son bras, dont il crut sentir sourdre toute la force.

— Ça s'est déroulé de manière chaotique, mais ça

pourrait mener à une guerre austro-serbe, dit-il paisiblement. L'Allemagne risque d'entrer dans le conflit. Le kaiser a réaffirmé hier son alliance avec l'Autriche-Hongrie.

Joseph allait le contrer, en répliquant que l'idée était trop improbable pour y réfléchir, mais il vit dans les yeux de Corcoran que celui-ci ne plaisantait pas.

— Vraiment ? reprit-il, perplexe. Il sera sans doute question de sanctions ou de réparations ? Il s'agit d'une affaire interne à l'Empire austro-hongrois, non ?

Corcoran hocha la tête en retirant sa main.

— Peut-être. S'il existe des gens sains d'esprit en ce bas monde, en effet.

— Bien sûr, voyons ! intervint Orla avec fermeté. C'est triste pour les Serbes, les pauvres, mais cela ne nous concerne pas. N'alarme pas Joseph avec de telles pensées, Shanley. Nous avons assez de notre chagrin sans aller puiser dans celui des autres.

L'arrivée de Gerald et Mary Allard, amis intimes de la famille de longue date, évita à Joseph de répondre. Elwyn était leur fils cadet, mais leur aîné, Sebastian, était un élève de Joseph, un jeune homme aux dons remarquables. Il semblait maîtriser non seulement la grammaire et le vocabulaire des langues étrangères, mais aussi leur musicalité, le sens subtil des mots et le parfum des cultures qui leur avaient donné naissance.

C'est Joseph qui avait vu en lui un avenir prometteur et l'avait encouragé à se présenter à Cambridge, pour y étudier les langues anciennes, pas uniquement bibliques, mais aussi les grands classiques de la culture. Sebastian avait saisi l'occasion. Il travaillait avec zèle et une discipline admirable pour quelqu'un d'aussi jeune, et était devenu l'un des étudiants les plus brillants, en obtenant sa licence avec mention très bien. À présent, il entamait des études de second cycle avant d'embrasser une carrière d'érudit et de philosophe, voire de poète.

Mary croisa le regard de Joseph et lui sourit, le visage empreint de compassion.

Gerald s'avança. C'était un homme agréable, aux cheveux blonds, plutôt séduisant dans le genre simple, sans distinction. Joseph les présenta en quelques mots aux Corcoran, lesquels prirent ensuite congé.

— Je suis vraiment désolé, murmura Gerald en secouant la tête. Vraiment désolé.

— Merci.

Joseph aurait aimé répondre quelque chose d'intelligent et brûlait de s'en aller.

— Elwyn est ici, bien sûr.

Mary désigna discrètement par-dessus son épaule son fils qui parlait à Pettigrew, le notaire, et auquel il tentait d'échapper pour rejoindre ses parents.

— Hélas, Sebastian est à Londres, poursuivit-elle. Un engagement qu'il n'a pas pu remettre.

Elle était mince, avec des traits sévères, saisissants, des cheveux sombres, et une fine carnation olivâtre.

— Mais je suis certaine que vous savez combien il compatit.

Gerald s'éclaircit la voix comme pour exprimer quelque chose — sans doute son désaccord, à en croire l'ombre qui voila ses yeux —, mais il se ravisa.

Joseph les remercia encore et s'excusa pour parler à quelqu'un d'autre.

Cela semblait interminable : la gentillesse, le chagrin, l'embarras... mais l'épreuve s'acheva enfin. Il aperçut Mme Appleton, lugubre et le visage pâle, tandis qu'elle saluait le pasteur avant de rentrer. Tout était déjà prêt pour recevoir leurs amis proches. On avait aussi donné congé à Lettie et Reginald, mais ils seraient tous deux de retour pour aider à débarrasser.

La maison ne se situait qu'à six cents mètres de l'église et à pas lents les gens franchissaient par petits groupes le porche du cimetière, puis empruntaient la route qui traversait le village écrasé de soleil, en direction de la demeure des Reavley. Ils se connaissaient tous et leurs vies étaient intimement liées les unes aux autres. Ils s'étaient rendus à pied aux baptêmes, aux mariages, aux enterrements, par ces rues tranquilles ; ils s'étaient disputés et réconciliés, avaient ri ensemble, échangé des potins et s'étaient mutuellement mêlés de leurs affaires pour le meilleur ou pour le pire.

À présent, ils s'unissaient dans la peine et rares étaient ceux qui avaient besoin de trouver des mots pour la définir.

Joseph et Hannah les reçurent sur le perron. Matthew et Judith se trouvaient déjà à l'intérieur, elle au salon, lui sans doute parti chercher du vin.

On accueillit la dernière personne et Joseph tourna les talons pour lui emboîter le pas. Il traversait le vestibule quand il aperçut son frère devant lui, qui sortait du bureau de John, le visage plissé par l'inquiétude.

— Joseph, y es-tu allé ce matin ?

— Dans le bureau ? Non. Pourquoi ? As-tu perdu quelque chose ?

— Non. Je n'y suis pas retourné depuis la nuit dernière, jusqu'à ce que j'y passe à l'instant.

— Si tu n'as rien perdu, alors qu'y a-t-il ?

— J'ai été le dernier à quitter la maison, ce matin, répondit Matthew, en gardant la voix basse, afin que personne ne l'entende au salon. Après Mme Appleton, et elle n'est pas revenue... elle a assisté à l'enterrement du début à la fin.

— Bien sûr qu'elle y était !

— Quelqu'un est venu ici, répliqua Matthew sans hésitation. Je sais parfaitement où j'ai tout laissé. Il s'agit des papiers. Ils sont tous bien rangés et j'en ai laissé dépasser quelques-uns, pour repérer où j'en étais.

— Horatio ? suggéra Joseph en songeant au chat.

— La porte était fermée.

— Mme Appleton a dû... commença Joseph. Que veux-tu dire ?

— Quelqu'un se trouvait ici pendant que nous étions tous aux obsèques, répondit Matthew. Personne n'aurait remarqué Henry en train d'aboyer, et il était enfermé dans le jardin d'hiver. Je ne vois pas ce qui a disparu... et ne me dis pas qu'il s'agit d'un voleur qui se serait introduit dans la maison. J'ai moi-même fermé à clé et je n'ai pas oublié la porte de derrière. Et un voleur n'éplucherait pas les papiers de père ; il prendrait l'argenterie et les objets de décoration faciles à déplacer. Le vase à écusson et à bordure d'argent se trouve toujours sur le manteau de cheminée, et les tabatières sur la table, sans parler du Bonnington, qui est assez petit pour être transporté.

Joseph se mit à réfléchir à toute vitesse, les idées les plus folles fourmillant dans sa tête, mais, avant qu'il pût les formuler, Hannah sortit de la salle à manger. Elle les dévisagea à tour de rôle.

— Qu'est-ce qui ne va pas ? demanda-t-elle aussitôt.

— Matthew a égaré quelque chose, c'est tout, répondit Joseph. Je vais voir si je peux l'aider à le retrouver. Je reviens dans un instant.

— Est-ce important maintenant ? rétorqua-t-elle, la voix prête à se briser. Pour l'amour du ciel, viens parler aux gens ! Ils t'attendent ! Tu ne peux pas me laisser toute seule ! C'est horrible !

— Je préférerais chercher d'abord, répondit Matthew avant que Joseph trouve quoi répondre.

Il présentait un visage pitoyable et obstiné, tandis qu'il ajoutait :

— Es-tu montée à l'étage depuis que tu es rentrée ?

Elle le dévisagea, incrédule, les yeux écarquillés.

— Non, bien sûr que non ! Nous avons invité la moitié du village à la maison, à moins que tu ne l'aies pas remarqué ?

Matthew lança un regard à Joseph.

— C'est important, dit-il posément. Je suis navré. Je redescendrai dans une minute. Joe?

Il prit une profonde inspiration et s'avança vers l'escalier.

Joseph le suivit, laissant leur sœur fulminer dans le vestibule. Lorsqu'ils parvinrent sur le palier, Matthew se tint à l'entrée de la chambre de leurs parents et regarda alentour. C'était si tristement familier, aujourd'hui, et, aussi loin qu'il remonte dans ses souvenirs, il l'avait toujours connu : la commode de chêne sombre contenant les brosses de son père et le coffret en cuir, offert par Alys, pour ranger les boutons de manchette et de col; la coiffeuse de sa mère, avec le miroir ovale sur un support qui nécessitait une cale en papier pour rester dans le bon angle; les plateaux et les coupelles en cristal taillé pour les épingles à cheveux, la poudre, les peignes; l'armoire avec le carton à chapeaux au-dessus.

C'est là que Joseph était venu annoncer à sa mère qu'il allait abandonner la médecine, car il ne pouvait supporter son impuissance à calmer la douleur. Il savait combien son père serait déçu. John l'avait souhaité avec une telle ardeur, sans jamais avoir expliqué pourquoi. Il en dirait peu, mais ne comprendrait pas, et son silence se révélerait bien plus accablant qu'une accusation ou l'exigence d'explications.

Et Joseph était venu ici plus tard, afin d'annoncer à Alys qu'il allait épouser Eleanor. C'était un jour d'hiver, la pluie éclaboussait la fenêtre. Elle avait relevé ses cheveux magnifiques, après s'être changée pour le dîner.

Il se força à revenir dans le présent.

— Quelque chose a disparu? demanda-t-il à voix haute.

— Je ne pense pas, répondit Matthew, sans pénétrer encore dans la pièce. Mais c'est possible, car les choses ont changé.

— En es-tu certain ?

Question stupide s'il en était, car il savait que son frère n'en était pas sûr. Il voulait simplement nier la réalité qui s'installait de plus en plus fermement, à chaque minute, dans son esprit.

— Je ne vois rien, ajouta-t-il.

— Attends une minute, dit Matthew en levant la main comme pour empêcher Joseph de passer, alors que celui-ci n'avait pas bougé. Il y a quelque chose... C'est juste que je n'arrive pas à mettre le doigt dessus. C'est... rangé. Ça ne ressemble pas à une pièce qu'on vient de quitter à l'instant.

— Mme Appleton ? s'enquit Joseph.

— Non. Elle ne reviendra pas ici de sitôt. Elle aurait encore l'impression de jouer les intruses, comme si elle agissait dans le dos de maman.

— Judith ? Ou Hannah ?

— Non, affirma-t-il, visiblement sûr de lui. Hannah a pu jeter un coup d'œil, mais elle n'oserait pas toucher à quoi que ce soit, pas encore. Et Judith n'y mettra pas du tout les pieds. Du moins... Je vais poser la question, mais je ne pense pas.

Il respira profondément.

— Ce sont les oreillers. Ce n'est pas la manière dont mère les disposait, et personne ici ne les remettrait de cette façon.

— N'est-ce pas ainsi que la plupart des gens les arrangent ?

Joseph contempla le grand lit avec la courtepointe cousue main et les taies d'oreiller assorties, placées côte à côte. Tout cela semblait parfaitement banal, comme dans n'importe quelle chambre. Un petit souvenir le titilla, tandis qu'il se revoyait en train d'annoncer à sa mère qu'Eleanor attendait leur premier enfant. Elle avait été si heureuse. Il se remémora son visage, et le lit derrière elle, avec les oreillers en biais, se chevauchant l'un l'autre. Cela paraissait confortable, décontracté, pas aussi classique que la disposition actuelle.

— Des gens sont venus, reconnut-il, son cœur battant si fort qu'il en avait le souffle coupé. Ils ont dû fouiller la maison pendant les obsèques.

Il sentait son pouls battre jusque dans ses oreilles.

— Ils cherchaient le document... tout comme nous ?

— Oui, répondit Matthew. Ce qui signifie qu'il existe. Père avait raison... il détenait réellement quelque chose.

Sa voix était claire et nette, juste un peu tremblante, comme s'il s'attendait à être contredit.

— Et il ne le leur a pas donné.

Joseph ravala sa salive, mesurant toute l'ambiguïté du propos.

— Ils ne l'ont toujours pas, parce qu'il ne se trouvait pas ici. Nous avons cherché partout. Alors où est-il ?

— Je n'en sais rien !

Matthew parut singulièrement déconcerté. À présent, son esprit agité devançait ses paroles.

— J'ignore ce qu'il en a fait, mais eux ne l'ont pas, sinon ils ne seraient pas encore en train de chercher.

— Qui sont-ils ? demanda Joseph.

Matthew le regarda de nouveau, perplexe, toujours troublé.

— Je n'en ai aucune idée. Je t'ai répété tout ce qu'il m'a dit.

Des bruits de voix montèrent de l'escalier. Du côté de la cuisine, une porte se ferma en claquant. Matthew et lui devaient retrouver les autres au rez-de-chaussée. C'était injuste de laisser Judith et Hannah s'occuper toutes seules des invités. Il fit mine de se tourner.

— Joe !

Il s'arrêta net. Matthew le dévisageait, les yeux sombres et fixes, hâve en dépit des pommettes hautes, si semblables aux siennes.

— Il ne s'agit pas seulement de savoir ce que ce

document est devenu et ce qu'il contient, dit-il d'une voix calme, comme s'il craignait qu'on ne les entende dans le vestibule au-dessous. Il est aussi question des personnes impliquées. Où père se l'est-il procuré? À l'évidence, nos visiteurs savent qu'il le possédait, sinon ils ne seraient pas venus fouiller ici.

Il laissa les mots en suspens, la main agrippée au châssis de la porte.

L'idée mit un certain temps à éclore dans la tête de Joseph. C'était trop grave et trop horrible pour qu'il l'admette d'emblée. Puis, quand il comprit, il ne put la désavouer.

— Était-ce un accident?

Matthew ne bougea pas. Il respirait à peine.

— Je ne sais pas. Si le document représentait réellement ce qu'il disait, et si celui ou celle à qui il l'a pris savait qu'il venait me l'apporter, alors probablement pas.

On entendit des pas au pied de l'escalier.

Joseph fit volte-face. Hannah avait la main sur la rampe, la mine blafarde, luttant pour garder son sang-froid.

— Que se passe-t-il? lança-t-elle avec brusquerie. Les gens commencent à demander où vous êtes! Vous devez leur parler, vous ne pouvez pas vous défiler comme ça. Nous avons tous l'impression que...

— Nous ne nous défilons pas, l'interrompit Joseph, en commençant à descendre.

Inutile d'effrayer sa sœur avec la vérité. Ce n'était pas le moment.

— Matthew a perdu quelque chose, mais il s'est rappelé où il l'avait rangé.

— Tu dois parler aux gens, reprit-elle lorsqu'il parvint à sa hauteur. Ils attendent cela de nous tous. Tu ne vis plus ici, mais ils étaient nos voisins et adoraient mère.

Il la prit en douceur par l'épaule.

— Bien sûr qu'ils l'adoraient. Je le sais.

Elle sourit, mais son visage trahissait encore sa contrariété et sa peine. Aujourd'hui, elle avait pris la place de sa mère et détestait tout ce que cela signifiait.

Joseph ne revit Matthew seul que juste avant le dîner. Il avait emmené Henry au jardin, dans la lumière déclinante.

Il n'entendit pas Matthew s'approcher dans l'herbe en silence derrière lui et sursauta quand le chien se retourna en remuant la queue.

— Je vais emmener Hannah à la gare demain matin, dit Matthew. Elle prendra le train de dix heures quinze. Elle arrivera tranquillement à Portsmouth avant l'heure du thé. La correspondance est bonne.

— Je suppose que je devrais rentrer à Cambridge. Il n'y a plus rien d'autre à faire ici. Pettigrew nous appellera s'il a besoin de quoi que ce soit. Judith va rester à la maison. Je présume qu'elle te l'a dit. De toute façon, Mme Appleton a besoin de s'occuper de quelqu'un.

Il prononça la dernière phrase avec une ironie désabusée. Il s'inquiétait pour Judith, comme John et Alys s'étaient fait du souci pour elle. Elle ne semblait montrer d'intérêt pour rien de précis et donnait l'impression de passer le plus clair de sa vie à perdre son temps. Maintenant que ses parents n'étaient plus de ce monde, elle devrait prendre sa propre destinée en main, mais il était trop tôt pour le lui dire.

— Combien de temps peut-elle diriger la maison avec les finances dont elle dispose, avant l'homologation du testament ? s'enquit Matthew.

Tous deux évitaient de dire ce qu'ils pensaient vraiment. Comment leur sœur allait-elle apprivoiser la douleur ? Contre qui allait-elle se rebeller, à présent qu'Alys n'était plus là ? Se connaissaient-ils suffisamment les uns les autres pour entamer ce processus d'amour, de patience, de soutien, dont ils avaient soudain la responsabilité ?

C'était trop tôt, beaucoup trop tôt. Aucun d'eux n'était encore prêt.

— Selon Pettigrew, environ une année, répondit Joseph. Plus, s'il le faut. Mais elle a besoin de faire autre chose que passer son temps avec des amis et sillonner la campagne au volant de sa voiture. Je ne crois pas que père ait jamais su où elle allait, ni à quelle vitesse elle roulait !

— Bien sûr que si ! rétorqua Matthew. À vrai dire, il était assez fier des aptitudes de Judith... et du fait qu'elle soit meilleur mécanicien qu'Albert. Je parie qu'elle utilisera une partie de son héritage pour l'achat d'une nouvelle automobile, ajouta-t-il dans un haussement d'épaules. Plus rapide et plus éblouissante que la Model T. Tant qu'elle n'opte pas pour une voiture de course !

Joseph tendit la main :

— Combien serais-tu prêt à parier ?

— Rien que je ne puisse me permettre de perdre, répondit Matthew sèchement. Je ne pense pas que nous puissions l'en empêcher.

— Comment le pourrions-nous ? Elle a vingt-trois ans. Elle fera ce qu'elle veut.

— Comme toujours, répliqua Matthew. Tant qu'elle garde le sens des réalités ! Sur un plan financier, j'entends.

Ce n'était pas ce qu'il voulait dire, et tous deux le savaient. C'était bien plus important que l'argent. Leur sœur avait besoin d'un but, de quelque chose pour surmonter sa peine.

Joseph haussa les sourcils.

— Est-ce une façon détournée de dire que la responsabilité m'incombe de le lui annoncer ?

Bien sûr. Il était l'aîné, celui qui allait prendre la place de leur père, cela valait bien plus que sa résidence à Cambridge, à cinq ou six kilomètres de là, tandis que Matthew habitait Londres. L'idée lui déplaisait, car il n'était pas préparé.

Matthew lui souriait à belles dents.

— Tout juste ! reconnut-il.

Puis son sourire s'estompa et son visage trahit ses idées noires.

— Mais nous devons faire encore quelque chose avant ton départ. Nous aurions dû y songer auparavant.

Joseph devina ce que son frère allait dire juste avant que celui-ci n'enchaîne.

— L'accident.

Ce n'était pas le mot approprié. Une moitié du visage de Matthew évoquait un bronze dans la lumière agonisante, l'ombre empêchait qu'on en distingue l'autre.

— J'ignore si nous pouvons en dire quoi que ce soit, mais nous devons essayer. Il n'a pas plu depuis ce jour-là. En vérité, c'est le plus bel été que j'aie jamais connu.

— Moi aussi, dit Joseph en détournant le regard. La finale de Wimbledon avait lieu aujourd'hui. Aucune interruption à cause du temps. Norman Brookes et Anthony Wilding.

Il ne voyait rien qui pût être davantage dénué d'importance, mais les mots lui vinrent facilement à l'esprit, ils permettaient d'échapper à la douleur.

— Shearing m'a téléphoné, répliqua Matthew. Il a dit que Brookes avait gagné et que Dorothea Chambers a remporté la finale dames.

— J'avais pensé qu'elle serait championne. Qui est Shearing ?

Il essayait de situer un ami de la famille, quelqu'un qui appelait pour s'excuser de son absence. Il caressa doucement la tête du chien.

63

— Calder Shearing, dit Matthew. Mon patron aux services secrets. Simplement pour présenter ses condoléances et, bien sûr, savoir quand je rentrerai.

Joseph l'observa de nouveau.

— Et ce sera quand ?

Matthew avait le regard fixe.

— Demain, une fois que nous serons allés sur la route d'Hauxton. Nous ne pouvons pas rester ici indéfiniment. Nous devons tous reprendre le cours de notre vie, et plus nous tarderons à partir, plus ce sera difficile.

L'idée d'une telle violence délibérée était horrible. Il ne pouvait supporter que des gens aient pu organiser et perpétrer le meurtre de ses parents. Pourtant, l'autre éventualité, c'était que John Reavley ait manqué de son habituel esprit incisif et logique, au point de fuir une menace irréelle, en imaginant des horreurs. C'était pire, Joseph refusait d'y croire.

— Et si ce n'était pas un accident ?

Pourquoi cette phrase était-elle si pénible à prononcer ?

Matthew contempla le dernier rayon du soleil qui s'embrasait dans les nuages à l'horizon, vermillon et ambre, l'ombre des arbres qui s'allongeait dans les champs. La brise se chargeait d'odeurs de foin, de terre sèche et d'herbe coupée. C'était bientôt la saison des moissons. Telle une griffure ensanglantée, une poignée de coquelicots écarlates parsemait l'étendue dorée en train de s'assombrir.

— Je ne sais pas, dit Matthew. C'est tout le problème ! Nous ne pouvons en parler à personne, car nous ignorons en qui nous pouvons avoir confiance. Père ne s'est pas fié à la police, sinon il n'aurait pas apporté le document à Londres. Mais il faut que j'aille voir malgré tout. Pas toi ?

Joseph réfléchit un instant.

— Si, admit-il. Oui, je dois savoir.

L'après-midi du lendemain, le 3 juillet, Matthew et Joseph s'arrêtèrent au poste de police de Great Shelford et demandèrent qu'on leur montre sur la carte l'endroit exact de l'accident. Le sergent leur répondit à contre-cœur.

— Vous n'avez pas b'soin d'aller r'garder ça, dit-il avec tristesse. Bien sûr, vous voulez comprendre, mais y a rien à voir. Laissez tomber, m'sieu, croyez-moi.

— Merci, dit Matthew avec un sourire forcé. C'est seulement pour voir. C'est là, vous avez dit ?

Il posa le doigt sur la carte.

— Exact, m'sieu. En direction du sud.

— Il y a déjà eu des accidents auparavant ?

— Pas qu'je sache, m'sieu.

Le sergent fronça les sourcils.

— J'peux pas dire c'qui s'est passé. Mais parfois, faut pas chercher à comprendre. Les Lanchester, c'est des bonnes autos. On fait d'la vitesse avec. Quatre-vingts kilomètres à l'heure qu'ça m'étonnerait pas. Suffit d'une crevaison pour quitter la route. Ça arriverait à n'importe qui.

— Merci, dit Joseph d'un ton sec.

Il souhaitait mettre un terme à la conversation et se retrouver sur les lieux. En finir. Mais il l'appréhendait. Quoi qu'ils y trouvent, son esprit constituerait une image de ce qui s'était passé. Il se détourna et quitta le poste de police pour sortir dans l'air humide. Les nuages se massaient à l'ouest et de minuscules moucherons se posaient sur sa peau, comme autant de petites épingles noires... ils préfiguraient l'orage.

Il marcha vers l'automobile, y monta et attendit Matthew.

Ils roulèrent vers l'ouest en traversant Little Shelford et Hauxton, puis empruntèrent la route de Londres, avant de tourner au nord en direction du pont du moulin. En tout et pour tout, ils ne firent que cinq ou six kilomètres. Matthew garda le pied enfoncé sur l'accélérateur, pour tenter de devancer la pluie. Il ne prit pas la peine d'expliquer, Joseph comprit.

Il ne leur restait plus que quelques minutes avant de franchir le pont. Matthew dut freiner d'un coup pour ne pas dépasser l'endroit repéré sur la carte. Il s'arrêta sur le bas-côté dans un crissement de pneus et une gerbe de gravillons.

— Désolé, dit-il, l'air absent. Nous ferions mieux de nous presser. Il va pleuvoir d'une minute à l'autre.

Il sortit vivement du véhicule et laissa son frère lui emboîter le pas.

Ce n'était qu'à une vingtaine de mètres et il distinguait déjà le long sillon dans l'herbe, là où la voiture avait dévié pour dépasser l'accotement et s'engager sur la vaste bordure, en broyant les digitales sauvages et les genêts. Elle avait aussi déraciné un arbrisseau et déplacé quelques pierres, avant de s'écraser dans un bosquet de bouleaux, où elle avait éraflé les troncs et arraché une branche basse qui gisait à quelques mètres, ses feuilles déjà en train de flétrir.

Matthew se tint tout près des buissons de genêts et contempla le lieu.

Joseph le rejoignit. Tout à coup, il se sentit stupide et plus vulnérable que jamais. L'agent de police avait raison. Désormais, il ne pourrait plus jamais oublier.

On entendit un bruit sourd de tonnerre à l'horizon, vers l'ouest, comme le grondement menaçant de quelque bête gigantesque par-delà les arbres et les champs silencieux.

— Ça ne nous apprendra rien, dit Joseph à haute voix. L'automobile a quitté la route. Nous ne saurons jamais pourquoi.

Matthew l'ignora, les yeux toujours fixés sur le sillon laissé par le véhicule.

Joseph suivit son regard. Au moins, la mort avait dû

être rapide, presque instantanée, un instant d'effroi lorsqu'ils avaient compris qu'ils ne contrôlaient plus le véhicule, une sensation de vitesse folle, destructrice, et ensuite, peut-être, le bruit de la tôle qui se froisse et la douleur... et puis plus rien. Quelques secondes en tout, moins de temps qu'il ne fallait pour le concevoir.

Matthew se tourna et revint vers la route, à côté du sillon, en prenant soin de ne pas le piétiner... encore qu'il n'y eût rien de plus que des plantes arrachées. La terre était trop sèche pour qu'on y distingue des traces de pneus.

Joseph allait répéter qu'il n'y avait rien à voir, lorsqu'il se rendit compte que son frère s'était arrêté et observait le sol.

— Qu'est-ce que c'est ? demanda-t-il brusquement. Qu'as-tu trouvé ?

— La voiture zigzaguait, répondit Matthew. Regarde !

Il désigna le bord de la route dix mètres plus loin, où était écrasée une autre touffe de digitales.

— C'est d'abord à cet endroit qu'elle a quitté la chaussée, reprit-il. Il a essayé de la redresser, mais en vain. Une crevaison ne produirait pas cet effet, pas de cette façon, j'en ai eu une... je connais.

— Pas une crevaison, lui rappela Joseph. Tous les pneus ont éclaté.

— Alors c'est quelque chose sur la route qui l'a provoqué, dit Matthew avec conviction. Inutile d'envisager quatre crevaisons spontanées et simultanées.

Il se mit à courir jusqu'aux premières digitales écrasées, puis ralentit le pas et commença à examiner le sol.

Joseph le suivit, en scrutant le terrain. Ce fut lui qui découvrit le premier les minuscules éraflures. Il jeta un regard de biais et en vit d'autres à moins de trente centimètres, puis d'autres encore au-delà.

— Matthew !
— Oui, je les vois.

Son frère le rejoignit et s'agenouilla. Une fois qu'il les eut trouvées, ce fut facile de suivre les traces en travers de la route, séparées par un intervalle de la largeur d'un pneu ou presque. Ce n'étaient que des écorchures légères, sauf à deux endroits où l'écart avoisinait cette fois la largeur d'un essieu : plus profondes, elles formaient de vraies rainures sur la surface. Avec la chaleur, le goudron s'était ramolli et se creusait plus aisément. En hiver, il n'y aurait peut-être eu aucune marque.

— À quoi correspondaient-elles ? s'enquit Joseph.

Il essayait de comprendre ce qui avait pu faire éclater les pneus d'une voiture en train de rouler et laisser ce genre d'empreintes, sans qu'on le retrouve maintenant sur la chaussée, ni même enfoncé dans les pneus. Mais, bien entendu, personne n'avait cherché ce genre de chose.

Matthew se redressa, le visage blême.

— Ça ne peut pas être des clous, dit-il. Comment pourrais-tu placer des clous sur une route la pointe vers le haut, dans l'intention d'arrêter une voiture bien précise, et sans les laisser dans les pneus pour éviter que la police ne les découvre ?

— Il suffisait de les guetter, répondit Joseph, le cœur battant si violemment qu'il en frémissait.

Une colère froide et insupportable s'empara de lui à l'idée que n'importe qui pouvait disposer de sang-froid une telle arme sur la chaussée, avant de se tapir dans un coin, pour attendre une voiture et assister à l'accident. Il était oppressé en imaginant les malfaiteurs rejoindre l'épave, ignorer les corps meurtris et sanguinolents, peut-être encore vivants, pour se mettre en quête d'un document. Et comme ils ne l'avaient pas trouvé, partir simplement, en prenant soin de récupérer ce qui avait causé l'accident.

Matthew était revenu sur le bas-côté, mais face à l'endroit où le véhicule avait fait une embardée. De ce côté-ci se trouvait un fossé plus profond, regorgeant de feuilles de primevères. On discernait une fine ligne droite, là où elles étaient arrachées, comme si, depuis le bord du macadam, quelque chose de pointu avait lacéré le fossé et ce qui se trouvait au-delà.

Saisi de vertige, Joseph sentit son champ de vision se brouiller, à l'exception d'une image limpide en plein milieu. Il y avait un jeune bouleau près de la haie. Un bout de corde déchiqueté pendait du tronc, entamant l'écorce à environ trente centimètres du sol. Il put imaginer la force qui avait provoqué cela. Il put voir la scène... la Lanchester jaune avec John Reavley au volant et Alys sur le siège passager, sans doute à quatre-vingts kilomètres à l'heure, et roulant tout à coup sur... sur quoi ?

Il se tourna vers son frère, prêt à nier l'évidence, à effacer ce qu'il échafaudait dans sa tête.

— Une herse, dit Matthew calmement, en secouant la tête comme s'il cherchait à chasser l'idée.

— Une herse ? répéta Joseph, interdit.

— Un treillage de pointes de fer, dit Matthew en crochetant ses doigts pour lui montrer. Comme ce qu'on met dans le barbelé, mais en plus gros.

Le tonnerre gronda de nouveau, l'orage approchait. L'air était moite et étouffant.

— Au bout d'une corde, poursuivit Matthew, mais sans regarder Joseph, comme si celui-ci lui était insupportable. Ils ont dû patienter jusqu'à ce qu'ils entendent la voiture arriver. Puis, lorsqu'ils ont su que c'était la Lanchester, ils ont traversé la route en courant et tendu la herse.

Il baissa la tête un instant.

— Même si père l'a vu, dit-il d'une voix rauque, il n'y avait aucun moyen de l'éviter.

Il hésita un peu, prit une profonde inspiration.

— Ensuite, ils ont coupé la corde — au couteau, à en juger par son état, et ils ont remporté le piège.

Tout était clair, Joseph n'ajouta rien. On avait assassiné John et Alys Reavley : lui, pour le réduire au silence et récupérer le document, elle, pour s'être trouvée par hasard à ses côtés. C'était d'une monstrueuse brutalité ! Une douleur fulgurante le parcourut. Il imaginait la terreur sur le visage de sa mère, son père luttant désespérément pour contrôler le véhicule, tout en sachant qu'il échouerait... Avaient-ils pu comprendre qu'ils allaient mourir sans pouvoir rien faire l'un pour l'autre, sans avoir même le temps d'une dernière étreinte, d'un dernier mot ?

Et Joseph n'y pouvait rien. C'était fini, terminé, hors de sa portée. Seule demeurait une rage folle, éclatante. Ils allaient trouver les auteurs du meurtre. Son père, sa mère en étaient les victimes. On avait détruit des êtres précieux et bons, on les lui avait pris. Qui était responsable ? Quel genre de personnes... et pourquoi ?

Il allait faire son devoir. Il allait se montrer aimable, respectueux, honorable... mais ne souffrirait plus ainsi. C'était au-dessus de ses forces.

— Judith ne risque-t-elle rien ? demanda-t-il soudain. Et s'ils revenaient à la maison ?

La perspective de devoir lui dire la vérité l'horrifiait, mais comment pouvaient-ils l'éviter ?

— Ils n'y retourneront pas, répondit Matthew en se redressant maladroitement. Ils savent que le document n'y est pas. Mais où peut-il être, bon sang ? Je veux bien être pendu si je le sais !

Sa voix se brisait, menaçait d'échapper à son contrôle. Il regardait fixement Joseph, sollicitant son aide, afin qu'il trouve une réponse là où lui n'en avait aucune.

Le tonnerre gronda au-dessus de leurs têtes et les premières grosses gouttes tombèrent, en les éclaboussant, de leur tiédeur.

Joseph saisit son frère par le bras et ils tournèrent les

talons pour rejoindre la voiture au pas de course. Ils grimpèrent tant bien que mal dans le véhicule et bataillèrent pour rabattre la capote, tandis qu'une pluie torrentielle se déversait sur les champs et les haies, obscurcissant le pare-brise et martelant la carrosserie. Un éclair zébra le ciel.

Matthew démarra et ce fut un soulagement d'entendre le moteur ronronner. Il enclencha le levier de vitesses et s'engagea sur la route ruisselante. Ni lui ni Joseph ne prononcèrent un mot.

Quand les trombes d'eau cessèrent et qu'ils purent ouvrir les vitres, l'air était chargé du parfum de la terre mouillée. Le soleil revint, étincelant sur les routes gorgées de pluie et les haies dégoulinantes, dont la moindre feuille miroitait.

— Qu'a dit père, au juste? demanda Joseph lorsqu'il put enfin se ressaisir et s'exprimer à peu près calmement.

— J'y ai tant pensé et repensé que je n'en suis plus sûr, répondit Matthew, les yeux rivés sur la route. J'ai cru qu'il avait dit qu'il l'apportait, mais je n'en suis plus certain. Et puisqu'ils ne l'ont pas trouvé et qu'ils ont dû chercher, comme nous, il ne reste que la possibilité, semble-t-il, que père l'ait caché quelque part.

Matthew était presque calme, considérant la question comme un problème intellectuel à résoudre, dépourvu d'urgence.

— Nous devons en parler à Judith, dit Joseph, en guettant la réaction de son frère. Hormis le fait qu'elle doit fermer la maison à clé, si elle s'y trouve seule, elle a le droit de savoir. Et Hannah... mais peut-être pas encore.

Matthew restait silencieux. Un autre éclair jaillit au loin, puis un coup de tonnerre retentit vers le sud.

Joseph allait répéter sa phrase, mais son frère finit par répondre.

— Je suppose que nous devons le faire, mais laisse-moi m'en charger.

Joseph ne le contredit pas. Si Matthew pensait que Judith le laisserait se dérober le moindrement, alors il ne connaissait pas sa sœur aussi bien que lui.

Lorsqu'ils parvinrent à St. Giles, il se remit à pleuvoir. Ils étaient tous deux contents de quitter la voiture et profitèrent du fait qu'ils étaient trempés pour éviter une conversation immédiate. C'était déjà assez éprouvant de dire au revoir à Hannah, comme Albert chargeait ses bagages dans la Ford. Elle ne souhaitait pas être accompagnée à la gare.

— J'aime autant ça ! se hâta-t-elle de préciser. Si je dois fondre en larmes, laissez-moi au moins le faire ici, pas sur le quai !

Personne ne s'y opposa. Peut-être préféraient-ils aussi que cela se passe ainsi. Elle les serra à tour de rôle dans ses bras, incapable de trouver les mots nécessaires ou même de parler. Puis, relevant la tête si haut qu'elle manqua trébucher, elle suivit Albert jusqu'à l'automobile. Joseph, Matthew et Judith se tinrent sur le perron et la regardèrent s'en aller, jusqu'à ce que le véhicule disparaisse.

— Je sais ce que tu vas dire, répliqua Judith sur la défensive, alors qu'ils étaient assis dans la salle à manger, après le dîner.

Elle regarda Joseph.

— Est-ce que ce n'est pas toi qui devrais t'en charger ? le défia-t-elle, la rage dans la voix et dans les yeux. Pourquoi n'es-tu pas en train de me dire ce que je dois faire ? N'en as-tu pas le cran ? À moins que tu saches que c'est une perte de temps ? Tu es un prêtre ! Tu n'essayes même pas et c'est lâche ! Papa a toujours essayé !

Elle l'accusait de ne pas être le père, pas assez avisé, pas assez patient ou opiniâtre. Il le savait, en souffrait terriblement et pestait aussi de ne pas avoir été préparé à cette tâche. John Reavley avait disparu en laissant celle-ci à demi accomplie et personne pour le remplacer.

— Judith... commença Matthew.

— Je sais !

Elle virevolta pour lui faire face, en lui coupant la parole.

— La maison appartient à Joseph, mais je peux y vivre aussi longtemps qu'il n'en a pas besoin, et c'est le cas. Nous en avons déjà discuté. Je ne peux certes pas continuer à perdre mon temps. C'est une condition. Je dois soit me marier, soit trouver quelque chose d'utile à faire, de préférence suffisamment rémunéré pour au moins me nourrir et me vêtir !

Ses yeux étaient cernés de rouge, elle était au bord des larmes.

— Pourquoi n'as-tu pas le courage de me le dire ? Père l'aurait eu ! Et je n'ai pas besoin d'un jardinier, d'une cuisinière, d'un valet de chambre et d'une bonne pour s'occuper de moi.

Elle le dévisagea d'un air rageur.

— J'y ai réfléchi toute seule.

Dédaigneuse, elle jeta à Joseph un regard de biais.

Il en sentit toute la hargne, mais ne pouvait se défendre. C'était vrai.

— En fait, cela n'a rien à voir avec ce que j'allais te confier, reprit Matthew d'un ton amer. Joseph m'a dit que tu étais parfaitement consciente de la situation. J'allais t'expliquer pourquoi père venait me voir, le jour où il a été tué, et ce que nous avons appris depuis. J'aurais préféré t'épargner cela, mais je ne crois pas que nous puissions nous le permettre et, de toute manière, Joseph pense que tu as le droit d'être au courant.

— Au courant de quoi ? dit-elle d'une voix sourde, en se mordant la lèvre.

Son frère lui rapporta brièvement l'appel téléphonique de leur père, en reconnaissant qu'il n'était plus très sûr des paroles exactes, à présent.

— Et, pendant l'enterrement, quelqu'un a fouillé la maison, acheva-t-il. C'est pourquoi Joseph et moi sommes arrivés en retard dans la salle à manger.

— Eh bien, où se trouve ce document? s'enquit-elle, en regardant ses frères à tour de rôle.

La confusion et les débuts d'une peur panique venaient s'ajouter à sa colère.

— Nous l'ignorons, répondit Matthew. Nous avons cherché dans tous les endroits possibles. J'ai même tenté ma chance dans la buanderie, l'armurerie et la remise aux pommes, ce matin, mais nous n'avons rien trouvé.

— Alors qui l'a en sa possession?

Elle se tourna vers Joseph.

— Il existe bel et bien, non?

C'était une question qu'il n'était pas prêt à affronter. Elle défiait trop la foi en son père et il refusait d'y renoncer.

— Oui, il existe, répondit-il d'un ton sans réplique.

Il lut le doute dans les yeux de sa sœur.

— Nous sommes allés sur le tronçon de route où c'est arrivé, poursuivit-il d'un ton haché, mesuré, incisif. Nous avons vu l'endroit où la voiture a fait son embardée, là où elle a franchi l'accotement et s'est écrasée contre les arbres...

Matthew allait renchérir, mais il s'interrompit, battant des paupières, et détourna les yeux.

Judith fixa Joseph, dans l'attente d'une explication.

— Dès lors que nous avions compris ce qui s'était passé, tout s'est éclairci, continua-t-il. Quelqu'un avait utilisé une sorte de fil de fer barbelé, relié à une corde... dont l'extrémité est encore nouée au tronc d'un arbuste... et l'avait tendu à dessein sur la route. Il y avait les marques dans le macadam.

— Mais c'est un meurtre ! s'exclama-t-elle.
— Oui.

Elle se mit à secouer la tête, et il songea un instant qu'elle ne pourrait pas reprendre son souffle. Il tendit la main et elle s'y agrippa si fort qu'elle la meurtrit.

— Qu'allez-vous faire ? dit-elle. Vous allez agir, non ?

— Bien sûr ! rétorqua Matthew en levant violemment la tête. Bien sûr. Mais nous ne savons pas encore où commencer. Nous n'arrivons pas à mettre la main sur le document et nous ignorons ce qu'il contient.

— Où se l'est-il procuré ? demanda-t-elle, en tentant de retrouver un semblant de voix calme. Quel que soit celui qui le lui a confié, il devrait savoir de quoi il retourne.

Matthew fit un geste d'impuissance.

— Aucune idée ! Il pourrait s'agir de quasiment n'importe quoi : corruption gouvernementale, malversation dans les finances, même un scandale dans la famille royale, d'ailleurs. Cela pourrait être politique ou diplomatique. Voire une solution déshonorante à la question irlandaise.

— Il n'en existe aucune pour la question irlandaise, honorable ou pas, répondit-elle. Mais père est toujours resté en contact avec quelques-uns de ses anciens collègues du Parlement. Peut-être que l'un d'entre eux lui a remis ce document ?

Matthew se pencha un peu.

— Vraiment ? Connais-tu une personne qu'il fréquentait ces temps-ci ? Cela ne faisait que quelques heures qu'il l'avait quand il m'a téléphoné.

— Tu en es sûr ? demanda Joseph. Cela voudrait alors dire qu'on le lui a remis le samedi avant sa mort. Mais s'il y a réfléchi quelque temps avant de t'appeler, cela aurait pu être le vendredi ou même le jeudi.

— Commençons par le samedi, décida Matthew, en

regardant de nouveau sa sœur. Sais-tu ce qu'il a fait ce jour-là ? Était-il ici ? Est-il sorti ou quelqu'un est-il venu le voir ?

— Je n'en sais rien, dit-elle, l'air pitoyable. Je me suis moi-même absentée dans la journée. Je peux à peine me souvenir, à présent. Albert était censé faire je ne sais quoi dans le verger. La seule personne qui le saurait, ce serait... mère.

Elle ravala sa salive et respira par saccades. Elle se cramponnait toujours à la main de Joseph.

— Mais tu ne peux accepter cela ! Tu vas faire quelque chose ? Sinon, je m'en charge ! Ils ne peuvent pas s'en tirer à si bon compte !

— Oui, bien sûr que je vais m'en occuper, lui assura Matthew. Personne ne va y échapper ! Mais père a dit qu'il s'agissait d'un complot. Cela signifie que plusieurs individus sont impliqués, et nous ignorons lesquels.

— Mais... commença-t-elle.

Elle s'interrompit, baissa fortement la voix.

— J'allais dire que ça ne pouvait pas être quelqu'un de notre connaissance, mais ce n'est pas vrai, si ? C'est tout le contraire ! Ça ne pouvait qu'être une personne qui lui faisait confiance, sinon on ne lui aurait pas confié le document pour commencer.

Il ne répondit pas.

Elle laissa exploser toute sa rage et son affliction.

— Tu fais partie des services secrets ! N'est-ce pas ton lot quotidien ? À quoi sers-tu donc si tu ne peux pas mettre la main sur les assassins de nos parents ?

Elle lança un regard furieux à Joseph.

— Et si tu me dis de leur pardonner, je jure devant Dieu que je vais te frapper !

— Tu n'auras pas à le faire, promit-il. Je ne te dirai pas d'agir comme je ne peux le faire moi-même.

Elle scruta son visage, comme s'il lui apparaissait plus nettement dessiné que jamais.

— Je ne t'ai jamais entendu dire ça dans le passé, aussi pénibles qu'aient été les circonstances.

Elle se pencha et enfouit la tête au creux de son épaule.

— Joe ! Qu'est-ce qu'il nous arrive ? Comment est-ce possible ?

Il l'entoura de ses bras.

— Je ne sais pas, admit-il. Je ne sais pas.

Matthew se frotta les yeux, puis repoussa vivement ses cheveux en arrière.

— Bien sûr que je vais faire quelque chose, répéta-t-il. C'est la raison pour laquelle il m'apportait ce document.

Sa voix était chargée de fierté et de rage. Son visage était marqué par une perte désormais irrémédiable.

— Si la police avait pu s'en charger, il le lui aurait apporté.

Il regarda Joseph.

— Nous ne devons faire confiance à personne, les prévint-il tous deux. Judith, tu dois veiller à ce que la maison soit fermée à clé tous les soirs, et chaque fois que toi et les domestiques, vous êtes tous sortis... juste par précaution. Je ne pense pas qu'ils reviendront, car ils ont déjà fouillé ici, et ils savent que nous ne possédons pas le document. Mais si tu préfères t'en aller habiter chez...

— Une amie ? Non, pas question ! s'empressa-t-elle de répondre.

— Judith...

— Si je change d'avis, j'irai chez les Manning, trancha-t-elle. Je dirai que je me sens seule. Ils comprendront. C'est promis ! Mais ne m'y force pas. Je ferai ce que je veux.

— Pour changer ! répliqua Matthew avec un petit sourire inopiné et triste, comme pour briser la tension ambiante.

Elle lui adressa un regard farouche, puis son visage s'adoucit et les larmes lui vinrent aux yeux.

— Je les trouverai, affirma-t-il, la voix entrecoupée. Pas seulement parce qu'ils ont tué père et mère, mais pour les empêcher de mettre à exécution ce qui était dans le document... si nous le pouvons.

— Je suis contente que tu dises *nous*.

Elle lui rendait son sourire, à présent.

— Dis-moi ce que je peux faire.

— Dès qu'il y aura du nouveau, je n'y manquerai pas, dit-il. Promis. Mais appelle-moi si tu apprends quoi que ce soit! Ou Joseph... simplement pour discuter, si tu veux. Tu dois le faire!

— Cesse de me dire ce que je dois faire!

Mais la voix de Judith trahissait un certain soulagement. Un semblant de sécurité était revenu, quelque chose de familier, même s'il s'agissait d'une restriction à combattre.

— Mais bien entendu, je le ferai.

Elle tendit la main vers lui et ajouta :

— Merci.

CHAPITRE III

Joseph trouva son premier jour de reprise à St. John encore plus difficile que prévu. La beauté ancestrale des bâtisses apaisa toutefois son esprit. Le calme de l'ensemble demeurait indestructible, son élégance intemporelle. Ses pièces se refermèrent autour de lui comme une armure confortable. Il regarda avec plaisir la lumière miroiter çà et là sur le verre ancien des bibliothèques, dont il connaissait intimement chacun des ouvrages. Des tableaux de Florence et de Vérone décoraient le mur, entre les fenêtres qui surplombaient la cour. Et sur l'étagère trônait bien sûr le buste de Dante, ce génie de la poésie, de l'imagination, passé maître dans l'art de conter une histoire, et qui avait surtout su pénétrer la nature du bien et du mal.

Même Bertie, le chat du collège, efflanqué et noir comme de la suie, se faufila par la fenêtre et lui souhaita la bienvenue, en daignant accepter un petit morceau de chocolat.

Joseph s'était absenté assez longtemps pour que le travail s'amoncelle, et la concentration nécessaire à sa remise à jour l'aidait en quelque sorte à apaiser sa peine. Les langues de la Bible étaient subtiles et bien différentes du langage moderne. Par nature, elles faisaient référence à des notions quotidiennes, communes à toute l'humanité : les semailles et les récoltes, l'eau de la vie organique et spirituelle. Les rythmes avaient le temps de se répéter et de laisser la signification imprégner l'esprit : leur parfum et leur musique l'arrachaient au présent et ainsi à sa propre réalité.

C'étaient les amis qui lui apportaient le souvenir cruel de la perte. Il voyait la compassion dans leurs yeux, l'hésitation à en parler, à prononcer une parole dénuée de maladresse. Même s'ils en ignoraient les circonstances, tous les étudiants semblaient au moins être au courant de la mort de ses parents.

Le directeur, Aidan Thyer, s'était montré compréhensif, en demandant à Joseph s'il était certain d'être prêt à revenir aussi tôt. On l'appréciait, certes, et nul ne songeait à le remplacer, mais il devait néanmoins s'absenter davantage s'il en avait besoin.

Joseph lui répondit que cela ne lui était pas nécessaire. Toutes les tâches indispensables étaient achevées et ses responsabilités professionnelles se révélaient une bénédiction et non un fardeau. Il le remercia et promit de reprendre ses travaux dirigés le lendemain matin.

Il eut un peu de mal à retrouver le fil après son absence et dut rassembler tous ses efforts pour accomplir un travail acceptable. Il était épuisé à la fin de la journée et ravi, après le dîner, de quitter le réfectoire, avec ses fenêtres à vitraux, ornées des armoiries des bienfaiteurs remontant au début du XVIe siècle, son magnifique plafond en bois, aux solives dorées, ses murs lambrissés de chêne, sculptés en draperie et, surtout, ses personnes bavardes, bien intentionnées. Il brûlait de s'échapper vers la rivière.

Il emprunta l'étroite voûte du pont des Soupirs, un passage vitré menant aux pelouses, bel ouvrage de pierre évoquant de la dentelle de glace. Il marcherait sur l'herbe tendre des Backs[1], qui s'étendaient du Mag-

---

1. Pelouses, parcs, jardins situés derrière les collèges et traversés par la Cam. (*N.d.T.*)

dalene Bridge à Queen's College et au Mathematical Bridge, en passant devant St. John, Trinity, Gonville et Caius, Clare, et la chapelle de King's College. Peut-être pousserait-il jusqu'au bief et traverserait-il la route jusqu'à Lammas Land. Il faisait encore chaud. Le soleil ne se coucherait pas avant une heure et demie, voire davantage.

Il se trouvait sur la pente douce du pont, regardant à travers la claire-voie les reflets sur l'eau au-dessous, lorsqu'il entendit marcher derrière lui. Il se retourna et vit un jeune homme d'une vingtaine d'années. Un beau visage à l'ossature solide, les yeux clairs et la chevelure brune, dorée par le long été.

— Sebastian ! s'exclama Joseph avec plaisir.

— Docteur Reavley ! Je...

Sebastian Allard s'arrêta, s'empourpra un peu quand il se rendit compte qu'il ne trouvait rien à ajouter en la circonstance, et peut-être aussi parce qu'il avait manqué les obsèques.

— Je suis vraiment navré. Je ne saurais vous exprimer combien je me sens mal.

— Tu n'as pas à l'être, s'empressa de répondre Joseph. J'aimerais autant parler d'autre chose.

Sebastian hésita, l'indécision se devinait dans son attitude.

Joseph ne souhaitait pas le forcer, mais le garçon avait quelque chose à dire, semblait-il, et il ne pouvait pas l'éconduire. Leurs familles vivaient dans des villages voisins depuis des années, et c'était Joseph qui l'avait encouragé à poursuivre ses études. Il avait été son mentor l'an passé, à St. John. Leur amitié était de celles qui fleurissent naturellement et il ne pouvait croire qu'elle ait jamais pu ne pas voir le jour.

— Je vais me promener dans les Backs, dit Joseph. Si tu veux te joindre à moi, tu es le bienvenu.

Il sourit et commença à s'éloigner, afin que le jeune homme ne prît pas l'invitation pour une requête.

Quelques instants s'écoulèrent, soudain il entendit les pas rapides et légers qui le suivaient sur le pont, puis Sebastian et lui sortirent à la lumière. L'air était encore doux et une odeur d'herbe coupée flottait dans la brise légère. La rivière était d'huile, un calme à peine troublé par trois ou quatre bachots[1] dans sa portion au-delà de St. John et de Trinity. Debout dans le bateau le plus proche, un jeune homme en pantalon de flanelle grise et en chemise blanche s'appuyait sur la perche avec aisance, le dos au soleil.

Une jeune fille aux cheveux roux et à la peau ambrée était assise à l'arrière de la barque et le regardait en riant. Elle mangeait des cerises tirées d'un panier et laissait choir les noyaux un à un dans l'eau.

Le jeune homme les salua d'un geste de la main en les interpellant.

Joseph répondit par un signe et Sebastian l'imita.

— C'est un chic type, dit-il peu après. Il est à Caius et étudie la physique. Un sens pratique sans pareil.

Il sembla vouloir ajouter quelque chose, mais enfouit les mains dans ses poches et continua à marcher dans l'herbe.

Joseph n'éprouva pas l'envie de discuter. Le léger clapotis des perches, le courant qui lapait la coque en bois des bachots, les éclats de rire inopinés, tout cela constituait une sorte de musique. Même le chagrin ne pouvait totalement gâcher sa quiétude intemporelle.

— Nous devons protéger tout cela! reprit soudain Sebastian avec violence.

Il parlait d'une voix étouffée, les épaules tendues en se tournant à demi pour contempler les bâtisses de l'autre côté de l'eau scintillante.

---

1. Bateaux à fond plat. (*N.d.T.*)

— Tout cela ! Les idées, la beauté, la connaissance... la liberté de penser.

Il reprit sa respiration.

— Pour découvrir les choses de l'esprit. Nous avons des responsabilités envers l'humanité. Envers l'avenir.

Joseph en resta stupéfait. Il s'était abandonné à une sorte de rêverie, où l'émotion suffisait à le porter. Voilà qu'il était brutalement ramené à la réalité par les paroles de Sebastian. Ce dernier méritait une réponse réfléchie et, à en croire la passion qui animait son visage, il l'attendait.

— Tu fais surtout allusion à Cambridge ? Quel danger court-elle, selon toi ? s'enquit Joseph. L'université existe depuis plus d'un demi-millénaire et se consolide de jour en jour.

Le regard de Sebastian se fit grave. Sa peau avait pris le soleil et, dans la scintillante lumière ambrée, il paraissait quasi modelé dans de l'or.

— J'imagine que vous n'avez pas eu le temps de lire les journaux, répondit-il. Ni le désir, d'ailleurs.

Il détourna la tête, soucieux de ne pas importuner son professeur, à moins qu'il ne dissimulât ses propres sentiments.

— Pas beaucoup, reconnut Joseph. Mais je suis au courant de l'assassinat à Sarajevo et je sais que Vienne n'apprécie guère. Ils exigent une sorte de réparation de la part des Serbes. Il fallait s'y attendre, je présume.

— Si l'on occupe le pays d'autrui, on doit s'attendre à ce que ça ne lui plaise pas ! rétorqua Sebastian avec véhémence. Toutes sortes de réactions se révèlent alors *prévisibles*.

Il répéta le mot avec une emphase sarcastique.

— Grève et opposition à la grève, vengeance pour réparer ceci ou cela... justice, de l'autre point de vue. N'est-ce pas la responsabilité qui incombe aux penseurs d'arrêter le cycle infernal pour parvenir à un monde meilleur ?

Il agita les bras et désigna les superbes édifices se dressant sur l'autre rive, dont les façades situées à l'ouest chatoyaient encore dans la lumière.

— N'est-ce pas le but de tout ceci, nous enseigner une meilleure attitude que la loi du talion ? Ne sommes-nous pas censés ouvrir la voie d'une vertu plus élevée ?

On ne pouvait le contredire. C'était le but non seulement de la philosophie, mais aussi du christianisme, et Sebastian savait que Joseph n'en disconviendrait pas.

— Oui, admit-il.

Il chercha le confort suprême de la raison.

— Mais il y a toujours eu des conquêtes, des injustices, des rébellions... ou des révolutions, si tu préfères. Elles n'ont jamais mis en péril la soif d'apprendre.

Sebastian s'arrêta. On entendit des rires sur la rivière, où deux bachots manquèrent d'entrer en collision, alors que des jeunes gens buvant du champagne tentaient de s'atteindre pour trinquer.

Tout cela était si bon enfant, comme un hymne à la vie, que Joseph se surprit à sourire.

— Ce n'est pas facile à imaginer, n'est-ce pas ? reprit Sebastian.

— Quoi donc ?

— La destruction... la guerre, répondit l'étudiant, en se détournant de la rivière pour regarder Joseph, les yeux assombris par ses pensées.

Joseph hésita. Il ne s'était pas rendu compte à quel point Sebastian était troublé.

— Vous ne croyez pas ? dit celui-ci. Vous êtes en deuil, monsieur, et j'en suis sincèrement désolé. Mais si nous nous retrouvons entraînés dans un conflit européen, chaque famille d'Angleterre sera en deuil, non seulement de ceux que nous aimons, mais de tout cet art de vivre que nous avons nourri depuis un millénaire. Si nous laissions faire, nous serions de vrais barbares ! Et l'on pourrait nous en blâmer davantage que les Goths ou les Vandales qui ont saccagé Rome. Eux étaient dans l'ignorance. Nous, non !

Sa voix prenait des accents furieux, et il donnait l'impression qu'il allait éclater en sanglots.

— Toute l'Europe a connu la révolution en 1848, dit-il d'une voix posée, en s'efforçant de ne rien dire qui ne fût irréfutable. Elle n'a pas détruit la civilisation. En fait, elle n'a même pas aboli le despotisme comme elle était censée le faire.

C'était du bon sens, le récit pondéré des faits.

— Tout est revenu à la normale en une année.

— Vous n'êtes pas en train de dire que c'était une bonne chose ? rétorqua Sebastian comme par défi.

— Non, bien sûr que non. Je dis que l'ordre des choses est établi sur des fondations très solides, et qu'il faudra beaucoup plus que l'assassinat d'un archiduc et de son archiduchesse, aussi violent qu'il fût, pour entraîner un changement radical.

Sebastian se pencha pour ramasser une brindille qu'il lança en direction de la rivière, mais elle était trop légère et retomba avant d'atteindre l'eau.

— Vous croyez ?

— Oui, répondit Joseph avec certitude.

Les chagrins intimes pouvaient peut-être ébranler son univers personnel, mais la beauté et la nature d'une civilisation se perpétuaient, infiniment plus importantes que les destins individuels.

Sebastian contempla la rivière sans la voir, le regard voilé par sa vision intérieure.

— C'est aussi ce qu'a dit Morel, de même que Foubister. Ils pensent que le monde ne changera jamais, ou bien juste un peu à chaque fois. D'autres, comme Elwyn, pensent que même s'il y a la guerre, elle sera rapide et magnanime, la version spectaculaire d'un bon récit de Rider Haggard ou d'Anthony Hope[1]. Vous savez, *Le Prisonnier de Zenda* et ce genre de romans... Un sens élevé de l'honneur et une mort bien propre à la pointe de l'épée. Connaissez-vous la vérité sur la guerre des Boers, monsieur ?

— Je la connais en partie, dit Joseph.

Il savait que le conflit s'était révélé impitoyable et que la Grande-Bretagne avait matière à en rougir. Peut-être que les Boers aussi.

— Mais ça se passait en Afrique, reprit-il à voix haute. Et sans doute en avons-nous tiré une leçon. Ce serait différent en Europe. Il n'y a aucune raison de penser qu'il y aura la guerre, à moins que les troubles s'aggravent en Irlande et que nous perdions le contrôle de la situation.

Sebastian ne dit rien.

— Sarajevo, c'est l'acte isolé d'un groupe d'assassins, poursuivit Joseph. L'Europe ne peut quand même pas entrer en guerre à cause de cela. C'était un crime et non pas...

Sebastian se tourna vers lui, le regard étonnamment clair à la tombée du jour.

— Non pas un acte de guerre ? interrompit-il. Vous en êtes sûr, monsieur ? Moi pas. Dimanche dernier, le kaiser a réaffirmé son alliance avec l'Autriche-Hongrie, vous savez.

La surface de l'eau ondulait à peine sous la brise crépusculaire. L'air était encore doux et effleurait la peau.

— Et la Serbie jouxte l'arrière-cour de la Russie,

---

1. Henry Rider Haggard (1856-1925), auteur de romans d'aventures, chrétien fervent et économiste éclairé, il multipliera les missions pour l'Empire britannique. Sir Anthony Hope Hawkins (1863-1933). Avocat à l'origine, son roman d'aventures, *Le Prisonnier de Zenda,* le rendra célèbre en 1894. (*N.d.T.*)

continua Sebastian. Si l'Autriche se montre trop exigeante sur le plan des dédommagements, les Russes pourraient entrer dans le conflit. Et la vieille inimitié entre la France et l'Allemagne subsiste encore. Les hommes qui ont combattu dans la guerre franco-prusse sont toujours vivants et en gardent une certaine amertume.

Il se remit à marcher, peut-être pour éviter le groupe d'étudiants venant vers eux. Joseph lui emboîta le pas, passant à l'ombre des arbres, dont les feuilles bruissaient légèrement.

— On risque d'assister à une élimination injuste des Serbes, dit-il, en essayant de revenir dans le confort de la raison. Et le peuple dans son ensemble risque d'être puni pour les actes de violence perpétrés par une poignée d'individus, ce qui est un tort... évidemment. Mais rien à voir avec la catastrophe pour la civilisation que tu suggères.

À son tour, il écarta les bras pour embrasser la scène qui s'offrait à leurs yeux, laquelle se ponctuait soudain de touches d'argent et de bleu à la surface de l'eau.

— Tout ceci ne craint rien.

Joseph parlait avec une certitude inébranlable. Il s'agissait d'un millénaire de progrès ininterrompu vers une humanité encore plus remarquable.

— Nous serons toujours là, à étudier, à explorer, à créer notre propre harmonie, à ajouter aux richesses de l'humanité.

Sebastian le dévisagea, partagé entre la colère et la pitié, presque avec tendresse.

— Vous y croyez, n'est-ce pas ?

Puis il continua à marcher sans attendre de réponse. Son mouvement semblait l'exclure, en quelque sorte.

— Que va-t-il se passer, selon toi ? demanda Joseph avec fermeté.

— Les ténèbres, répondit le jeune homme. La suffisance sans la lucidité, sous le courage d'agir. Et il faut du courage ! Il faut voir au-delà des évidences, de la confortable moralité dont tout le monde s'accommode, et de comprendre qu'à certaines périodes, de terribles périodes, la fin justifie les moyens.

Il baissa la voix.

— Même si le prix à payer est élevé. Sinon, ils nous conduiront aveuglément sur le chemin d'une guerre telle que nous ne l'avons même jamais imaginée auparavant.

Il parlait d'un ton tranchant, sans l'ombre d'une hésitation.

— Plus question de quelques charges de cavalerie ici et là, d'une poignée d'hommes braves tués ou blessés. Ça touchera tout le monde... l'homme de la rue anéanti corps et âme par les bombardements intempestifs d'armes puissantes. Pour ce que nous en savons, ce sera la famine, la peur et la haine.

Il cligna des paupières comme le soleil dardait ses derniers rayons sur la cime des arbres.

— Pensez aux villes et aux villages que vous connaissez... St. Giles, Haslingfield, Grantchester, tout le reste... chaque fenêtre pavoisée de noir, plus de mariages, plus de baptêmes, uniquement des morts.

Sa voix baissa et s'emplit d'une tendresse douloureuse.

— Pensez à la campagne, les champs dépourvus d'hommes pour les semailles et les récoltes. Pensez aux forêts en avril, que personne ne pourra voir fleurir.

Il fit un geste en direction des toits des bâtisses.

— Ils ne songeront qu'à prendre les armes. Leur seule ambition sera de tuer et de survivre.

Il se tourna de nouveau vers Joseph, les yeux clairs comme l'eau de mer sous la lumière languissante.

— Y échapper ne vaut-il pas tout l'or du monde ? Les êtres humains ne sont-ils pas sur terre pour entretenir et protéger ce que l'on nous a donné, et l'enrichir avant de le transmettre ? Regardez ! Est-ce que vous n'aimez pas tout cela à la folie ?

Joseph n'avait pas besoin de contempler le paysage pour connaître la réponse.

— Oui, dit-il gravement, avec une certitude absolue. C'est le sens même de l'existence. En définitive, c'est tout ce à quoi on peut se raccrocher.

Sebastian tressaillit, son visage parut soudain meurtri et comme vidé de sa substance.

— Je suis désolé, murmura-t-il.

Il avança la main comme pour effleurer le bras de Joseph, puis la retira.

— Mais c'est un sens universel, non ? Qui nous dépasse tous, le but, le salut même de l'humanité ?

Sa voix était pressante, elle implorait une sorte de garantie.

— Oui, reconnut Joseph avec douceur.

Il y mettait une signification plus profonde qu'il ne l'aurait imaginé, mais, comme cela s'était si souvent produit depuis qu'ils étaient amis, Sebastian employait les mots mêmes qui formulaient ses propres convictions.

— Et certes il incombe à ceux qui ont vu tout cela et en font partie de le protéger de toutes leurs forces.

Sebastian esquissa un sourire timide et se détourna, tandis qu'ils rebroussaient chemin

— Mais vous ne craignez pas la guerre, n'est-ce pas, monsieur ? La guerre au sens réel, littéral, je veux dire.

— Je nourrirais les pires craintes si je la considérais comme un réel danger, lui assura Joseph. Mais je ne le pense pas. Nous avons connu nombre de conflits par le passé et avons perdu beaucoup d'hommes. Cela ne nous a pas brisés de manière irrémédiable ; à tout le moins, cela nous a rendus plus forts.

— Pas cette fois-ci, répliqua Sebastian avec amertume. Si elle éclate, on assistera à la destruction pure et intégrale.

Joseph l'observa de biais. Il pouvait lire sur le visage du jeune homme l'amour de tout ce qui était précieux et vulnérable, tout ce qui menaçait d'être anéanti par un acte irréfléchi.

À maintes occasions, ils avaient abordé toutes sortes de sujets, sans se limiter au temps ou à l'espace : les hommes mi-humains, mi-divinités dans les légendes épiques de l'Égypte et de Babylone ; le Dieu de l'Ancien Testament, créateur de l'univers, mais qui s'adressait en personne à Moïse, tel un homme à son semblable. Ils s'étaient repus du classicisme épuré de l'âge d'or de la Grèce, de la splendeur foisonnante de Rome, de l'éclat subtil de Byzance, de la préciosité de la Perse. Tout cela avait peuplé leurs rêves. Chaque fois que Joseph avait ouvert la voie, Sebastian avait allégrement marché dans son sillage, saisissant chaque nouvelle expérience avec une joie insatiable.

La lumière avait presque disparu. La couleur irradiait uniquement l'horizon, les ombres s'épaississaient sur les Backs. L'eau pâle et lisse, comme du vieil argent, prenait une nuance indigo sous les ponts.

— Nous pourrions disparaître dans les vestiges du temps, si la guerre éclate, reprit Sebastian. Dans un millier d'années, les érudits de civilisations que nous ne saurions imaginer, jeunes et curieux, pourraient déterrer ce qu'il reste de notre passage et, à partir de quelques fragments, de morceaux d'écrits, tenter de découvrir ce que nous étions réellement. Et se tromper, ajouta-t-il tristement.

« L'anglais deviendrait une langue morte, disparue, à l'instar de l'araméen ou de l'étrusque, enchaîna-t-il avec un chagrin paisible dans la voix. Adieu l'esprit d'Oscar Wilde ou la grandeur de Shakespeare, le tonnerre de Milton, la musique de Keats ou... Dieu sait combien d'autres encore... et le pire de tout, plus d'avenir. Tout ce que cette génération pourrait accomplir. Nous devons empêcher cela... coûte que coûte !

— Il est impossible de prendre tout en charge, dit Joseph avec calme. Tout cela est infiniment précieux.

Il devait rétablir le bon sens, ramener cette crainte à des réalités inébranlables.

— On ne peut rien changer aux querelles entre l'Autriche et la Serbie, poursuivit-il. Il y aura toujours des conflits quelque part. Et à mesure que se développeront le téléphone et la TSF, nous en serons informés plus tôt. Il y a cent ans, il nous aurait fallu des semaines pour être au courant, à supposer que nous l'aurions été. Et, entre-temps, le conflit aurait été réglé. Désormais, nous le lisons dans les journaux le lendemain, alors il nous semble imminent, mais ce n'est qu'une impression. Accroche-toi aux certitudes qui perdurent.

Sebastian le regarda, le dos face au dernier rayon de lumière, aussi Joseph ne put-il pas distinguer son expression. La voix du jeune homme prenait des inflexions rauques.

— Vous ne pensez pas que c'est différent? Il y a cent ans, nous avons failli être conquis par Napoléon.

Joseph se rendit compte de l'erreur tactique qu'il avait commise en choisissant ce siècle-là comme exemple.

— Certes, mais il a échoué, répondit-il, confiant. Aucun soldat français n'a mis le pied en Angleterre, sauf en qualité de prisonnier.

— Comme vous l'avez dit, monsieur, les choses ont changé en un siècle, observa Sebastian. Nous avons des bateaux à vapeur, des aéroplanes, des armes à plus longue portée et plus destructrices que jamais. De nos jours, un vent d'ouest n'empêcherait plus les flottes d'Europe de quitter le port.

— Tu laisses tes peurs dominer ta raison, le réprimanda Joseph. Nous avons connu des époques bien plus désespérées, mais en avons toujours triomphé. Et nous sommes devenus plus forts depuis les guerres napoléoniennes, et non plus faibles. Tu dois avoir foi en nous... et en Dieu.

Sebastian émit un léger grognement, ironique et dédaigneux, comme s'il avait quelque frayeur plus ancrée en lui qu'il ne pouvait expliquer, une de celles que Joseph semblait refuser ou être dans l'incapacité de comprendre.

— Pourquoi ? répliqua-t-il amèrement. Les Israélites constituaient le peuple élu et où sont-ils, à présent ? Nous étudions leur langue comme une curiosité. Elle a de l'importance uniquement parce que c'est la langue du Christ, qu'ils ont désavoué et crucifié. Si la Bible ne parlait pas de Lui, nous ne nous intéresserions pas à l'hébreu. Nous ne pouvons dire cela de l'anglais. Pourquoi s'en rappellerait-on si nous étions envahis ? Pour Shakespeare ? Nous ne nous souvenons pas de la langue d'Aristote, d'Homère, d'Eschyle. On l'enseigne dans les meilleures écoles, à de rares privilégiés, comme la relique d'une grande civilisation du passé.

Une colère soudaine, incontrôlable, troubla sa voix, tandis que son visage se crispait de douleur.

— Je ne veux pas devenir une relique ! Je souhaite que dans mille ans les gens parlent la même langue que moi, apprécient la même beauté, comprennent mes rêves et combien ils ont compté pour moi. Je veux écrire, ou même agir, pour préserver notre essence.

Le dernier rayon de soleil n'était plus maintenant qu'une lueur pâle à l'horizon.

— La guerre nous change, même si nous en sortons vainqueurs.

Il se détourna de Joseph, comme s'il craignait s'être mis à nu.

— Trop de personnes parmi nous deviennent des barbares du cœur. Avez-vous la moindre idée du nombre de gens qui pourraient mourir ? Combien de survivants seraient rongés par la haine, dans l'Europe entière ?

Toute leur bonté dévorée par ce qu'ils auraient vu et, pire encore, ce qu'on les aurait forcés à faire ?

— Ça n'arrivera pas ! répondit Joseph.

À l'instant où les paroles s'échappaient de ses lèvres, il s'interrogea sur leur véracité.

— Si tu ne peux faire confiance au peuple, aux gouvernants, alors sache que Dieu ne permettra pas au monde de se précipiter dans le genre de destruction à laquelle tu penses. Cela servirait lequel de Ses desseins ?

Sebastian eut un léger sourire.

— Je n'en ai aucune idée ! Je ne connais pas les desseins de Dieu ! Et vous, monsieur ?

La douceur de sa voix et le « monsieur » en fin de phrase évitaient l'affront.

— Sauver les âmes humaines, dit Joseph sans hésiter.

— Et qu'est-ce que cela signifie ? rétorqua Sebastian en lui faisant face. Pensez-vous qu'il voie les choses comme je les vois ?

De nouveau, un sourire effleura ses lèvres, comme s'il se moquait de lui-même, cette fois.

Joseph fut contraint de sourire en guise de réponse, bien que la tristesse l'animât, comme si la nuit tombée allait devenir permanente.

— Pas nécessairement, concéda-t-il. Mais Il risque fort d'avoir raison.

Sebastian ne répondit pas et ils marchèrent lentement sur la pelouse, tandis que le vent se levait un peu. Les bachots étaient amarrés et les flèches de pierre de la voûte du pont des Soupirs semblaient à peine plus sombres que le ciel au-dessus.

Matthew rentra à Londres et se rendit d'abord à son appartement. Hormis le passage évident de la femme de ménage, celui-ci se trouvait dans l'état exact où il l'avait laissé, mais il s'en dégageait une impression différente. Il aurait dû avoir le confort d'un foyer. C'était là que Matthew avait vécu ces cinq dernières années, depuis son départ de l'université pour travailler dans les services secrets. L'endroit regorgeait de livres, de dessins et de peintures. Son tableau préféré, suspendu au-dessus de la cheminée, représentait des vaches dans l'angle d'un champ. Pour lui, leur rumination tranquille, leurs yeux placides et cette générosité apathique évoquaient le bon sens terrien dans toute sa splendeur. Sur le manteau étaient posés un vase en argent, offert par sa mère à l'occasion d'un Noël, ainsi qu'un poignard turc dans son fourreau richement décoré.

Mais l'appartement paraissait bizarrement vide. Matthew eut l'impression de revenir non pas au présent, mais dans le passé. La dernière fois qu'il s'était assis dans le fauteuil de cuir usé ou avait mangé à cette table, sa famille était au complet et il ignorait qu'un document se trouvait au cœur d'un complot, de violences et de secrets entraînant la mort. Le monde n'était pas tout à fait en sécurité, mais les dangers, quels qu'ils fussent, ne concernaient que de lointaines contrées et seuls certains d'entre eux affectaient l'Angleterre ou Matthew lui-même.

Il passa une longue soirée plongé dans ses pensées. C'était la première fois qu'il se retrouvait seul, hormis pour dormir, depuis qu'il avait traversé le terrain de Fenner's Field afin d'annoncer la nouvelle à Joseph. Les questions grouillaient dans sa tête.

John Reavley l'avait appelé un samedi soir, non pas chez lui, mais à son bureau du SIS. Matthew avait travaillé tard sur les problèmes irlandais, comme d'habitude. Depuis le milieu du XIXe siècle, le mouvement libéral essayait de faire passer un projet de loi visant à octroyer l'autonomie à l'Irlande et, chaque fois, les protestants de l'Ulster faisaient barrage, refusant à tout prix qu'on les sépare de force de la Grande-Bretagne pour se retrouver dans l'Irlande catholique. Ils pensaient que leur liberté de culte et leur survie économique dépendaient de leur maintien hors de cette intégration qui mènerait à la soumission.

Les gouvernements s'étaient succédé sans trouver de solution à ce problème et, à présent, le parti libéral d'Asquith sollicitait le soutien du Parlement irlandais pour conserver le pouvoir.

Shearing, le supérieur hiérarchique de Matthew, partageait avec d'autres le point de vue selon lequel la mutinerie des troupes anglaises cantonnées dans le Curragh dissimulait bon nombre de manœuvres politiques. Lorsque les hommes de l'Ulster, solidement soutenus par leurs femmes, avaient menacé de lancer une rébellion armée contre le projet de loi d'autonomie, les soldats anglais avaient refusé de prendre les armes à leur encontre. Le général Gough avait démissionné, avec tous ses officiers, après quoi sir John French, chef de l'état-major à Londres, avait également remis sa démission, aussitôt suivi par sir John Seely, ministre de la Guerre.

On ne s'étonnait pas, dans ces conditions, que Shearing et ses hommes travaillent tard. La situation risquait de se transformer en une crise aussi grave que les plus importantes de ces trois derniers siècles.

Matthew se trouvait donc à son bureau quand il avait reçu l'appel de John Reavley pour lui parler du fameux document et lui annoncer qu'il allait se rendre en voiture à Londres afin de le lui montrer, le lendemain, et espérait arriver entre une heure et demie et deux heures. Il amènerait Alys avec lui, sous prétexte de passer un après-midi en ville, pour que cette excursion passe inaperçue.

Comment quelqu'un avait-il même pu apprendre qu'il avait le document, qu'il le portait à Matthew, et connaître les horaires de son trajet ? S'il venait en automobile, l'itinéraire était évident. Une seule route desservait la capitale au départ de St. Giles.

Matthew tenta de se remémorer ce soir-là. Les bureaux étaient presque tous plongés dans le silence, occupés par une demi-douzaine à peine, peut-être deux ou trois employés. Il se revoyait debout à sa table de travail, le téléphone en main, incapable de croire ce que son père lui avait confié. Matthew avait répété ce qu'il lui avait dit pour être certain d'avoir entendu correctement.

Un frisson le parcourut. C'était donc ça? Dans le bureau paisible, quelqu'un avait surpris sa conversation? Il essaya de se rappeler qui d'autre s'était trouvé là, mais les soirées tardives se confondaient dans son esprit. Il avait entendu des pas, des voix volontairement basses pour ne pas déranger les autres. Il ne les avait sans doute pas reconnues à ce moment-là; il n'y parviendrait certes pas maintenant.

Mais il pouvait enquêter discrètement. Il pouvait au moins retrouver qui, parmi ses collègues, avait une attitude compromettante... alors qu'une semaine plus tôt il n'aurait pas hésité à leur faire confiance.

En reprenant son travail le lendemain matin, tout lui parut familier : les espaces encombrés, le plancher en bois qui résonnait, les téléphones noirs, les grains de poussière qui voletaient, les surfaces usées, et les lampes de bureau dont la lumière crue était à présent rendue inutile par celle du soleil. Les employés s'agitaient ici et là, leurs manches de chemise salies par le contact interminable avec les papiers et l'encre, leurs cols raides et souvent un peu tordus.

Ils lui souhaitèrent le bonjour et lui présentèrent leurs condoléances. Il les remercia et rejoignit sa propre petite pièce, où les ouvrages étaient coincés dans une bibliothèque exiguë et les papiers dans des tiroirs fermés à clé. Comme à l'accoutumée, l'encrier et les buvards n'étaient pas tout à fait dans l'alignement des deux stylographes, sur son bureau. Le buvard était propre. Matthew ne laissait jamais la moindre trace susceptible d'être déchiffrée.

Il chercha ses clés pour ouvrir le tiroir du haut. Celui-ci coulissant mal, il dut le manipuler avec précaution. Il se pencha pour l'examiner de plus près et découvrit alors sur le métal entourant la serrure une très fine éraflure. Elle ne se trouvait pas là quand il avait quitté le bureau. Quelqu'un avait donc fouillé ici aussi.

Il s'assit, l'esprit en effervescence, assombri et taraudé par la culpabilité. Il ne doutait plus du tout qu'on avait surpris sa conversation et lancé ainsi l'assassin à la poursuite de John et Alys Reavley.

Son bureau croulait sous les renseignements concernant la mutinerie du Curragh. On était le jeudi 9 juillet, avant que Calder Shearing le fasse appeler et qu'il se présente à lui peu après quatre heures de l'après-midi. Comme tous les bureaux du SIS, celui de son chef était chichement meublé, rien de plus que le nécessaire, et le meilleur marché possible mais, contrairement aux autres, Shearing n'avait rien ajouté de privé, aucun portrait de famille, aucun livre personnel ou souvenir intime. Ses papiers et ses ouvrages de travail s'entassaient pêle-mêle, pourtant il connaissait l'emplacement précis de chacun d'eux.

Shearing n'était pas grand, mais il avait une présence imposante. Il perdait ses cheveux, avait des sourcils fournis et expressifs et des yeux sombres aux cils épais. Son nez proéminent accusait une courbe parfaite et ses lèvres fines lui donnaient un air grave.

Il considéra Matthew, supposant qu'il avait surmonté sa peine et était donc prêt à reprendre sa tâche. Sa question n'obéissait qu'à de pures règles de courtoisie.

— Comment allez-vous, Reavley ? Tout est réglé ?

— Pour l'instant, monsieur, répondit Matthew, au garde-à-vous.

— Permettez-moi d'insister, allez-vous bien ? répéta Shearing.

— Oui, monsieur. Merci.

Shearing le regarda encore un peu, puis sembla satisfait.

— Parfait. Asseyez-vous. J'imagine que vous vous êtes remis dans le bain ? Le roi des Belges effectue une visite officielle en Suisse, ce qui pourrait signifier quelque chose, mais ce n'est sans doute qu'une affaire de routine. Hier, le gouvernement a indiqué qu'il pourrait éventuellement accepter l'amendement de la Chambre des lords, concernant le projet de loi d'autonomie excluant l'Ulster.

Matthew avait entendu la nouvelle, mais non dans les détails.

— La paix en Irlande ? demanda-t-il avec une pointe de sarcasme.

Shearing leva les yeux sur lui, l'air incrédule.

— Si c'est ce que vous pensez, vous devriez repartir en congé. Vous n'êtes à l'évidence pas en mesure de travailler !

— Enfin, c'est un pas dans la bonne direction ? corrigea Matthew.

Shearing plissa les lèvres.

— Dieu seul le sait ! Je ne vois pas en quoi une partition de l'Irlande aiderait. Mais n'importe quelle autre solution non plus.

Le cerveau de Matthew s'échauffa. Le document du complot abordait-il cette question : la division de l'Irlande en deux pays : un qui serait indépendant et catholique, l'autre protestant et toujours intégré à la Grande-Bretagne ? Même cette simple suggestion avait déjà conduit les troupes anglaises à se mutiner, privé l'armée de son commandant en chef et le conseil de son ministre de la Guerre, tout en entraînant l'Ulster elle-même au bord de la rébellion et de la guerre civile.

N'était-ce pas le terrain idéal pour y semer une conspiration menant l'Angleterre à la ruine et au déshonneur ?

Mais c'était le mois de juillet et une paix relative régnait depuis des semaines. La Chambre des lords était sur le point d'accepter d'exclure l'Ulster du projet de loi d'autonomie, et l'on permettrait à ses habitants de demeurer au sein de la Grande-Bretagne, un droit pour lequel ils étaient, semblait-il, prêts à mourir, en entraînant avec eux tout le reste de l'Irlande, sans parler des soldats britanniques cantonnés là-bas.

— Reavley ! reprit Shearing en ramenant Matthew à la réalité. Pour l'amour du ciel, mon vieux, s'il vous faut plus de temps, prenez-le ! Vous ne m'êtes d'aucune utilité si vous rêvassez !

— Non monsieur, répondit Matthew d'un ton aigre. Je songeais à la situation irlandaise et me demandais quelle serait la différence si le gouvernement acceptait l'amendement ou pas. C'est un problème qui soulève des passions irraisonnées.

Les yeux noirs de Shearing s'écarquillèrent.

— Inutile de me le dire, Reavley. Cela fait trois cents ans que tous les Anglais ayant tant soit peu de jugeote le savent.

Il dévisageait Matthew avec intensité, en essayant de deviner si ses paroles pouvaient être aussi vides de sens qu'elles le laissaient croire.

— Savez-vous quelque chose que j'ignore ? s'enquit-il.

Il était arrivé, rarement, à Matthew de garder le silence, mais jamais de mentir à son chef. Il jugeait cette conduite dangereuse. Maintenant, pour la première fois, il envisageait de lui masquer la vérité. Il n'avait aucune idée des personnes impliquées dans le complot, bien qu'il y en ait sans doute une là, dans ce service. Mais il ne pouvait s'en ouvrir à Shearing avant d'avoir des preuves. Et encore.

Qui était catholique ? Qui était anglo-irlandais ? Qui avait des fidélités ou des intérêts investis d'un côté ou de l'autre ? La rébellion en Irlande ne risquerait guère de bouleverser la face du monde, mais peut-être John Reavley avait-il senti qu'il s'agissait de son monde à lui. Et l'honneur de l'Angleterre affecterait l'Empire, qui représentait le monde, en ce qui le concernait. Peut-être n'avait-il pas vraiment tort. Et, bien sûr, il existait des dizaines de milliers d'Irlandais et d'Irlandaises aux États-Unis qui éprouvaient toujours une fervente fidélité envers la terre de leurs ancêtres. D'autres peuples celtes — au pays de Galles, en Écosse et en Cornouailles — risquaient aussi de se rallier à leur cause. Cela pouvait déchirer la Grande-Bretagne et s'étendre à d'autres colonies des quatre coins du monde.

— Non, monsieur, reprit-il à voix haute, en pesant ses mots avec soin. Mais j'entends murmurer ici et là de temps à autre, et cela permet de connaître les problèmes et de savoir où les fidélités se situent. Il y a toujours des rumeurs de complot...

Il guetta un changement dans le regard de Shearing.

— Dans quel but ? demanda son chef, d'un ton bas et très prudent.

Matthew s'aventurait sur un terrain miné. Jusqu'où allait-il oser aller ? Si Shearing était au courant de la conspiration, voire l'encourageait, alors le moindre faux pas trahirait Matthew. L'idée l'horrifia davantage qu'il ne l'aurait cru. Il se retrouvait tout seul, Joseph ne pourrait pas l'aider, et lui ne pouvait se fier à Shearing, ni à aucun autre membre des services secrets, surtout ceux qui travaillaient à côté de son propre bureau.

— D'unifier l'Irlande, répondit-il avec audace.

C'était certes assez extrémiste. À en juger d'après la situation au Curragh, la Grande-Bretagne en sortirait écartelée, de même que l'armée et le gouvernement seraient sacrifiés dans la foulée ; ce qui réjouirait tous les ennemis du pays de par le monde : en Europe, en Asie ou en Afrique. Peut-être que John Reavley n'exagérait pas, en définitive. Cela pourrait entraîner une réaction en chaîne, le début de l'anéantissement de l'Empire, lequel affecterait sans conteste le monde entier.

— Qu'avez-vous entendu ? questionna Shearing. Précisément.

Autant ne pas mentionner son père, mais il pouvait toujours éclaircir certains détails.

— Des bruits au sujet d'un complot, dit-il en s'arrangeant pour que sa voix ait les parfaits accents de la prudence mêlée à l'inquiétude. Rien de précis, seulement qu'il pourrait avoir des conséquences très étendues dans le monde — ce qui est peut-être excessif — et qu'il détruirait l'honneur de l'Angleterre.

— De la bouche de qui ?

La réponse lui brûlait les lèvres, à vrai dire. S'il répondait qu'il s'agissait de son propre père, cela expliquerait de manière on ne peut plus simple et naturelle pourquoi il avait été incapable d'aller plus loin. Mais il se rapprocherait aussi un peu trop de la vérité, s'il ne pouvait se fier à Shearing lui-même, qui risquait alors de répéter ses paroles à celui à qui John Reavley devait d'avoir été assassiné. Mieux valait donc ne pas divulguer cette information.

— J'ai surpris une conversation dans un club, mentit-il.

C'était la première fois qu'il entraînait volontairement Shearing sur une fausse piste, mais cela le mettait mal à l'aise à un point extraordinaire, non seulement parce qu'il dupait un homme qu'il respectait, mais aussi parce que c'était dangereux. Son chef n'était pas de ceux qu'on traite à la légère. Il possédait un esprit puissant, incisif, une imagination qui passait d'une conclusion à l'autre, avec une rapidité et une aisance instinctives. Il n'oubliait presque rien et pardonnait très peu.

— Qui donc s'exprimait? répéta Shearing.

Matthew savait que, s'il fournissait une réponse inadéquate ou plaidait l'ignorance, son supérieur serait sûr qu'il mentait. Ce serait le début de la méfiance. Ce qui le mènerait à la perte de son poste. Comme il mentait véritablement, son histoire devait être sans faille. Se montrait-il à la hauteur? Saurait-il jamais s'il avait réussi ou échoué? La réponse lui parvint avant qu'il n'achève de s'interroger. Non... il ne le saurait pas. Shearing ne laisserait rien transparaître.

— Un officier, un certain major Trenton.

Matthew cita le nom de l'homme qui lui avait en effet fourni des renseignements voilà quelques semaines et qui fréquentait à l'occasion le même club que lui.

Son chef observa le silence pendant un certain temps.

— Cela pourrait être n'importe quoi, dit-il enfin. Il y a toujours des complots irlandais. C'est une société divisée par la religion. S'il existe une solution, nous ne l'avons pas trouvée depuis trois cents ans et Dieu sait que ce n'est pas faute d'avoir cherché. Pour ce qui nous préoccupe à l'heure actuelle, je pense que cela est davantage susceptible de résider dans la sphère politique officielle qu'à l'extérieur de celle-ci. Et dans ce dernier cas la nation ne courrait aucun risque d'être déshonorée.

— S'il ne s'agit pas de l'Irlande, alors de quoi s'agit-il? demanda Matthew.

Il ne pouvait lâcher prise. Son père était mort alors qu'il tentait d'empêcher la tragédie qu'il prévoyait.

Shearing le dévisagea à nouveau.

— La fusillade de Sarajevo, répondit-il, pensif. Était-ce avant ou après? Vous n'avez pas précisé.

Ce fut comme un rai de lumière dans la pénombre.

— Avant, dit Matthew, surpris par le timbre un peu rauque de sa voix.

Était-il concevable que son père ait eu vent de l'événement trop tard? Il avait dû être tué au moment même où cela se passait.

— Mais cela n'affecte pas l'Angleterre! dit-il, avant même de mesurer la signification de ses propos.

La gorge de Matthew se serra.

— À moins que ce ne soit plus important... qu'il se passe encore quelque chose que nous ignorons?

Une trace d'humour noir apparut brièvement sur le visage de Shearing.

— Nous ne savons jamais tout, Reavley. Si vous n'avez pas encore compris cela, alors c'est quasiment sans espoir pour vous. Le kaiser a réaffirmé son alliance avec l'Autriche-Hongrie il y a quatre jours.

— Oui, je l'ai appris.

Matthew attendit, sachant que son chef allait poursuivre.

— Que savez-vous au sujet du Très-Haut? demanda Shearing, une légère lueur dans les yeux.

Matthew ne savait trop quoi répondre.

— Je vous demande pardon?

— Le kaiser, Reavley! Que savez-vous sur le kaiser Guillaume II de l'Empire germanique?

— Est-ce ainsi qu'il se fait appeler? s'enquit Matthew, incrédule.

Il rassembla tant bien que mal ses pensées, les anecdotes qu'il pouvait répéter sur les colères du kaiser, lui qui s'imaginait que son oncle Édouard VII d'abord et à présent son cousin George V l'avaient volontairement snobé, ridiculisé et déprécié. Il existait nombre d'histoires qu'il serait peut-être malavisé de relater à nouveau.

— Il est le cousin du roi et du tsar, commença Matthew, qui discerna aussitôt l'impatience sur le visage de son chef. Il entretient depuis un certain temps une relation épistolaire avec le tsar et ils sont devenus confidents, continua-t-il en s'enhardissant. Mais il détestait le roi Édouard et était convaincu qu'il complotait contre lui, qu'il le haïssait pour une raison quelconque, et a reporté ce sentiment sur le monarque actuel. C'est un homme d'humeur instable, très fier et toujours à l'affût d'éventuels affronts. Par ailleurs, il a un bras atrophié, ce qui explique peut-être pourquoi il est assez mauvais cavalier. Aucun équilibre.

Il attendit la réaction de Shearing.

Les lèvres de son supérieur frémirent, comme pour sourire, mais il se ravisa.

— Ses relations avec la France ? suggéra-t-il.

Matthew savait ce que Shearing attendait. Il avait lu les rapports.

— Mauvaises, répondit-il. Il a toujours voulu se rendre à Paris, mais le président français ne l'a jamais invité et ça lui est resté sur l'estomac. Il est...

Il s'interrompit à nouveau. Il allait dire : « entouré par des accointances embarrassantes », mais peut-être était-ce un peu présomptueux. Il n'était pas très sûr de l'opinion de Shearing sur la monarchie, même étrangère. Le kaiser était un parent proche de George V.

— Et surtout, observa son chef, il a l'impression d'être entouré d'ennemis.

Matthew prit le temps de digérer tout le poids de cette remarque. Il vit que Shearing lui aussi était pensif.

— Une conspiration pour déclencher une guerre, en commençant par la Serbie ? lança-t-il à tout hasard.

— Dieu seul le sait, répondit Shearing. Il existe des nationalistes serbes prêts à tout pour la liberté, y compris à assassiner l'archiduc d'Autriche, manifestement... mais il y a aussi des socialistes extrémistes dans toute l'Europe.

— Contre la guerre, remarqua Matthew. Du moins une guerre mondiale. Ils soutiennent tous la lutte des classes. Enfin, ce ne serait quand même pas...

Il s'interrompit.

— C'est vous qui avez surpris la conversation, Reavley ! Serait-ce possible ou non ? Et s'il y avait une révolution socialiste paneuropéenne ? Tout le continent fourmille de complots et de ripostes... Victor Adler à Vienne, Jean Jaurès en France, Rosa Luxemburg partout, et Dieu sait qui en Russie. L'Autriche brûle d'aller au combat et réclame seulement des excuses, la France a peur de l'Allemagne, et le kaiser de tout le monde. Et le tsar ne sait fichtre rien de tout ce qui se passe. Faites votre choix.

Matthew contempla la figure sombre, énigmatique, de Shearing, qui trahissait une sorte d'humour désespéré, et il se rendit compte qu'il travaillait avec lui depuis plus d'un an mais ne savait presque rien à son sujet. Il ignorait jusqu'à ses origines, ne savait rien sur sa famille ou ses études, ses goûts ou ses rêves. Son chef était un homme très discret, mais il protégeait si jalousement son jardin secret que personne n'en avait conscience. On l'imaginait uniquement en rapport avec son travail, comme s'il cessait d'exister dès qu'il quittait les lieux.

— Peut-être ferais-je mieux d'oublier cela, jusqu'à ce que surviennent d'autres événements, dit Matthew, sachant qu'il n'avait rien appris à Shearing et s'était certes montré incompétent à ses yeux. Il semble que ça ne soit lié à aucun autre fait.

— Au contraire, tout est en relation. L'atmosphère est remplie de complots, dont heureusement la plupart n'ont rien à voir avec nous. Mais gardez l'oreille aux aguets et tenez-moi au courant si vous entendez quelque chose de sensé.

— Bien, monsieur.

Ils discutèrent d'autres sujets dans les vingt minutes qui suivirent, se demandant en particulier quel serait le remplaçant du ministre de la Guerre, qui avait démissionné après la mutinerie. Deux candidats se détachaient du lot : l'un en faveur de la paix à tout prix et l'autre, plus belliqueux.

— Des détails, insiste Shearing. Tous les détails que vous pouvez glaner, Reavley. Les points faibles. Quels sont ceux de Blunden ? C'est notre tâche de le savoir. On ne peut protéger un homme tant qu'on ignore où il est vulnérable.

— Oui, monsieur, admit Matthew. Ça, je le sais.

Il sortit, en oubliant le ministre de la Guerre pour réfléchir aux propos de son chef sur la conspiration. À le croire, il paraissait improbable que John Reavley ait découvert quelque chose d'important concernant le sort de l'Angleterre.

Matthew traversa le paisible couloir pour regagner son bureau, saluant l'un d'un signe de tête, souhaitant le bonsoir à tel autre. Il ressentait une incroyable solitude, en comprenant soudain que sa colère était toujours profonde, mais pour une raison qui avait changé. Shearing avait en effet réduit à néant l'idée que John Reavley se faisait de la vérité. Si son chef avait raison, alors son père avait mal interprété un morceau de papier et connu une mort atroce pour rien. Il serra les poings, tellement il rageait à l'idée qu'on puisse accuser son père d'incompétence.

Mais John Reavley était mort ! Et il y avait la corde nouée à l'arbre et les traces sur la route, des éraflures à l'endroit où une herse avait crevé les quatre pneus, après quoi la voiture s'était mise à zigzaguer, avant de s'écraser dans le bosquet. Où achetait-on une herse, de nos jours ? À moins qu'elle ait été confectionnée ? Ce devait être assez simple à fabriquer, avec du solide fil de fer à grillager, des cisailles et des tenailles. N'importe quel homme tant soit peu habile de ses mains devait y parvenir en quelques heures.

Quelqu'un avait fouillé la maison de St. Giles et le bureau de Matthew.

Mais il ne pouvait pas le prouver. Les digitales écrasées allaient repousser, les marques s'effaceraient sous la pluie, la poussière et la circulation. Une bonne dizaine de raisons pouvaient justifier ce bout de corde noué à l'arbre. Et personne ne pouvait dire si on avait déplacé des objets dans le bureau ou la chambre. La preuve résidait dans la mémoire, une impression de désordre, d'infimes détails inhabituels, des marques sur une serrure qu'il aurait pu faire lui-même.

On dirait que John Reavley ayant quitté ses fonctions était en dehors de la réalité, qu'il imaginait des conspirations. Que Matthew et Joseph se fourvoyaient en raison de leur chagrin.

Tout cela était vrai. Et la colère qu'il éprouvait se transforma en une douleur sourde et confuse. Dans sa tête, il voyait distinctement le visage lucide de son père. C'était de toute évidence un homme de bon sens, à l'esprit si véloce, si équilibré... C'était lui qui calmait les excès de Judith, se montrait patient envers la nature plus réservée d'Hannah, masquait sa déception de ne voir aucun de ses fils embrasser la carrière qu'il avait tant souhaitée pour eux.

Il avait aimé les choses délicates et pittoresques de l'existence. Il témoignait d'une tolérance sans bornes et s'emportait contre l'arrogance et trop souvent contre les imbéciles qui étouffaient les autres de leur autorité mesquine. Les vrais niais, les simples d'esprit, il pouvait leur pardonner dans l'instant.

Penser que son père ait pu totalement se tromper au sujet d'une action stupide, mineure, qui ne s'inscrirait même pas dans l'histoire, ne se soucierait pas d'en renverser le cours afin d'anéantir une nation et de changer la face du monde était une souffrance presque insupportable !

Le plus ironique, c'est qu'il aurait eu moins de mal que son fils à reconnaître son erreur. Matthew le savait et cela n'était d'aucun secours. Debout au milieu de son bureau, il dut lutter pour ne pas fondre en larmes.

CHAPITRE IV

Joseph se coula à nouveau dans ses habitudes d'enseignant et trouva que le vieux plaisir de l'érudition adoucissait un peu sa peine. La musique des mots rejetait le passé, en créant leur propre monde. Debout dans la salle de cours, il vit les visages graves devant lui, tous assombris par l'appréhension. Seul Sebastian avait manifesté sa crainte d'une guerre éventuelle en Europe, mais Joseph en retrouvait l'écho chez chacun d'eux. On avait signalé un aéroplane français en train d'effectuer des vols de reconnaissance au-dessus de l'Allemagne, on spéculait sur le type de réparations que l'Autriche-Hongrie allait exiger de la Serbie, et même sur les prochaines victimes d'assassinat.

Joseph s'était exprimé une ou deux fois sur le sujet en présence des autres étudiants. Hormis les comptes rendus journalistiques auxquels tout le monde avait accès, il n'en savait guère plus, mais puisque le doyen avait pris un court congé, il songea qu'il devait le remplacer et user de ses ressources spirituelles, nécessaires en la circonstance. Rien ne pouvait mieux répondre à la peur que le bon sens. Il n'y avait aucune raison de croire qu'un conflit impliquant l'Angleterre pouvait éclater. On n'allait pas demander à ces jeunes gens de se battre et peut-être de mourir.

Ils l'écoutèrent poliment, en attendant qu'il réponde à leur besoin d'être rassurés, et il devina dans leurs regards, dans leurs voix toujours tendues, que le vieux pouvoir du réconfort ne suffisait pas.

Le samedi soir, il passa chez Harry Beecher et trouva son collègue calé dans son fauteuil, en train de lire la dernière édition de l'*Illustrated London News*. Beecher leva les yeux et posa aussitôt le journal par terre. Joseph aperçut à l'envers la photographie d'une scène de théâtre.

Beecher y jeta un œil et sourit :

— *Eugène Onéguine*, expliqua-t-il.

Joseph s'étonna :

— Ici ?

— Non, à Saint-Pétersbourg. Le monde est plus petit qu'on ne le croit, pas vrai ? Et *Carmen*.

Beecher désigna l'image en bas de la page.

— Mais, apparemment, on a remonté le *Méphistophélès* de Boito à Covent Garden et les critiques sont excellentes. Les Ballets russes donnent *Daphnis et Chloé* à Drury Lane. Pas vraiment ma tasse de thé.

— La mienne non plus, admit Joseph en souriant à son tour. Que dirais-tu d'un sandwich ou d'une tourte avec un verre de cidre au *Pickerel* ?

C'était le plus ancien pub de Cambridge, situé dans la rue à quelques centaines de mètres à peine, de l'autre côté du Magdalene Bridge. Ils pourraient s'asseoir en terrasse à la tombée du jour et contempler la rivière, comme Samuel Pepys l'avait peut-être fait lorsqu'il étudiait là au XVIIe siècle.

— Bonne idée, accepta Beecher sur-le-champ, en se levant.

Son bureau offrait un joyeux désordre d'ouvrages disposés pêle-mêle. Il enseignait le latin, mais s'intéressait à la théologie. Joseph et lui avaient passé de nombreuses heures à énoncer hypothèse sur hypothèse — sérieuse, passionnée ou drôle — sur la notion de sainteté. À quel moment, d'aide à la concentration, de réminiscence de la foi, devenait-elle objet de vénération, doté de pouvoirs miraculeux ?

Beecher prit sa veste sur le dossier du vieux fauteuil en cuir et suivit Joseph à l'extérieur. Quelques instants plus tard, ils sortirent dans St. John Street, avant d'emprunter le Magdalene Bridge.

La terrasse du *Pickerel* était bondée. Comme à l'accoutumée, des bachots voguaient au fil de l'eau et glissaient vers le pont, leur silhouette se découpant dans la pénombre lorsqu'ils passaient sous la voûte, pour disparaître ensuite au détour du courant.

Joseph commanda du cidre et de la tourte froide au gibier pour tous les deux, puis apporta le tout à une table et s'assit.

Beecher le contempla pendant un long moment.

— Est-ce que tu vas bien, Joseph ? lui demanda-t-il avec gentillesse. Si tu as encore besoin de temps, je peux te décharger d'une partie de tes cours. Franchement, je...

Joseph lui sourit.

— Je vais mieux en travaillant, merci.

Beecher l'observait toujours.

— Mais ? questionna-t-il.

— Ça se voit tant que ça ?

— Pour quelqu'un qui te connaît, oui.

Beecher but une longue gorgée de cidre, puis reposa le verre. Il n'insista pas pour obtenir une réponse. Ils étaient amis depuis leurs années d'études à Cambridge et avaient passé de nombreuses vacances à faire des randonnées dans le Lake District ou le long de l'ancienne muraille romaine qui s'étendait, à travers le Northumberland et le Cumbria, de la mer du Nord à l'Atlantique. Ils avaient imaginé les légionnaires des Césars en garnison là-bas, lorsqu'elle constituait la frontière de l'Empire, chargée de le protéger des Barbares.

Ils avaient parcouru des kilomètres à pied, avaient dîné de pain croustillant et de fromage, en buvant du vin rouge bon marché. Et ils avaient parlé de tout et de rien, raconté des blagues interminables et partagé des fous rires.

Joseph se demanda s'il allait parler du complot de grande ampleur que son père avait craint d'avoir découvert avant de mourir, mais Matthew et lui s'étaient mis d'accord pour ne rien dire, même à leurs plus proches amis.

— Je réfléchissais à l'horrible situation en Europe, reprit-il, et je me demandais quelle sorte d'avenir attendait les étudiants qui obtiendraient leur licence cette année. Un avenir plus sombre que le nôtre.

Il regarda son cidre qui pétillait sous la lumière ambrée déclinante.

— Quand j'ai eu mon diplôme, la guerre des Boers était finie et le monde s'enthousiasmait pour le siècle naissant. On avait l'impression que rien ne changerait, si ce n'est en mieux... une sagesse plus grande, des lois plus libérales, les voyages, un art nouveau.

Le visage légèrement penché de Beecher était grave.

— Le pouvoir change sans cesse de mains et le socialisme est une force montante que rien, selon moi, ne peut arrêter, continua Joseph.

— Je ne le pense pas non plus. Nous avançons vers une véritable époque de lumières; même le vote des femmes deviendra un jour une réalité.

— Je songeais davantage à la crise des Balkans, précisa Joseph, tandis qu'il reprenait un morceau de tourte et parlait la bouche pleine. C'est ce qui inquiète bon nombre de nos étudiants.

Il pensait surtout à Sebastian, en fait.

— Je n'en imagine pas un seul rejoindre l'armée, dit Beecher avant d'avaler sa dernière bouchée. Et qu'importe si la situation s'envenime entre l'Autriche et la Serbie, c'est loin de chez nous, ça ne nous regarde pas. Les jeunes gens s'inquiètent toujours avant de quitter l'université et de faire leur entrée dans le monde.

Il sourit jusqu'aux oreilles.

— Malgré la compétition, on est en sécurité ici, et les distractions ne manquent pas. La faculté est un vivier d'idées auxquelles la plupart d'entre eux n'ont même jamais pensé, sans parler des premières tentations de la vie adulte... mais les seules véritables limites sont tes propres capacités. Tu peux obtenir ta licence avec mention, mais l'unique personne qui puisse t'empêcher de réussir, c'est toi. À l'extérieur, il en va autrement. C'est un monde plus froid. Les meilleurs d'entre eux le savent. Laisse-les se tourmenter, Joseph. Voilà comment on devient adulte.

Joseph songea à nouveau au visage torturé de Sebastian contemplant avec tant d'intensité l'eau miroitante près du collège.

— Il ne s'inquiétait pas pour lui. Mais pour les conséquences d'une guerre en Europe sur la civilisation en général.

Beecher le gratifia d'un sourire bon enfant.

— Voilà ce qui arrive quand on passe trop de temps plongé dans les langues mortes, Joseph. Il y a toujours une sorte de tristesse ineffable à étudier une civilisation disparue qui a laissé quelques vestiges de sa beauté, surtout si elle fait partie de notre culture.

— Il pensait à l'anéantissement de notre langue et à la perte de la pensée qui nous est propre.

— Il? reprit Beecher en haussant les sourcils. Tu as quelqu'un de particulier en tête?

— Sebastian Allard.

Joseph avait à peine prononcé ce nom qu'il vit son ami se rembrunir.

— Il est plus circonspect que les autres, expliqua-t-il.

— Il possède une meilleure intelligence, admit Beecher, sans regarder Joseph.

— C'est encore plus profond que l'intelligence.

Joseph éprouva le besoin de se défendre et peut-être même de défendre Sebastian.

— On peut jouir d'un esprit brillant mais sans la délicatesse, la fougue, l'intuition...

Il n'y avait pas d'autres termes pour décrire ce qu'il sentait en Sebastian. Enseigner à un esprit comme le sien était le souhait de tout professeur.

— Tu le sais, voyons! s'exclama-t-il avec plus de vigueur qu'il ne le souhaitait.

— Nous ne courrons pas le risque de disparaître comme Carthage ou l'Étrurie, répliqua Beecher dans un sourire moins marqué, cette fois. Les Barbares ne piaffent pas à nos portes. S'ils existent, alors ils sont ici, parmi nous. Je pense que nous sommes de taille à les tenir en échec, du moins la plupart du temps.

Joseph perçut une note douloureuse dans la voix de son compagnon, l'indice de quelque chose qu'il n'avait pas senti auparavant.

— Pas tout le temps? s'enquit-il avec calme.

— Bien sûr que non, répondit Beecher, le regard posé au-delà de la tête de Joseph, inconscient de l'émotion qui envahissait son ami. Ce sont de jeunes esprits débordant d'énergie et de promesses, mais moralement indisciplinés, parfois. Ils sont à deux doigts de conquérir le monde et de se découvrir eux-mêmes. Ils jouissent du privilège des études dans l'une des meilleures écoles qui existent, avec pour enseignants — pardonne-moi l'immodestie — certains des meilleurs mentors de la langue anglaise. Ils vivent dans l'une des cultures les plus raffinées et les plus tolérantes d'Europe. Et ils ont l'intellect et l'ambition, le besoin et la fougue d'en faire quelque chose. Pour la plupart, en tout cas.

Il se tourna vers Joseph.

— C'est aussi notre travail de les civiliser. De leur apprendre la patience, la compassion, comment accepter l'échec aussi bien que le succès, ne pas condamner autrui, ne pas trop s'en vouloir à soi, mais continuer et recommencer, et faire comme si on n'avait pas souffert. Cela leur arrivera plusieurs fois dans la vie. Au besoin, il faut s'y habituer et remettre cela à sa juste place. C'est difficile, quand on est jeune. Ils sont très fiers et n'ont pas encore tout à fait le sens de la mesure.

— Mais ils ont du courage, s'empressa d'ajouter Joseph. Et se sentent fortement concernés !

Beecher regarda ses mains sur la table.

— Bien sûr. Seigneur, si les jeunes s'en moquent, il n'y a plus grand-chose à espérer du reste d'entre nous ! Mais ils sont encore égoïstes, parfois. Plus que tu ne veux le croire, selon moi.

— Je sais ! Mais c'est anodin, contra Joseph en se penchant un peu. Leur générosité se révèle tout aussi grande que leur idéalisme. Ils découvrent le monde et il compte plus que tout à leurs yeux ! À l'heure qu'il est, ils s'effraient d'être sur le point de le perdre

Il ajouta, implorant presque :

— Que puis-je leur dire ? Comment rendre cette crainte supportable ?

— Tu ne peux pas, répondit Beecher en secouant la tête. Tu ne peux pas porter le monde sur tes épaules, au risque de te déchirer un muscle... et de le faire sans doute dégringoler. Laisse cette tâche au géant Atlas !

Il recula sa chaise et se leva.

— Tu veux un autre cidre ?

Sans attendre la réponse, il s'empara du verre de Joseph et du sien, puis s'éloigna.

Joseph entendait murmurer autour de lui, des gens qui trinquaient, quelques éclats de rire ici ou là, et il se sentit seul. Il ne s'était jamais rendu compte que Beecher n'aimait pas Sebastian. Ce n'étaient pas seulement ses paroles dédaigneuses, mais aussi la froideur de son visage lorsqu'il les prononçait qui le laissaient penser. Joseph eut l'impression d'être privé d'un réconfort qu'il avait espéré.

Il ne s'attarda pas ensuite, mais s'excusa et rejoignit lentement St. John dans la pénombre.

Joseph était fatigué mais ne dormit pas bien. Il se leva peu avant six heures et enfila ses vêtements de la veille, puis sortit et alla vers la rivière. C'était un matin sans un souffle d'air, et les arbres se découpaient, immobiles, sur le bleu du ciel. La lumière pâle et translucide était si intense que le moindre brin d'herbe brillait sous la rosée, et aucune ride ne troublait la surface miroitante de l'eau.

Il défit les amarres d'une des barques et grimpa à bord, détacha les rames et canota en passant devant Trinity, puis vers l'est, et sentit la chaleur sur son dos. Il s'attela à la tâche et rama en cadence. Le rythme l'apaisait et il prit de la vitesse jusqu'au Mathematical Bridge, avant de faire demi-tour. Son esprit était vide de toute pensée et il ressentait le simple plaisir physique de l'effort.

De retour chez lui, il se rasait, torse nu, quand il entendit frapper avec insistance à sa porte. Pieds nus, il s'avança à pas feutrés et l'ouvrit à la volée.

Elwyn Allard se tenait sur le seuil, le visage crispé, une mèche lui barrant le sourcil, le poing droit fermé, prêt à tambouriner encore.

— Elwyn ! s'écria Joseph horrifié. Que s'est-il passé ? Entre.

Il recula pour le laisser passer.

— Tu as une mine affreuse. Qu'y a-t-il ?

Elwyn tremblait de tous ses membres. Il haletait et s'y reprit à deux fois avant de pouvoir parler.

— On a tiré sur Sebastian ! Il est mort ! J'en suis sûr ! Vous devez venir m'aider !

Joseph mit quelques instants avant de comprendre la signification de ses paroles.

— Aidez-moi ! implora Elwyn, appuyé contre le chambranle pour ne pas fléchir.

— Bien sûr !

Joseph prit son peignoir derrière la porte et oublia ses mules. Elwyn devait se tromper. Il n'était pas trop tard pour prêter assistance... Sebastian était sans doute souffrant, à moins que... quoi ? Elwyn avait dit qu'on avait tiré sur son frère. Les gens ne se tiraient pas dessus à Cambridge. Personne ne possédait d'arme à feu ! C'était impensable.

Il dévala l'escalier derrière Elwyn et traversa la cour silencieuse. Ils franchirent une autre porte et Elwyn se mit à gravir les marches, en vacillant un peu. Tout en haut, il obliqua à droite, puis se rua sur la seconde porte, en y flanquant un coup d'épaule comme s'il ne pouvait pas actionner la poignée, alors que sa main tentait de la saisir.

Joseph passa devant lui et l'ouvrit convenablement.

On avait écarté les rideaux et la scène baignait dans la lumière crue du soleil matinal. Sebastian était assis dans son fauteuil, légèrement penché en arrière. Près de lui, la table basse croulait sous les ouvrages, non pas étalés en vrac, mais soigneusement empilés, avec ici ou là un bout de papier marquant une page. Un livre était ouvert sur ses genoux et ses mains, fines mais solides, brunies par le soleil, reposaient mollement par-dessus. Sa tête inclinée présentait un visage calme, d'où la peur et la douleur étaient absentes. Ses yeux étaient clos, ses cheveux blonds à peine défaits. Il aurait pu dormir, si ce n'était la blessure écarlate sur sa tempe droite et le sang qui avait éclaboussé l'accoudoir ainsi que le plancher, depuis la plaie béante de l'autre côté du crâne. Elwyn avait raison. Avec une telle blessure, Sebastian devait être mort.

Joseph s'approcha du jeune homme, comme si un

geste futile de secours était encore nécessaire. Puis il se figea, le froid envahissant son corps tandis qu'il contemplait, dans une consternation confinant à la nausée, la troisième personne qui avait compté pour lui, réduite à néant elle aussi. C'était comme s'il se réveillait d'un cauchemar pour sombrer dans un autre.

Il tendit la main et effleura la joue de Sebastian. Pas encore refroidie.

Elwyn eut un cri étouffé qui l'arracha à sa torpeur. Au prix d'un effort intense, il surmonta sa propre horreur et se tourna vers le garçon. Le teint terreux, la sueur perlant sur sa lèvre et ses sourcils, les yeux caverneux sous l'émotion. Il tremblait de tout son corps et haletait, en s'escrimant à recouvrer son calme.

— Tu ne peux plus rien faire, dit Joseph, surpris par le son paisible de sa voix dans le silence de la pièce.

Toujours personne en bas dans la cour, aucun bruit de pas dans l'escalier.

— Va chercher le concierge.

Elwyn ne bougea pas.

— Qui... qui a pu faire ça? bredouilla-t-il, le souffle court. Qui...?

Il s'interrompit, les yeux noyés de larmes

— Je ne sais pas. Mais nous devons le trouver, répondit Joseph.

Il n'y avait aucune arme dans la main de Sebastian, pas plus que sur le sol, si elle lui avait glissé des doigts.

— Va chercher l'appariteur, répéta-t-il. Mais ne parle à personne.

Il jeta un regard autour de lui. Son esprit retrouvait un semblant de clarté. La pendule sur la cheminée indiquait sept heures moins trois. Ils se trouvaient au premier étage. Les fenêtres étaient fermées, chaque vitre intacte. Rien n'était forcé ou brisé, et la porte ne portait aucune trace d'effraction. Une horrible pensée trottait déjà dans la tête de Joseph : le meurtrier appartenait à la faculté, quelqu'un que Sebastian connaissait, et il avait dû le faire entrer.

— Oui, répondit Elwyn, docile. Oui...

Il tourna les talons et sortit d'un pas mal assuré, laissant la porte ouverte, puis Joseph l'entendit descendre les marches avec lourdeur et maladresse.

Il s'avança et ferma la porte, puis revint observer Sebastian. Celui-ci avait le visage tranquille mais semblait épuisé, comme s'il s'était enfin débarrassé d'un terrible fardeau et laissé engloutir par le sommeil. Quel qu'ait été son visiteur avec une arme au poing, Sebastian n'avait pas eu le temps de comprendre ce qu'il allait faire ou peut-être de croire qu'il ne plaisantait pas.

La peine paralysait encore trop Joseph pour qu'il laisse libre cours à sa colère. Son esprit ne pouvait l'accepter. Qui avait commis un tel acte ? Et pourquoi ?

Les jeunes gens étaient fougueux, leur vie commençait et ils voyaient tout en grand, avec une sensibilité plus aiguë : le premier amour, l'ambition au seuil de l'accomplissement, le triomphe et les peines de cœur à fleur de peau, le pouvoir illimité des rêves, l'esprit en plein essor goûtant le plaisir de l'envol. Des passions de toutes sortes trouvaient leur justification, mais la violence s'exprimait lors de rares échauffourées, quand l'un ou l'autre avait trop bu.

Or l'acte qui venait d'être commis revêtait une noirceur étrangère à tout ce que Joseph connaissait et aimait à Cambridge. Avec une force qui l'ébranla, il se rappela ce que Sebastian disait au sujet de la guerre. Comme si ces brèves paroles constituaient sa propre épitaphe.

La porte s'ouvrit derrière lui et il se tourna pour découvrir le concierge dans l'entrée, hirsute et la mine ravagée par l'effroi. Il lança un regard à Joseph, puis contempla Sebastian, et son visage blêmit. Il voulut parler mais manqua s'étrangler.

— Mitchell, voulez-vous fermer la porte de cette

chambre à clé, je vous prie, et emmener M. Allard avec vous...

Joseph hocha la tête pour désigner Elwyn, en retrait de quelques pas sur le palier.

— ... et faites-lui une tasse de thé bien chaude avec une bonne goutte de cognac. Occupez-vous de lui.

Il reprit son souffle du mieux qu'il put avant d'ajouter :

— Nous allons devoir prévenir la police, alors que personne ne monte ou ne descende cet escalier pour le moment. Voulez-vous demander aux jeunes gens qui passent par ici de garder leur chambre jusqu'à nouvel ordre ? Dites-leur qu'il y a eu un accident. Vous comprenez ?

— Oui, docteur Reavley... Je...

Mitchell était un brave homme, en service à St. John depuis plus de vingt ans et capable d'affronter la plupart des problèmes : depuis les rixes de jeunes gens éméchés jusqu'à l'étudiant jouant les matamores, resté coincé sur le toit, en passant par les foulures et fractures diverses des pensionnaires. Mais jusqu'ici, les pires forfaits s'étaient limités à un vol de quelques livres et une tricherie pendant un examen. Ce crime-là revêtait une nature bien différente, comme une intrusion extérieure dans son univers.

— Merci, dit Joseph, en s'avançant lui-même sur le palier.

Il regarda Elwyn, derrière le portier.

— Je vais aller voir le directeur et faire le nécessaire. Tu accompagnes Mitchell et tu restes avec lui.

— Oui... oui, répondit Elwyn d'une voix étouffée.

Et il demeura sans bouger, jusqu'à ce que Mitchell ferme la porte à clé. Joseph le prit ensuite doucement par le bras pour l'obliger à se tourner, puis l'aida à descendre les marches, l'une après l'autre.

Une fois dehors, Joseph emprunta l'allée d'un bon pas

pour rejoindre l'autre cour, plus petite et plus tranquille, avec son arbre élancé, planté sur la gauche. Tout au bout se dressait la grille en fer forgé menant au Fellows' Garden. À cette heure-là, elle serait fermée, comme à l'accoutumée. La résidence du directeur possédait deux portes, l'une donnant sur le jardin, l'autre sur cette cour.

Il passa à l'ombre, dans l'herbe encore humide, et se rappela soudain qu'il était pieds nus. Il n'avait même pas songé à regagner sa chambre pour enfiler ses mules. Trop tard... et cela n'avait plus d'importance, à présent.

Il frappa à la porte et se passa la main dans les cheveux pour les ramener en arrière, subitement conscient de son allure, au cas où Connie Thyer et non le directeur en personne lui ouvrirait.

Il dut frapper à deux reprises avant d'entendre des pas. Puis la clé tourna dans la serrure et Aidan Thyer apparut devant lui en clignant des paupières.

— Seigneur, Reavley! Savez-vous l'heure qu'il est?

Son long visage pâle était encore embrumé par le sommeil, tandis que ses cheveux blonds retombaient sur son front. Il lorgna le peignoir de Joseph et ses pieds nus, puis releva aussitôt les yeux, une lueur de panique dans le regard.

— Que se passe-t-il? Qu'est-ce qui ne va pas?

— Sebastian Allard a été abattu d'un coup d'arme à feu, répondit Joseph.

D'une certaine façon, les paroles transformaient le cauchemar en une écœurante réalité. À en croire la confusion de Thyer, le directeur n'avait pas saisi que Joseph suggérait autant la violence de l'esprit que celle de l'acte. Il n'avait pas employé le mot *meurtre*, mais c'était tout comme.

— C'est Elwyn qui est venu me l'annoncer, ajouta-t-il. Laissez-moi entrer, je vous prie.

— Oh! fit Thyer, embarrassé, en se ressaisissant d'un coup. Oui, bien sûr. Désolé.

Il ouvrit la porte en grand et recula.

Joseph le suivit, soulagé de poser les pieds sur un tapis, après la pierre froide de l'allée.

— Venez dans le bureau, dit Thyer en le précédant.

Joseph ferma la porte et lui emboîta le pas. Il s'assit dans l'un des grands fauteuils, tandis que Thyer sortait une bouteille de la cave à liqueurs posée sur le buffet pour lui servir un grand verre de cognac qu'il lui tendit, avant de s'en octroyer un lui-même.

— Racontez-moi ce qui s'est passé, demanda-t-il. Où étaient-ils ?

Il jeta un œil sur la pendule en acajou qui trônait sur la cheminée. Il était sept heures et quart.

— Le pauvre Elwyn doit être dans un piteux état. Et les autres qui se trouvaient là ?

Il ferma les yeux un court instant.

— Pour l'amour du ciel, comment s'est-on débrouillé pour abattre quelqu'un ?

Joseph ne savait pas trop ce que le directeur pouvait s'imaginer : exercices de tir à la cible, une négligence tragique ?

— Dans sa chambre, répondit-il. Il a dû se lever tôt pour travailler. C'est... c'était l'un de mes meilleurs étudiants.

Il tenta de se contrôler.

— Il était assis, seul, hormis la personne qui lui a tiré dessus. Les fenêtres étaient fermées et la porte n'avait aucune trace d'effraction. On l'a abattu d'un seul coup de feu, sur le côté de la tête, mais l'arme a disparu.

Le visage de Thyer se contracta et ses mains se crispèrent sur les bras de son fauteuil. Il se redressa un peu.

— Qu'êtes-vous en train de dire, Joseph ?

Sans s'en rendre compte, il cédait à la familiarité.

— Qu'une tierce personne l'a abattu, puis s'en est allée, emportant l'arme avec elle. Je ne vois pas d'autre explication.

Thyer resta immobile un certain temps. Joseph entendit un bruissement dans son dos et se tourna pour découvrir Connie, debout dans l'entrée de la pièce, ses cheveux sombres défaits et retombant sur ses épaules, vêtue d'un peignoir de satin pâle qui la couvrait du cou jusqu'aux pieds.

Les deux hommes se levèrent.

— Qu'y a-t-il ? demanda-t-elle d'une voix calme.

Sa figure trahissait l'inquiétude et la faisait paraître plus jeune et plus vulnérable que la jolie femme pleine d'assurance qu'elle était d'ordinaire. C'était la première fois que Joseph la surprenait autrement que dans son rôle d'épouse du directeur.

— Docteur Reavley, vous allez bien ? s'enquit-elle, anxieuse. Vous n'en avez pas l'air. Je crains que vous ne traversiez une période atroce.

Elle pénétra dans la pièce, sans se soucier de sa tenue qui n'allait guère pour recevoir de la visite.

— Si je suis indiscrète, dites-le-moi, je vous prie. Mais si je puis vous être d'une aide quelconque...

Joseph prit conscience de la chaleur qui émanait d'elle... pas seulement de la proximité physique, du léger parfum de sa chevelure et de sa peau, ou du glissement soyeux de l'étoffe quand elle se déplaçait, mais de la douceur de son visage, signifiant qu'elle comprenait sa souffrance.

— Merci, madame Thyer, dit Joseph dans une esquisse de sourire. J'ai bien peur qu'un événement affreux ait eu lieu. Je...

— Tu n'y peux rien, ma chère, intervint Thyer, en laissant à Joseph l'impression d'avoir été maladroit.

Et pourtant il n'y avait aucune raison d'épargner sa femme. Dans les heures qui suivraient, tout le monde serait forcément au courant à St. John.

— C'est absurde ! répliqua-t-elle brusquement. Il y a toujours quelque chose à faire, même si cela se borne à veiller à la bonne marche des dispositions domestiques. Que s'est-il donc passé ?

Le visage de Thyer se crispa.

— On a tué Sebastian Allard. À l'évidence, il ne peut s'agir d'un accident.

Il la regarda d'un air d'excuse, tandis qu'elle pâlissait sous ses yeux.

Joseph s'avança vers elle et manqua perdre l'équilibre en tendant les mains pour qu'elle ne chancelle pas, et il la sentit se cramponner à lui avec une force surprenante.

— Merci, docteur Reavley, dit-elle d'un ton très paisible en se ressaisissant presque aussitôt. Ça va aller. Mais c'est atroce. Vous connaissez le coupable ?

Thyer s'avança aussi vers elle mais ne la toucha pas.

— Non. C'est plutôt ce que Joseph attend de nous, j'imagine... que nous appelions la police ? N'est-ce pas ?

— On ne peut s'en dispenser, monsieur le directeur, répondit Joseph en baissant les mains. Et si vous voulez bien m'excuser, je dois aller voir ce que je peux faire pour Elwyn. Le doyen...

Il n'acheva pas sa phrase.

Thyer sortit dans le hall, où il y avait un téléphone sur un guéridon. Il décrocha le combiné et Joseph l'entendit demander à l'opératrice de lui passer le commissariat.

Le regard de Connie sonda celui de Joseph, comme pour y trouver la réponse à la crainte qu'il sentait déjà grandir en elle.

— Je... commença-t-il, avant de se rendre compte qu'il ne pouvait poursuivre.

Elle espérait qu'en sa qualité d'homme affirmant sa foi en Dieu il lui expliquerait d'une manière ou d'une autre ce qui au moins à lui paraissait logique. Les lieux communs dont les gens avaient fait usage à la mort d'Eleanor lui vinrent à l'esprit... la volonté de Dieu dépassait l'entendement humain, l'obéissance résidait dans l'acceptation. Autant de phrases dépourvues de sens à l'époque pour Joseph, et plus encore à présent, puisque l'acte de violence était délibéré et personnel.

— Je ne sais pas, admit-il.

Il lut la confusion sur le visage de Connie. Cela ne suffisait pas.

— Vous avez raison, enchaîna-t-il en s'efforçant de paraître sûr de lui. Nous devons accomplir les tâches ordinaires pour nous aider mutuellement. J'apprécie votre bon sens. Les étudiants de ce collège vont être bouleversés. Nous allons devoir garder notre sang-froid dans leur propre intérêt. La présence de la police procédant à des interrogatoires nous sera désagréable, mais nous devons l'affronter avec le plus de dignité possible.

La figure de Connie se détendit et elle eut un léger sourire.

— Bien entendu. Si nous devons subir une telle épreuve, je serai très heureuse que vous soyez là. Vous saisissez toujours l'essence même des choses. D'autres gens se bornent, semble-t-il, à en effleurer les contours.

Il était gêné. Elle voyait en lui plus qu'il ne s'y trouvait en réalité. Mais si cela la réconfortait, il n'allait pas céder à l'honnêteté et le nier à ses dépens à elle.

— C'est bien d'avoir quelque chose à faire, n'est-ce pas ? dit-elle avec une ironie désabusée. Comme vous faites preuve de sagesse ! Cela nous aidera au moins à traverser les pires moments avec une sorte de dignité. Je ferais mieux de m'habiller. J'imagine que la police sera là d'un instant à l'autre. Mon mari va avertir la famille de ce pauvre jeune homme, mais je devrai veiller à ce qu'elle soit logée ici à la faculté, au cas où elle le souhaiterait. Heureusement, à cette époque de l'année, les chambres sont légion.

« Nous voilà revenus au pratique et aux affaires domestiques. Je n'arrive pas à savoir ce que je vais pouvoir dire à une femme dont le fils a été... assassiné !

Joseph songea à Mary Allard et au chagrin qui la rongerait. Nulle mère ne peut supporter la mort de son enfant, mais Mary avait aimé Sebastian avec une fierté farouche, obsessionnelle. Elle voyait en lui tout ce qui nourrissait sa propre ambition et ses propres rêves.

Il le comprenait aisément. Sebastian avait possédé une flamme spirituelle qui éclairait non seulement sa propre réflexion mais aussi celle des autres. Il avait touché leur existence, qu'ils le veuillent ou non. On ne pouvait croire que sa pensée n'existait plus. Comment Mary Allard parviendrait-elle jamais à s'en accommoder?

— Oui, dit-il en se tournant vers elle avec une intensité soudaine. Vous allez devoir vous occuper d'eux et ne pas être froissée ou désarçonnée si leur douleur venait à blesser autrui de manière involontaire. Parfois, quand on sombre dans son propre chagrin, on fustige ses semblables : la colère est momentanément plus facile à affronter.

C'était d'une atroce vérité, et pourtant il ne s'inspirait pas de ses propres sentiments : il usait des mêmes platitudes depuis des années. Il en avait honte, mais ne savait quoi dire d'autre. S'il donnait libre cours à ses sentiments, il accepterait que Connie puisse voir toute la rage et la confusion qui le taraudaient, et il ne pouvait se le permettre. Elle serait écœurée... et effrayée par une telle violence.

— Je sais, dit-elle avec un sourire très doux. Inutile de me le dire... ni de vous inquiéter à leur sujet.

Elle parlait comme s'il avait répondu à ses besoins.

— Merci.

Il lui fallait s'échapper avant de briser le charme.

— Oui... merci. Je dois voir ce que je peux faire d'autre.

Il s'excusa, puis s'en alla, toujours pieds nus, et se sentit à présent ridicule en plein jour. Il n'avait proposé aucune réponse émanant de sa foi. Il s'était borné à prodiguer des conseils de bon sens : s'occuper de ce qu'on pouvait. Faire quelque chose, à tout le moins.

Il passa sous le porche pour regagner sa propre cour. De retour de leur gymnastique matinale, deux étudiants le contemplèrent d'un œil amusé en riant sous cape. S'imaginaient-ils qu'il rentrait en pyjama d'un rendez-vous galant ? En d'autres circonstances, il aurait fait en sorte que ne subsiste plus en eux le moindre doute, mais en l'occurrence les mots lui faisaient défaut. C'était comme si deux réalités se retrouvaient en parallèle : l'une où la mort était violente et atroce, avec le goût du sang dans la gorge, des images flottant devant les yeux, même clos, et l'autre, où il avait simplement l'air grotesque, à se promener ainsi en peignoir.

Il n'osa pas s'adresser aux jeunes gens, par crainte de hurler l'horrible vérité. Il entendait sa propre voix dans sa tête, féroce et échappant à tout contrôle.

Il courut gauchement le long des derniers mètres le séparant de la porte, puis monta les marches quatre à quatre, en trébuchant, jusqu'à ce qu'il s'engouffre chez lui et referme sa porte avec brusquerie.

Il se tint debout sans bouger, en respirant bruyamment. Il devait se maîtriser. Il y avait des choses à accomplir, des tâches... cela aidait toujours. D'abord, il devait finir de se raser et se vêtir. Il devait recouvrer une allure respectable. Il se sentirait mieux. Et manger un morceau ! Mais son estomac et sa gorge étaient si noués qu'il ne pourrait rien avaler.

Il ôta son peignoir. Cambridge connaissait un été radieux et lui avait froid. Il pouvait respirer le sang et la peur, comme s'ils l'enveloppaient.

Il fit couler de l'eau chaude et se lava, puis s'observa dans le miroir : des yeux noirs qui le regardaient, au-dessus de pommettes saillantes ; un nez vigoureux, légèrement aquilin, et une bouche avec beaucoup de caractère. Sa chair paraissait grisâtre, même sous le duvet sombre de sa barbe à demi rasée. Son teint avait un aspect cireux.

Il eut beau procéder avec soin, il se coupa malgré tout. Il enfila une chemise propre et ses doigts malhabiles ne parvenaient pas à la boutonner.

Tout cela était absurde ! Les étudiants l'avaient imaginé revenant d'une escapade amoureuse. À cause de son allure ? Il croyait nager en plein cauchemar. Et pourtant Connie Thyer l'avait tellement marqué... par sa chaleur, son doux parfum, sa proximité. Comment pouvait-il même avoir de telles pensées ?

Parce qu'il souffrait d'une solitude flagrante, désespérée ! Il aurait donné n'importe quoi pour avoir Eleanor auprès de lui, la prendre dans ses bras et lui demander de le serrer fort, le soulager un peu de cette perte insupportable.

Ses parents étaient morts, broyés, renversés sur le bas-côté de la route, pour un document. Et à présent Sebastian, le cerveau détruit, éclaté par une balle.

Tout lui échappait, tout ce qui était bon, précieux, éclairait son existence et lui donnait un sens. Que lui restait-il qu'il puisse encore oser aimer ? Quand Dieu le broierait-il aussi pour le lui arracher ?

C'était la dernière fois qu'il laisserait faire une chose pareille. Plus jamais une telle douleur ! Il ne pouvait s'y résoudre.

Il savait par habitude que Dieu n'y était pour rien. Combien de fois l'avait-il expliqué à d'autres gens qui contenaient leur rage à cause d'un événement intolérable pour eux ?

Si, c'était de sa faute à Lui ! Il aurait pu faire quelque chose ! S'Il n'y pouvait rien, pourquoi était-Il Dieu ?

Et la voix glacée de la raison lui répondit : *Dieu n'existe pas. Tu es seul.*

C'était la pire des vérités : seul. Le mot lui-même exhalait la mort.

Il demeura figé quelques minutes, sans pensées cohérentes. La froideur disparut petit à petit. Il était trop en colère. Quelqu'un avait tué John et Alys Reavley, et il était incapable de trouver qui ni pourquoi.

Les souvenirs affluaient dans sa tête : il s'occupait paisiblement au jardin, John racontait ses blagues interminables, le parfum du muguet, Hannah brossant les cheveux d'Alys, le dîner dominical.

Il s'appuya au manteau de la cheminée et se mit à pleurer, abandonnant enfin toute retenue, pour libérer le chagrin qui le submergeait.

En milieu de matinée, il avait le visage encore terreux, mais se sentait rasséréné. Sa femme de ménage, une dame d'un certain âge, était passée, tremblante et éplorée, mais avait accompli sa tâche. La police était sur place, sous la férule d'un certain inspecteur Perth, un homme de taille tout juste moyenne, aux cheveux clairsemés et grisonnants, avec des dents de guingois, dont deux manquantes. Il s'exprimait calmement mais remuait sans cesse. Bien qu'il se montrât gentil avec les étudiants accablés et sérieusement ébranlés, il ne laissa aucune de ses questions sans réponse.

Dès qu'il découvrit que le doyen était parti en Italie, mais que Joseph était un pasteur ayant reçu l'ordination, Perth lui demanda de rester à sa portée.

— Y s'peut qu'vous m'soyez utile, dit-il dans un hochement de tête.

Il n'expliqua pas si c'était pour s'assurer de la franchise des étudiants ou pour les réconforter dans leur chagrin.

— Y semble que personne soit entré ou sorti pendant la nuit, dit Perth en fixant Joseph de ses yeux gris perçants.

Ils étaient seuls tous les deux dans la résidence du principal, Mitchell s'étant absenté pour faire une course.

— Aucune effraction. Mes hommes ont r'gardé partout. Désolé, révérend, mais j'crois bien que vot' jeune

M. Allard — le défunt, j'veux dire — a été abattu par quelqu'un qu'habite ici, à la faculté. Le médecin légiste devrait pouvoir nous dire à quelle heure, mais ça change rien pour c'qui est d'savoir qui pouvait être là-bas. Il était sorti du lit, habillé et assis en train d'étudier avec ses livres...

— Je lui ai touché la joue, interrompit Joseph. Quand je suis entré. Elle n'était pas froide... je veux dire, elle était... à peine fraîche.

Il tressaillit en se remémorant la scène. Cela se passait trois heures plus tôt. Sebastian devait être froid à présent... l'esprit, les rêves, et cette fougue qui le rendait unique... tout cela avait disparu dans... quoi? Il connaissait la réponse attendue... mais aucune ardeur en lui ne la lui rendait certaine.

Perth hochait la tête, en se mordant la lèvre.

— Ça a l'air normal, m'sieu. J'crois qu'son meurtrier lui était pas étranger, d'après c'qu'on m'a dit. Vous l'connaissiez, révérend. Est-ce que c'était l'genre de jeune homme à laisser entrer un inconnu, à c't' heure-là — vers les cinq heures et demie — et pendant qu'il travaillait?

— Non. C'était un étudiant très sérieux. Il n'aurait guère apprécié l'intrusion. Les gens ne se rendent pas chez les autres avant le petit déjeuner, sauf en cas d'urgence.

— C'est bien c'que j'me suis dit, approuva Perth. Et on a fouillé toute la chambre, l'arme y est pas. On va chercher dans tout l'collège, bien sûr. Il a pas l'air de s'être débattu. Pris par surprise, à c'qu'on peut en juger. C'était quelqu'un en qui il avait confiance.

Joseph avait pensé la même chose, mais jusqu'à présent ne l'avait pas formulé. C'était trop atroce.

Perth le dévisageait.

— J'ai causé à quelques-uns d'ces jeunes gens, m'sieu. J'leur ai demandé si quelqu'un avait entendu un coup d'feu, parce qu'y doit bien en avoir eu un. Un d'ces messieurs a bien entendu une détonation, mais il a pas prêté attention. Il a pensé que ça venait seul'ment d'la rue, une auto, p'têt' bien, et y se souvenait plus d' l'heure. Y s'est rendormi.

Perth mâchonnait sa lèvre.

— Et personne a la moindre idée pour c'qui est d'savoir pourquoi et comment ça s'est passé. Tout le monde a l'air surpris. Mais on en est qu'au début. Vous auriez pas eu vent d'une dispute avec lui ? D'la jalousie, p'têt' bien ? C'était un beau brin d'gars. Intelligent avec ça, à c'qu'on en dit... un bon étudiant, l'un des meilleurs. Licence avec mention très bien, à c'qui paraît ?

L'inspecteur prenait soin de conserver un visage inexpressif.

— On ne tue pas les gens parce qu'ils vous font de l'ombre dans les études ! répliqua Joseph d'un ton par trop agacé.

Malgré lui, il se montrait grossier.

— Vraiment ? dit Perth comme si la question restait sans réponse.

Il s'assit sur le bord du bureau du gardien.

— Alors pourquoi qu'on tue des gens, révérend ? Des jeunes messieurs comme eux, avec tous les avantages du monde et toute leur vie d'vant eux...

Il désigna le siège en invitant Joseph à s'asseoir.

— Qu'est-ce qui pousserait l'un d'entre eux à prend' une arme, puis à aller chez quelqu'un avant six heures du matin pour lui tirer une balle dans la tête ? Faut qu'y ait une fichue bonne raison, m'sieu.

Joseph sentit ses jambes flageoler et se laissa choir dans le fauteuil.

— Et ça s'est pas fait sur un coup d'tête, poursuivit Perth. Y a quelqu'un qui s'est levé tout spécialement, qu'a pris une arme, et y a pas eu de dispute, sinon M. Allard aurait pas été assis comme ça, tout détendu, sans qu'on ait déplacé le moindre livre.

Il s'interrompit et attendit, en observant Joseph d'un air curieux.

— Je ne sais pas.

Toute l'énormité de l'acte s'abattait si lourdement sur lui qu'il avait peine à respirer. Il se mit à passer en revue dans sa tête les étudiants les plus proches de Sebastian. Qui aurait-il pu laisser entrer à cette heure-là, en restant assis pour lui parler, plutôt que de se lever en lui enjoignant avec fermeté de revenir à une heure plus civilisée ? Elwyn, bien sûr. Et pourquoi Elwyn était-il passé le voir de si bonne heure ? Joseph ne le lui avait pas demandé, mais Perth s'en était sans doute chargé.

Nigel Eardslie. Sebastian et lui partageaient le même intérêt pour la poésie grecque. Eardslie était le meilleur linguiste des deux ; il possédait le vocabulaire, mais était moins sensible à la musique et au rythme de la langue, ainsi qu'à la subtilité de la culture. Ils travaillaient bien ensemble et tous deux y prenaient plaisir, souvent en publiant dans l'une des gazettes de la faculté. Si Eardslie s'était lui aussi levé tôt pour étudier et avait trouvé une phrase ou une expression particulièrement bien tournée, mais qu'il ne maîtrisait pas bien, il aurait dérangé Sebastian, mais pas à cette heure-là.

Toutefois Joseph n'en parlerait pas à Perth, pas encore, en tout cas.

Et il y avait Foubister et Morel, eux-mêmes bons amis, qui jouaient souvent en double au tennis avec Peter Rattray et Sebastian. Rattray aimait débattre, et Sebastian et lui avaient participé à nombre de discussions nocturnes pour leur plus grande satisfaction mutuelle. Bien que cela ne semblât pas une raison suffisante pour rendre visite à quelqu'un de si bonne heure.

Qui d'autre ? Une demi-douzaine d'étudiants lui vinrent à l'esprit, qui tous se trouvaient encore au collège pour une raison quelconque, mais il ne pouvait les imaginer avoir ne fût-ce que des idées violentes, encore moins les appliquer.

Perth le regardait, ne demandant pas mieux que d'attendre, aussi patient qu'un chat devant un trou de souris.

— Je n'en ai aucune idée, répéta Joseph, impuissant, conscient que Perth n'ignorait rien de sa manœuvre dilatoire.

Comment un homme éduqué pour réconforter autrui sur le plan spirituel, vivant et travaillant avec un groupe d'étudiants, avait-il pu ne rien voir d'une passion intense au point de s'achever par un meurtre ? Une telle épouvante ou une telle haine ne surgissaient pas d'un seul coup en une journée. Comment diable n'avait-il rien découvert ?

— Ça fait combien d'temps qu'vous êtes ici, révérend ? s'enquit l'inspecteur.

Joseph se sentit rougir, et cette chaleur subite lui fut pénible.

— Voilà un peu plus d'un an.

Il avait dû percevoir cette animosité, mais refusé de l'admettre. C'était stupide et ça ne servait à rien !

— Et vous étiez le professeur de M. Sebastian Allard ? Et à propos d'son frère, M. Elwyn ? Il était aussi votre élève ?

— Pendant un certain temps, en latin. Il a abandonné.

— Pourquoi ?

— Il trouvait la matière difficile et pensait que ce n'était pas indispensable à sa carrière. Il avait raison.

— Il n'était donc pas aussi intelligent qu'son aîné ?

— Peu d'étudiants le sont. Sebastian était remarquablement doué. Il aurait...

Les mots lui restaient dans la gorge. Sans prévenir, la réalité de la mort le submergea à nouveau. Tout l'avenir prometteur qu'il envisageait pour Sebastian avait disparu. Il lui fallut quelques instants pour se ressaisir et reprendre la parole.

— Une carrière formidable l'attendait, acheva-t-il.

— Dans quelle branche ? interrogea Perth en haussant les sourcils.
— Pratiquement tout ce qu'il souhaitait.
— Maître d'école ? Prêtre ?
— Poète, philosophe. Entrer au gouvernement, s'il le désirait.
— Au gouvernement ? En étudiant les langues mortes ?

Perth était pour le moins confus.

— Beaucoup de nos grands dirigeants ont commencé par des études classiques, expliqua Joseph. M. Gladstone en est l'exemple le plus manifeste.
— Ma foi, j'en savais fichtre rien ! s'exclama l'inspecteur pour qui pareille nouvelle dépassait l'entendement.
— Vous ne comprenez pas, enchaîna Joseph. À l'université, il y a toujours des gens plus brillants que vous. Si vous l'ignorez en vous inscrivant, vous l'apprenez certes bien assez tôt. Chaque étudiant d'ici possède un talent et un intellect suffisants pour réussir, s'il travaille. Je ne connais personne d'assez fou qui puisse éprouver davantage qu'une jalousie momentanée pour un esprit supérieur.

Il affirma cela avec une certitude absolue et ce fut seulement en regardant Perth qu'il comprit combien son discours avait des accents condescendants, mais c'était trop tard pour se rétracter.

— Vous avez donc rien r'marqué ? observa l'inspecteur.

Impossible de savoir s'il y croyait ou ce qu'il pensait d'un professeur doublé d'un pasteur qui puisse être aussi aveugle.

Joseph eut l'impression d'être un jeune étudiant fustigé pour une erreur stupide.

— Rien de plus qu'une certaine morgue, une mise à l'écart passagère, selon moi, se défendit-il. Les jeunes gens sont émotifs, impulsifs parfois... Les examens...

Il s'interrompit, ne sachant quoi ajouter. On ne pouvait combler le gouffre entre un étudiant de Cambridge et un policier. Comment Perth pouvait-il donc comprendre les passions et les rêves de jeunes gens issus des classes privilégiées et, dans la plupart des cas, jouissant d'une certaine aisance, des hommes dont les capacités intellectuelles étaient assez remarquables pour leur valoir une place ici ? Il devait provenir d'un foyer ordinaire, où l'éducation était un luxe, où l'argent devait souvent manquer, et où la nécessité devait constamment accompagner le travail.

Il sentit comme un souffle glacé l'envahir : la crainte que Perth ne parvienne inévitablement à des conclusions erronées sur ces étudiants, en interprétant mal ce qu'ils disaient et faisaient, confondant les motivations et accusant l'innocence. Et les dégâts se révéleraient irréparables.

Puis l'instant d'après, sa propre arrogance lui sauta aux yeux. Il appartenait au même monde, il les connaissait depuis au moins un an, les avait vus presque chaque jour de l'année universitaire et n'avait pas soupçonné la moindre haine en train de grandir peu à peu, jusqu'à exploser en une violence fatale.

Certains signes avaient dû se manifester ; il les avait ignorés, interprétés à tort comme inoffensifs, en jugeant mal leur portée. Il aurait aimé qualifier son attitude de charitable, mais elle ne l'était pas. Au mieux, un tel aveuglement se résumait à de la stupidité ; au pire, à de la lâcheté morale.

— Si je puis vous aider, bien entendu, je le ferai, reprit-il avec un regain d'humilité. Je... je suis... si bouleversé.

— Bien sûr, m'sieu, répondit Perth avec une bienveillance surprenante. Tout le monde est sous l'choc. Personne s'attend à une chose pareille. Dites-moi seulement si y a quelque chose qui vous r'vient ou si vous voyez quoi que ce soit maintenant. Et je doute pas que vous ferez vot' possible pour aider ces jeunes messieurs. Certains ont l'air en piteux état.

— Oui, naturellement. Y a-t-il... ?

— Rien, m'sieu, lui assura l'inspecteur.

Joseph le remercia et prit congé, en sortant dans la lumière éblouissante de la cour.

Il tomba presque aussitôt sur Lucian Foubister, le visage pâle, les cheveux noirs dressés sur la tête, comme s'il n'avait cessé d'y passer la main.

— Docteur Reavley! lâcha-t-il dans un souffle. Ils croient que le coupable est parmi nous. C'est impossible. Quelqu'un d'autre a dû...

Il s'arrêta net devant Joseph en lui barrant le passage. Il ignorait comment demander de l'aide, mais son regard trahissait le désarroi. C'était un jeune gars du Nord, des environs de Manchester, habitué aux rangées de petites maisons de briques rouges, accolées les unes aux autres. Le monde de Cambridge avec sa beauté ancestrale l'avait stupéfié et changé pour toujours. Il ne pourrait jamais en faire vraiment partie, pas plus qu'il ne pourrait retourner à son existence passée. Aujourd'hui, il paraissait plus jeune que ses vingt-deux ans et plus mince que Joseph en avait souvenance.

— Il semble que ce soit le cas, dit ce dernier avec douceur. Nous finirons peut-être par trouver une autre réponse, mais personne n'a pénétré par effraction et Sebastian était calmement assis dans son fauteuil, ce qui laisse supposer que son visiteur, quel qu'il fût, ne l'a pas effrayé.

— Alors, il doit s'agir d'un accident, reprit Foubister, la voix entrecoupée. Et... le fautif a trop peur pour l'admettre. Je ne peux pas lui en vouloir, en fait. Mais il le dira quand il se rendra compte que la police songe à un meurtre.

C'était une explication à laquelle Joseph brûlait

d'envie de croire. Quiconque avait commis un tel acte serait anéanti. S'enfuir équivalait à de la couardise et trahissait la honte, mais c'était toujours mieux que de passer pour un assassin. Ce qui signifierait que la haine n'avait pas échappé à Joseph. Il n'y en avait pas eu.

— J'espère que c'est vrai, répondit-il en posant une main sur le bras de Foubister. Attendez de voir ce qui se passe. Et ne cédez pas au jugement trop hâtif.

Joseph le regarda s'éloigner d'un pas pressé. Il savait que le jeune homme se rendait tout droit chez son ami Morel.

Gerald et Mary Allard arrivèrent avant midi. Ils venaient de Haslingfield, à environ sept kilomètres au sud-ouest seulement. Le premier choc de la nouvelle avait dû les atteindre après le petit déjeuner, en les laissant sans doute trop abattus pour réagir sur-le-champ. Il y avait peut-être des gens à prévenir, un médecin ou un prêtre, et d'autres membres de la famille.

Joseph appréhendait leur rencontre. Il savait que le chagrin de Mary serait insurmontable. Elle ressentirait toute la rage dévorante et contenue qu'il éprouvait. Les paroles de réconfort, qu'elle lui avait prodiguées avec tant de sincérité aux obsèques de ses parents, ne signifieraient rien, lorsqu'il les lui répéterait, de même qu'elles n'avaient rien signifié pour lui à ce moment-là.

Comme il craignait l'entrevue, il alla les affronter sitôt que leur automobile s'arrêta à la grille de St. John Street. Il vit Mitchell les conduire à la résidence du directeur. Joseph les accueillit à une dizaine de mètres du perron. Mary était vêtue de noir, le bas de sa jupe maculé de poussière, coiffée d'un large chapeau qui assombrissait son visage déjà voilé. À ses côtés, Gerald avait l'air d'un homme luttant pour tenir debout, le lendemain d'une soirée par trop arrosée. Il avait une mine de papier mâché, les yeux injectés de sang. Il mit quelques instants à reconnaître Joseph, puis avança vers lui d'une démarche un peu titubante et parut oublier momentanément son épouse.

— Reavley! Grâce à Dieu, vous êtes là! Que s'est-il passé? Je ne comprends pas... ça n'a pas de sens! Personne n'aurait...

Il s'interrompit, désarmé, ne sachant ce qu'il voulait dire d'autre. Il avait besoin d'aide, de toute personne qui lui dirait que ce n'était pas vrai et le soulagerait d'un chagrin qu'il ne pouvait endurer.

Joseph saisit la main de Gerald et immobilisa son autre bras, en supportant une partie de son poids, comme il chancelait.

— Nous ignorons ce qui s'est passé, dit-il avec fermeté. Ça semble avoir eu lieu autour de cinq heures et demie du matin, et je puis uniquement affirmer pour l'instant que ce fut très bref, une poignée de secondes à peine. Il n'a pas souffert.

Mary se trouvait devant lui, ses yeux noirs flamboyant sous son voile.

— Cela est-il censé me réconforter? répliqua-t-elle d'une voix rauque. Il est mort! Sebastian est mort!

Sa passion était trop brutale pour toucher Joseph et pourtant il se tenait là au beau milieu de la cour, sous le soleil de juillet, en train d'essayer de trouver des mots plus profonds que le simple aveu de sa propre inutilité. Que devenait la ferveur de sa foi lorsqu'il en avait besoin? N'importe qui pouvait croire en Dieu, par un paisible dimanche, assis sur un banc d'église, quand ses jours n'étaient pas en péril. La foi n'est réelle que lorsque rien ne fait barrage entre soi et l'abîme, un fil invisible assez solide pour soutenir le monde.

— Je sais qu'il est mort, Mary, répondit-il. Je ne peux vous dire pourquoi ou comment. J'ignore qui est le responsable, ni même si le geste était volontaire. Il se peut que nous découvrions tout, hormis le mobile, mais cela prendra du temps.

— C'est le mobile qui m'intéresse ! Pourquoi Sebastian ? Il était... magnifique !

Il comprit qu'elle faisait allusion non seulement à la beauté de son visage, mais aussi à son esprit brillant, à ses rêves ardents.

— Certes, admit-il.

— Alors pourquoi votre Dieu a-t-il laissé un stupide et inutile...

Aucun mot n'était assez puissant pour traduire sa rancœur.

— Le détruire ? explosa-t-elle. Dites-moi pourquoi, révérend Reavley !

— Je ne sais pas. Me croyez-vous capable de vous fournir une réponse ? Je suis tout aussi humain que vous, avec le même désir de comprendre la foi, en avançant en toute confiance, non pas...

— Confiance en quoi ? reprit Mary en cinglant l'air de sa main fine, gantée de noir. En un Dieu qui me prend tout et laisse le mal détruire le bien ?

— Rien ne détruit le bien, dit-il, en s'interrogeant sur son affirmation. Si le bien n'était jamais menacé, voire vaincu parfois, alors il n'existerait pas, parce qu'il s'apparenterait ni plus ni moins à la sagesse, l'intérêt personnel. Si...

Elle se détourna de lui, impatiente, en retirant son bras, comme s'il le lui avait tenu, et traversa la pelouse à grands pas pour rejoindre Connie Thyer, laquelle se tenait debout à l'entrée de la maison.

— Je suis désolé, marmonna Gerald, impuissant. Elle prend cela... je... je... vraiment, je...

— Ne vous inquiétez pas, dit Joseph en coupant court à son bredouillage embarrassé. Je comprends. Allez donc la rejoindre. Elle a besoin de vous.

— Non, elle n'a pas besoin de moi, répondit Gerald avec une amertume aussi subite qu'inattendue.

Puis il se reprit, rougit et s'éloigna dans le sillage de son épouse.

Joseph repartit en direction de la première cour et y parvenait presque lorsqu'il aperçut une seconde femme, également voilée et de noir vêtue. À l'évidence, elle était perdue et hésitait à passer sous le porche. À en croire la grâce de sa posture, elle paraissait jeune, bien qu'elle témoignât d'une dignité et d'une assurance naturelles laissant supposer qu'en d'autres circonstances elle eût fait preuve d'une grande maîtrise d'elle-même.

— Puis-je vous aider? s'enquit-il, surpris de la voir.

Il ne comprenait pas ce qu'elle faisait là, à St. John, ni pourquoi Mitchell l'avait même laissée entrer.

Elle s'avança, soulagée.

— Merci. C'est fort gentil à vous, monsieur...?

— Révérend Joseph Reavley, se présenta-t-il. Vous semblez chercher votre chemin. Où désirez-vous aller?

— Chez le directeur, dit-elle. Je crois qu'il s'appelle M. Aidan Thyer, c'est bien cela?

— Oui, mais je crains qu'il soit occupé pour l'instant et sans doute le sera-t-il un certain temps encore. Un événement inopiné est venu bouleverser les activités de chacun.

Inutile de lui parler de la tragédie.

— Je lui transmettrai votre message lorsqu'il sera libre, et peut-être pouvez-vous prendre rendez-vous à un autre moment?

Elle se redressa de plus belle.

— Je suis au courant, monsieur Reavley. Vous faites allusion au décès de Sebastian Allard. Je m'appelle Regina Coopersmith. J'étais sa fiancée.

Joseph la dévisagea comme si elle s'était exprimée en une langue étrangère. Comment Sebastian, l'idéaliste passionné, l'érudit dont l'esprit était bercé par la musique du langage, avait-il pu tomber amoureux et s'engager dans la voie du mariage sans même jamais en faire mention?

Il continua à regarder Regina, sachant qu'il devait lui

témoigner quelque compassion, mais son cerveau refusait d'accepter ce qu'elle avait dit.

— Navré, Miss Coopersmith, dit-il avec maladresse. Je ne savais pas.

Il se devait d'ajouter quelque chose. Cette jeune femme qui gardait un aplomb de façade avait perdu l'homme qu'elle aimait dans des circonstances atroces.

— Je compatis de tout cœur à votre chagrin.

Il savait ce que l'on ressentait face à ce gouffre de solitude que l'on devait affronter subitement, sans y être préparé. On croyait tout posséder et un beau jour il ne restait plus rien.

— Merci, dit-elle avec l'ombre d'un sourire.

— Puis-je vous accompagner chez le directeur ? C'est par là. Je suppose que le gardien a vos bagages ?

— Oui, merci. Ce serait des plus courtois de votre part.

Joseph tourna les talons et emprunta de nouveau l'allée baignée de soleil avec la jeune femme. Il l'observa de biais. Sa voilette ne masquait qu'une partie de son visage et laissait découverts sa bouche et son menton. Ses traits étaient marqués, plus agréables que véritablement jolis. Elle possédait une certaine dignité, de la détermination, mais ce n'était pas le visage de la passion. En quoi avait-elle éveillé l'amour chez Sebastian ? Pouvait-elle représenter le choix de Mary Allard pour son fils, plutôt que celui de ce dernier ? Peut-être avait-elle de l'argent et de bonnes relations dans les familles du comté ? Elle aurait apporté à Sebastian la sécurité et le cadre nécessaires à une carrière dans la poésie ou la philosophie, que celles-ci n'auraient peut-être pas pu lui fournir d'emblée.

À moins qu'il existât des facettes entières de la nature de Sebastian totalement insoupçonnées de Joseph.

Le soleil de midi était brûlant et projetait des ombres bien découpées, telles les réalités acérées de la connaissance.

CHAPITRE V

Dans une demeure paisible de Marchmont Street, un homme se faisant appeler « le Pacificateur » par ceux qu'il jugeait dignes de sa confiance se tenait près du manteau de cheminée de son salon à l'étage et contemplait avec une fureur non dissimulée la silhouette immobile en face de lui.

— Vous avez fouillé son bureau sans rien y trouver! marmonna-t-il en serrant les dents.

— Rien qui puisse nous intéresser, répondit l'autre individu.

Il parlait un anglais fluide mais dénué de toute expression familière.

— Cela concernait des choses que nous savions déjà. Le document n'y était pas.

— Eh bien, il ne se trouvait pas à la maison des Reavley, reprit le Pacificateur, amer. On l'a fouillée de fond en comble.

— Vraiment? s'enquit l'autre d'un ton sceptique. Quand ça?

— Pendant l'enterrement, répondit le Pacificateur avec exaspération.

Il n'aimait pas être défié, surtout par quelqu'un de beaucoup plus jeune que lui. C'était seulement par respect pour son cousin qu'il tolérait cet individu. Il était, après tout, l'allié de son parent.

— Ma foi, vous détenez la reproduction que Reavley avait sur lui, observa l'homme. Je vais suivre le fils. S'il sait où ça se trouve, je le trouverai.

Le Pacificateur se tenait debout avec une distinction qui, au premier abord, pouvait passer pour de la désinvolture. Un examen plus attentif aurait révélé une si forte tension dans son corps que l'étoffe de son veston était tendue aux épaules.

— Le temps nous manque, dit-il d'une voix posée mais ferme. Les événements n'attendent pas. Si vous ne pouvez comprendre cela, vous n'êtes qu'un crétin ! Nous devons l'utiliser dans les prochains jours, sinon il sera trop tard.

— Une copie...

— Je dois avoir les deux ! Je peux difficilement lui en présenter un seul exemplaire !

— Je m'en procurerai un second, proposa l'homme.

Le Pacificateur devint blême.

— Vous ne pouvez pas !

L'autre se redressa comme s'il allait partir sur-le-champ :

— J'y retournerai ce soir.

— À quoi bon ? rétorqua le Pacificateur en levant la main. Le kaiser est dans une colère noire. Vous n'aurez rien. Vous risquez même de perdre ce que nous avons.

Le ton était sans réplique.

L'autre individu reprit lentement son souffle à plusieurs reprises, mais ne se rebiffa pas. Sa figure trahissait la colère et la frustration, lesquelles ne s'adressaient pas au dénommé Pacificateur, mais aux circonstances qu'il était contraint d'accepter.

— Vous vous êtes occupé de l'autre affaire ? demanda le Pacificateur d'une voix à peine plus élevée qu'un murmure.

La douleur se lisait sur son visage.

— Oui, répondit l'homme.

— Quoi qu'il en soit, comment se l'est-il procuré? dit le Pacificateur, de profonds sillons se creusant entre ses sourcils.

— C'est lui qui l'a rédigé.

— *Rédigé?* répéta le Pacificateur.

— Ce genre de choses doivent être manuscrites, expliqua l'individu. C'est la loi.

— Bon Dieu! jura le Pacificateur.

Mais ces simples mots, aussi brefs qu'ils fussent, traduisaient toute sa hargne, comme si on les lui arrachait des entrailles. Il rentra la tête dans les épaules.

— Cela n'aurait pas dû se passer ainsi! Nous n'aurions pas dû laisser faire! Reavley était un brave homme, le genre dont nous avons besoin vivant!

— On n'y peut rien, expliqua l'autre, résigné.

— On aurait dû! contra le Pacificateur, irrité, avec une amertume non dissimulée. Il nous faudra faire mieux.

L'autre homme eut un mouvement de recul.

— Nous tâcherons.

Le samedi, en fin d'après-midi, Matthew quitta Londres pour rentrer à St. Giles en voiture. Il avait vécu une dure journée, non pas à cause des nouvelles venues d'Irlande ou des Balkans, comme il s'y attendait, mais à cause d'un problème intérieur urgent. On avait découvert une bombe dans une église, au cœur de Westminster, avec le détonateur allumé. C'était, semblait-il, l'œuvre d'un groupe de femmes réclamant avec une violence accrue le droit de vote.

Heureusement, personne n'avait été blessé, mais les risques de destruction n'en restaient pas moins inquiétants. De ce fait on avait arraché Matthew à son enquête sur Blunden et les armes politiques pouvant être utilisées à son encontre. Au lieu de quoi il avait passé son temps à renforcer la sécurité dans Londres, puis avait dû demander à Shearing l'autorisation de s'en aller, contrairement à son ordinaire, en fin de semaine.

Son sentiment d'exaltation en quittant la chaleur et le confinement de la ville évoquait la fuite d'un prisonnier. Il avait presque l'impression d'être grisé, tandis que la Sunbeam Talbot prenait de la vitesse sur la grand-route.

Encore une soirée bénie des dieux, avec de gros nuages en forme de vesses-de-loup se regroupant à l'est, frappés par le soleil jusqu'à ce qu'ils dérivent tels des galions blancs dans l'air miroitant, les voiles gonflées à l'horizon. Au-dessous, récoltes et moissons battaient leur plein dans les champs.

Matthew pénétra dans St. Giles, traversa la rue principale en passant devant le bief, puis s'engagea sur le chemin de la maison. Mme Appleton l'accueillit sur le pas de la porte, le visage illuminé de plaisir.

— Oh, m'sieu Matthew, c'est bien qu'vous soyez là. Et vous restez dormir ?

Elle recula pour le laisser entrer, alors que Judith descendait l'escalier, après avoir entendu les pneus crisser sur le gravier.

Judith dévala les dernières marches, Henry sur ses talons, la queue frétillante. Elle se jeta au cou de Matthew et l'étreignit brièvement avec vigueur. Puis elle recula pour l'examiner avec attention.

— Oui, bien sûr, je vais rester, répondit-il à Mme Appleton, par-dessus l'épaule de sa sœur. Au moins jusqu'au déjeuner demain.

— C'est tout ? maugréa Judith. Nous sommes samedi soir ! Es-tu censé travailler tout le temps ?

Il ne prit pas la peine de la contredire. Ils avaient déjà eu cette discussion et ne risquaient guère de tomber d'accord. Matthew avait une passion pour son travail que sa sœur ne comprendrait sans doute jamais. S'il existait un domaine qui stimulerait suffisamment sa volonté et son imagination pour qu'elle s'y lance à corps perdu, elle ne l'avait certes pas encore découvert.

Matthew gratifia le chien d'une caresse, puis suivit Judith dans le salon familier avec son mobilier confortable et son tapis un peu usé, aux couleurs assourdies par le temps. Dès que la porte fut close, sa sœur lui demanda s'il avait découvert quelque chose.

— Non, répondit-il patiemment, en s'adossant au grand fauteuil qui avait été celui de son père.

Il éprouvait une certaine gêne à l'occuper. Il s'y était toujours installé en l'absence de John, mais il avait désormais l'impression d'en faire sa propriété. Pourtant il aurait paru bizarre qu'il s'asseye ailleurs, un changement d'habitude absurde, une rupture vide de sens avec le passé.

Elle l'observa, le front légèrement plissé.

— Tu t'y emploies, je suppose? dit-elle, une lueur de défi dans le regard.

— C'est en partie la raison de ma venue ici en fin de semaine... ainsi que pour te voir, bien sûr. As-tu des nouvelles de Joseph?

— Deux ou trois lettres. Et toi?

— Pas depuis son retour à l'université.

Il la regarda, en essayant de deviner ses sentiments. Elle était assise un peu de profil sur le canapé, les pieds sous elle, dans cette posture qu'Alys jugeait peu distinguée. Se maîtrisait-elle autant qu'elle le paraissait, avec ses cheveux en arrière, son front paisible, ses joues satinées et sa bouche large et vulnérable?

Ou bien l'émotion était-elle emprisonnée en elle, une douleur trop vive pour qu'on y touche, mais entamant sa volonté? Elle était la seule d'entre eux à vivre encore là. Combien de fois descendait-elle l'escalier en ayant la surprise de ne trouver que Mme Appleton pour l'accueillir? Percevait-elle le silence, l'absence de voix, de bruits de pas ? Imaginait-elle l'ambiance coutumière, l'odeur de pipe, la porte du bureau fermée, indiquant que John ne devait pas être dérangé ? Écoutait-elle Alys en train de fredonner tandis qu'elle arrangeait les fleurs dans un vase ou s'occupait à mille et une choses, témoins de son amour pour cette demeure ?

Lui pouvait s'échapper. Sa vie n'avait pas changé, hormis les coups de téléphone et les visites à la maison. La différence résidait uniquement en lui. C'était une connaissance qu'il pouvait mettre de côté quand le besoin s'en faisait sentir.

Ce serait identique pour Hannah et Joseph. Il s'inquiétait aussi pour eux, mais d'une autre manière. Hannah avait Archie pour la réconforter, de même que ses enfants auxquels elle était indispensable et qui l'occupaient à plein temps.

Joseph, c'était différent. Depuis le décès d'Eleanor, quelque chose en lui avait quitté le domaine des émotions pour se réfugier dans la raison. Matthew avait grandi avec lui, qui était son aîné de sept ans et semblait toujours plus intelligent, plus avisé, plus vif. Matthew s'était dit qu'il le rattraperait, mais à présent qu'il avait atteint l'âge adulte, il commençait à croire que son frère jouissait d'une intelligence supérieure à la normale. Quand d'autres personnes mettaient un temps fou à comprendre, lui saisissait avec facilité. Il pouvait suivre sa pensée à tire-d'aile dans des contrées que la plupart osaient à peine imaginer.

Mais Joseph s'écartait aussi de la réalité de certaines douleurs et y avait échappé encore davantage l'an passé. À certains moments fugaces, où Joseph baissait la garde, Matthew avait vu l'isolement dans les yeux de son frère.

Judith l'observait et attendait qu'il poursuive.

— J'étais assez occupé ces derniers temps, dit-il enfin. Tout le monde se préoccupe de l'Irlande et, bien entendu, de l'affaire des Balkans.

— L'Irlande, je peux comprendre, mais pourquoi les Balkans? dit-elle en haussant les sourcils. Ça n'a rien à voir avec nous. La Serbie se trouve à des kilomètres... de l'autre côté de l'Italie, bon sang! L'idée peut révolter, mais les Autrichiens ne vont-ils pas simplement envahir le pays, prendre ce qu'ils veulent en guise de réparation et punir les responsables? N'est-ce pas ce qui se produit d'habitude avec les révolutions... soit on réussit et l'on renverse le gouvernement, soit on est supprimé? Ma foi, celui qui pense que deux ou trois assassins serbes vont faire sauter l'Empire austro-hongrois doit être fou.

Elle changea de position en repliant les jambes dans l'autre sens et s'enfonça davantage dans les coussins.

Henry se redressa et vint s'allonger plus près d'elle.

— Ce ne sont pas eux qui agiraient, dit Matthew d'un ton posé.

— Qui donc, alors? Je croyais qu'ils n'étaient qu'une poignée de jeunes écervelés. J'avais tort?

— Ça en a tout l'air, admit-il. La guerre n'est que l'aboutissement d'une succession d'événements qui pourraient se produire... mais il est presque sûr que quelqu'un ayant assez de bon sens interviendra pour l'éviter. Les banquiers, pour ne citer qu'eux. Un conflit coûterait beaucoup trop cher!

Elle le regarda très calmement, de ses yeux bleu-gris impassibles.

— Alors pourquoi en parles-tu?

Il eut un sourire contraint.

— J'aurais préféré m'en dispenser. Je voulais seulement que tu saches que je ne cherche pas de prétextes. J'ignore par où commencer. J'ai pensé aller voir Robert Isenham demain. Je suppose qu'il sera à l'église... Je le retrouverai après.

— Un déjeuner dominical? s'étonna-t-elle. Ne t'attends pas à ce qu'il t'en remercie! Que veux-tu lui demander?

Il secoua la tête en souriant encore.

— Rien d'aussi direct. Tu ferais un piètre détective, pas vrai ?

Le visage de Judith se crispa un peu.

— Que sait-il, d'après toi ?

Matthew recouvra son sérieux.

— Peut-être rien, mais si père s'est confié, ce sera sans doute à Isenham. Il risque même d'avoir précisé où il allait et qui il comptait voir. Je ne sais pas trop comment m'y prendre, si ce n'est en rendant visite à tous ceux qu'il connaissait.

— Ça peut prendre des siècles.

Elle se tenait tranquillement assise, le visage assombri par ses pensées.

— De quoi pourrait-il s'agir, Matthew ? Je veux dire... qu'est-ce que père aurait pu savoir ? Les gens qui préparent un complot ne laissent pas traîner des documents susceptibles d'être découverts par hasard.

Il éprouva une sorte de frisson. L'espace d'un instant, il ne sut pas vraiment ce que cela signifiait, mais nul doute que la sensation était désagréable. Puis il le vit dans les yeux de sa sœur, une frayeur qu'elle ne pouvait définir.

— Je sais qu'il n'est pas tombé dessus par hasard, lui répondit-il. À moins que le document ait appartenu à une personne qu'il connaissait très bien...

— Comme Robert Isenham, acheva-t-elle à la place de son frère. Sois prudent.

La peur s'exprimait clairement, à présent.

— Je le serai, promit-il. Il n'y a rien de suspicieux à ce que je passe le voir. Je l'aurais fait tôt ou tard, de toute façon. C'était l'un des amis les plus proches de père, ne fût-ce que par son domicile. Je sais qu'ils étaient en désaccord sur beaucoup de sujets, mais ils s'appréciaient néanmoins.

— On peut aimer les gens et pourtant les trahir, dit-elle, s'il s'agit d'une cause en laquelle on croit avec passion. On doit trahir d'autres personnes plutôt que de se trahir soi-même... si c'est à cela que ça revient.

Puis, lisant la surprise sur le visage de Matthew, elle ajouta :

— C'est toi qui me l'as dit.

— Vraiment ? Je ne m'en souviens pas.

— Mais si. C'était à Noël dernier. Nous avons eu une sacrée dispute. Tu m'as traitée de naïve, en disant que les idéalistes faisaient passer leur cause avant le reste. Tu as ajouté que j'étais une femme et que je voyais tout de mon seul point de vue, plutôt que d'avoir une vue d'ensemble.

— Alors, tu n'es pas d'accord avec moi, mais tu me renvoies mes propres mots en guise d'argument ?

Elle se mordit la lèvre.

— En fait, je suis d'accord. C'est juste que je n'allais pas l'avouer. Tu es assez arrogant comme ça.

— Je serai prudent.

Il se détendit en souriant, se pencha pour la toucher, et la main de sa sœur se referma avec force sur la sienne.

Ce matin-là, le temps était couvert et lourd de cette chaleur poisseuse qui préfigure l'orage. Matthew se rendit à l'église, en grande partie pour faire mine d'y croiser inopinément Isenham.

Le pasteur l'aperçut parmi les fidèles juste avant d'entamer son sermon. Kerr n'était pas un orateur-né et l'émotion écrasante suscitée par la présence de Matthew — envers lequel il éprouvait une certaine culpabilité — le déconcentra. Il était embarrassé, et le souvenir de sa dernière rencontre avec Matthew, lors des obsèques de ses parents, n'était que trop présent. Il n'avait pas été à la hauteur à ce moment-là et savait qu'il ne l'était toujours pas.

Assis au cinquième rang, Matthew sentait presque

Kerr transpirer à l'idée de le voir après l'office, se démenant comme un beau diable pour trouver quelques paroles adéquates. Il sourit intérieurement et le contempla de nouveau avec impatience. La seule solution consistait à s'en aller et ce serait encore pire.

Kerr termina tant bien que mal. On chanta le dernier cantique et il prononça la bénédiction puis, rangée par rangée, les fidèles sortirent en groupes dans la moiteur étouffante.

Matthew se dirigea droit sur Kerr et lui serra la main.

— Merci, pasteur, dit-il, courtois.

Il ne pouvait partir sans lui parler et ne souhaitait pas qu'on l'accoste entre-temps et manquer ainsi l'occasion de tomber sur Isenham.

— Je suis rentré pour voir comment allait Judith.

— Elle n'est pas à l'église, je le crains, répondit Kerr d'un ton lugubre. Peut-être pourriez-vous lui parler. La foi est d'une grande consolation en ce genre de circonstances.

C'était maladroit. Combien de gens avaient eu leurs deux parents assassinés en un seul crime horrible ? Bien sûr, Kerr ne savait pas qu'il s'agissait d'un meurtre. Mais, compte tenu de la personnalité de Judith, c'était bien la dernière personne que ce pauvre pasteur avait besoin de rencontrer ! Il tenterait désespérément de se montrer gentil, de dire quelque chose qui la toucherait, et elle s'énerverait de plus en plus, jusqu'à ce qu'elle lui fasse comprendre combien il était inutile.

— Oui, bien sûr, murmura Matthew. Je lui transmettrai votre bon souvenir. Merci.

Comme il se tournait pour s'en aller, il songea que c'était exactement ce que sa mère... ou Joseph... auraient dit. Et ils n'en auraient pas pensé plus que lui.

Il surprit Isenham dans l'allée, juste après le porche du cimetière. L'individu était facilement identifiable, même de dos. De stature moyenne, il était de forte carrure et avait des cheveux blonds coupés court qui grisonnaient rapidement, sans parler de sa démarche un rien hâbleuse.

Il entendit Matthew arriver, même si ses pas résonnaient peu sur le sol en pierre. Il se tourna et sourit en tendant la main.

— Comment allez-vous, Matthew ? Vous tenez le coup ?

C'était à la fois une question et un ordre à mots couverts. Isenham avait servi vingt ans dans l'armée et vécu la guerre des Boers. Il croyait dur comme fer aux valeurs du stoïcisme. On pouvait certes éprouver de l'émotion, c'était même nécessaire, mais il ne fallait jamais y céder, hormis dans les circonstances et les lieux les plus intimes, et brièvement, le cas échéant.

— Oui, monsieur.

Matthew savait ce qu'on attendait de lui ; il espérait que cette rencontre lui permettrait de gagner la confiance d'Isenham et de découvrir ce que John Reavley aurait pu lui confier, même de la manière la plus indirecte.

— Perdre notre sang-froid, c'eût été le dernier souhait de père.

— Tout à fait ! Tout à fait ! admit Isenham d'un ton ferme. Un homme avisé, votre père. Il nous manque à tous.

Matthew se mit à marcher à ses côtés, comme s'il empruntait le même chemin, alors qu'une fois au bout de l'allée il prendrait la direction opposée pour rentrer chez lui.

— J'aurais aimé mieux le connaître, reprit-il avec une intensité dans la voix plus marquée qu'il ne l'aurait voulu.

Il avait l'intention de mener la conversation.

— Vous étiez sans doute aussi proche de lui que les autres, j'imagine, poursuivit-il, abrupt. C'est curieux la façon différente dont on voit une personne au sein d'une famille... jusqu'à ce qu'on devienne adulte, en tout cas.

Isenham hocha la tête.

— Oui. Je n'y ai jamais pensé, mais je suppose que vous avez raison. C'est drôle, en effet. On considère ses parents sous un autre jour, je présume.

Sans le vouloir, il accéléra le pas.

Matthew garda aisément la cadence.

— Vous avez sans doute été la dernière personne avec laquelle il a réellement discuté, enchaîna-t-il. Je ne l'avais pas vu le week-end précédent, de même que Joseph, et Judith était si souvent sortie...

— Oui, je suppose que je l'ai été.

Isenham enfouit les mains dans ses poches.

— On traverse une très mauvaise période. Vous êtes au courant pour Sebastian Allard? Une histoire horrible.

Il hésita un instant.

— Cela va d'autant plus bouleverser Joseph. Je crois bien que ce garçon n'aurait même pas poursuivi jusqu'à Cambridge, si Joseph ne l'y avait pas encouragé.

— Sebastian Allard? fit Matthew, confus.

Isenham se tourna vers lui, en s'arrêtant sur la route qui s'était déjà transformée en la longue avenue bordée d'arbres menant à sa propre demeure.

— Oh, mon Dieu! Personne ne vous a informé.

Il parut un peu désorienté.

— Je présume qu'ils se sont dit que vous aviez eu votre part de soucis. Sebastian Allard a été assassiné à Cambridge. En pleine université... à St. John. Une sombre affaire. Hier matin. C'est Hutchinson qui me l'a appris. Il connaît les Allard depuis des années. Il est anéanti, bien sûr.

Isenham plissa les lèvres.

— Vous ne pouvez pas en être autant affecté, naturellement. J'imagine que vous avez plus que votre part de chagrin en ce moment.

— Je suis vraiment désolé, dit Matthew avec calme.

On n'entendait aucun bruissement sous les arbres et il n'y avait pas un souffle d'air.

— Quelle horrible tragédie! dit-il pour meubler le silence. Je dois rendre visite à Joseph avant de rentrer à Londres. Il éprouve certainement beaucoup de peine. Il connaissait Sebastian de longue date.

Cependant, Matthew souhaitait questionner Isenham au sujet de John Reavley. Il chassa toute autre pensée de son esprit et continua à marcher aux côtés de son interlocuteur à l'ombre des ormes centenaires.

De nouveau, les minuscules moucherons d'orage voletaient, irritant les yeux et le visage. Matthew les chassait du revers de la main, même s'il savait son geste inutile. Si seulement la pluie pouvait bientôt tomber! Il se moquait d'être mouillé, d'autant que ce serait un bon prétexte pour s'attarder chez Isenham.

— À dire vrai, nous vivons une période difficile à tout point de vue, poursuivit-il. Je connais nombre de gens qui s'inquiètent à propos des événements dans les Balkans.

Isenham ôta les mains de ses poches.

— Ah! Ce sont en effet de réels sujets d'inquiétude, dit-il, sa large figure burinée affichant la plus profonde gravité. C'est fort inquiétant, vous savez. Oui, je suppose que vous devez le savoir... Même mieux que moi, si j'ose dire, hein?

Il scruta le regard de Matthew avec intensité.

Ce dernier fut légèrement déconcerté. Il ne s'était pas rendu compte qu'Isenham savait où il travaillait. John avait sans doute dit quelque chose? Par fierté ou pour confier sa honte? La pensée l'accabla, d'autant que désormais il ne pourrait plus prouver à son père toute la valeur de sa profession, qui n'était pas sournoise ou infecte, pleine de trahisons et de compromissions.

— Certes, reconnut-il. C'est assez effroyable. L'Autriche a exigé réparation et le kaiser a réaffirmé son alliance avec eux. Et, bien entendu, les Russes sont censés témoigner leur loyauté à la Serbie.

Les premières grosses gouttes de pluie éclaboussèrent le feuillage et le tonnerre gronda au loin, tel un lourd chariot sur des pavés, cahotant et grinçant à l'horizon.

— La guerre, reprit Isenham laconique. Aucun d'entre nous n'y échappera, nom d'un chien ! Faut s'y attendre. Préparer les hommes et les armes.

— Père le savait, vous croyez ? s'enquit Matthew.

Isenham fit la moue avant de répondre.

— Pas sûr, en toute honnêteté.

Il s'agissait d'une remarque tronquée, comme s'il s'était arrêté avant d'en avoir trop dit.

Matthew patienta.

Isenham ne parut guère enchanté, mais il comprit qu'il devait poursuivre.

— Il avait l'air un peu bizarre, ces derniers temps. Nerveux, vous voyez ? Il... euh...

Il secoua la tête, avant d'ajouter :

— La veille de sa mort, il s'attendait à ce que la guerre éclate.

Isenham était perplexe.

— Ça ne lui ressemblait pas, pas du tout.

Il hâta le pas, se raidissant, la tête dans les épaules. La pluie fouaillait la voûte de feuillage au-dessus d'eux et commençait à la transpercer.

— Navré, Matthew, mais c'est ainsi. Je ne saurais mentir. Bizarre, vraiment.

— Dans quel sens ? demanda spontanément Matthew, l'esprit en ébullition pour absorber cette nouvelle information, tout en se cuirassant contre sa signification.

Il était soulagé que le temps lui permît si facilement de rester avec Isenham, même si de ce fait il ne pouvait éviter de poser des questions encore plus indiscrètes.

Grâce à Dieu, la maison n'était plus qu'à une soixantaine de mètres, sinon ils allaient subir un déluge. Isenham se courba et se mit à courir.

— Allons! s'écria-t-il. Vous allez être trempé, mon vieux!

Ils parvinrent à la grille du jardin, qu'ils franchirent au pas de course pour aller ouvrir la porte d'entrée. Le chemin était déjà inondé et l'air exhalait une odeur de terre chaude et humide. Les plantes ployaient sous la férocité de l'orage qui tambourinait contre les feuilles.

Alors que Matthew se tournait pour fermer le portail, il vit un homme traverser l'allée, col remonté, visage ruisselant. Puis la silhouette disparut derrière les arbres.

Il retrouva Isenham à l'intérieur et resta dégoulinant dans le vestibule, entouré de lambris en chêne, de gravures de chasse et de lanières de cuir avec des médaillons en cuivre aux dizaines de motifs différents.

— Merci, dit Matthew en prenant la serviette qu'Isenham lui tendait.

Il se sécha le visage et les mains. Comme s'il l'avait prévu, la pluie n'aurait pu tomber à un moment plus opportun.

— Je pense que père se faisait du souci au sujet de certains groupes, poursuivit-il, en reprenant la conversation.

Isenham haussa les épaules en signe de dénégation et lui reprit la serviette, avant de la laisser choir par terre avec la sienne.

— Il a fait allusion à certains complots mais, franchement, Matthew, tout ça était un peu... fantaisiste.

De toute évidence, il avait choisi un mot courtois, mais la signification réelle se lisait sur sa figure. Il secoua la tête.

— La plupart de nos catastrophes proviennent de bonnes vieilles bévues britanniques. On ne complote pas pour déclencher des guerres. On trébuche et on se retrouve dans les conflits par accident.

Il grimaça, en ayant l'air de s'excuser, et passa une main dans ses cheveux mouillés.

— On finit par gagner, en vertu du principe que le bon Dieu s'occupe des fous et des ivrognes. Nul doute qu'il doit aussi avoir un faible pour nous.

— Vous ne pensez pas qu'il aurait pu découvrir quelque chose ?

Le visage d'Isenham se contracta.

— Non. Il avait un peu perdu le fil, pour ne rien vous cacher. Il revenait sans cesse sur la mutinerie du Curragh... du moins je crois. Il n'était pas très clair, vous savez. Il disait que les choses ne feraient qu'empirer, en laissant entendre que cela aboutirait à un conflit qui pourrait englober l'Angleterre et même l'Europe.

Il rougit, embarrassé.

— Ça n'a pas de sens, vous voyez ? Le ministre de la Guerre a démissionné, certes, mais je vois mal l'Europe à feu et à sang. De l'autre côté de la Manche, je n'imagine pas qu'on s'en inquiète. Ils ont leurs propres problèmes.

Il ajouta, en lorgnant les épaules et les chaussures trempées de Matthew :

— Vous feriez mieux de rester grignoter un morceau. J'ai un téléphone. Prévenez donc Judith.

Isenham l'entraîna vers la salle à manger, où sa gouvernante avait préparé de la viande froide, des cornichons, du pain frais et du beurre, une tourte à peine sortie du four qui refroidissait encore, et un pot de crème épaisse.

— Ça devrait suffire pour deux personnes, je pense.

Il ignora ses vêtements mouillés, car il ne pouvait pas faire grand-chose pour ceux de Matthew.

Cela faisait partie de son code de l'hospitalité : il s'attablerait pour dîner en pantalon détrempé, car son invité était bel et bien forcé d'en faire autant.

— Vous ne pensez pas que la situation irlandaise

pourrait s'aggraver? s'enquit Matthew, alors qu'ils avaient mangé la moitié de l'excellente pièce d'agneau froid et calmé leur appétit.

— En impliquant l'Europe? Aucun risque. Ce sont des affaires internes au pays. Elles l'ont toujours été.

Isenham prit une nouvelle bouchée, qu'il avala avant de continuer :

— Désolé, mais ce pauvre vieux John s'est un peu fourvoyé. Il a fait fausse route. Ça arrive.

C'était la note de pitié dans sa voix que Matthew ne pouvait pas supporter. Il songea à son père et revit son visage comme s'il avait quitté la pièce à peine quelques minutes plus tôt, à la fois grave et doux, le regard aussi franc que celui de Judith. Il s'emportait quelquefois et les imbéciles lui tapaient sur les nerfs, mais c'était un homme dépourvu d'hypocrisie. Qu'on parle de lui avec une telle condescendance affectait énormément Matthew qui fut aussitôt sur la défensive.

— Que voulez-vous dire? demanda-t-il. Qu'est-ce qui *arrive,* au juste?

Il sentait poindre la colère en lui et savait qu'il devait se maîtriser. Il était assis dans la maison d'Isenham, partageait son repas et, plus que tout, avait besoin de son aide.

— De quoi avait-il peur?

— Mieux vaut en rester là, répondit Isenham, les yeux baissés sur son assiette, comme il tenait en équilibre un morceau de cornichon posé avec soin sur sa tranche de pain.

— Êtes-vous en train de dire qu'on l'avait dupé?

Il n'avait pas sitôt prononcé le mot qu'il regrettait de ne pas en avoir employé un autre, moins péjoratif. Il trahissait sa propre peine, tout en baissant la garde. Il sabotait le but initial de la rencontre et s'en voulut. D'habitude, il faisait preuve d'une plus grande habileté!

Isenham releva la tête, tout rouge et l'air pitoyable.

— Non, non, bien sûr que non. Il était juste... un peu agité. Je dois avouer que nous le sommes tous, avec cette mutinerie, déjà, et puis toute cette violence dans les Balkans.

— Père n'était pas au courant pour l'archiduc, observa Matthew. Mère et lui ont été tués ce jour-là.

— Tués ? s'enquit Isenham.

Matthew se corrigea sur-le-champ :

— Quand la voiture a quitté la route.

— Bien sûr. Je... je ne saurais dire combien j'en suis désolé. Écoutez, est-ce que vous ne préféreriez pas...

— Non. J'aimerais bien savoir ce qui l'inquiétait. Vous voyez, il m'en a parlé, mais trop brièvement.

Prenait-il un risque ? Il était délibéré. Matthew contempla le visage d'Isenham avec minutie, afin d'y déceler ne fût-ce qu'une lueur dans les yeux qui en révélerait davantage que ce qu'il avait confié, mais il ne remarqua rien. Isenham était simplement gêné.

— Je ne sais pas quoi vous dire. Je ne veux pas ternir la mémoire d'un vieil ami. Souvenez-vous de lui tel qu'il était, Matthew.

— Était-ce vraiment si grave ?

Isenham s'empourpra de plus belle.

— Non, bien sûr que non ! Juste une interprétation erronée des faits, je pense. Un rien trop dramatique, démesuré. Après tout...

Il tentait de rendre ses propos plus acceptables, mais n'y réussissait pas.

— Nous avons toujours connu des guerres ici et là depuis environ mille ans. C'est l'esprit même de notre nation, notre destinée, si vous voulez.

Il éleva la voix, galvanisé par ses propres convictions.

— Nous y survivons. Nous y survivons toujours. Ce sera atroce pendant quelque temps, mais ça ne durera guère plus de quelques mois, à mon avis.

Pour Matthew, il était clair qu'Isenham avait

conscience de révéler la faiblesse de son ami au propre fils de ce dernier, alors même que John Reavley n'était plus là pour se défendre.

— Je suis certain que peu de temps après il s'en serait rendu compte, ajouta-t-il avec maladresse.

Matthew se pencha en avant, coudes sur la table.

— À quoi pensait-il au juste?

Il sentait son cœur lui marteler la poitrine.

— Arrêtez, voyons, dit Isenham en remuant la tête. Il n'était pas clair. Honnêtement, Matthew, je ne crois pas qu'il le savait lui-même! Je pense que... je ne voulais pas dire ça, mais vous m'y avez forcé.

Il paraissait amer, la figure rougeaude sous son teint buriné.

— Je crois qu'il a pêché une vague idée et s'est imaginé la suite. Il n'a pas voulu me dire de quoi il retournait, et je pense qu'il ne le pouvait pas. Mais c'était en rapport avec l'honneur... et il souhaitait la guerre. Voilà! Je suis désolé. Je savais que cela vous peinerait, mais vous avez insisté.

C'était grotesque. John Reavley n'aurait jamais cautionné la guerre, quelles que soient les responsabilités des belligérants. C'était barbare, révoltant! Contraire à toutes les valeurs auxquelles il croyait et pour lesquelles il s'était battu toute sa vie durant, à l'honnêteté qu'il avait chérie, protégée, à la foi en l'humain qu'il avait professée! La véritable raison de sa haine des services secrets était la malhonnêteté, la manipulation des gens à des fins nationalistes, dans l'ultime but de rendre la guerre inévitable, qu'il leur attribuait.

— Il n'aurait pas souhaité la guerre! explosa Matthew, la voix tremblante.

L'idée même réduisait toutes ses certitudes à néant.

Mais avait-il si bien connu son père? Combien d'enfants connaissaient-ils leur père dans la peau du soldat, de l'amant, de l'ami? Les enfants devenaient-ils un jour assez matures pour voir clairement par-delà l'amour filial ?

— Il n'aurait jamais voulu la guerre ! réitéra Matthew avec véhémence, fixant Isenham d'un regard furieux.

Ce dernier hocha la tête.

— Il a brodé sur une vague histoire dont il avait eu vent, mais son raisonnement ne tenait pas debout. C'était un homme bon. Souvenez-vous-en, Matthew, et oubliez le reste.

Il prit une nouvelle bouchée de pain et de cornichon, puis se resservit de la viande, en parlant la bouche pleine.

— Ce genre de tension rend tout le monde un peu nerveux. La peur provoque des réactions diverses selon les gens. Certains s'enfuient. D'autres vont au-devant d'elle... car ils ne supportent pas le suspense. John faisait partie de ceux-là, semble-t-il. J'en ai vu sur le terrain de chasse parfois, davantage dans l'armée. Il faut être un homme solide pour attendre.

Matthew ressentit quasiment dans sa chair la douleur cuisante de l'accusation de faiblesse. John Reavley n'était pas un faible ! Il reprit avec peine sa respiration, brûlant de rétorquer quelque chose qui détruirait à jamais cette pensée, mais aucune idée ne lui vint et encore moins des mots.

— Il n'existe aucun complot d'envergure, seules de petites conspirations de temps à autre, dit Isenham, comme faisant fi des émotions qui tourmentaient Matthew. Il n'était plus au gouvernement et je pense que ça lui manquait.

Il agita sa main libre en ajoutant :

— Mais regardez autour de vous. Que pourrait-il donc se passer ici ?

La vérité s'abattit lentement de tout son poids sur Matthew ; Isenham avait sans doute raison, et plus il luttait contre cette prise de conscience, plus elle s'imposait à lui.

— Vous devriez vous rappeler ce qu'il y avait de meilleur en lui, Matthew. Voilà ce qu'il était vraiment.

Puis Isenham changea délibérément de sujet et Matthew laissa la conversation se porter sur le temps, les gens du village, le prochain match de cricket, les menus événements quotidiens d'une existence paisible et sûre au cœur d'un été magnifique.

Il rentra chez lui quand la pluie eut cessé. Les ormes gouttaient encore et la route exhalait une vapeur miroitant comme de la mousseline soyeuse. Le parfum de la terre était presque grisant. Les feuilles et les fleurs mouillées étincelaient sous les rayons du soleil.

En passant devant l'église, il vit un homme s'éclipser dans l'ombre du porche du cimetière, l'épais chèvrefeuille le dissimulant complètement. Lorsque Matthew parvint à sa hauteur et lança un regard oblique, l'individu avait disparu. À en juger d'après sa stature et l'inclinaison singulière de ses épaules, il s'agissait, selon lui, de la même silhouette aperçue plus tôt en arrivant chez Isenham. L'homme se rendait-il quelque part et s'était-il abrité de la pluie ? Sans pouvoir se l'expliquer, Matthew passa sous le porche et entra dans le cimetière.

Personne. Il fit quelques pas entre les tombes et jeta un regard vers le seul endroit où se cacher. L'individu n'était pas entré dans l'église, Matthew n'avait pas quitté la porte des yeux.

Il avança encore de deux ou trois mètres puis distingua sur la droite la silhouette de l'homme à demi camouflée par les troncs des ifs. Il se tenait immobile. Il n'y avait rien devant lui, hormis le mur de l'église, et il ne regardait pas vers les pierres tombales, mais au loin, vers les champs déserts.

Matthew pencha la tête, faisant mine de lire l'inscription sur la tombe devant lui. Il ne bougea pas pendant un long moment. Pas plus que l'individu derrière les ifs.

Finalement, Matthew s'approcha de la sépulture de ses parents. Il y avait des fleurs fraîches. Judith avait dû les apporter. Aucune pierre encore. L'emplacement paraissait très nu, très récent. Ce matin-là, il y avait deux semaines, ils étaient encore en vie.

Le monde semblait identique, mais c'était un leurre. Tout avait changé, comme par une belle journée soudain troublée par des nuages se massant devant le soleil. Tous les contours demeurent, mais les couleurs diffèrent, comme ternies, dépourvues de la vie qu'elles portaient en elles.

Les marques de herse sur la route étaient bien réelles, la corde sur le tronc, les pneus déchiquetés, la fouille de la maison, et à présent cet homme qui semblait le suivre.

À moins que son père ait exactement procédé ainsi, en additionnant de maigres indices sans aucun lien entre eux, pour en faire un ensemble qui ne reflétait aucune réalité ? Peut-être que les traces n'étaient pas celles de pointes de fer, mais d'autres marques laissées par quelque objet, à un autre moment ce jour-là. Peut-être qu'un engin agricole s'était arrêté là et avait laissé des empreintes de lames.

Quelqu'un avait-il réellement fouillé la maison ou avait-on mal disposé les choses, sous le choc de la tragédie, un changement d'habitude, comme le reste ?

Et qu'est-ce qui prouvait que l'homme derrière les ifs avait un rapport quelconque avec Matthew ? Il souhaitait peut-être qu'on ne le voie pas pour une dizaine de raisons : quelque chose d'aussi simple qu'un rendez-vous galant clandestin du dimanche après-midi, ou bien une tombe sur laquelle il souhaitait se recueillir loin des regards indiscrets, pour cacher son émotion. Était-ce ainsi qu'on commençait à se fourvoyer ? Un choc, trop de temps pour réfléchir, un besoin de sentir que l'on comprenait, si bien qu'on se retrouvait en train d'associer tous les morceaux d'un puzzle, peu importe qu'ils s'imbriquent ou pas.

Pendant un moment, il envisagea d'aller parler à l'homme, en faisant une remarque sur la pluie, éventuellement, puis il décida de ne pas troubler la contemplation de l'individu. Il se redressa et repassa sous le porche, puis sortit dans l'allée sans se retourner vers les ifs.

CHAPITRE VI

À quelques kilomètres de là, à Cambridge, le dimanche se révélait tout aussi calme et désolant. Le tonnerre menaça toute la matinée et, dans l'après-midi, gronda à l'ouest en se chargeant de pluies torrentielles. Joseph resta seul le plus clair de la journée. Comme les autres, il se rendit à la chapelle à onze heures et noya toute pensée dans la musique, pendant une heure. Il prit son déjeuner au réfectoire qui, en dépit de sa magnificence, rendait claustrophobe à cause de la chaleur et du temps accablant au-dehors. Au prix d'un effort, il discuta à bâtons rompus avec Harry Beecher qui s'enthousiasmait pour les dernières découvertes des égyptologues. Il rentra ensuite lire chez lui. L'*Illustrated London News* était posé sur la table de son bureau et il jeta un coup d'œil à la rubrique « Arts et spectacles », en évitant l'actualité, dominée par les images des obsèques du grand homme d'État Joseph Chamberlain. Il n'avait aucun désir de regarder des photographies de personnes endeuillées.

Il envisagea de lire la Bible, mais préféra se perdre dans la splendeur familière de *L'Enfer* de Dante. Son imagerie se révélait si puissante qu'elle le transportait hors du présent, de même que sa sagesse était pour l'instant assez intemporelle pour l'arracher à son chagrin et à sa confusion.

C'était infiniment juste : les châtiments pour les péchés n'étaient pas jugés de l'extérieur, décidés par une puissance suprême, mais étaient les péchés eux-mêmes, perpétués pour l'éternité, dépourvus des masques qui les avaient jadis rendus séduisants. Ceux qui cédaient aux tempêtes égoïstes de la passion, sans se soucier de ce qu'elles coûteraient à autrui, se retrouvaient désormais battus et tourmentés par des vents incessants, forcés de se lever contre eux sans répit. Et ainsi de suite, en des cycles successifs, les péchés de complaisance qui blessaient l'individu, les péchés de colère qui blessaient autrui, jusqu'à la trahison et la corruption de l'esprit qui dégradaient toute l'humanité. Cela procédait d'une logique universelle.

Et néanmoins, songea Joseph, la beauté était là. Le Christ marchait toujours « sur les eaux du Styx sans se mouiller les pieds ».

Si l'inspecteur Perth travaillait, Joseph ne le vit pas ce jour-là. Pas plus qu'Aidan Thyer ou tout autre membre de la famille Allard.

Matthew passa le voir un bref moment en rentrant à Londres, juste pour lui dire combien la mort de Sebastian l'attristait. Il se montra gentil, compatissant.

— C'est affreux, dit-il, laconique, en s'asseyant dans l'appartement de Joseph, comme le jour déclinait. Je suis réellement désolé.

Des milliers de mots tournoyaient dans la tête de Joseph, mais aucun ne paraissait important, et il en faudrait sans doute davantage pour le réconforter. Il demeura silencieux, juste heureux de la présence de Matthew.

Le lundi se révéla différent, toutefois. C'était le 13 juillet. La veille, le Premier ministre avait, semblait-il, donné une longue allocution sur l'inefficacité des méthodes de recrutement de l'armée alors en vigueur. Un rappel cinglant et fâcheux : si la situation des Balkans n'était pas résolue et que la guerre éclatait, la Grande-Bretagne se verrait donc dans l'incapacité de se défendre.

Aux yeux de Joseph, la présence de Perth à St. John était une préoccupation plus immédiate. L'inspecteur se déplaçait avec discrétion, interrogeant les gens à tour de rôle. Joseph l'aperçut ici et là, laissant toujours dans son sillage un groupe de jeunes gens des plus troublés.

— Je déteste ça ! lâcha Elwyn en croisant Joseph dans la cour.

Elwyn était agité, comme ballotté de toutes parts, essayant d'aider tout le monde, alors qu'il souhaitait désespérément se retrouver seul avec son propre chagrin. Il contempla la silhouette de Perth qui s'éloignait.

— Il a l'air de penser que le coupable est l'un d'entre nous ! Mère le surveille comme un faucon. Elle le croit capable de fournir une réponse d'une minute à l'autre. Mais, pourtant, cela ne ressusciterait pas Sebastian.

Il baissa les yeux.

— Et c'est la seule chose qui la rendrait heureuse.

Joseph devinait dans le visage du jeune homme ce qu'il ne disait pas : Mary Allard folle de douleur, fustigeant tout le monde de ses propos, sans se rendre compte du mal qu'elle causait à son autre fils, puis Gerald égrenant de vaines phrases de réconfort qui ne faisaient que décupler la rage de sa femme, et, pour finir, Elwyn qui tentait à tout prix d'adopter l'attitude qu'on attendait de lui.

— Je sais que c'est pénible, répondit Joseph. As-tu envie de t'éloigner un peu de la faculté pendant un moment ? Faire une balade en ville ? J'ai besoin de nouvelles chaussettes. J'en ai laissé à la maison.

Elwyn écarquilla les yeux.

— Oh, mon Dieu ! J'ai oublié pour vos parents. Je suis terriblement désolé !

Joseph sourit.

— Ne t'inquiète pas. Moi-même, j'oublie parfois. Une promenade, ça te dit ?

— Oui, monsieur. Volontiers. En fait, il me faut certains livres. J'irai chez Heffer. Vous pouvez tenter votre chance chez Eaden Lilley. C'est quasiment la meilleure mercerie des environs.

Il faisait beau et frais après la pluie et, dans la circulation du lundi matin, une demi-douzaine d'automobiles se mêlaient aux camionnettes, camions et charrettes. Cyclistes et piétons louvoyaient entre les véhicules avec une habileté consommée. C'était plus calme que durant la période de cours, en raison de l'absence des habituelles silhouettes en toge.

— S'ils ne trouvent aucun coupable, que se passera-t-il ? s'enquit Elwyn dès qu'ils purent converser et s'entendre dans le brouhaha.

— Je suppose qu'ils abandonneront, répondit Joseph.

Il jeta un coup d'œil à son compagnon et lut l'anxiété sur sa figure.

— Mais ils trouveront.

Joseph n'avait pas sitôt prononcé ces paroles qu'il comprit son erreur. Il vit l'atroce souffrance d'Elwyn. Il s'arrêta sur le trottoir, prit le bras du jeune homme pour qu'il s'arrête lui aussi.

— Sais-tu quelque chose ? questionna-t-il brusquement. As-tu peur de le dire, au cas où cela fournirait à quiconque un mobile pour avoir tué Sebastian ?

— Non, je ne sais rien ! rétorqua Elwyn, le visage en feu et les yeux brillants. Sebastian n'était pas aussi parfait que maman le pense, mais c'était foncièrement quelqu'un de bien. Vous le savez ! Certes, il disait des bêtises parfois et pouvait vous réduire en miettes avec ses mots, mais comme beaucoup de gens. Il faut bien vivre avec. C'est comme exceller en aviron ou en boxe... ou je ne sais quel domaine. Tantôt on gagne et tantôt on perd. Même ceux qui n'appréciaient guère Sebastian ne le détestaient pas !

L'émotion le subjuguait.

— J'aurais préféré... j'aurais préféré qu'ils n'aient pas eu à faire ça !

— Moi aussi, approuva Joseph avec sincérité. Peut-être va-t-on découvrir qu'il s'agissait d'un accident plutôt que d'un acte délibéré.

Elwyn ne lui fit pas grâce d'une réponse et préféra changer de sujet :

— Pensez-vous qu'il va y avoir la guerre, monsieur ? demanda-t-il en reprenant la marche.

Joseph songea aux paroles du Premier ministre dans le journal.

— Il nous faut une armée, que la guerre éclate ou non, dit-il avec bon sens. Et la mutinerie dans le Curragh a révélé quelques faiblesses.

— Et comment ! dit Elwyn en fourrant les mains dans ses poches, les épaules tendues.

Il était plus carré, plus musclé que Sebastian, mais ses cheveux blonds et son teint hâlé n'étaient pas sans évoquer son frère.

— Il est allé en Allemagne au printemps, vous savez ? poursuivit-il.

— Sebastian ? fit Joseph, surpris. Non, je l'ignorais. Il n'y a jamais fait allusion.

Elwyn lui lança un bref regard, ravi d'avoir été le premier au courant.

— Il a adoré le pays, dit-il avec un petit sourire. Il avait l'intention d'y retourner dès que possible. Il étudiait Schiller à ses heures perdues. Et Goethe, bien sûr. Selon lui, il fallait être barbare pour ne pas aimer la musique ! Dans toute l'histoire de l'humanité, un seul Beethoven a vu le jour.

— Je savais qu'il avait peur, bien entendu, lui répondit Joseph. Nous en avions parlé l'autre jour.

— Il s'inquiétait, vous voulez dire... il n'avait pas peur ! Sebastian n'était pas un lâche !

— Je le sais, s'empressa de répliquer Joseph avec franchise. Je voulais dire qu'il craignait que la beauté qu'il appréciait soit détruite, mais il n'avait pas peur pour lui.

— Oh... fit Elwyn en recouvrant son calme.

Dans ce simple accès d'humeur, Joseph discerna toute la ferveur de Mary, sa fierté et sa fragilité, son identification à ses fils, surtout l'aîné.

— Oui, bien sûr, ajouta Elwyn. Je suis navré.

Joseph lui sourit.

— N'y pense plus. Et ne passe pas ton temps à essayer d'imaginer qui haïssait Sebastian ou pourquoi on le détestait. Laisse faire l'inspecteur Perth. Prends soin de toi... et de ta mère.

— C'est ce que je fais. Du mieux possible.

— Je sais.

Elwyn hocha la tête avec tristesse.

— Au revoir, monsieur.

Il se dirigea vers la librairie et laissa Joseph continuer son chemin vers le grand magasin, en quête de chaussettes.

Une fois à l'intérieur, il naviguait entre les tables et les étagères dressées jusqu'au plafond. Il en ressortait avec ses achats, lorsqu'il manqua heurter Edgar Morel.

Ce dernier eut l'air gêné.

— Désolé, monsieur, s'excusa-t-il, en s'écartant. Je... j'étais dans la lune.

— Tout le monde est bouleversé, affirma Joseph.

Et il allait s'éloigner quand il comprit que Morel le regardait toujours.

Une jeune femme passa devant eux. Elle portait une robe marine et blanc, les cheveux remontés sous un chapeau de paille. Elle hésita un instant, en souriant à Morel. Il s'empourpra, sembla sur le point de dire quelque chose, puis détourna le regard. Elle se ravisa et pressa le pas.

— J'espère ne pas l'avoir fait fuir, commenta Joseph.

— Non! se défendit Morel un peu trop vivement. Elle... était plus l'amie de Sebastian que la mienne. Je suppose qu'elle voulait juste présenter ses condoléances.

Joseph songea qu'on était loin de la vérité. Elle avait dévisagé Morel avec une certaine insistance.

— Est-ce que Sebastian la connaissait bien? s'enquit-il.

Elle avait paru séduisante, sans doute âgée d'un peu moins de vingt ans, et avait une démarche gracieuse.

— Je ne sais pas, répondit Morel.

Et, cette fois, Joseph fut certain que son interlocuteur mentait.

— Désolé de vous avoir bousculé, monsieur, enchaîna le jeune homme. Si vous voulez bien m'excuser...

Et avant que Joseph puisse poursuivre la conversation, Morel gagna prestement la porte d'Eaden Lilley et disparut dans le magasin.

Joseph marcha encore un peu dans la ville, en s'arrêtant un court moment dans Petty Cury, qui menait au marché. Il passa devant Jas. Smith and Sons, puis le Star and Garter, évita deux ou trois charrettes de livraison et deux dangereuses bicyclettes roulant à vive allure, puis revint à St. John par Trinity Street.

Mardi ressembla à la veille, une routine faite de menues corvées. Il vit l'inspecteur Perth aller et venir, l'air affairé, mais réussit à éviter de trop penser au décès de Sebastian jusqu'à ce que Nigel Eardslie l'interpelle comme il traversait la cour dans l'après-midi. Il faisait de nouveau très lourd; les fenêtres de toutes les pièces occupées étaient ouvertes en grand et, ici ou là, de la musique ou des éclats de rire s'en échappaient.

— Docteur Reavley!

Joseph s'arrêta.

La figure carrée d'Eardslie était toute chiffonnée par l'inquiétude, ses yeux noisette fixés sur ceux de Joseph.

— Ce policier vient juste de me parler, monsieur; il m'a posé beaucoup de questions sur Allard. Je ne sais vraiment pas quoi dire.

— Si vous savez quelque chose qui soit en rapport avec sa mort, alors vous devez dire la vérité, répliqua Joseph.

— J'ignore la vérité! avoua Eardslie, pitoyable. S'il s'agit simplement de savoir où je me trouvais ou si j'ai vu ceci ou cela, je peux répondre, bien sûr. Mais il souhaitait savoir comment était Allard! Comment puis-je y répondre correctement?

— Vous le connaissiez fort bien. Parlez-lui de sa personnalité, dites-lui comment il travaillait, quels étaient ses amis, ses espoirs et ses ambitions.

— On ne l'a pas tué pour ces raisons-là, rétorqua le garçon. Dois-je aussi lui parler de ses sarcasmes? La façon dont il vous dépeçait avec sa langue et vous faisait passer pour un fieffé imbécile?

Eardslie avait le visage tendu et semblait accablé.

Joseph voulut le contredire. Tel n'était pas le jeune homme qu'il avait connu. Mais aucun étudiant n'oserait exercer sa vanité ou sa cruauté sur un professeur. Une brute choisit la cible la plus vulnérable.

— Je pourrais lui raconter combien Sebastian était drôle, poursuivait Eardslie. Il me faisait parfois rire à m'en couper le souffle, mais cela pouvait être aux dépens d'un tiers, surtout si celui-ci l'avait critiqué peu de temps auparavant.

Joseph ne répondit pas.

— Dois-je préciser qu'il pouvait pardonner de manière admirable et n'en attendait pas moins à son égard, quoi qu'il ait fait, parce qu'il était intelligent et beau? continua Eardslie. Et si vous lui empruntiez quelque chose sans le lui demander, et que vous le perdiez ou le cassiez, il pouvait écarter le problème d'un geste désinvolte et vous faire croire qu'il s'en moquait, même s'il tenait à cet objet.

Il grimaça un peu, tandis que ses yeux perdaient de leur éclat.

— Mais si vous contestiez son jugement ou le battiez dans un de ses domaines de prédilection, il pouvait vous en vouloir beaucoup plus que n'importe qui de ma connaissance. Il était généreux... il vous aurait donné n'importe quoi. Mais Dieu qu'il pouvait être cruel!

Il dévisagea Joseph d'un air impuissant :

— Je ne peux pas dire cela à la police. Il est mort.

Joseph resta coi. Ce n'était pas le Sebastian qu'il connaissait. Eardslie exprimait-il sa jalousie? Ou bien la vérité que Joseph avait refusé de voir?

— Vous ne me croyez pas, n'est-ce pas? le défia Eardslie. Perth le pourrait mais les autres, non. Morel sait que Sebastian lui a pris sa petite amie, Abigail quelque chose, puis l'a laissée tomber. Je pense qu'il a simplement agi ainsi parce qu'il en était capable. Elle a rencontré Sebastian, a vu en lui une sorte de jeune Apollon, et il l'a laissée y croire. Ça le flattait.

— Si quelqu'un tombe amoureux de vous, vous n'y pouvez rien, protesta Joseph.

Mais il se rappela les traits de caractère attribués au dieu grec, l'infantilisme, la vanité, une certaine cruauté.

Eardslie le contempla avec une rage à peine contenue.

— On peut agir en conséquence! rétorqua-t-il. On ne prend pas la petite amie de son ami. Vous le feriez, vous?

Puis il rougit, l'air penaud.

— Navré, monsieur. Je me suis montré grossier.

Il releva le menton.

— Mais Perth pose tout un tas de questions. On tient

à être respectueux et juste envers les morts. Pourtant quelqu'un l'a tué et ils disent que le coupable doit être parmi nous. Je n'arrête pas d'observer tout le monde et de m'interroger sur l'un ou l'autre. J'ai rencontré Rattray dans les Backs hier et j'ai commencé à me souvenir des disputes qu'il avait eues avec Sebastian, puis je me suis demandé si ça pouvait être lui. Il a un de ces fichus caractères !

Il rougit encore.

— Je me suis rappelé une querelle que j'avais eue, avant de me demander s'il pensait la même chose à mon égard !

Ses yeux imploraient, comme pour qu'on le rassure.

— Tout le monde a changé ! J'ai l'impression de ne plus vraiment connaître qui que ce soit... et pire encore, je crois bien que plus personne ne me fait confiance non plus. J'ai ma conscience pour moi et je sais que je ne suis pas coupable, mais tout le monde l'ignore !

Il prit une profonde inspiration.

— Les amitiés que je croyais acquises ont disparu. Le mal est déjà fait !

— Elles *existent* toujours, répliqua Joseph avec fermeté. Ne vous laissez pas emporter par votre imagination, Eardslie. Bien sûr que tout le monde est bouleversé par le décès de Sebastian... et tout le monde a peur. Mais d'ici un jour ou deux, j'imagine que Perth aura résolu l'affaire, et vous comprendrez tous que vos soupçons étaient infondés. Une seule personne a commis un acte tragique et malveillant, mais en dehors d'elle aucun d'entre nous n'a changé.

Sa voix paraissait terne et irréelle. Il ne croyait pas ce qu'il affirmait lui-même... alors comment Eardslie le pourrait-il ? Il méritait mieux, pourtant Joseph ne pouvait lui offrir des paroles à la fois réconfortantes et tant soit peu honnêtes, même de manière détournée.

— Oui, monsieur, dit Eardslie, docile. Merci, monsieur.

Il s'éloigna, et disparut sous l'arcade donnant sur la seconde cour, laissant Joseph tout seul.

Le lendemain matin, Joseph se retrouva assis à son bureau, après avoir écrit à Hannah, une tâche des plus difficiles pour lui. Commencer la lettre se révélait assez simple, mais dès qu'il tenta de dire quelque chose de sincère, le visage de sa sœur lui apparut et il y vit toute sa solitude, la stupéfaction qu'elle essayait en vain de dissimuler. Le chagrin ne lui était pas familier. La gentillesse qu'elle témoignait à autrui s'enracinait dans les certitudes de sa propre existence ; d'abord ses parents et Joseph, puis Matthew et Judith, plus jeunes qu'elle et lui faisant confiance, voulant devenir comme elle. Plus tard, ce fut Archie, puis ses propres enfants.

Elle lui rappelait tant Alys, pas seulement dans son physique, mais dans ses gestes, le ton de sa voix, parfois même les mots qu'elle employait, les couleurs qu'elle aimait, sa façon de peler une pomme ou de marquer la page d'un livre qu'elle lisait, à l'aide d'un bout de papier plié.

Hannah et Eleanor s'étaient appréciées d'emblée, comme des amies s'étant perdues de vue puis retrouvées. Il se souvint combien cela lui avait plu.

Hannah avait été la première à venir vers lui, après la mort d'Eleanor, et c'est à elle qu'elle manquait le plus, même si elles avaient vécu à des kilomètres l'une de l'autre.

Il savait qu'elles s'étaient écrit chaque semaine de longues missives chargées de pensées et d'émotions, des menus détails de la vie domestique, plus par affection que pour donner des nouvelles. Écrire à Hannah relevait du tour de force, à présent, et ressuscitait les fantômes du passé.

Il avait fini, de manière plus ou moins satisfaisante, et tentait de composer une lettre à Judith, lorsqu'on frappa un coup discret à la porte.

Supposant la visite d'un étudiant, Joseph invita simplement la personne à entrer. Cependant, c'était Perth qui apparut et qui referma derrière lui.

— 'jour, révérend! lança-t-il avec chaleur.

Il arborait le même complet sombre, quelque peu poché aux genoux, et un nouveau col raide immaculé.

— Désolé d'vous interromp' dans vot' courrier.

— Bonjour, inspecteur, répondit Joseph en se levant, par courtoisie, certes, mais aussi sous l'effet de la surprise et parce qu'il se sentait désavantagé en restant assis. Vous avez du nouveau?

Il n'était pas certain de la réponse qu'il attendait. Il fallait bien se résoudre à l'évidence, mais Joseph n'était pas prêt à accepter qu'une personne de sa connaissance ait pu assassiner Sebastian, quand bien même son cerveau comprenait que cela devait être la vérité.

— Pas vraiment, répondit Perth en secouant la tête. J'ai causé à vos jeunes gens, bien sûr.

Il passa une main dans ses cheveux fins.

— Le problème, c'est qu'si un homme dit qu'il était au lit à cinq heures et demie du matin, qui donc va savoir s'il ment ou pas? Mais j'peux pas m'permettre de l'croire sur parole, voyez? Pour vous, c'est aut' chose, puisque j'sais d'après le docteur Beecher qu'vous étiez en train d'canoter sur la rivière.

— Oh? s'étonna Joseph.

Il ne se rappelait pas avoir vu son collègue.

Il invita Perth à s'asseoir.

— Désolé, mais j'ignore comment vous aider. Personne ne traîne d'habitude dans les couloirs ou les escaliers à cette heure-là.

— Pas d'chance pour nous.

L'inspecteur s'installa dans le grand fauteuil, face à celui de Joseph, où ce dernier se rassit.

— Pas l'moindre témoin, reprit Perth d'une voix misérable. Certes, les gens poussent pas l'vice à commettre un meurtre quand y savent que quelqu'un d'aut' les r'garde. En général, on arrive à en éliminer un sacré bon nombre, parce qu'ils peuvent prouver qu'ils étaient ailleurs.

Il dévisagea Joseph avec gravité.

— On aborde un crime, notamment un meurtre, sous trois points d'vue différents, révérend.

Il leva le pouce, en poursuivant :

— D'abord, qui avait l'occasion de l'commettre ? Si quelqu'un s'trouvait pas là à ce moment-là, ça l'met hors de cause.

— Naturellement, dit Joseph dans un hochement de tête.

Perth continuait à le fixer des yeux.

— Ensuite, dit-il en levant l'index, y a l'arme... dans ce cas, un revolver. Qui en possédait un ?

— Aucune idée.

— C'est dommage, voyez, car personne d'aut' n'a la moindre idée, ou c'est c'qu'y disent, en tout cas.

Perth gardait l'attitude bienveillante d'un professeur en présence d'un étudiant brillant, tandis qu'il développait peu à peu son raisonnement.

— On sait qu'c'était un p'tit calibre, un revolver quelconque, en raison d'la balle... qu'on a retrouvée, soit dit en passant.

Joseph tressaillit à l'idée qu'elle avait traversé le cerveau de Sebastian, pour se ficher sans doute dans le mur de la chambre. Il n'avait pas regardé. À présent, il sentait les yeux de l'inspecteur qui l'observaient, mais ne pouvait masquer la révulsion sur son visage.

— Et, bien entendu, ce serait malvenu de transporter une carabine ou un fusil d'chasse avec soi dans un lieu pareil, reprit Perth d'une voix dépourvue émotion. Aucun endroit pour le cacher sans êt' vu, sauf si c'est une trompette ou quelque chose dans l'genre. Mais qu'est-ce qu'on f'rait avec une trompette à cinq heures du matin ?

— Une batte de cricket, suggéra aussitôt Joseph. Si...
Perth écarquilla les yeux.
— Très malin, révérend! J'y ai jamais pensé, mais vous avez raison. Suffit d'aller s'entraîner tranquillement sur cette jolie pelouse, près d'la rivière, ou même sur un d'ces terrains de sport... Fenner's... ou l'autre... comment qui s'appelle, déjà? Parker's Piece.
— Parker's Piece appartient à la ville, remarqua Joseph. L'université utilise Fenner. Mais on ne peut pas s'entraîner tout seul.
— Bien sûr. La ville d'un côté, l'université de l'autre.

Perth opina du chef en plissant les lèvres.

Un gouffre les séparait, infranchissable, et Joseph venait de le lui rappeler par inadvertance.

— Mais, voyez, not' gars n'a p'têt' pas respecté la règle, dit l'inspecteur d'un ton rigide, l'expression tendue, sur la défensive. En fait, y s'peut qu'y s'soit même pas entraîné, dans la mesure où il aurait eu une arme à feu, dans son cas, et pas une batte.

Il se pencha en avant.

— Mais puisqu'on a beaucoup d'mal à mett' la main sur ce revolver, qui peut s'trouver n'importe où, à l'heure qu'il est, ça veut dire qu'il nous reste un dernier point à traiter pour le confondre, non? Le mobile!

Et il leva le majeur.

Joseph aurait dû le comprendre dès l'arrivée de Perth. L'inspecteur savait que Joseph n'aurait aucun renseignement à lui fournir au sujet des méthodes ou des circonstances du meurtre. Il n'était certes pas là simplement pour tenir Joseph informé.

— Je vois, dit-il d'un ton morne.
— J'en suis certain, révérend, admit Perth, une lueur de satisfaction dans les yeux. Pas facile à trouver. Pas même en tenant compte du fait que personne veut s'incriminer, ni veut dire du mal du mort. C'est pas cor-

rect. Pourquoi qu'ça s'passe comme ça, révérend ? Ça doit souvent vous arriver dans vot' travail.

— Je n'exerce pas mon ministère en ce moment, expliqua Joseph, surpris par la culpabilité que cela éveillait en lui, tel un capitaine ayant abandonné son navire par mauvais temps, sous les yeux de son équipage.

C'était ridicule : il accomplissait là une tâche tout aussi importante, et qui lui convenait mieux.

— Vous êtes toujours ordonné, pas vrai ? répliqua l'inspecteur.

— Oui.

— Vous d'vez savoir juger les gens et m'est avis qu'ils vous font plus confiance qu'à la plupart pour vous dire des choses.

— Quelquefois, répondit Joseph avec prudence, en regrettant amèrement qu'on se soit si peu confié à lui. Mais c'est la nature même de la confiance, inspecteur, et je ne la trahirai pas. Toutefois, je puis vous dire que j'ignore qui a bien pu tuer Sebastian Allard, et pourquoi.

Perth hocha lentement la tête.

— J'vous crois sur parole, m'sieu. Mais vous devez sans doute connaît' ces jeunes gens mieux qu'quiconque.

— Je ne vois pas pour quelle raison ! Être pasteur implique que les gens ont tendance à ne pas vous livrer leurs pensées les plus mauvaises !

Il saisit avec consternation la profonde évidence de sa déclaration. Combien de choses lui avaient-elles échappé ? Depuis combien de temps ? Combien d'années ? Son propre chagrin l'avait-il isolé de la réalité jusqu'à le rendre incompétent ? Sans saisir toute la teneur de ses propos, il s'exprima avec une véhémence inopinée :

— Mais je vais le découvrir ! J'aurais dû m'en douter !

Il le pensait farouchement, avec toute l'énergie d'un homme qui se débat pour ne pas sombrer. Perth avait peut-être besoin de résoudre le meurtre de Sebastian pour sauver sa réputation professionnelle, ou même prouver que les gens de la ville valaient bien ceux de l'université, mais Joseph en avait besoin pour sa foi en la raison et en la capacité des hommes à s'élever au-dessus du chaos.

Perth acquiesça d'un hochement de tête, mais il garda les yeux écarquillés sans battre des paupières.

— Fort bien, révérend.

Il reprit sa respiration, comme pour ajouter quelque chose, mais hocha de nouveau la tête.

Après le départ de l'inspecteur, Joseph commença à mesurer l'ampleur de la tâche qu'il s'était promise. Il devait mener sa propre enquête.

Aidan Thyer fut la première personne à laquelle il s'adressa. Il le trouva chez lui, en train d'achever un petit déjeuner tardif. Thyer semblait las et anxieux, ses cheveux blonds plus grisonnants qu'ils ne le paraissaient à première vue. Il dévisagea Joseph d'un air surpris, quand la bonne l'introduisit dans la salle à manger.

— Bonjour Reavley. Tout va bien, j'espère ?
— Rien de neuf, répondit Joseph un peu sèchement.
— Du thé ? proposa Thyer.
— Merci, dit Joseph en s'asseyant.

Non pas qu'il souhaitât particulièrement en boire, mais cela contraignait le maître de maison à poursuivre la conversation.

— Comment vont Gerald et Mary ?

La figure de Thyer se contracta.

— Inconsolables. C'est naturel, je présume. Je ne puis imaginer à quoi ressemble la perte d'un fils, encore moins en de telles circonstances.

Il prit une nouvelle bouchée de son toast.

— Connie fait de son mieux, mais cela n'y change quasiment rien.

— Je suppose que la pire des choses, c'est de se rendre compte qu'une personne le détestait au point d'avoir recours au meurtre. Je dois bien admettre que j'ignorais qu'une telle passion puisse agiter qui que ce soit ici.

Joseph saisit la théière en argent et se servit une tasse, qu'il but à timides gorgées : le thé était très chaud.

— Ce qui prouve que j'étais trop peu attentif.

Thyer le regarda d'un air étonné.

— Je l'ignorais moi-même ! Pour l'amour du ciel, pensez-vous que si j'avais...

— Non ! Bien sûr que non, se hâta de répondre Joseph. Mais vous auriez peut-être au moins soupçonné mieux que moi une violence sous-jacente, une rivalité, un affront réel ou imaginé, voire une menace quelconque.

La vérité l'embarrassait et c'était difficile à admettre.

— J'étais tellement plongé dans leur travail universitaire que j'accordais trop peu d'attention à leurs autres pensées ou à leurs sentiments. Peut-être que vous, non ?

— Vous êtes un idéaliste, admit Thyer en prenant sa tasse.

Mais son regard perçant n'avait rien d'hostile.

— Et vous ne pouvez vous le permettre, répondit Joseph. Qui détestait Sebastian ?

— Vous ne mâchez pas vos mots !

— Je pense qu'il vaudrait mieux que nous le sachions avant Perth, non ?

Thyer reposa son thé et regarda son interlocuteur droit dans les yeux.

— En fait, plus de gens que vous n'oseriez le croire. Vous l'aimiez beaucoup, car vous connaissiez sa famille, et peut-être vous a-t-il montré le meilleur de lui-même pour cette raison.

Joseph prit une longue inspiration.

— Et qui a vu sa face cachée ?

Comme à son insu, le visage familier et ironique de Harry Beecher lui apparut, assis sur le banc du *Pickerel*.

Thyer réfléchit quelques instants.

— La plupart des gens, d'une manière ou d'une autre. Oh, il poursuivait de brillantes études, vous aviez raison et vous l'avez perçu avant tout le monde. Il avait le potentiel qui confinerait un jour à l'excellence et ferait de lui l'un des grands poètes de la langue anglaise. Mais il lui restait du chemin à faire pour parvenir à une forme de maturité affective.

Il haussa les épaules.

— Non pas qu'elle soit nécessaire à un poète. On ne peut guère la déceler chez Byron ou Shelley, pour ne citer qu'eux. Et j'ai tendance à croire que tous deux ont probablement échappé au meurtre plus par chance que par vertu.

— Ce n'est pas très précis, dit Joseph, qui aurait souhaité se décharger sur Perth, et connaître uniquement le coupable, en ignorant à jamais le mobile.

Mais il était déjà trop tard.

Thyer soupira.

— Eh bien, cela cache toujours une histoire de femmes, je suppose. Sebastian était séduisant et adorait exercer son charme et le pouvoir qu'il lui conférait. Peut-être qu'avec le temps il aurait appris à le contrôler, ou bien cela n'aurait fait qu'empirer. Il faut posséder un certain caractère pour avoir du pouvoir et se retenir de l'exercer. Il en était encore loin.

Son visage se crispa jusqu'à en devenir singulièrement lugubre.

— Et, bien sûr, il y a toujours la possibilité qu'il ne s'agisse pas d'une femme, mais d'un homme. Cela arrive, surtout dans un endroit comme Cambridge. Un homme plus âgé, un étudiant plein de vitalité et d'idéaux, une envie...

Il s'interrompit. Inutile d'expliquer plus avant.

Joseph entendit du bruit et se tourna pour voir Connie debout derrière lui, le visage grave, une lueur de rage dans ses yeux sombres.

— Bonjour, docteur Reavley.

Elle entra et referma la porte d'un coup sec derrière elle. Les formes courbes de sa robe lavande, incroyablement entravée aux genoux, soulignaient sa silhouette voluptueuse et la couleur flattait son teint. Même en pareilles circonstances, cette femme constituait un plaisir pour les yeux.

— Voyons, Aidan, si tu dois parler avec une telle liberté, tu pourrais au moins le faire plus discrètement ! dit-elle d'un ton sec, en s'approchant. Et si Mme Allard t'avait entendu ? Elle ne supporte que les éloges pour son fils, ce qui est assez naturel en l'occurrence, je suppose. Je ne crois pas qu'il ait été un saint — peu d'entre nous le sont —, mais c'est ainsi qu'elle a besoin d'y songer en ce moment. Et, hormis la cruauté inutile de la chose, je n'ai pas envie de me retrouver avec un cas d'hystérie sur les bras.

Elle se détourna de son mari, probablement sans remarquer son visage assombri, comme s'il avait reçu un coup auquel il s'attendait à moitié.

— Voulez-vous prendre un petit déjeuner, docteur Reavley ? suggéra-t-elle. La cuisinière vous préparera quelque chose sans aucun problème.

— Non, merci.

Joseph se sentait mal à l'aise d'avoir souhaité que Thyer s'exprime librement, de même qu'il était gêné d'avoir assisté à son drame intime.

— Je crains d'avoir poussé le directeur à formuler ces remarques, dit-il à Connie. Je l'interrogeais, car j'ai l'impression que nous devons savoir la vérité, si possible avant que la police ne découvre une erreur de jugement chez un étudiant... ou l'un d'entre nous, du reste.

Il parlait trop, se lançait dans des explications inutiles, mais ne pouvait s'arrêter.

Connie s'assit en bout de table, et Joseph sentit son léger parfum de muguet. L'espace d'un instant, la perte d'Alys lui sembla plus cruelle que jamais.

— Je suppose que vous avez raison, concéda-t-elle. Parfois la peur se révèle plus forte que la vérité. En tout cas, la vérité ne détruira qu'une seule personne. Mais je me berce d'illusions, peut-être?

Une lueur de lucidité traversa le visage de Thyer et il reprit sa respiration pour intervenir, puis se ravisa.

Cette fois, Joseph était sincère.

— Oui... je suis désolé, mais je crois que vous vous leurrez, dit-il à Connie. Les étudiants m'ont demandé s'ils devaient confier à l'inspecteur ce qu'ils savaient au sujet de Sebastian, ou bien être fidèles à sa mémoire et le dissimuler. Je leur ai conseillé de dire la vérité et, à cause de cela, Foubister et Morel, qui étaient amis depuis leur arrivée, se sont disputés âprement, chacun se sentant trahi par l'autre. Et nous avons tous appris les uns sur les autres des choses que nous étions ravis de ne pas savoir.

Toujours sans regarder son époux, elle tendit la main et effleura le bras de Joseph.

— Il semble que l'ignorance soit un luxe que nous ne pouvons plus nous accorder. Sebastian était très charmant et certainement doué, mais sa personnalité présentait aussi des facettes moins séduisantes. Je sais que vous auriez préféré ne pas les avoir vues et votre charité vous honore.

— Pas du tout, objecta-t-il, pitoyable. C'était pour me protéger et non par générosité d'esprit. Je dirais même que la lâcheté est le mot convenable.

— Vous êtes trop dur envers vous.

Elle se montrait d'une grande bienveillance. Son visage possédait une douceur qu'il avait toujours appréciée. À présent, avec un respect qui le surprit, il se disait qu'Aidan Thyer avait beaucoup de chance.

En début de soirée, Joseph se rendit comme toujours à la salle commune des seniors pour un moment de paisible camaraderie avant le dîner. Dès son arrivée ou presque, il vit Harry Beecher assis dans un fauteuil confortable près de la fenêtre, en train de siroter ce qui avait tout l'air d'un gin-tonic.

Transporté par une soudaine bouffée de plaisir, Joseph s'avança vers lui. Il entretenait depuis des années une relation amicale avec Beecher et n'avait jamais trouvé en lui cet esprit étriqué ou cet égocentrisme qui rendaient les gens aveugles aux sentiments d'autrui.

— Votre boisson habituelle, monsieur ? s'enquit le serveur.

Et Joseph accepta avec une profonde sensation d'aisance devant la parfaite opulence des lieux, les gens qu'ils connaissaient et trouvaient si chaleureux durant cette dernière année difficile. La plupart pensaient comme lui. Ils partageaient le même héritage et les mêmes valeurs. Les dissensions se révélaient mineures et, dans l'ensemble, ajoutaient de l'intérêt à ce qui autrement aurait pu devenir assez fade. Le débat d'idées donnait du sel à la vie. Se voir toujours approuvé devait mener à une solitude intolérable, fermée sur les jeux de miroirs sans fin d'un esprit devenu stérile.

— On dirait que le président français va se rendre en Russie pour parler au tsar, observa Beecher en buvant son verre à petites gorgées.

— À propos de la Serbie ? demanda Joseph, même s'il s'agissait d'une question de pure forme.

— Quelle pagaille ! fit Beecher en secouant la tête. Walcott pense qu'il y aura la guerre.

Walcott était un maître assistant en histoire contemporaine que tous deux connaissaient.

— Bon sang, il pourrait se montrer plus discret dans ses opinions !

Une lueur de dégoût traversa son regard.

— Tout le monde est déjà assez bouleversé sans cela.

Joseph prit le verre que lui tendait le serveur et le remercia, puis attendit qu'il soit hors de portée de voix.

— Oui, je sais, admit-il, mécontent. Plusieurs étudiants en ont parlé. On ne peut guère leur en vouloir d'être inquiets.

— Même dans le pire des cas, je ne pense pas que nous serons impliqués dans le conflit.

Beecher rejeta l'idée en buvant une nouvelle gorgée.

— Mais si... disons, on fait appel à notre aide ?

Il haussa les sourcils d'un air légèrement espiègle.

— Je ne sais pas qui nous en demanderait. Je n'arrive pas à nous imaginer vraiment concernés par les Autrichiens ou les Serbes. Quoi qu'il en soit, nous n'avons pas de conscription. Uniquement une armée de volontaires.

Il eut un sourire contraint.

— Je pense qu'ils sont fichtrement perturbés par le meurtre de Sebastian Allard, et c'est réellement cela qui les tourmente.

Ses lèvres se plissèrent un instant.

— Malheureusement, selon toute évidence, l'assassin doit être quelqu'un d'ici, à la faculté.

Il regarda soudain Joseph avec une franchise intense.

— Je suppose que tu n'as aucune idée, n'est-ce pas ? Tu ne pousserais pas ton devoir religieux jusqu'à les protéger ?...

— Non ! répondit Joseph, stupéfait.

À l'idée même de la disparition de la vitalité et des rêves de Sebastian, il sentit se réveiller la rage qu'il avait en lui.

Il contempla Beecher avec gravité.

— Mais j'en ressens le besoin. J'ai passé en revue tout ce dont je puis me souvenir des derniers jours où j'ai vu Sebastian, mais, en raison de la mort de mes parents, j'ai été absent un petit moment avant sa mort. Je n'ai pas pu remarquer quoi que ce soit.

— Tu penses que c'était prévisible ?

Le regard de Beecher évoquait à la fois la surprise et la curiosité. Il ignora son verre inachevé.

— Je n'en sais rien, reconnut Joseph. Cela n'a pas pu se produire sans qu'un mobile se soit échafaudé au fil des jours. À moins qu'il s'agisse d'un accident... ce qui serait la meilleure réponse possible, bien sûr ! Mais je ne vois vraiment pas comment il pourrait en être ainsi, et toi ?

— Non, dit Beecher comme à regret.

La lumière vespérale filtrant au travers des hautes fenêtres souligna les fines ridules autour de ses yeux et de sa bouche. Il parut plus fatigué qu'il ne l'admettait, et peut-être beaucoup plus soucieux.

— Non, je crains qu'on ne se fourvoie, dit-il. Quelqu'un l'a tué parce qu'il en avait l'intention. Nul doute que son travail avait baissé ces dernières semaines. Et, pour ne rien te cacher...

Il leva les yeux sur Joseph, comme pour s'excuser, et poursuivit :

— ... j'y ai vu une certaine froideur et un manque de délicatesse, ces derniers temps. J'ai songé qu'il s'agissait peut-être d'une désagréable transition d'un style à l'autre, effectué sans sa grâce habituelle.

C'était presque une question.

— Mais ? suggéra Joseph.

— Mais en y repensant, ce n'était pas seulement son travail, précisa Beecher. Son humeur était fragile, encore plus qu'à l'accoutumée. Je ne crois pas qu'il devait bien dormir, et je suis au courant d'au moins deux ou trois disputes idiotes auxquelles il a été mêlé.

— À quel sujet ? Avec qui ?

Les lèvres de Beecher grimacèrent une caricature de sourire.

— De la guerre et du nationalisme, des idées fausses sur l'honneur. Et avec plusieurs personnes, toutes assez stupides pour se laisser entraîner dans cette discussion.

— Pourquoi n'en as-tu pas parlé ? s'étonna Joseph.

Il n'avait rien vu de la sorte. Était-il aveugle ? Ou Sebastian le lui avait-il volontairement caché ? Pourquoi ? Par gentillesse, par souci de ne pas l'inquiéter ? Pour se protéger, car il souhaitait préserver l'image que Joseph avait de lui, qu'il y ait au moins une personne à ne voir que ses bons côtés ? Ou bien ne lui faisait-il pas confiance, tout simplement, et leur amitié était-elle juste le fruit de l'imagination et de la vanité de Joseph ?

— Je supposais que Sebastian se confiait à toi, répondit Beecher. C'est seulement l'autre jour que je me suis rendu compte du contraire. Je suis navré.

— Tu n'en as rien dit à ce moment-là, observa Joseph. Tu as noté que quelque chose ne tournait pas rond chez lui, mais sans me demander si j'avais ma petite idée. Peut-être qu'ensemble nous aurions pu l'aider.

— J'étais loin de l'apprécier autant que toi, expliqua posément Beecher. J'ai remarqué son charme, ainsi que sa manière de l'utiliser. J'ai envisagé de te demander si tu savais ce qui le troublait à ce point, et je crois bien que c'était profond. En réalité, j'ai plus ou moins abordé le sujet une fois, mais tu n'as pas relevé. On nous a interrompus et je n'y suis pas revenu. Je ne voulais pas me disputer avec toi.

Il leva la tête, le regard tout à la fois vif et confus et, pour une fois, l'humour lui fit défaut.

Joseph était abasourdi. Beecher avait tenté de le protéger, car il ne jugeait pas Joseph assez fort pour accepter la vérité. Il avait cru qu'il se détournerait d'un ami plutôt que d'affronter celle-ci en toute honnêteté.

Qu'est-ce que Joseph avait jamais dit ou fait pour que Beecher lui-même le juge non seulement aveugle, mais aussi lâche en matière de morale ?

Était-ce la raison pour laquelle Sebastian ne s'était pas confié à lui ? Le jeune homme avait parlé de sa crainte de la guerre et de la destruction possible de la beauté qu'il aimait, mais ce n'était certes pas suffisant pour le bouleverser de la façon dont Beecher le sous-entendait. Et cela avait manifestement commencé des semaines avant l'assassinat à Sarajevo.

Elwyn s'en était instantanément pris à lui quand Joseph avait parlé de la peur, niant avec véhémence l'idée que Sebastian pût être un couard, un reproche qui n'avait jamais traversé l'esprit de Joseph. Aurait-il dû y songer? Sebastian avait-il eu peur, au point d'être incapable de se confier à Joseph, censé être son ami? À quoi bon se dire amis s'il fallait masquer les pensées qui le tourmentaient vraiment, et éprouver le besoin de se présenter sous une apparence plus agréable, dans le but d'épargner Joseph?

Cela ne servait pas à grand-chose. Sans la sincérité, la compassion, la volonté de comprendre, cela se résumait tout au plus à une vague relation, et pas des plus excellentes, d'ailleurs.

Et la pondération de Beecher ne valait guère mieux. Elle renfermait une certaine pitié, même de la gentillesse, mais méconnaissait l'égalité, et aussi le respect.

— J'aurais aimé être au courant, regretta Joseph d'un ton amer. À présent, nous savons simplement qu'une personne le haïssait tant qu'elle s'est rendue dans sa chambre tôt le matin, pour lui tirer une balle dans la tête. C'est une haine diablement profonde, Harry. Et si nous ne l'avons pas remarquée auparavant, nous ne pouvons toujours pas le faire maintenant, et Dieu sait que j'ouvre grands les yeux!

Le lendemain, en fin de matinée, Joseph rendit visite à Mary et Gerald Allard, toujours chez le directeur, où ils devaient séjourner au moins jusqu'aux obsèques, retardées par la police en raison de l'enquête. Ils étaient pour lui des amis de longue date. Aucune parole ne lui venait à l'esprit qui pourrait apaiser leur douleur, mais cela ne le dispensait pas de l'obligation d'exprimer à tout le moins son affection. Par ailleurs, il devait apprendre de leur bouche tout ce qui pourrait l'aider à mieux connaître Sebastian.

— Entrez, dit Connie dès que la bonne conduisit Joseph dans le paisible salon de la maîtresse de maison.

Il constata aussitôt qu'aucun des Allard n'était présent. Il pourrait ainsi différer tant soit peu l'entrevue et eut honte d'en être aussi soulagé.

— Asseyez-vous donc, docteur Reavley.

Elle le regarda en souriant, comme si elle lisait dans ses pensées et les comprenait.

Il s'exécuta. La pièce témoignait d'un éclectisme effréné. Bien sûr, la maison faisait partie de la faculté et l'on ne pouvait la modifier du tout au tout, mais Thyer avait des goûts classiques et la majeure partie de la demeure était meublée dans cet esprit. Toutefois, cette pièce était celle de Connie et, sur le tableau placé au-dessus du manteau de la cheminée, un danseur de flamenco tournoyait dans une débauche d'écarlate. L'ensemble éclatait de vitalité. C'était peint grossièrement et d'assez mauvais goût, mais les couleurs n'en demeuraient pas moins superbes. Joseph savait que Thyer le détestait. Il avait offert à Connie une onéreuse peinture moderne de facture impressionniste qu'il exécrait lui-même, en pensant qu'elle plairait à sa femme et qu'elle serait en tout cas susceptible d'être suspendue dans la maison. Connie l'avait acceptée de bonne grâce pour l'accrocher dans la salle à manger. Joseph était peut-être le seul à savoir qu'elle ne l'appréciait pas non plus.

Il s'assit près du plaid marocain aux riches nuances de terre et s'installa confortablement, indifférent à l'imposant narguilé en cuivre qui trônait sur la table voisine. Il jugea l'ambiance de la pièce à la fois unique et confortable.

— Comment va Mme Allard ? demanda-t-il.

— Noyée entre le chagrin et la fureur, répondit-elle avec une sincérité mâtinée d'ironie. Je ne sais que faire pour l'aider. Aidan doit poursuivre sa tâche auprès du reste de la faculté, bien sûr, mais j'ai fait mon possible pour qu'elle soit matériellement à son aise, même si j'avoue me sentir bien impuissante.

Elle le gratifia soudain d'un franc sourire.

— Je suis si heureuse que vous soyez venu ! Je ne sais plus à quel saint me vouer. J'ignore toujours si ce que je dis convient ou non.

Il eut la vague impression d'être mis dans la confidence, ce qui détendit l'atmosphère.

— Où est-elle ? s'enquit-il.

— Au Fellows' Garden, répondit Connie. Ce policier l'a interrogée hier et elle l'a mis plus bas que terre pour n'avoir pas encore procédé à une arrestation.

Son regard redevint sérieux, tandis que les fines ridules de sa bouche se crispaient sous l'effet de la compassion.

— Elle a déclaré qu'il ne pouvait y avoir plus d'une ou deux personnes susceptibles de détester Sebastian.

Sa voix baissa.

— Je crains que ce ne soit pas tout à fait vrai. Il n'était pas toujours quelqu'un d'agréable. Quand j'observe cette pauvre jeune fille, Miss Coopersmith, je me demande ce qu'elle éprouve. Je ne vois rien sur son visage et Mme Allard est trop consumée de chagrin pour lui accorder autre chose qu'une attention de pure forme.

Joseph ne s'en étonna guère, mais cela le navrait.

— Le malheureux Elwyn fait de son mieux, enchaîna Connie. Mais même lui ne peut consoler sa mère. Bien que je l'imagine d'un appui considérable pour son père. J'ai bien peur que Gerald ne soit prisonnier de son propre enfer.

Elle s'abstint de plus amples commentaires, mais

l'ombre d'un sourire traversa son regard comme il croisait celui de Joseph.

Il comprenait parfaitement, mais n'était pas prêt à le lui laisser entrevoir, pas encore. Il était plein de compassion envers la faiblesse de Gerald, et cela le forçait à la dissimuler, même à Connie.

Il se leva.

— Merci. Vous m'avez accordé quelques instants pour rassembler mes pensées. Je pense que je ferais mieux d'aller parler à Mme Allard, même si cela ne sert pas à grand-chose.

Elle acquiesça d'un hochement de tête et le conduisit dans le couloir, puis jusqu'à la porte dérobée qui donnait sur le jardin. Il la remercia encore et sortit dans le soleil et la chaleur embaumée, sans un brin d'air. Les fleurs jaillissaient dans une profusion de rouges et de pourpres, et serpentaient sur les allées pavées avec soin, entre les parterres. Un papillon s'approcha des œillets à l'arôme capiteux en vacillant tel un joyeux ivrogne, et le bourdonnement des abeilles offrait une musique d'ambiance somnolente et ininterrompue.

Mary Allard se tenait au centre et contemplait les roses moussues couleur lie-de-vin. Elle était vêtue de noir et Joseph ne put s'empêcher de penser combien elle devait souffrir de la chaleur. En dépit du soleil, elle n'avait aucune ombrelle et n'était pas voilée. La lumière crue révélait les minuscules rides de sa peau, toutes étirées vers le bas, trahissant la douleur qui la rongeait.

— Madame Allard, dit-il calmement.

À en juger d'après la rigidité subite de son corps, elle n'avait à l'évidence pas senti sa présence. Elle se retourna pour lui faire face.

— Révérend Reavley !

Sa posture et son regard franc exprimaient le défi.

Ce serait plus difficile qu'il ne l'avait imaginé.

— Je suis passé vous voir, commença-t-il, conscient de la banalité de sa phrase.

— En savez-vous davantage au sujet de celui qui a tué Sebastian? demanda-t-elle. Ce policier est un bon à rien!

Joseph changea d'idée. Toute tentative de réconfort serait vouée à l'échec. Il suivrait plutôt ses exigences, qui étaient aussi celles de Mary.

— Qu'en pense-t-il?

Elle parut surprise, comme si elle s'attendait à ce qu'il la contre en affirmant que Perth faisait de son mieux, ou du moins le défende en observant combien sa tâche était malaisée.

— Il interroge tout le monde, en cherchant les raisons pour lesquelles on détestait Sebastian, répondit-elle d'un ton de reproche. La convoitise, c'est la seule raison. Je le lui ai dit, mais il n'écoute pas.

— Sur un plan universitaire? s'enquit-il. Personnel? Dans un autre domaine particulier?

— Pourquoi?

Elle ébaucha un pas vers lui.

— Vous savez quelque chose?

— Non, dit-il. Mais je veux de toutes mes forces découvrir qui a tué Sebastian, pour un certain nombre de raisons.

— Pour masquer votre propre échec! répliqua-t-elle en crachant le mot comme du venin. Nous l'avons envoyé ici pour étudier. C'était votre idée! Nous vous avons fait confiance et vous avez laissé une espèce de monstre l'assassiner. Je veux que justice soit rendue!

Ses yeux se noyèrent de larmes et elle se détourna.

— Rien ne peut me le rendre, dit-elle d'une voix cassée. Mais qui que soit le coupable, je veux qu'il souffre!

Joseph ne put se défendre. Elle avait raison; il n'avait pas su protéger Sebastian car il n'avait vu que ce qu'il avait voulu voir, aucune des sombres jalousies ou des inimitiés qui avaient dû se former. Il avait cru côtoyer la réalité, une vision plus élevée, plus salubre de l'homme. En vérité, il avait cherché son propre bien-être.

Inutile aussi de la contredire en ce qui concernait la justice ou de lui faire remarquer qu'elle n'y trouverait aucun apaisement. C'était moralement faux, et elle ne saurait sans doute jamais toute la vérité sur ce qui s'était passé. Cela ne ferait qu'accroître sa colère de lui parler de miséricorde. Elle n'écoutait pas. Et, honnêtement, face à la violence et la mort absurde, ses mots camouflaient si mal sa propre rage qu'il se serait montré hypocrite en lui prêchant la bonne parole. Il ne pouvait oublier ce qu'il avait ressenti sur la route d'Hauxton, en comprenant ce que signifiaient les traces de herse.

— Je veux aussi qu'il souffre, avoua-t-il, placide.

Elle leva la tête et se retourna lentement vers lui, les yeux écarquillés.

— Veuillez m'excuser, murmura-t-elle. Je pensais que vous viendriez me faire un sermon. Gerald me dit que je ne devrais pas éprouver cela. Que ce n'est pas vraiment moi qui m'exprime ainsi et que je le regretterai plus tard.

— Peut-être que moi aussi, dit-il en lui souriant. Mais c'est ce que je ressens en ce moment.

De nouveau, le visage de Mary se contracta.

— Qu'est-ce qui a poussé quelqu'un à vouloir lui faire ça, Joseph ? Comment pouvait-on l'envier à ce point ? Ne devrions-nous pas aimer la beauté de l'esprit et souhaiter l'encourager, la protéger ? J'ai demandé au directeur si Sebastian se trouvait en lice pour recevoir un prix ou une gratification quelconque qui aurait exclu un tiers, mais il a répondu qu'il n'était pas au courant.

Ses sourcils noirs se froncèrent.

— Pensez-vous... pensez-vous qu'il aurait pu s'agir d'une femme ? Quelqu'un qui l'aimait, était obsédé par lui, et n'a pas supporté d'être rejeté ? Les jeunes filles peuvent s'imaginer qu'un homme éprouve des sentiments pour elles, alors qu'il s'agit d'une admiration passagère, rien de plus que de bonnes manières, en fait.

— Il pourrait être question d'une femme...

— Bien sûr ! l'interrompit-elle avec véhémence, en rebondissant sur l'idée, tandis que son visage s'éclaircissait et qu'elle se détendait un peu.

Il voyait sur ses frêles épaules affaissées la soie de sa robe miroiter sous le soleil.

— C'est la seule explication possible ! Une jalousie féroce parce qu'une femme était amoureuse de Sebastian et que quelqu'un s'est senti trahi par elle !

Elle posa une main hésitante sur le bras de Joseph.

— Merci, reprit-elle. Au moins, vous avez ramené un peu de bon sens dans toute cette noirceur. Si vous êtes venu pour me réconforter, vous avez réussi et je vous en suis reconnaissante.

Il n'envisageait certes pas d'y parvenir de cette manière, mais il ne savait comment se retirer. Il se rappela la jeune fille dans la rue, devant chez Eaden Lilley, ce qu'Eardslie avait dit au sujet de Morel, et que lui, Joseph, aurait alors préféré ignorer.

Il cherchait toujours une réponse quand Gerald Allard arriva au jardin par la porte de la cour. Il marchait avec précaution au centre de l'allée, entre les cascades d'herbe à chat et d'œillets. Joseph mit un certain temps à saisir que cette démarche prudente était due au fait que Gerald avait bu plus que son content. Il regarda bizarrement Joseph, puis son épouse.

Mary plissa les yeux en le voyant.

— Comment vas-tu, ma chérie ? s'enquit-il avec sollicitude. Bonjour, Reavley. C'est gentil à vous de passer nous voir. Toutefois, je pense que nous devrions parler d'autre chose pendant quelque temps. C'est...

— Arrête ! répliqua Mary en serrant les dents. Je n'arrive pas à penser à autre chose ! Je ne veux même pas essayer ! Sebastian est mort ! Quelqu'un l'a tué ! Jusqu'à ce que nous connaissions le coupable, qu'il soit arrêté et pendu, rien d'autre n'a d'importance !

— Ma chérie, tu devrais...

Elle virevolta, en accrochant la fine soie de sa manche à une tige de rose moussue, et s'en alla comme une furie, peu soucieuse d'avoir déchiré l'étoffe, disparaissant par la porte du salon.

— Je suis désolé, dit Gerald avec gaucherie. Je ne sais vraiment pas...

— J'ai rencontré Miss Coopersmith, reprit subitement Joseph. Elle a l'air d'une jeune femme fort agréable.

— Oh... Regina? Oui, des plus plaisantes, approuva Gerald. De bonne famille, nous la connaissons depuis des années. Son père possède une grosse propriété à quelques kilomètres d'ici, en direction de Madingley.

— Sebastian n'en a jamais parlé.

Gerald enfouit un peu plus les mains dans ses poches.

— Non, je ne pense pas qu'il l'aurait fait. C'est-à-dire que...

De nouveau, sa phrase resta en suspens.

Cette fois, Joseph attendit.

— Ma foi... deux vies séparées, poursuivit Gerald, mal à l'aise. À la maison et... et ici. C'est un univers d'hommes.

De son bras, il décrivit un cercle un peu malhabile.

— Pas un endroit pour parler de femmes, hein?

— Mme Allard l'apprécie-t-elle?

Gerald haussa les sourcils.

— Aucune idée! Oui! Enfin, je suppose. Oui, elle a dû aimer cette jeune fille.

— Vous en parlez au passé, observa Joseph.

— Oh! Ma foi... Sebastian est mort, à présent, que Dieu nous vienne en aide.

Il eut un léger haussement d'épaules.

— Le prochain Noël sera insupportable. Nous le passons toujours avec la sœur de Mary, vous savez. Une femme épouvantable. Trois fils. Ils ont tous réussi d'une manière ou d'une autre. Elle en est fière comme Artaban.

Joseph ne sut quoi dire. Plus tard, Gerald s'en voudrait sans doute d'avoir fait cette remarque. Autant ne pas la relever maintenant. Prétextant la chaleur, il laissa son interlocuteur errer sans but parmi les fleurs et regagna la maison.

Il alla au salon remercier Connie et prendre congé, mais lorsqu'il vit la silhouette de la femme debout devant la cheminée, bien qu'elle fût environ de la même taille et de la même corpulence que Connie, il sut aussitôt que c'était quelqu'un d'autre. Les paroles moururent sur ses lèvres quand il vit le vêtement, à la mode, avec une large ceinture à la taille et une sorte de double tunique finement plissée par-dessus la longue jupe fuselée.

Elle se retourna et dans ses yeux écarquillés apparut une expression voisine du soulagement.

— Révérend Reavley! Comme c'est agréable de vous voir!

— Miss Coopersmith. Comment allez-vous?

Il ferma la porte derrière lui. Il allait profiter de l'occasion pour lui parler. Elle avait connu un aspect de Sebastian qu'il ignorait totalement.

Elle eut un petit haussement d'épaules, comme par dénigrement.

— C'est difficile. J'ignore au juste ce que je fais ici. J'espérais apporter un certain réconfort à Mme Allard, mais je sais que je n'y parviens pas. Mme Thyer est fort gentille, mais que faire d'une fiancée qui n'est pas une veuve?

Son visage vigoureux, plutôt franc, se parait d'autodérision pour masquer l'humiliation.

— Je suis une vraie calamité pour une hôtesse.

Elle eut un petit rire et Joseph comprit qu'il s'en faudrait de peu pour qu'elle perdît son sang-froid.

— Connaissiez-vous Sebastian depuis longtemps ? lui demanda-t-il. Pour ma part, en dehors de l'aspect universitaire de sa vie...

L'affirmer à voix haute lui parut curieux ; il n'avait pas imaginé que ce fût vrai, mais c'était désormais indiscutable.

— Cela occupait la majeure partie de sa vie, répondit-elle. Il y tenait plus qu'au reste, je pense. C'est pourquoi il était si terrifié à l'idée qu'une guerre puisse éclater.

— Oui. Il m'en a parlé un jour ou deux avant de... mourir.

Il se remémora comme si elle datait de la veille cette longue et lente promenade dans les Backs, au coucher du soleil. Avec quelle rapidité certains instants peuvent sombrer dans le passé !

— Il a beaucoup voyagé récemment, poursuivit-elle, le regard dans le lointain. Il n'en parlait pas beaucoup, mais, quand c'était le cas, nul n'avait aucun doute sur son attachement pour ses semblables. Je pense que vous lui avez enseigné cela, révérend, comment percevoir la beauté et ce qu'il y a de précieux chez toutes sortes de gens, comment ouvrir son esprit et observer sans porter de jugement. Cela le rendait si enthousiaste ! Il nourrissait le désir ardent de vivre plus...

Elle chercha le mot.

— ... plus intensément qu'en s'enfermant dans les limites du nationalisme.

Comme elle prononçait ces mots, il se rappela les remarques de Sebastian sur la richesse et la diversité de l'Europe, mais il se garda d'interrompre la jeune fille.

Elle continua, en contrôlant avec peine sa voix tremblante.

— En dépit de toute son exaltation pour les différentes civilisations, notamment les anciennes, il était terriblement anglais de cœur, vous savez ?

Elle eut un instant d'hésitation, se mordit la lèvre, tentant de se ressaisir avant d'enchaîner :

— Il aurait tout donné pour protéger la beauté de ce pays : son côté pittoresque et drôle, la tolérance et l'excentricité, la grandeur et la modestie, de petits secrets qu'on découvre seul. Il aurait donné sa vie pour sauver une lande parcourue d'alouettes ou un champ de campanules.

Sa voix chevrotait.

— Un lac glacé où les roseaux se dressent telles des lances, une grève solitaire où la lumière tombe sur de pâles barres sablonneuses.

Elle réprima un sanglot.

— C'est dur de se dire que tout demeure intact et qu'il ne peut plus le voir.

Joseph était lui-même bien trop ému pour parler. Ses pensées englobaient également son père et les mille et une choses que sa mère avait chéries.

— Mais beaucoup de gens aiment la vie, n'est-ce pas ?

Elle le regardait avec intensité, à présent.

— Et il existe des aspects de sa personnalité que je ne connaissais pas du tout. Son exaspération était terrible, parfois, lorsqu'il songeait aux actes de certains de nos politiciens, à la manière dont ils laissaient l'Europe s'enliser dans le conflit, trop occupés à protéger leurs quelques kilomètres carrés de territoire. Il détestait le chauvinisme, vraiment. Je l'ai vu se mettre dans des colères noires, à en perdre le souffle.

Elle prit une profonde inspiration entrecoupée de spasmes.

— Pensez-vous qu'il y aura la guerre, monsieur Reavley ? Sebastian souhaitait la paix... avec une telle ferveur !

— Oui, je sais.

— Je me demande s'il serait surpris de voir tout ce tumulte qu'il a laissé dans son sillage.

Elle eut un rire étouffé, presque un hoquet :
— Nous nous entre-déchirons à essayer de trouver qui l'a tué et, vous savez, je ne suis pas certaine de vouloir y parvenir. Est-ce odieux de ma part, irresponsable ?
— Je ne crois pas que nous ayons le choix. Nous serons bel et bien obligés de savoir.
— C'est ce qui m'effraie !
Elle scruta son visage.
— Oui, admit-il. Moi aussi.

CHAPITRE VII

Le vendredi 17 juillet en fin de journée, Matthew quitta de nouveau Londres et roula vers le nord. De longs rubans de macadam s'étiraient au-devant lui; il accéléra jusqu'à ce que l'air ébouriffe ses cheveux et lui picote les joues, et s'imagina que voler devait procurer la même sensation.

Il parvint à Cambridge vers sept heures et quart. Il pénétra dans la ville par Trumpington Road, remonta la vaste et élégante King's Parade, où s'alignaient boutiques et demeures sur la droite et de gracieuses grilles en fer forgé sur la gauche. Il passa devant les flèches ouvragées de l'enceinte de l'avant-cour de King's College, puis devant la perfection classique de Senate House, sise en face de Great St. Mary.

Matthew s'arrêta devant le portail principal de St. John et descendit de son véhicule. Il marcha d'un pas raide jusqu'à la loge du concierge, afin de s'annoncer, en précisant qu'il venait voir Joseph, mais Mitchell le reconnut.

Un peu plus tard, son automobile était garée à l'abri et lui assis dans l'appartement de Joseph. Le soleil formait des taches de lumière sur le tapis et faisait briller les inscriptions dorées sur les ouvrages de la bibliothèque. Bertie, le chat du collège, était pelotonné au chaud, les yeux clos.

Joseph était installé dans l'ombre. Malgré tout, Matthew pouvait distinguer la fatigue et la douleur de l'incertitude qui marquaient le visage de son frère. Ses yeux semblaient renfoncés, en dépit de ses hautes pommettes. Ses joues étaient minces et les ombres qu'on y voyait n'étaient pas dues à la noirceur de ses cheveux.

— Est-ce qu'on sait déjà qui a tué Sebastian Allard ? s'enquit Matthew.

Joseph secoua négativement la tête.

— Comment va sa mère ? Elle est ici, m'a-t-on dit.

— Gerald et elle sont logés chez le directeur. Les obsèques avaient lieu aujourd'hui. C'était horrible.

— Ils ne sont pas rentrés chez eux ?

— Ils espèrent toujours que la police va faire une découverte d'un jour à l'autre.

Matthew le regarda avec inquiétude. Joseph semblait avoir perdu toute sa vitalité.

— Joe, tu as une mine affreuse ! reprit-il d'un ton abrupt. Ça va aller, tu es sûr ?

Il savait toute l'affection que son frère avait pour Sebastian, connaissait son sens aigu des responsabilités, qu'il prenait peut-être trop à cœur. Ce nouveau coup du sort se révélait-il trop dur pour lui ?

Joseph leva les yeux.

— Probablement.

Il se passa la main sur le front.

— C'est juste l'affaire d'un jour ou deux. Tout ça n'a aucun sens, semble-t-il. J'ai l'impression que tout me file entre les doigts.

Matthew se pencha un peu.

— Sebastian possédait un talent extraordinaire et pouvait se montrer plus charmant que tous ceux auxquels je pense, mais il n'était pas parfait. Personne n'est entièrement bon... ou mauvais. Quelqu'un l'a tué et c'est une vraie tragédie, mais elle n'en demeure pas moins inexplicable. Comme d'habitude, il y aura une réponse tout aussi logique que les autres... quand nous le saurons.

Joseph se redressa.

— J'imagine. Tu crois que le bon sens va apporter le moindre réconfort?

Puis, avant que Matthew puisse répondre, il ajouta:

— Les Allard sont venus en compagnie de Regina Coopersmith.

Matthew était perdu.

— Qui est Regina Coopersmith?

— La fiancée de Sebastian.

Ce qui expliquait beaucoup de choses, songea Matthew. Que Joseph ignorât l'existence de cette femme, et il ne pouvait que se sentir exclu. Il était vraiment curieux que Sebastian ne lui en ait pas parlé. D'ordinaire, quand un jeune homme allait se marier, il en informait tout le monde. Une jeune femme le faisait fatalement.

— L'idée est de lui ou de sa mère? demanda Matthew sans ménagement.

— Je n'en sais rien. J'ai un peu parlé avec elle. Je dirais que l'idée vient de sa mère. Mais cela n'a sans doute aucun lien avec son décès.

Il changea de sujet.

— Tu rentres à la maison?

— Pour un jour ou deux, répondit Matthew, assombri au souvenir de sa colère en écoutant parler Isenham, une semaine plus tôt.

La plaie n'était pas cicatrisée, loin de là. Il songea à son père et à la façon dont Isenham avait interprété ses actes, et sa douleur lui évoqua un abcès dentaire. Il pouvait presque l'ignorer jusqu'à ce qu'il l'effleure; elle se réveillait alors avec des élancements accrus.

Joseph attendait qu'il poursuive.

— Je suis passé voir Isenham quand j'étais là le week-end dernier, finit par déclarer Matthew.

Puis il relata sa conversation avec l'ancien soldat. Joseph écouta avec attention.

— Je lui ai parlé un long moment, conclut Matthew, mais tout ce qu'il m'a dit de précis, c'est que père souhaitait la guerre.

— Quoi ? fit Joseph, à la fois irrité et incrédule. Ridicule ! C'était le dernier homme sur terre à vouloir la guerre. Isenham a dû mal le comprendre. Peut-être a-t-il dit qu'il jugeait le conflit inévitable ! Le tout, c'est de savoir s'il s'agissait de l'Irlande ou des Balkans.

— Comment père aurait-il pu avoir des informations sur l'un ou l'autre de ces sujets de discorde ?

Matthew se faisait l'avocat du diable et espérait que son frère pourrait lui donner tort.

— Je ne sais pas, répondit Joseph. Mais ça ne signifie pas qu'il n'en avait pas. Selon toi, il avait insisté en disant avoir découvert un document décrivant un complot qui serait déshonorant et changerait...

Matthew lui coupa la parole :

— Je sais. Je n'en ai pas parlé à Isenham, mais il a dit que père était allé le voir et...

— Quoi ? Qu'il se serait laissé dépasser par son imagination ? s'enquit Joseph.

— Plus ou moins. Isenham l'a formulé en termes courtois, mais ça revenait au même. Je sais que tu es en colère, Joe. Je l'étais aussi et le suis encore. Mais où est la vérité ? Personne ne veut croire qu'un être aimé se fourvoie, perde son sang-froid. Mais l'accepter ne change rien à la réalité.

— La réalité, c'est que mère et lui sont morts, reprit Joseph, d'une voix un peu fragile. Peu importe le document qu'il détenait, peu importe ce que celui-ci contenait, père ne l'avait pas avec lui. À l'évidence, ses assassins ont fouillé le véhicule et les corps, puis l'ont trouvé.

Matthew fut contraint de continuer sur cette logique.
— Alors pourquoi ont-ils fouillé la maison ?
— C'est nous qui le supposons, dit Joseph, accablé.
Puis il ajouta :
— Le cas échéant, ils ont dû juger que c'était assez important pour courir le risque que l'un d'entre nous revienne plus tôt et les surprenne. Et ne me dis pas qu'il s'agissait de voleurs à la petite semaine. On n'a dérobé aucun objet de valeur, alors que le vase en argent, les tabatières, les miniatures étaient en évidence.

— Mais il pouvait toujours s'agir d'un scandale dérisoire plutôt que d'un acte majeur d'espionnage ayant des conséquences dans le monde entier.

— Assez important pour qu'on tue deux personnes dans le but de le garder secret, répliqua Joseph, la mâchoire contractée. Et cela mis à part, père n'avait pas pour habitude d'exagérer.

C'était une simple constatation, sans interprétations ni emphase.

Les images se bousculaient dans la tête de Matthew : son père dans le jardin avec de vieux vêtements, un pantalon un peu trop large, des taches de boue aux genoux, en train d'observer Judith qui cueillait des mûres ; assis dans son fauteuil les soirs d'hiver, près du feu, tandis qu'il leur lisait des histoires ; à la table de la salle à manger, le dimanche, légèrement penché pour discuter avec son habituel bon sens ; en train de réciter d'absurdes limericks en souriant ; de chanter les ritournelles de Gilbert et Sullivan au volant de la vieille auto, capote baissée, nez au vent, sous le soleil.

La douleur de la perte était douce au souvenir de tout ce qu'il avait été et presque insupportable, car cela n'était justement plus que souvenir. Matthew mit un certain moment à recouvrer une voix normale pour s'exprimer.

— Je vais aller voir Shanley Corcoran. C'était l'ami

le plus proche de père. Je peux au moins lui dire la vérité, ou une grande partie.

— Sois prudent, se contenta de lui dire Joseph.

Matthew passa la soirée à la demeure de St. Giles et téléphona à Corcoran pour lui demander s'il pouvait venir le voir le lendemain. Il reçut aussitôt une invitation à dîner, qu'il accepta sans hésiter.

Il paressa volontiers dans la matinée, puis Judith et lui s'occupèrent d'un certain nombre de menues tâches. Dans la chaleur du paisible après-midi, ils emmenèrent Henry avec eux et marchèrent jusqu'au cimetière, puis dans les allées, le chien s'ébattant joyeusement dans les hautes herbes, qui les bordaient. Les pétales des roses sauvages étaient presque tous tombés.

Matthew se changea tôt pour dîner et ne fut pas mécontent d'abaisser la capote de la voiture avant de parcourir les quinze ou vingt kilomètres le séparant de la magnifique demeure des Corcoran. Tandis qu'il traversait Grantchester, une bonne dizaine de jeunes gens jouaient encore au cricket, comme le soleil s'étirait à l'horizon, sous les acclamations et les cris d'une poignée de spectateurs. Des jeunes filles en robe-sarrau balançaient leur chapeau tenu par des rubans.

Cinq kilomètres plus loin, des enfants faisaient voguer des bateaux en bois dans la mare aux canards du village. Un homme jouait de son orgue de Barbarie, tandis qu'un glacier rangeait sa carriole, ses marchandises vendues, son porte-monnaie rempli.

Matthew prit la route principale de Cambridge qui partait vers l'ouest puis, deux kilomètres plus loin, bifurqua juste avant Madingley, pour traverser ensuite les grilles de la résidence des Corcoran. Il n'était pas sitôt descendu de voiture que le majordome apparut, l'air solennel et cérémonieux.

— Bonsoir, capitaine Reavley. Qu'il est agréable de

vous voir, monsieur ! Nous vous attendions. Dois-je porter quelque chose, monsieur ?

— Non, merci, refusa Matthew en souriant, avant de plonger la main sur le siège passager pour s'emparer d'une boîte des pâtisseries orientales préférées d'Orla. Je m'en charge.

— Bien, monsieur. Alors, veuillez me laisser vos clés, je vous prie, et je veillerai à ce que Parley mette votre automobile en lieu sûr. Si vous voulez bien me suivre, monsieur...

Matthew le suivit sous le portique et gravit les marches basses derrière lui, puis franchit la porte qui donnait sur la vaste entrée pavée de dalles noires et blanches, comme un échiquier. À la droite de l'escalier d'acajou, non loin du noyau sculpté, se dressait une armure médiévale, dont le heaume miroitait sous le soleil qui filtrait par la fenêtre ovale du palier.

Matthew laissa les clés dans le plateau tenu par le majordome, puis se tourna, tandis que la porte du bureau s'ouvrait sur Shanley Corcoran.

Un grand sourire illumina le visage de son hôte qui s'avança vers lui les mains tendues :

— Je suis si heureux que tu aies pu venir ! Comment vas-tu ? Entre donc et assieds-toi !

Il désigna la porte du bureau et, sans attendre de réponse, invita son visiteur à y entrer.

L'endroit se révélait à l'image du maître de maison : exubérant. Des livres et des objets tout à fait singuliers, ainsi que des curiosités scientifiques et d'exquises œuvres d'art. Il y avait une icône russe dans les tons or, terre de Sienne et noirs. Au-dessus de la cheminée était suspendu le dessin d'un ancien peintre italien représentant un homme à dos d'âne, sans doute Jésus entrant dans Jérusalem, le dimanche des Rameaux. Un astrolabe en argent tout rutilant trônait sur la table pembroke[1] en

1. La table dite « pembroke » est formée d'un plateau rec-

acajou, près du mur, tandis qu'un exemplaire illustré de Chaucer reposait sur la table-tambour[1], au centre de la pièce.

— Assieds-toi, assieds-toi, le convia Corcoran, en indiquant l'autre fauteuil.

Matthew s'y glissa, aussitôt à l'aise dans ce bureau familier, rempli d'heureux souvenirs. Il était sept heures et quart et il savait qu'on servirait le dîner à huit heures. Inutile de perdre du temps en préambules.

— Avez-vous entendu parler du décès de Sebastian Allard ? s'enquit-il. Sa famille était anéantie. M'est avis qu'ils ne commenceront pas leur véritable deuil avant qu'on ne découvre ce qui s'est passé. Je sais ce qu'ils peuvent ressentir.

La figure de Corcoran s'assombrit.

— Je comprends ton chagrin, dit-il d'une voix très douce. John me manque. C'était l'un des hommes les plus gentils, les plus honnêtes que je connaissais.

Il eut un froncement de sourcils perplexe.

— Mais que pourrions-nous apprendre encore au sujet de sa mort ? Personne n'était responsable. Peut-être s'agissait-il d'une tache d'huile sur la route ou quelque chose qui clochait dans la direction de la voiture. Pour ma part, je ne conduis pas. Je ne connais rien à la mécanique.

Il sourit de l'ironie de la situation, avant d'ajouter :

— Je comprends un peu le fonctionnement des aéroplanes, fort bien celui des sous-marins, mais je suppose qu'il existe des différences considérables.

Matthew tenta de répondre à son sourire. La compagnie de Corcoran ravivait sa mémoire. Un voile trop fin séparait le présent du passé.

---

tangulaire et de deux rallonges latérales rabattables. Les pieds sont droits, les lignes sobres et élégantes. (*N.d.T.*)
1. La table-tambour possède un plateau rond et large, contenant de petits tiroirs, et un piètement central. (*N.d.T.*)

207

— Ma foi, les aéroplanes ou les sous-marins ne risquent pas de s'écraser en quittant la chaussée, si c'est ce que vous vouliez dire. Mais je ne crois pas que cela s'est passé ainsi. En fait, j'en suis même certain.

Il vit Corcoran écarquiller légèrement les yeux.

— Joseph et moi nous sommes rendus sur place, expliqua Matthew. Nous avons vu les traces de dérapage, à l'endroit exact où le véhicule a quitté la route. Il n'y avait aucune tache d'huile.

Il hésita, puis se jeta à l'eau :

— Uniquement des éraflures, comme produites par une rangée de pointes de fer sur le macadam.

Le silence devint si pesant qu'il put entendre le tic-tac de l'horloge contre le mur du fond, comme si elle se trouvait à ses côtés.

— Qu'es-tu en train de dire, Matthew? finit par demander Corcoran.

Matthew se pencha en avant.

— Père venait me voir à Londres, il était en chemin. Il m'a téléphoné la veille au soir pour arranger le rendez-vous. Je ne l'ai jamais entendu parler plus sérieusement.

— Oh? À quel propos?

Si Corcoran avait déjà sa petite idée, rien sur son visage ne le trahissait.

— Il disait avoir découvert un complot hautement déshonorant et qui affecterait à terme le monde entier. Il souhaitait mon avis sur la question.

Les yeux bleu vif de Corcoran demeuraient fixes.

— Ton avis professionnel? amorça-t-il avec prudence.

— Oui.

— Tu n'aurais pas mal compris, par hasard?

— Non.

Matthew n'allait pas développer ce point et risquer d'influencer son interlocuteur. Soudain, la conversation n'était plus aussi aisée ou simplement amicale.

— Je savais que quelque chose le préoccupait, dit Corcoran en regardant Matthew par-dessus ses mains qu'il avait jointes, les doigts pointant vers le haut. Mais il ne s'est pas confié à moi. En réalité, il est resté poliment évasif et je n'ai pas insisté.

— Que vous a-t-il déclaré au juste? insista Matthew.

Corcoran battit des paupières.

— Très peu de chose. Juste qu'il s'inquiétait de la tension dans les Balkans... comme nous tous, mais il avait l'air de croire qu'elle était plus explosive que je ne le pensais.

Ses lèvres se crispèrent.

— Il semble qu'il avait raison. L'assassinat de l'archiduc est horrible. Ils vont demander réparation et, bien entendu, la Serbie ne voudra pas payer. Les Russes soutiendront les Serbes et l'Allemagne l'Autriche. C'est inévitable.

— Et nous? demanda Matthew. C'est toujours bien loin de la Grande-Bretagne et notre honneur n'est pas en jeu.

Corcoran resta pensif pendant quelques instants. Le tic-tac de l'horloge mesurait le silence.

— Les alliances constituent un réseau dans toute l'Europe, dit-il enfin. Nous en connaissons certaines, mais pas toutes. Ce sont les craintes et les promesses qui pourraient causer notre perte.

— Pensez-vous que père aurait pu être au courant de l'assassinat avant qu'il n'ait eu lieu?

L'idée était folle et il la formulait en désespoir de cause.

Corcoran haussa les épaules, mais son visage ne traduisait ni l'incrédulité ni le ridicule.

— Je ne vois pas comment! répondit-il. S'il avait le moindre contact avec cette partie du monde, il ne m'en a pas parlé. Il connaissait bien la France et l'Allemagne, ainsi que la Belgique, je pense. Il avait une parente mariée à un Belge, je crois, une cousine qu'il aimait beaucoup.

— Oui, tante Abigail, confirma Matthew. Mais quel rapport entre la Belgique et la Serbie ?

— Aucun, que je sache. Mais ce qui me trouble davantage, c'est qu'il ait voulu t'impliquer sur un plan professionnel.

Il eut l'air de regretter ses propos.

— Je suis navré, Matthew, mais tu sais aussi bien que moi qu'il détestait les services secrets...

— Oui, je sais ! répliqua Matthew en l'interrompant brusquement. Il souhaitait que mon frère fasse sa médecine, et quand Joseph a pris une autre direction, père s'est rabattu sur moi. Il n'a jamais vraiment dit pourquoi...

Il s'arrêta, lisant de la surprise et une tendresse fugace dans le regard de Corcoran.

— Il ne te l'a pas dit ? s'enquit ce dernier.

Matthew fit non de la tête. Il avait toujours cru qu'un beau jour il aurait la chance de montrer à son père la valeur de son travail. De manière discrète, sa tâche permettait aussi de sauver des vies ; elle préservait la paix grâce à laquelle les gens pouvaient mener leur vie librement. C'était l'une de ces professions dont on n'avait pas conscience, dès lors qu'elle s'exerçait avec toute l'habileté requise. Elle apparaissait uniquement au grand jour lorsqu'elle manquait à sa mission. Mais la mort de John empêchait Matthew de lui apporter cette preuve, et c'était un chagrin qu'il n'avait aucun moyen de soulager.

— C'était il y a longtemps, commença Corcoran, pensif. Quand ton père et moi étions encore jeunes. Lors de notre première année à Cambridge...

— J'ignorais que vous y étiez la même année ! interrompit Matthew.

— J'étais d'un an son aîné. J'étudiais grâce à l'argent de mon père et John avait une bourse. Il a commencé en médecine, figure-toi. Moi, j'étudiais la physique. Nous avions l'habitude de passer des heures à parler et à rêver de ce que nous ferions plus tard, une fois nos diplômes en poche.

Matthew essaya de s'imaginer les deux jeunes gens, l'esprit tourné vers leur avenir. John Reavley était-il satisfait de ce qu'il avait accompli ? L'idée qu'il fût mort en homme déçu causa à Matthew une douleur déchirante.

— Ne te tourmente pas, reprit gentiment Corcoran, en scrutant le visage de Matthew. Il a changé d'avis car il souhaitait entrer en politique. Il s'est dit qu'il pourrait davantage agir dans ce domaine, aussi a-t-il étudié les classiques. C'est le creuset d'où proviennent la plupart de nos dirigeants, des hommes qui ont appris la discipline de l'esprit, l'histoire de la pensée et de la civilisation occidentales.

Il poussa un lent soupir.

— Mais il l'a regretté à certains moments. Il trouvait la politique ardue et souvent ingrate. À la fin, il préférait l'individu à la masse et pensait que la médecine vous rendrait plus heureux et vous procurerait bien plus de sécurité.

— Mais vous avez continué dans la physique, dit Matthew.

Corcoran eut un sourire à la fois évasif et empreint d'autodérision.

— Mes ambitions étaient différentes.

— Père nous jugeait sournois, traîtres pour l'essentiel... selon lui, les services secrets utilisaient les gens et étaient dépourvus de toute loyauté. Il ne supportait pas la duplicité. Il ne voulait pas employer des moyens détournés, faire le jeu des vanités d'autrui ou utiliser leurs faiblesses. Il ne comprenait pas, je pense, comment on pouvait agir ainsi. Et il pensait que c'était ce que nous faisions.

— N'est-ce pas le cas? demanda Corcoran avec une sorte de regret désabusé.

Matthew soupira et s'adossa de nouveau à son siège, en croisant les jambes.

— Parfois. La plupart du temps, cela consiste à glaner le plus d'informations possible, puis à les assembler pour savoir de quoi il retourne. J'aurais aimé le lui montrer.

— Matthew, dit Corcoran avec gravité, s'il venait solliciter ton avis professionnel, quelle que soit sa découverte, il devait la juger capitale et susceptible d'être traitée par les services secrets...

— Mais vous n'avez aucune idée de ce dont il s'agissait? Que vous a-il dit? Rien? Des noms, des lieux, des dates, qui serait touché... vraiment rien? implora Matthew. J'ignore par où commencer et je ne fais confiance à personne, car il a dit que des gens importants étaient impliqués.

Même à Corcoran, il se garda de préciser que son père avait parlé de la famille royale. Compte tenu de l'étendue de la parentèle de la reine Victoria, le réseau devenait très vaste.

Corcoran hocha la tête.

— Bien sûr, admit-il. S'il avait pu se fier aux services habituels, il n'aurait pas hésité.

Quelqu'un frappa à la porte et Orla entra. Elle portait une charmeuse bleu-vert, avec de la dentelle vénitienne sur les épaules. Deux roses incarnates complétaient la toilette, une sous la poitrine, l'autre sur la jupe. Ses cheveux sombres formaient des boucles souples, à peine grisonnantes aux tempes, ce qui l'embellissait d'autant plus.

— Mon cher Matthew, dit-elle en souriant. Comme c'est bon de te voir!

Elle l'observa attentivement, en ajoutant :

— Mais tu as l'air un peu fatigué. As-tu travaillé trop dur à cause de tous ces maudits événements en Serbie ? Les Autrichiens ne donnent pas l'impression de très bien s'occuper de leurs affaires. J'espère sincèrement qu'ils ne vont pas nous entraîner dans leur pagaille.

— Je suis en bonne santé, merci, dit-il en lui prenant la main pour l'effleurer de ses lèvres. Malheureusement, on ne m'a rien confié d'aussi intéressant. Je crains de devoir reprendre les affaires intérieures des collègues qu'on envoie dans des endroits exotiques.

— Oh, ne me dis pas que tu souhaites aller en Serbie ! répliqua-t-elle aussitôt. Il te faudrait un temps fou pour t'y rendre et puis tu ne comprendrais pas un traître mot de ce qu'ils diraient.

Elle se tourna vers Corcoran.

— Le dîner va bientôt être servi. Passez donc à table et discutez de choses plus agréables. Es-tu allé au théâtre récemment ? La semaine dernière, nous avons vu la nouvelle pièce de Lady Randolph Churchill au Prince of Wales.

Elle ouvrit la marche en traversant le hall d'entrée, passant devant une domestique vêtue de noir et d'un tablier blanc amidonné, bordé de guipures, qu'elle parut ne pas voir.

— Très mitigé, à mon goût, poursuivit-elle. Dramaturgie efficace, mais quelques maladresses ici et là.

— Tu répètes mot pour mot ce que disent les critiques, ma chérie, observa Corcoran avec amusement.

— Alors peut-être qu'ils ont raison pour une fois ! répliqua-t-elle en les entraînant dans la splendide salle à manger rose et or.

La longue table d'acajou était fort simple, dans le style classique Adam. Les chaises de la même essence étaient hautes et leur dossier élancé rappelait l'architecture des fenêtres. On avait tiré les rideaux, masquant ainsi la vue sur le jardin et les prés, un peu plus loin.

Ils s'assirent et on servit le premier plat. Comme on était en plein été et qu'il s'agissait plus d'un repas de famille que d'un grand dîner, une collation froide convenait tout à fait. Une truite grillée et des légumes frais constituaient le second plat, arrosé d'un vin allemand léger, sec et très délicat.

Matthew transmit ses compliments sincères à la cuisinière.

La conversation vagabonda sur une dizaine de sujets : les derniers romans publiés, les récits de voyage en Afrique du Nord, les potins sur les familles du Cambridgeshire, l'éventualité d'un hiver rigoureux après un été aussi fantastique... tout sauf l'Irlande ou l'Europe. Ils finirent par effleurer la Turquie, mais uniquement au sujet du site des ruines de l'ancienne cité de Troie.

— N'est-ce pas l'endroit où Ivor Chetwin s'est rendu ? demanda Orla en se tournant vers son époux.

Corcoran regarda Matthew, puis revint vers sa femme.

— Je ne sais pas, répondit-il.

— Oh, pour l'amour du ciel ! lança-t-elle, impatiente, en piquant une tranche de nectarine avec sa fourchette. Matthew sait pertinemment que John s'est disputé avec Ivor. Inutile de tourner autour du pot.

Fourchette toujours en main, elle se tourna vers Matthew :

— Ivor et ton père étaient très bons amis, il y a neuf ou dix ans. Tous deux connaissaient un homme du nom de Galliford, Galliard, ou quelque chose d'approchant. Il a commis un acte grave, j'ignore lequel. On ne te le dit jamais.

Elle se hâta d'avaler son reste de fruit, avant d'ajouter :

— Mais Ivor a prévenu les autorités et on a arrêté cet individu.

Corcoran reprit sa respiration, prêt à intervenir, mais changea d'avis. Le mal était fait.

— John ne lui a jamais vraiment pardonné, continua Orla. Je ne sais pas pourquoi... après tout, Galliford — ou quel que soit son nom — était coupable. Ivor a eu alors l'occasion de pouvoir rejoindre un département quelconque des services secrets et il l'a saisie. Après quoi, John et lui ne se sont jamais réellement parlé, hormis par politesse. C'est fort dommage, car Ivor était un homme charmant et ils s'appréciaient l'un l'autre.

— Ce n'est pas parce qu'il avait fait appréhender Gallard, rectifia Corcoran avec calme. C'est sa façon d'agir que John n'a pas pu pardonner. John était un homme très candide... Il espérait un certain degré d'honnêteté chez les autres.

Il jeta un regard à Matthew.

— Père ne m'a jamais parlé d'Ivor Chetwin, dit ce dernier. S'est-il rendu en Turquie ?

— Bien sûr ! répondit Orla. Mais il en est revenu.

— Pensez-vous que père l'aurait revu ? Récemment ? La dernière semaine avant sa mort, par exemple ?

Orla parut surprise. Corcoran comprit sur-le-champ.

— Je ne sais pas, admit-il. C'est possible.

Orla n'hésita pas autant.

— Bien sûr que c'est possible. Je sais qu'Ivor est chez lui, car il habite à Haslingfield, et je l'ai vu il y a deux semaines à peine. Je suis certaine que si ton père lui avait rendu visite, il serait ravi de t'en parler.

Corcoran la regarda, puis revint vers Matthew, indécis.

Matthew ne pouvait se permettre de se soucier de vieilles querelles. Dans son esprit venait de naître la très forte probabilité qu'Ivor Chetwin puisse être l'homme derrière le complot découvert par John Reavley. Il devenait soudain capital de savoir s'ils s'étaient rencontrés, mais Matthew devait se montrer des plus prudents. Quel que soit l'individu, celui-ci n'hésitait pas à tuer.

— Matthew... commença Corcoran, le visage grave,

la bienveillance de ses traits accentuée par la lumière de la lampe.

— Oui ! répondit aussitôt Matthew, de nouveau gagné par la colère en songeant à la naïveté de son père. Je serai très prudent. Lui et moi sommes bien différents. Je ne fais confiance à personne.

Il aurait aimé leur expliquer ses intentions, mais préférait prendre sa décision à tête reposée. Mais il ne voulait surtout pas dévoiler à l'ami de son père ses faiblesses ou son chagrin, si ce qu'il découvrait était triste, condamnable... et trop personnel.

— Ce n'est pas ce que j'allais dire, déclara Corcoran. Ivor Chetwin était un homme convenable quand je le connaissais. Mais je doute que ton père lui ait confié quoi que ce soit avant de t'en faire part. As-tu songé que ce problème qui le préoccupait tant ait pu être une affaire de basse politique qu'il jugeait déshonorante, plutôt que ce que toi ou moi considérerions comme un complot ? Il était un peu... idéaliste.

— Un complot ? fit Orla en regardant Matthew, puis son mari, avant de revenir sur Matthew.

— Pas grand-chose, sans doute, dit Corcoran en souriant. J'imagine qu'il l'aurait découvert s'il en avait eu l'occasion.

Matthew voulut le contredire, mais il n'avait aucune arme. Il ne pouvait défendre son père ; il ne possédait rien d'autre que des paroles en mémoire, qu'ils avaient tant répétées qu'il entendait sa propre voix les prononcer, à présent.

— Bien sûr, dit-il, sans le penser vraiment et sans regarder son interlocuteur en face.

Il acquiesçait pour ne pas alarmer Orla. Puis il changea de sujet :

— J'aimerais ne pas être tenu de rentrer si tôt à Londres. C'est si paisible et intemporel ici.

— Un verre de porto ? suggéra Corcoran. J'ai un excellent millésime.

Matthew hésita.

— Oh, il est parfait ! assura son hôte. Ni bouchon, ni dépôt, je te promets.

Matthew accepta de bonne grâce.

On appela le majordome pour lui demander d'aller chercher une des meilleures bouteilles, qu'il apporta entourée d'une serviette.

— Voilà ! s'enthousiasma Corcoran. Je vais l'ouvrir moi-même ! Pour m'assurer qu'il est parfait. Merci, Truscott.

— Bien, monsieur.

Le majordome lui tendit la bouteille avec résignation.

— Vraiment... protesta Orla, tout en sachant que ça ne servait à rien.

Elle s'excusa auprès de Matthew :

— Désolée, dit-elle. Il en est assez fier.

Matthew sourit. C'était de toute évidence un rituel auquel tenait Corcoran, et Matthew fut heureux d'y participer, tandis que son hôte les menait à la cuisine, chauffait les pincettes sur le fourneau, avant de les utiliser pour saisir la bouteille, en les refermant sur le goulot. Truscott lui tendit une plume d'oie et présenta un bac de glaçons. Corcoran passa la plume dans la glace, puis avec soin autour du goulot.

— Voilà ! lança-t-il, triomphant, comme la glace traçait un cercle bien net, en découpant parfaitement le bouchon. Vous voyez ?

— Bravo ! dit Matthew en riant.

Corcoran souriait à belles dents, le visage illuminé par son succès.

— Tenez, Truscott ! Maintenant, vous pouvez le décanter, puis nous l'apporter à la salle à manger. Mme Corcoran prendra un madère. Venez...

Et il ramena son petit monde dans la pièce rose et or.

Il était tard, le dimanche après-midi, quand Matthew

se rendit à Haslingfield en voiture. Ivor Chetwin ne vivait pas sur un grand pied comme les Corcoran, quoique dans un agréable manoir géorgien, situé à moins de deux kilomètres du village.

Une domestique accueillit Matthew, mais Chetwin en personne apparut presque aussitôt, un chiot épagneul enthousiaste à ses talons.

— Je vous aurais reconnu, dit Chetwin sans hésiter, en tendant la main à Matthew.

Sa voix, d'une gravité peu commune, gardait encore la musicalité de son pays de Galles natal.

— Vous avez les mêmes yeux que votre père.

Matthew sentit sa loyauté se renforcer tandis qu'on ravivait ses souvenirs.

— Merci d'avoir accepté de me recevoir dans un délai aussi bref, monsieur, répondit-il. Je suis juste venu pour la fin de semaine. Je passe le plus clair de mon temps à Londres, désormais.

— Moi-même, j'ai bien peur de ne venir ici que certains week-ends en ce moment, regretta Chetwin.

Puis, suivant le chiot, il l'entraîna dans un salon tout simple qui s'ouvrait sur un jardin de pavés et de gravier, largement ombragé par les arbres qui le surplombaient. Buissons et arbustes se dressaient sur les côtés, tandis que des massifs de plantes basses aux feuilles gris argent poussaient entre les dalles. Le plus extraordinaire, c'est que chaque fleur était blanche.

Chetwin remarqua la fascination de Matthew.

— Mon jardin blanc, expliqua-t-il. Je le trouve fort reposant. Asseyez-vous. Oh, déplacez donc le chat.

Il désigna un félin noir installé au milieu du second fauteuil et semblant très peu enclin à se mouvoir.

Matthew le caressa doucement et le sentit, plus qu'il ne l'entendit, se mettre à ronronner. Il le souleva et, une fois assis, le prit sur les genoux. Le chat se réinstalla et se rendormit.

— Mon père avait l'intention de venir vous voir, dit Matthew d'une voix douce, comme si c'était la vérité. Je n'ai jamais eu la chance de pouvoir lui demander s'il l'avait réellement fait.

Il observa le visage de son interlocuteur. Chetwin avait les yeux sombres, une solide mâchoire arrondie, des cheveux noirs grisonnants et clairsemés sur son front haut. On ne pouvait rien y deviner. C'était un visage qui pouvait cacher exactement ce que son possesseur souhaitait. Aucune naïveté décelable chez Ivor Chetwin. Il ne manquait ni d'imagination ni de subtilité. Matthew était à peine là depuis quelques minutes qu'il sentait déjà la force intérieure de son hôte.

— Je suis désolé qu'il ne soit pas venu, répondit Chetwin, de la tristesse dans la voix.

S'il jouait la comédie, c'était un virtuose. Mais Matthew avait connu des hommes qui trahissaient leurs amis, leur famille et qui, même s'ils le regrettaient amèrement, jugeaient leurs actes indispensables.

— Il ne vous a pas contacté du tout ? insista-t-il.

Matthew n'aurait pas dû être déçu, et pourtant il l'était. Il avait espéré que Chetwin aurait eu une idée, un fil conducteur, aussi mince fût-il, qui l'aurait mené quelque part. Il comprenait à présent que c'était insensé. John Reavley serait venu voir Matthew en premier, avant d'accorder sa confiance à quelqu'un d'autre, même à un individu beaucoup plus expérimenté comme Chetwin.

— Je l'aurais souhaité, répondit ce dernier. Je serais volontiers passé chez lui, mais je doute qu'il ait voulu me voir.

Une ombre lugubre voila son regard.

— C'est l'un des regrets les plus profonds entraînés par la mort ; les choses que vous pensez accomplir et que vous différez, et puis, tout à coup, c'est trop tard.

— Oui, je sais, admit Matthew avec plus d'émotion qu'il ne l'aurait souhaité.

Il eut l'impression de déposer un couteau la lame tournée vers lui et le manche à disposition d'un ennemi éventuel. D'ailleurs, même s'il l'avait moins laissé paraître, Chetwin l'aurait senti sur ses gardes.

— Chaque jour, je pense à ce que j'aurais aimé lui dire. Je suppose que c'est la véritable raison de ma visite. Vous l'avez connu à une époque où j'étais si jeune que je ne voyais en lui que mon père et non une personne menant sa vie en dehors de St. Giles.

— L'aveuglement naturel de la jeunesse, commenta Chetwin. Mais vous auriez apprécié la plupart des propos entendus à son sujet.

Il sourit, son visage s'adoucissant un peu.

— Il se montrait parfois têtu ; il était doté d'une arrogance intellectuelle dont il n'avait même pas conscience. Elle émanait d'une intelligence spontanée, et il possédait cependant une patience inlassable envers ceux qu'il percevait comme assurément limités. Il traitait les personnes âgées, les pauvres, les gens peu éduqués avec dignité. À ses yeux, le plus grand péché n'était autre que la méchanceté.

Chetwin parut se plonger davantage dans ses souvenirs, en reconsidérant le passé avant que sa dispute avec John Reavley n'y ait ôté tout plaisir.

Matthew prit le risque d'aller plus avant.

— Je me souviens qu'il était dépourvu de toute duplicité. C'était le cas ou simplement ce que je voulais bien croire ?

Chetwin eut un petit rire acerbe.

— Oh, c'était vrai ! Il ne pouvait dire un mensonge pour sauver la face et n'était pas prêt à changer son attitude pour plaire à qui que ce soit, ou à le tromper, même pour parvenir à ses fins.

Son visage se rembrunit, mais ses yeux sombres demeuraient énigmatiques.

— C'était tout à la fois sa faiblesse et sa force. Incapable de fourberie, et *c'est* l'arme principale d'un politicien.

Matthew hésita, en se demandant s'il devait reconnaître qu'il œuvrait dans les services secrets et savait que Chetwin en faisait aussi partie. Cela ferait gagner du temps, le rapprocherait de la vérité. À moins qu'il ne dût conserver le peu de munitions qu'il avait encore ? Qu'en était-il des fidélités de Chetwin ? Il semblait plutôt aimable et ses liens avec le passé étaient solides. Mais peut-être était-ce précisément ce qui avait coûté la vie à John Reavley.

— Il était très inquiet à propos de la situation actuelle dans les Balkans, dit Matthew. Même s'il est mort le jour de l'assassinat de l'archiduc et n'en a donc pas entendu parler.

— Certes, acquiesça Chetwin. Je sais qu'il témoignait d'un intérêt considérable pour les affaires allemandes et avait beaucoup d'amis originaires de ce pays. Plus jeune, il a fait de l'escalade dans le Tyrol autrichien. Il a adoré Vienne, sa musique et sa culture, et il a étudié la langue, bien sûr.

— Il en a discuté avec vous ?

— Oh oui ! Nous avions beaucoup d'amis communs en ce temps-là.

Sa voix trahissait une tristesse et une gentillesse qui semblaient pleinement humaines et vulnérables. Mais s'il était rusé, il savait quel comportement adopter !

— Savez-vous s'il gardait le contact avec eux ? s'enquit Matthew.

Il allait dérouler un mince lambeau de vérité sous le nez de Chetwin pour voir si celui-ci s'en emparait ou même y faisait attention.

Aucune méfiance ne transparaissait sur le visage sagace de son interlocuteur.

— Je serais tenté de le croire. C'était un homme qui conservait ses amis.

Il fit une petite grimace.

— Sauf dans mon cas, bien sûr. Mais c'est parce qu'il réprouvait mon changement de carrière. Il a jugé cela immoral... malhonnête, si vous préférez.

Matthew reprit son souffle. C'était comme se jeter dans l'eau glacée.

— Les services secrets... oui, je sais.

Il aperçut Chetwin se crisper l'espace d'un instant très bref. S'il ne l'avait guetté, il ne s'en serait peut-être pas rendu compte.

— Je pense que c'était à cause de vous s'il a été si déçu quand j'y suis entré aussi, poursuivit-il.

Son hôte ne put masquer sa surprise.

— Vous ne le saviez pas? ajouta Matthew.

Chetwin soupira.

— Non... je l'ignorais.

Matthew se trouvait une présence d'un maître du faux-semblant. Mais il pouvait lui aussi jouer à ce petit jeu.

— Oui. Il n'était pas d'accord, évidemment, dit-il avec un sourire de regret. Mais il savait que nous avions notre utilité. Parfois il n'existe personne d'autre vers qui se tourner.

Chetwin hésitait, à présent.

Matthew sourit.

— Alors il avait changé, dit lentement Chetwin. Il avait coutume de penser qu'il existait un meilleur moyen d'agir. Mais vous le savez aussi, je suppose?

— Plus ou moins, répondit Matthew d'un ton neutre.

Il bataillait pour trouver de quoi rebondir. Il ne pouvait quitter Chetwin, sans doute la meilleure source d'information sur son père, sans essayer toutes les voies possibles.

— En fait, je crois qu'il avait changé, dit-il soudain. Il m'a confié quelque chose il y a peu de temps qui m'a fait penser qu'il commençait à apprécier la valeur des renseignements discrets.

Chetwin haussa les sourcils, sans chercher à taire son intérêt :

— Oh ?

Matthew hésita, tout à fait conscient du danger éventuel qu'il courait en révélant trop de choses à Chetwin.

— Uniquement la valeur des renseignements, dit-il enfin, en se penchant un peu en arrière. Je n'en ai jamais su davantage. J'ai pensé que ce serait important. À qui se serait-il confié ?

— À quel propos ? s'enquit Chetwin.

Matthew redoubla de prudence.

— Je n'en suis pas certain. Sans doute la situation en Allemagne. C'était probablement assez éloigné des troubles en Irlande ou dans les Balkans pour ne présenter aucun danger.

Chetwin réfléchit quelques instants.

— Autant s'adresser au grand chef, finit-il par déclarer. Si c'était important, cela devait arriver aux oreilles de Dermot Sandwell.

— Sandwell ! répéta Matthew, surpris.

Dermot Sandwell était un ministre des Affaires étrangères hautement respecté : linguiste émérite, voyageur accompli, érudit et spécialiste de lettres classiques.

— Oui, je présume. C'est un excellent conseil. Merci.

Matthew s'attarda un peu. La conversation passa d'un sujet à l'autre : la politique, les souvenirs, les petits potins du Cambridgeshire. Chetwin n'avait pas son pareil pour décrire les gens de manière vivante et avec beaucoup d'esprit. Matthew comprit vraiment pourquoi son père avait apprécié cet homme.

Une demi-heure plus tard, il se leva pour prendre congé, ne sachant toujours pas si John Reavley avait parlé du document à Chetwin et, au cas où il l'avait fait, si un tel acte n'avait pas entraîné sa mort.

Matthew regagna Londres en fin d'après-midi, par un

temps lourd et tumultueux, en souhaitant que l'orage éclate et transforme cet air gris et étouffant en une pluie salutaire.

Vers six heures et demie, comme il se trouvait à une trentaine de kilomètres de Cambridge, filant à vive allure entre les hautes haies, le tonnerre gronda, menaçant, à la lisière ouest des nuages. Dix minutes plus tard, la foudre tomba et l'eau se déversa à torrents, éclaboussant la route lisse et noire, jusqu'à ce qu'il eût l'impression de sombrer sous une cascade. Il ralentit, presque aveuglé par le déluge.

Lorsque l'orage cessa, de la vapeur s'éleva de la chaussée miroitante, une brume argentée voilant le soleil, et l'atmosphère exhala un parfum de bain turc.

Le lundi matin, les journaux annoncèrent que le roi avait passé en revue les deux cent soixante bâtiments de la marine royale, à la base de Spithead, de même qu'on avait rappelé les réservistes, sur les ordres du secrétaire de l'Amirauté, Winston Churchill, et du premier lord de la Marine, le prince Louis de Battenberg. Aucune allusion à l'ultimatum de l'Autriche à la Serbie, concernant les réparations exigées après l'assassinat de l'archiduc.

Calder Shearing était à son bureau, le regard lugubre et lointain. Matthew resta debout, ne s'étant pas encore vu accorder la permission de s'asseoir.

— Ça ne signifie rien, lui dit Shearing d'une voix sombre. On m'a informé d'une réunion secrète à Vienne hier. Je ne serais pas étonné qu'ils aillent jusqu'au bout. L'Autriche ne peut reculer. Sinon, tous leurs territoires penseraient alors qu'ils peuvent assassiner n'importe qui. Quelle honte !

Il s'exprimait mezza voce, mais Matthew ne le fit pas répéter.

— Asseyez-vous ! s'impatienta Shearing. Ne vous dandinez pas ainsi, comme si vous alliez partir. Vous ne bougez pas ! Nous avons tous ces rapports à éplucher.

Il indiqua une pile de documents sur son bureau.

Ils se trouvaient dans une pièce confortable, mais dépourvue de photos de famille, rien qui indiquât où il était né, où il avait grandi. Même son aspect fonctionnel était anonyme, dénué de toute dimension personnelle. Le plat et le saladier arabes en cuivre étaient certes jolis, mais ne représentaient rien. Matthew l'avait interrogé un jour à leur sujet. Il en allait de même pour les aquarelles : l'une figurant un orage sur les Downs du Sud, l'autre la lumière hivernale déclinante sur les docks de Londres, les espars noirs d'un trois-mâts se dressant dans le ciel; aucune n'avait la moindre valeur personnelle.

La conversation s'orienta sur l'Irlande et la situation dans le Curragh, qui constituait toujours un sujet d'inquiétude. Elle était loin d'être résolue.

Shearing jura un peu, plus pour lui-même qu'au profit de Matthew.

— Comment pourrions-nous être d'une bêtise aussi crasse pour nous embarquer dans ce foutoir! lâcha-t-il, la mâchoire si tendue que les muscles saillaient sur son cou. Les protestants n'allaient jamais se laisser absorber par les catholiques du Sud. Ils allaient à coup sûr avoir recours à la violence, et nos hommes n'auraient jamais tiré sur eux. N'importe quel crétin sait qu'ils ne tireront pas sur les leurs... d'où la mutinerie !

Son visage sombre devint tout rouge, comme il enchaînait :

— Et nous ne pouvons pas la laisser impunie, alors nous nous sommes fourrés dans une situation impossible! Faut-il donc être aussi niais pour ne pas l'avoir prévue ? Autant être surpris par la neige en plein mois de janvier !

— Je pensais que le gouvernement consultait le roi, répondit Matthew.

Shearing leva la tête vers lui.

— Oh, mais c'est fait! Il l'a consulté! Et qu'est-ce qui se passera si le roi se range du côté des loyalistes de l'Ulster? Personne n'y a songé?

Matthew se crispa intérieurement. Le meurtre de son père, l'affaire du document et de ce qu'il pourrait contenir l'avaient trop accablé pour qu'il approfondisse une telle idée. À présent qu'il y songeait, c'était terrifiant.

— Il ne peut pas! Si? demanda-t-il.

La colère de Shearing était si violente que la pièce en vibrait.

— Bien sûr qu'il le peut, pardi! éructa-t-il, en fustigeant son interlocuteur du regard.

— Quand prendront-ils une décision?

— Aujourd'hui... demain! Dieu sait quand. Ensuite, nous verrons bien où se situent les vrais problèmes.

Il devina la question dans le regard de Matthew.

— Oui, Reavley, dit-il avec un calme agaçant. L'assassinat en Serbie n'est certes pas reluisant mais, croyez-moi, ce ne serait rien en comparaison si un tel événement avait lieu chez nous.

— Un assassinat! s'exclama Matthew.

Son chef haussa les sourcils :

— Pourquoi pas? lança-t-il d'un air de défi. Où est la différence? La Serbie est assujettie à l'Empire austro-hongrois, et certains de ses citoyens considèrent que l'assassinat d'un duc royal leur apportera la liberté et l'indépendance. L'Irlande appartient à l'Empire britannique. Pourquoi certains de ses sujets n'iraient-ils pas s'imaginer que l'assassinat du monarque pourrait leur apporter la liberté qu'ils souhaitent?

— L'Irlande du Nord protestante veut demeurer au sein de l'Empire, répondit Matthew, qui eut quelque peine à ne pas élever la voix. C'est ce que signifie le terme *loyaliste*! Ils ne veulent pas être engloutis par l'Irlande catholique et romaine!

Mais il savait que ses paroles étaient vides de sens.

— Ça coule de source, commenta Shearing, sarcastique. Dites-le un peu plus fort et tous les fous assoiffés de gloire vont ranger leurs fusils et rentrer chez eux.

Il sortit une mince liasse de papiers du tiroir de son bureau et la lui tendit :

— Jetez-y donc un coup d'œil, tâchez de voir ce que vous pouvez en tirer.

Matthew s'en empara.

— Bien, monsieur, dit-il avant de regagner son bureau, une multitude d'idées bourdonnant dans sa tête.

Il tenta de travailler toute la journée sur ces documents. C'étaient les notes habituelles sur les renseignements interceptés, des rapports sur les déplacements des hommes connus ou soupçonnés de sympathies pour l'indépendance irlandaise. Il cherchait toujours la moindre menace envers Blunden et sa nomination au ministère de la Guerre, avec les conséquences évidentes sur les futures actions militaires en Irlande, dont la nécessité semblait quasi certaine.

Si le poste allait à Wynyard, avec ses opinions solides et un jugement plus précaire, cela risquait non seulement de précipiter la violence mais peut-être de l'étendre à l'Angleterre elle-même.

Matthew eut du mal à se concentrer sur le sujet. Celui-ci se révélait trop nébuleux, les liaisons trop éloignées. Mais un nom revenait à plusieurs reprises : Patrick Hannassey. Il était né à Dublin en 1861, second fils d'un médecin et patriote irlandais. Son frère aîné avait embrassé la carrière juridique et était décédé lors d'un accident de canotage au large des côtes du comté de Waterford. Patrick avait également étudié le droit pendant un certain temps, puis s'était marié et avait eu une fille. Ensuite la tragédie avait encore frappé. Sa femme avait trouvé la mort dans une inutile échauffourée entre catholiques et protestants, et Patrick, dans son chagrin, avait abandonné les lentes procédures de la loi au profit de la lutte politique, sinon de la guerre civile.

La nomination de Blunden au poste de ministre de la Guerre aurait comblé à merveille son dessein avoué : on pourrait le ridiculiser, le défier et le pousser à prendre des mesures qui sembleraient justifier des représailles. Ce serait le début d'un conflit armé ouvert. Il prêchait le soulèvement, mais avec subtilité, en cachant bien son jeu ; fuyant, rusé, dépourvu de l'arrogance de ceux qui en font trop, ne trahissant jamais ceux qui lui faisaient confiance, jamais en quête de pouvoir personnel et certes pas attiré par l'argent.

Un peu avant six heures, Matthew retourna dans le bureau de Shearing, en sachant qu'il l'y trouverait encore.

— Oui ? dit ce dernier en levant la tête, les yeux cernés de rouge, le teint terreux.

— Patrick Hannassey, répondit Matthew, en posant les papiers sur le bureau, devant lui. J'aimerais avoir l'autorisation de m'occuper de lui. Il représente la plus sérieuse menace pour Blunden car, en toute franchise, il est de loin plus malin. Blunden ne réagit pas sans réfléchir, mais Hannassey est capable de le faire passer pour un lâche, comparé à Wynyard.

— Autorisation refusée, répliqua Shearing.

— Mais il est...

— Je sais, l'interrompit son chef. Et vous avez raison. Mais nous ignorons où il se terre, et ses propres hommes ne le trahiront jamais. Pour l'heure, il a disparu. Tâchez d'en apprendre le plus possible à son sujet, mais discrètement, si vous avez le temps. Essayez Michael Neill, son lieutenant... vous ne manquerez pas de coopération à ce niveau.

Le ton monocorde de Shearing alarma Matthew, qui y perçut un sentiment de défaite.

— Que se passe-t-il ? demanda-t-il, nerveux.

— Le roi a soutenu les loyalistes, dit son supérieur en le contemplant d'un air pitoyable. Allez donc voir si vous pouvez découvrir ce que Neill mijote et s'il n'existe personne prêt à le trahir. Bref, tout ce qui peut nous aider.

— Monsieur...
— Quoi ?

Devait-il mentionner le document de John Reavley ? Était-ce le moment d'y accorder de l'importance ? Peut-être même d'éviter au pays de sombrer dans la guerre civile ? Mais Shearing pouvait être complice de l'éventuelle conspiration.

— Reavley, si vous avez quelque chose à dire, dites-le ! rétorqua son chef. Je n'ai pas le temps de jouer les infirmières avec vos sentiments ! Allons, mon vieux !

Que pouvait-il déclarer ? Que son père savait qu'il s'agissait d'un complot ?

Shearing reprit son souffle, impatient, exaspéré.

— Je voulais juste vous dire que vous aviez raison, monsieur, déclara Matthew. Un de mes informateurs pensait qu'il s'agissait d'une machination.

— Alors pourquoi diable n'en avez-vous pas parlé ? lâcha Shearing.

— Parce qu'il ne disposait d'aucun fait. Aucun nom, aucune date, aucun lieu, rien d'autre qu'une conviction.

— Fondée sur quoi ? insista Shearing, furibond.

— Je ne sais pas, monsieur. On l'a tué avant qu'il ne puisse me le confier.

Les mots étaient durs à prononcer, même sous la colère.

— Tué ? répéta son chef d'un ton posé.

La mort d'un de ses hommes, ainsi honoré de manière indirecte, le peinait toujours davantage que Matthew ne l'aurait cru.

— Comment cela ? Êtes-vous en train de dire qu'on l'a assassiné pour cette information ?

Sa fureur explosa : un mugissement, fort de toute l'impuissance qu'il ne pouvait plus dissimuler.

229

— Qu'est-ce qui vous a donc pris de ne pas m'en parler? Si la mort de vos parents vous a autant perturbé, alors...

Il s'interrompit.

Au même moment, Matthew sut que son chef comprenait. Était-il allé trop loin? Avait-il fait précisément ce contre quoi son père l'avait mis en garde?

— Était-ce votre père, Reavley? s'enquit Shearing, le regret s'affichant sur son visage — ou peut-être était-ce de la compassion?

Inutile de nier. Shearing serait au courant tôt ou tard. Cela démolirait sa confiance en Matthew, le ferait passer pour un imbécile et ne profiterait à personne.

— Oui, monsieur, avoua-t-il. Mais il est mort dans un accident de voiture alors qu'il venait me voir. Tout ce que je sais, c'est qu'il parlait d'un complot qui déshonorerait l'Angleterre.

C'était ridicule... il éprouvait quelque peine à contrôler sa voix, tandis qu'il ajoutait:

— Et que cela remontait jusqu'à la famille royale.

Ce n'était pas toute la vérité. Il tut l'implication du monde entier. Ce n'était que l'opinion de son père et peut-être celui-ci accordait-il trop d'importance à la place de l'Angleterre. Il ne dit rien des éraflures sur la route et de sa certitude qu'il s'agissait d'un meurtre.

— Je vois.

La lumière oblique du soleil qui traversait les fenêtres soulignait les fines rides de Shearing. Son émotion et sa fatigue étaient à nu, mais ses pensées dissimulées, comme toujours.

— Alors vous feriez mieux de suivre l'affaire, de découvrir tout ce que vous pourrez.

Il plissa les lèvres. Impossible de deviner ce qu'il avait en tête.

— Je présume que c'est votre intention, de toute manière. Mais faites-le correctement, en tout cas.

— Et Neill? demanda Matthew. Blunden?

Le regard de Shearing s'éclaircit, comme sous l'effet d'un amusement qu'il ne pouvait partager.

— J'ai d'autres hommes qui peuvent s'en charger, Reavley. Vous me serez plus utile en accomplissant une seule tâche comme il faut, plutôt que deux à moitié.

Matthew ne laissa pas transparaître sa gratitude. Shearing ne devait pas le croire trop redevable.

— Merci, monsieur. Je vous tiens au courant dès que j'ai du nouveau.

Il tourna les talons avant que son chef pût ajouter quoi que ce soit, puis referma la porte derrière lui. Il éprouvait une singulière sensation de liberté... et de danger.

Matthew se mit aussitôt au travail et sa première visite correspondit tout à fait à la suggestion de Chetwin : Dermot Sandwell. Il sollicita un rendez-vous de toute urgence, en rapport avec l'annonce que le roi avait faite ce jour-là, selon laquelle il soutenait les loyalistes de l'Ulster. Il déclina son nom et son rang, en précisant qu'il était en mission pour les services secrets. Inutile de le cacher, car Sandwell pourrait très facilement le découvrir, et sans cette précision il était d'ailleurs peu probable qu'il consente à le recevoir.

Matthew attendit à peine quinze minutes avant d'être conduit d'abord dans l'antichambre, puis dans le bureau principal. C'était une jolie pièce donnant sur Horseguards' Parade, meublée avec beaucoup de personnalité et un agréable mélange de styles classique et moyen-oriental. Un bureau en noyer était flanqué de fauteuils Queen Anne. De la vaisselle de cuivre turque reposait sur une table italienne en marqueterie de pierres dures. Des miniatures perses peintes sur os ornaient un mur et, au-dessus de la cheminée, un Turner mineur d'une exquise beauté, qui coûtait sans doute autant d'argent que Matthew en gagnerait en une décennie.

Sandwell lui-même était grand et très mince, mais il y avait chez lui une sorte de grâce nerveuse qui suggérait la force. Il avait les cheveux et la peau clairs, et des yeux d'un singulier bleu vif. Son visage témoignait d'une vivacité qui le distinguait d'autrui, en dépit de l'aspect banal du reste de sa personne. Il devait retenir l'attention de quiconque restait en sa compagnie quelques instants.

Il s'avança et serra la main de Matthew avec fermeté, puis recula.

— Que puis-je pour vous, Reavley ?

Il désigna le fauteuil pour signifier que son visiteur était censé s'asseoir, puis reprit lui-même place dans le sien, sans quitter Matthew du regard. Il continua à susciter une certaine tension dans la pièce, tout en demeurant tout à fait immobile. Matthew nota la présence d'un cendrier en mosaïque sur le bureau, contenant au moins une demi-douzaine de mégots.

— Comme vous le savez, monsieur, Sa Majesté a exprimé son soutien aux loyalistes de l'Ulster, commença-t-il. Et nous craignons qu'en agissant ainsi, il risque de se mettre quelque peu en danger face aux nationalistes.

— Je dirais que cela ne fait aucun doute, approuva Sandwell, avec une faible lueur d'impatience dans le regard.

— Nous avons des raisons, non tangibles mais suffisamment préoccupantes, de croire qu'il existe un complot pour l'assassiner, poursuivit Matthew.

Sandwell ne bougeait pas, mais il se raidit encore davantage intérieurement.

— Vraiment ? J'admets que cela ne me surprend pas en soi, mais j'ignorais qu'ils étaient aussi... audacieux ! Savez-vous qui se cache derrière tout cela ?

— J'y travaille justement. Plusieurs possibilités s'offrent à moi, mais la seule qui paraisse jusqu'ici plausible, c'est un individu du nom de Patrick Hannassey.

— Un nationaliste au long passé d'activiste, admit Sandwell. J'ai eu moi-même affaire à lui, mais pas récemment.

— Personne ne l'a vu depuis plus de deux mois, dit Matthew d'un ton sec. C'est l'une des raisons de notre inquiétude. Il a si bien disparu de la circulation qu'aucun de nos contacts ne sait où il est.

— Alors qu'attendez-vous de moi? s'enquit Sandwell.

— Tout renseignement que vous pourriez avoir sur les contacts passés de Hannassey. Tout ce que nous ne saurions pas à son sujet: liens avec l'étranger, amis, ennemis, faiblesses...

Il avait décidé de ne pas mentionner Michael Neill. Ne jamais transmettre une information sans y être obligé.

Sandwell s'exprima enfin. D'une voix calme et un peu acide.

— Hannassey a participé à la guerre des Boers... de leur côté, bien sûr. Les Britanniques l'ont capturé et détenu quelque temps en camp de concentration. J'ignore pendant combien de temps au juste, mais au moins plusieurs mois. Si vous aviez vu ce...

Sa voix se brisa.

— La guerre peut déposséder les hommes de leur humanité. Des individus dont vous auriez juré qu'ils étaient intègres, et ils l'étaient avant que la peur, la douleur, la famine et la propagande de haine les dépouillent de cette intégrité en leur laissant uniquement la volonté animale de survivre.

Ses yeux bleus se posèrent sur Matthew en le submergeant d'une sensibilité que son élégance naturelle avait complètement masquée.

— La civilisation ne tient qu'à un fil, capitaine Reavley, un fil désespérément ténu, une fine couche de vernis, mais elle représente tout ce qui nous sépare des ténèbres.

Ses longs doigts presque délicats s'entrecroisaient, les phalanges pâlissant sous la peau tendue.

— Nous devons nous y cramponner à tout prix, car si nous la perdons, nous devons faire face au chaos.

Sa voix était douce, mais il y avait en elle un mépris qu'il ne pouvait contrôler.

— Croyez-moi, capitaine Reavley, la civilisation peut être balayée et nous nous transformons en sauvages si horribles que vous ne réussissez à en chasser l'image de votre âme.

À présent, sa voix dépassait à peine le murmure.

— Vous vous réveillez en sueur dans la nuit, avec la chair de poule, mais le cauchemar est en vous, car il est possible que nous soyons tous ainsi... sous le masque de l'affabilité.

Matthew ne put argumenter. Sandwell parlait de quelque chose qui lui était inconnu. Il n'avait entendu que des fragments d'accusation et de démentis, des rumeurs d'horreurs qui appartenaient à un autre monde et à d'autres gens, fort différents.

Sandwell sourit, mais c'était une grimace, une tentative de dissimuler de nouveau une ferveur qu'il s'était permis de dévoiler un peu trop.

— Nous devons nous cramponner à la civilisation, Reavley, coûte que coûte, afin de la conserver pour nous-mêmes et ceux qui nous suivront. Garder les portes de la santé de l'esprit pour éviter que la folie ne revienne. Nous pouvons le faire pour chacun d'entre nous... nous le devons. Sinon, rien ne mérite d'être entrepris. Vous souhaitez retrouver Hannassey, je vais vous y aider. S'il assassine le roi, Dieu seul sait quelle haine cela va engendrer ! Nous pourrions même aboutir à la loi martiale, à la persécution de milliers d'Irlandais tout à fait innocents, simplement par amalgame. Les choses étant ce qu'elles sont, il va incomber à chaque homme de bonne volonté en Europe de juguler cette affaire austro-serbe, après l'assassinat de l'archiduc. L'un et l'autre parti ne peuvent se permettre de se dérober, et tous deux rassemblent des alliés partout ils le peuvent : la Russie pour les Serbes, l'Allemagne pour les Autrichiens... naturellement.

Il tendit la main vers un étui en cuir noir et en sortit une cigarette d'un geste si machinal qu'il sembla ne pas en avoir conscience. Il l'alluma et tira une longue bouffée.

— Outre les Irlandais, vous pourriez regarder du côté de certains groupes socialistes, poursuivit-il. Les hommes comme Hannassey se font des alliés partout où ils les trouvent. L'aspiration socialiste est bien plus grande que beaucoup de gens le pensent. Il y a Jaurès, Rosa Luxemburg, Adler, de l'agitation partout. Je vous apporterai toute l'aide possible — tous les renseignements de ce bureau sont à votre disposition —, mais le temps presse... malheureusement.

— Merci, monsieur, dit simplement Matthew.

Il lui était infiniment reconnaissant. Soudain, il faisait un bond en avant à une vitesse vertigineuse. Il avait commencé seul pour se retrouver soutenu par l'un des hommes les plus discrètement puissants des affaires étrangères, prêt à l'écouter et à partager des informations. Peut-être que la vérité se situait juste au-delà de son champ de vision. Dans quelques jours, une semaine au plus, il affronterait la vérité sur la mort de ses parents. John Reavley avait raison... un complot existait.

— Merci, monsieur, répéta-t-il en se levant. J'apprécie beaucoup votre geste.

De bien faibles paroles pour traduire l'exaltation et l'appréhension qu'il éprouvait.

CHAPITRE VIII

Le lundi 20 juillet, Joseph participa dans la matinée à un débat animé avec une demi-douzaine d'étudiants, où personne, selon lui, n'apprit grand-chose.

Comme il traversait la cour pour rentrer chez lui, il se rendit compte que la discussion l'avait fatigué. Il aspirait à la tranquillité de ses ouvrages et tableaux familiers et, par-dessus tout, au silence. La plupart des jeunes gens avec qui il avait parlé étaient effrayés à l'idée d'une éventuelle guerre en Europe, quand bien même serait-elle lointaine et hypothétique.

Bien plus immédiate demeurait l'enquête policière en cours sur le meurtre de Sebastian Allard. On ne pouvait y échapper. Il suffisait d'apercevoir la mère du défunt arpentant Fellows' Garden en noir, dévorée par la rage et le malheur. Elle paraissait avoir choisi de s'isoler du reste du monde. L'inspecteur Perth poursuivait ses interrogatoires, sans jamais confier à quiconque les conclusions qu'il tirait des réponses fournies. Et personne n'oubliait qu'un de ces érudits de la jeunesse dorée avait tiré le coup de feu à dessein.

Joseph se trouvait presque à la porte lorsqu'il entendit des pas légers, rapides, derrière lui, et il se tourna pour découvrir Perth à quelques mètres. Comme toujours, le policier arborait un complet dénué d'élégance. Ses cheveux étaient coiffés en arrière et sa moustache égalisée. Il tenait une pipe par le fourneau, comme s'il hésitait à l'allumer.

— Oh! Bien. Révérend Reavley... ravi d'tomber sur vous, m'sieu, lança-t-il, jovial. Vous rentrez?

— Oui, je viens d'avoir un débat avec quelques-uns de mes étudiants.

— J'ai jamais pensé qu'des messieurs comme vous travaillaient aussi dur, même en période de vacances, remarqua Perth, en suivant Joseph qui franchissait le porche en pierre sculptée.

Et ils passèrent devant l'escalier de chêne, noirci par le temps, le milieu des marches creusé par ceux qui les gravissaient depuis des siècles.

— Un petit nombre d'étudiants choisissent de rester ici pour des études complémentaires, expliqua Joseph qui obliquait pour monter. Et puis il y a toujours des futurs licenciés qui poursuivent d'autres cursus.

— Oh oui, les futurs licenciés.

Ils parvinrent au palier et Joseph ouvrit la porte de sa chambre.

— Y a-t-il quelque chose que je puisse faire pour vous, inspecteur?

Perth eut un sourire de gratitude.

— Ma foi, puisque vous l'demandez, m'sieu, y en aurait une.

Il attendit, impatient, sur le seuil. Joseph céda et l'invita à entrer.

— De quoi s'agit-il? demanda-t-il.

— J'pense que je trahirais pas la vérité, m'sieu, si j'disais qu'vous connaissiez M. Allard mieux qu'tous les aut' gentlemen ici présents.

— Probablement.

Perth enfouit les mains dans ses poches.

— 'voyez, révérend, j'ai causé à Miss Coopersmith, la fiancée de M. Allard, si vous voyez c'que j'veux dire ? Une jeune femme charmante, beaucoup d'sang-froid, pas l'genre à pleurer et à s'lamenter... un chagrin en sourdine, comme qui dirait. J'peux pas m'empêcher d'admirer, pas vous ?

— Certes, admit Joseph. Une jeune femme remarquable, semble-t-il.

— Vous la connaissiez avant, m'sieu ? Vu qu'vous connaissez la famille Allard et M. Sebastian en particulier. Les gens m'disent qu'vous étiez très proches, qu'vous le conseilliez beaucoup dans ses études, qu'vous veilliez sur lui, comme qui dirait.

— Sur un plan universitaire, observa Joseph, trop conscient de la véracité de ses propos. Je savais très peu de choses sur sa vie personnelle. J'ai un certain nombre d'étudiants, inspecteur. Sebastian Allard comptait parmi les plus brillants, mais il n'était certes pas le seul. Je serais fort embarrassé d'avoir négligé les autres, sous prétexte qu'ils étaient moins doués que lui. Et, pour répondre à votre question, non, j'ignorais l'existence de Miss Coopersmith.

Perth opina du chef, comme si cela corroborait ce qu'il savait déjà. Il ferma la porte derrière lui, mais resta debout au milieu de la pièce, un peu mal à l'aise. C'était un territoire étranger, rempli de silence et de livres.

— Mais vous connaissez Mme Allard ? s'enquit-il.

— Un peu. Que cherchez-vous donc, inspecteur ?

Perth sourit comme pour s'excuser.

— J'vais y venir, m'sieu. Mme Allard m'a dit à quelle heure Sebastian est parti d'chez lui pour rev'nir à la faculté, le dimanche 28 juin. Il a passé le samedi à Londres, mais il est rentré à la maison dans la soirée.

Son visage s'assombrit.

— C'était l'jour d'l'assassinat en Serbie, même si, bien sûr, on était pas au courant, à c'moment-là. Et M. Mitchell, le gardien, m'a dit à quelle heure le jeune homme est arrivé.

— Où voulez-vous en venir ? insista Joseph.

Comme Perth ne s'asseyait pas, il ne put se résoudre à le faire.

— J'vais vous le dire, répondit Perth d'un ton accablé. Il a prév'nu sa mère qu'il devait rev'nir ici pour une réunion... et c'est c'qu'il a fait. Six autres personnes le confirment.

— On ne l'a pas assassiné le 28, observa Joseph. Ça s'est passé plusieurs jours après... une semaine, en fait. Je m'en souviens, car c'était après les funérailles de mes parents, et j'étais de retour ici.

Le visage de Perth trahit l'étonnement, puis la compassion.

— J'suis désolé, m'sieu. C'est affreux. Mais c'que j'veux dire c'est que, tout comme vous, M. et Mme Allard vivent pas très loin, à une quinzaine de kilomètres au plus. D'après vous, combien d'temps mettrait un jeune homme pour couvrir cette distance, au volant d'une auto rapide comme la sienne ?

— Une demi-heure. Sans doute moins, selon la circulation. Pourquoi ?

— En partant d'chez lui, il a dit à ses parents qu'il allait passer deux heures chez Miss Coopersmith. Mais elle affirme qu'il est resté à peine dix minutes en sa compagnie. Il est parti, en traversant vot' village de St. Giles, puis en direction de Cambridge, sur l'coup d'trois heures de l'après-midi.

Perth secoua la tête. Il tenait toujours la pipe par le fourneau.

— Ça veut dire qu'il aurait dû s'trouver ici à quatre heures, au pire. Alors que, d'après M. Mitchell, il est arrivé qu'juste après six heures.

— Eh bien, il s'est rendu ailleurs, déduisit Joseph. Il a changé d'avis, a rencontré un ami ou s'est arrêté en ville avant de venir à la faculté. Quelle importance ?

— C'est juste un exemple, m'sieu. J'ai un peu

d'mandé autour de moi. C'était dans ses habitudes, à c'qui paraît : une ou deux heures ici, une ou deux là. J'me suis dit qu'vous pourriez savoir où qu'il passait c'temps-là, et pourquoi il a menti à ses parents.

— Non, je ne sais pas.

C'était désagréable de songer que Sebastian avait régulièrement fait quelque chose en cachette de ses amis, délibérément ou par nécessité. Mais cette pensée était occultée par une autre, tranchante et claire comme la lame d'un couteau. Si Perth disait vrai au sujet de l'heure à laquelle Sebastian avait quitté son domicile, avant de rouler vers le sud, en direction de Cambridge, par St. Giles — le chemin naturel —, alors il avait dû passer par la route d'Hauxton, à l'endroit où ses parents avaient été tués, à quelques minutes de l'heure de l'accident.

Si c'était juste avant, ça ne signifiait rien ; une simple coïncidence que les circonstances pouvaient facilement expliquer. Mais si c'était juste après, qu'avait-il donc vu ? Et pourquoi n'avait-il rien dit ?

Perth le regardait, impénétrable, patient, comme s'il pouvait attendre des siècles. Joseph se força à croiser son regard, embarrassé par sa sagacité ; l'inspecteur se révélait bien plus astucieux que Joseph ne l'avait estimé jusqu'alors.

— Je crains de n'avoir aucune idée, dit-il. Si j'apprends quelque chose, je vous le dirai. À présent, si vous voulez bien m'excuser, j'ai une course à faire avant mes prochains travaux dirigés.

Ce n'était pas vrai, mais il avait besoin d'être seul pour démêler ses idées confuses.

Perth eut l'air un peu surpris, comme si pareille possibilité ne lui avait pas effleuré l'esprit.

— Oh... Vous êtes certain de n'pas savoir ce qu'il faisait ? Vous connaissez les étudiants mieux qu'moi, m'sieu. Qu'est-ce que ça aurait bien pu être ? Qu'est-ce que font donc ces jeunes gens quand ils étudient pas ou assistent pas à des cours et des choses de c'genre?

Il regarda Joseph avec innocence.

— Ils discutent, répondit ce dernier. Ils font du canot, parfois, ou vont au pub, à la bibliothèque, se promènent dans les Backs. Certains font de la bicyclette ou jouent au cricket. Et, bien sûr, ils ont leurs devoirs.

— Intéressant, commenta Perth, en mâchonnant sa pipe. Rien qui vaille la peine de mentir, pas vrai?

Il sourit, moins par bienveillance que par satisfaction.

— Vous avez une vision très candide des jeunes gens, révérend.

Il ôta la pipe de sa bouche, comme s'il se rappelait soudain où il se trouvait.

— C'était c'que vous faisiez quand vous étiez étudiant? P'têt' qu'les étudiants en théologie ont une vie beaucoup plus vertueuse que les autres.

Si sa voix renfermait du sarcasme, il était bien dissimulé.

Joseph se sentit mal à l'aise, conscient non seulement de passer pour un hypocrite, mais peut-être d'avoir été aussi volontairement aveugle qu'il le paraissait, et aveugle, Perth ne l'était pas. Il se rappelait fort bien ses années universitaires et elles ne correspondaient pas exactement au tableau qu'il venait de brosser. Les étudiants en théologie, à l'instar des futurs médecins, comptaient parmi les plus gros buveurs du lot, sans parler de pratiques encore moins recommandables.

— J'ai commencé en médecine, déclara-t-il. Mais si j'ai bonne souvenance, aucun d'entre nous n'appréciait de devoir justifier son temps libre.

— Vraiment? s'étonna l'inspecteur. Un étudiant en médecine? Vous? Première nouvelle. Vous d'vez donc connaître certains comportements peu reluisants d'la jeunesse?

— Bien sûr, répliqua Joseph, assez sèchement. Vous

m'avez demandé ce que je savais sur Sebastian, non pas ce que je pourrais en toute logique supposer à son sujet.

— J'vois c'que vous voulez dire, répondit Perth. Merci pour votre aide, révérend.

Il hocha plusieurs fois la tête.

— Donc, j'vais juste continuer, ajouta-t-il.

Il se tourna et franchit la porte, en sortant enfin une vieille blague à tabac en cuir usé, et il bourra sa pipe comme il descendait l'escalier, en glissant un peu sur la dernière marche, la plus bancale de toutes.

Joseph l'imita quelques instants plus tard et traversa la cour à grandes enjambées, pour sortir par la grille principale donnant sur St. John Street. Mais au lieu d'obliger à droite vers la ville, il partit à gauche dans Bridge Street, qu'il traversa pour s'engager dans la rue principale et atteindre Jesus Green, qui donnait sur Midsummer Common.

Pendant tout ce temps, l'idée le taraudait que Sebastian ait pu passer sur la route d'Hauxton à l'endroit même de l'assassinat de ses parents. Une question le harcelait en particulier : Sebastian y avait-il assisté, en comprenant qu'il ne s'agissait pas d'un accident, en voyant même quelqu'un surgir du fossé pour aller fouiller les corps ? Si c'était le cas, il en savait trop et devait craindre pour sa propre sécurité.

Puisqu'il conduisait lui-même une voiture, on avait dû le voir et se rendre compte qu'il savait de quoi il retournait. Avait-on tenté de le suivre ?

Non, si l'assassin était à pied, son véhicule caché quelque part, il n'avait pas pu. Mais en se renseignant tant soit peu, quelques questions auraient suffi à lui permettre de connaître le possesseur de l'automobile et son lieu de résidence. À partir de là, il n'aurait eu aucune difficulté à suivre sa trace jusqu'à Cambridge.

En avait-il été conscient ? Était-ce la raison de son agitation, de ses pensées sombres et de ses frayeurs ?

Plutôt que l'Autriche ou la destruction qu'une guerre entraînerait en Europe, n'était-ce pas dû au fait qu'il avait été témoin d'un meurtre ?

Joseph marcha dans l'herbe. Le soleil lui brûlait la joue droite. Il n'y avait pas de circulation sur Chesterton Road et seuls deux jeunes gens en pantalon blanc et en chandail de cricket avançaient côte à côte cent mètres plus loin, sans doute des étudiants de Jesus College. Ils étaient plongés dans une discussion animée et ignoraient le reste du monde.

Pourquoi Sebastian n'avait-il rien dit ? Même s'il n'avait pas su à ce moment-là que les victimes n'étaient autres que John et Alys Reavley, il avait dû l'apprendre plus tard. De quoi avait-il peur ? Et s'il avait mesuré le risque qu'on retrouve son véhicule, puisqu'il ne les avait pas reconnus, quelle menace représentait-il ?

Joseph trouva alors l'horrible réponse. Peut-être que Sebastian connaissait l'assassin !

S'il était responsable de sa mort, cela ne changeait rien à la seule conclusion inévitable et affreuse qui s'imposait depuis le début : c'était quelqu'un du collège qui avait perpétré le crime.

Mais pourquoi Sebastian n'en avait-il parlé à personne ? Était-ce quelqu'un de si proche, de si inimaginable, qu'il n'avait osé confier la vérité, pas même à Joseph, dont les parents étaient les victimes du guet-apens ?

Le soleil faisait briller le gazon. La circulation semblait appartenir à un autre univers. Il marcha comme hors du temps, coupé du reste du monde.

Était-ce la peur pour lui-même qui avait empêché Sebastian de se confier ? Ou le désir de protéger un tiers, quel qu'il fût ? Et pourquoi l'aurait-il défendu ?

Joseph parvint à la lisière de Jesus Green et traversa la rue pour gagner Midsummer Common, en marchant face à la lumière.

Mais si Sebastian pensait qu'il s'agissait d'un accident et l'avait signalé, pourquoi dissimuler ce fait ? S'il avait simplement fui, pourquoi ? Était-il lâche au point de ne pas s'approcher de l'épave, ne fût-ce que pour voir s'il pouvait apporter de l'aide ?

À moins qu'il ait identifié le poseur de la herse, et qu'il ait ensuite gardé le silence parce que c'était quelqu'un de sa connaissance ? Pour le défendre ? Ou parce qu'il l'avait menacé ?

Et avait-il tué Sebastian par la suite ?

Était-ce pour cette raison que le jeune homme n'était pas rentré directement à la faculté ce jour-là... ?

Mais qu'en était-il des autres occasions dont parlait Perth ? Joseph éprouva un étrange sentiment de déloyauté en y songeant. Il connaissait Sebastian depuis des années, avait croisé son regard franc, passionné, lorsqu'ils discutaient tous les deux. Leur confiance mutuelle dépassait tout de même ce cadre-là, non ? N'avaient-ils donc été rien de plus que des enfants s'amusant avec le concept d'honneur, comme s'ils construisaient des châteaux de sable, prêts à s'effondrer sous la première vague de la réalité ?

Il avait besoin de croire à une relation plus profonde. Sebastian était venu plus tôt que Regina Coopersmith ne l'affirmait, et il était passé sur la route d'Hauxton avant l'accident. Ou bien il s'était rendu ailleurs, par un autre itinéraire. Son assassin avait frappé pour une raison n'ayant aucun rapport avec le décès de John et Alys Reavley. C'était la seule réponse tolérable à ses yeux.

Joseph retourna vers St. John en pressant le pas. On en avait assez dit au sujet de Sebastian et sur les blessures que les gens pensaient avoir subies de son fait ; à tel point qu'en y regardant de plus près, celles-ci devaient ou bien se révéler dérisoires ou bien expliquer sa mort.

Un épisode lui revint à l'esprit : la curieuse conversation avec Morel alors qu'ils se trouvaient devant chez Eaden Lilley et que la jeune femme à la démarche si gracieuse avait paru vouloir leur parler avant de changer d'avis. Eardslie avait laissé entendre à Joseph que Sebastian avait pris la petite amie de quelqu'un d'autre, uniquement pour montrer qu'il le pouvait, puis l'avait rejetée. Était-ce vrai ?

Joseph mit une demi-heure pour trouver Eardslie, assis dans l'herbe des Backs, adossé à un tronc d'arbre, des livres éparpillés autour de lui. Il leva la tête et, lorsqu'il découvrit son professeur avec surprise, il s'apprêta à se lever.

— Restez assis, s'empressa de dire Joseph, en s'installant en face de lui. Je voulais vous parler.

Il lui décrivit alors la mystérieuse jeune femme que Morel et lui avaient croisée en ville.

— À l'évidence, Morel la connaissait, précisa-t-il, fort bien ou simplement de vue, et, en m'apercevant, elle a décidé de ne pas lui parler.

Eardslie parut gêné. C'était un jeune homme sérieux, l'aîné d'une famille qui attendait beaucoup de lui, et ce fardeau lui pesait souvent. À ce moment précis, il sembla conscient de ses obligations.

— Il devait s'agir d'Abigail Trethowan, dit-il avec tristesse. Elle était plus ou moins fiancée à Morel, mais elle a rencontré Sebastian et... en quelque sorte, elle...

Les mots lui manquaient. Joseph acheva la phrase à sa place :

— ... est tombée amoureuse de Sebastian.

Eardslie hocha la tête.

— Et vous suggérez que Sebastian a provoqué cela délibérément ? s'enquit Joseph en haussant les sourcils.

Le jeune homme s'empourpra et baissa les yeux.

— Ça en avait tout l'air, certes. Et puis il l'a laissée tomber. Elle était bouleversée.

— Et Morel ?

Eardslie releva la tête. Il avait les yeux écarquillés, pailletés d'or et flamboyant de rage.

— Qu'éprouveriez-vous, monsieur? lâcha-t-il, furieux. Quelqu'un vous prend votre petite amie, rien que pour vous montrer à vous et à tous les autres qu'il en est capable. Et puis il n'en veut même pas, alors il l'abandonne, comme un bagage encombrant. Vous ne pouvez pas la reprendre, sinon vous passez pour un parfait imbécile, et elle se sent...

Il s'interrompit, incapable de trouver un mot assez fort.

Joseph comprit combien Abigail ne lui était pas indifférente, sans doute plus qu'il ne l'admettait.

— Où vit-elle? demanda-t-il.

— Vous n'allez pas le lui répéter! s'écria-t-il, horrifié. Elle a été humiliée, monsieur! Vous ne pouvez pas!

— Est-ce le genre de femme à dissimuler la vérité sur un meurtre plutôt que d'affronter la gêne? demanda Joseph.

Le visage d'Eardslie trahissait la lutte qui se livrait en lui.

Joseph attendit.

— Elle est à la Fitzwilliam. Mais, je vous en prie, est-ce nécessaire?

Joseph se leva.

— Préférez-vous que je demande à Perth de s'en charger?

Il trouva Abigail Trethowan à la bibliothèque Fitzwilliam. Il se présenta et demanda s'il pouvait lui parler. Avec une très grande appréhension, elle l'accompagna dans un salon de thé au coin de la rue et, lorsqu'il eut passé commande, Joseph aborda le sujet.

— Je vous prie de m'excuser pour la peine que je puis vous causer, mademoiselle Trethowan, mais la question de la mort de Sebastian restera posée tant qu'on n'aura pas résolu l'affaire.

Elle se tenait bien droite sur son siège, telle une écolière avec une règle dans le dos. Joseph se souvint alors d'Alys, rappelant à Hannah et à Judith l'importance de la posture, qui glissait une cuiller en bois à travers les barreaux des chaises de cuisine, pour en faire la démonstration, en les touchant au milieu de la colonne vertébrale. Abigail Trethowan paraissait tout aussi juvénile, fière et vulnérable qu'elles l'avaient été. Il serait difficile de pardonner à Sebastian d'avoir agi comme Eardslie le croyait.

— Je sais, dit-elle calmement, en évitant son regard.

Comment l'interroger sans être brutal ?

Autour d'eux l'on entendait le bruit de la porcelaine et le murmure des conversations, tandis que ces dames prenaient le thé et échangeaient des potins, les sacs et cartons d'achats souvent empilés à leurs pieds. Personne n'aurait eu l'effronterie d'oser regarder Joseph et Abigail ouvertement, mais il savait sans l'ombre d'un doute qu'on les examinait sous toutes les coutures, en échafaudant les hypothèses les plus fertiles à leur sujet.

Il sourit à la jeune fille et, à la lueur amusée qu'il perçut dans son regard, comprit qu'elle n'était pas plus dupe que lui du petit manège de la clientèle.

— Je pourrais vous poser des questions, dit-il en toute franchise, mais ne serait-ce pas mieux que vous me parliez simplement ?

Le rouge lui monta aux joues, mais elle ne détourna pas les yeux.

— J'ai honte, avoua-t-elle sur un ton proche du murmure. J'espérais ne jamais devoir y repenser, encore moins me confier à quelqu'un.

— Je suis navré, mais je crains qu'il soit impossible d'y échapper. Nous devons la vérité à toutes les autres personnes mêlées à l'affaire.

Une fois qu'on leur eut servi le thé et les scones, elle commença son récit.

— J'ai rencontré Edgar Morel. Je l'ai beaucoup apprécié et, peu à peu, cela s'est transformé en amour... du moins je le croyais. Je n'avais jamais été vraiment amoureuse jusque-là et j'ignorais à quoi m'attendre.

Elle lui lança un regard, puis ses yeux revinrent sur ses mains. Elle les tenait jointes devant elle, solides, bien faites et dépourvues de la moindre bague.

— Il m'a demandé de l'épouser et je ne savais pas si j'allais accepter ou non. Ça me paraissait un peu précoce.

Elle reprit sa respiration.

— Et puis j'ai rencontré Sebastian. C'était l'être le plus beau que j'aie jamais vu.

Ses yeux croisèrent ceux de Joseph : ils brillaient, baignés de larmes.

Il voulut l'aider, mais il ne pouvait guère le faire autrement qu'en l'écoutant. S'il ne l'interrompait pas, l'épreuve se terminerait d'autant plus vite.

— Il était si intelligent, si prompt à tout comprendre, poursuivit-elle comme à regret, à l'évidence surprise de l'ironie de la situation. Et il était drôle. Je ne crois pas avoir jamais autant ri de ma vie.

Elle le regarda à nouveau.

— C'était plus que du rire, pas un simple gloussement mais le genre de rire incontrôlable, douloureux, que ma mère aurait jugé tout à fait indécent. Et c'était si plaisant ! Nous parlions de toutes sortes de choses et j'avais l'impression de voler... dans ma tête. Vous voyez ce que je veux dire, monsieur Reavley ?

— Oui, certes, dit-il, songeant à Sebastian, à Eleanor, et par-dessus tout à sa propre solitude.

Elle but son thé à petites gorgées.

Il prit un scone qu'il beurra, avant d'y ajouter de la confiture et de la crème.

— J'étais amoureuse de Sebastian, enchaîna-t-elle avec conviction. Peu importait ce qu'Edgar pouvait faire. Il m'était impossible de ressentir cela pour lui, comme de l'épouser. C'eût été un mensonge invraisemblable. Je le lui ai dit et il était bouleversé. C'était affreux!

— Je n'en doute pas un instant, admit-il. Lorsqu'on est amoureux, rien ne blesse aussi fort que le rejet.

— Je sais, murmura-t-elle.

Il patienta.

Elle renifla un peu et but de nouveau son thé, puis reposa la tasse.

— Sebastian m'a repoussée. Il a dit qu'il m'aimait beaucoup mais qu'il estimait aussi Edgar, et il ne pouvait faire ce qui, moralement, revenait à lui voler sa petite amie.

Elle reprit son souffle, frissonnante.

— Je ne l'ai plus jamais revu seul ensuite. J'étais mortifiée. Longtemps, je n'ai plus voulu voir qui que ce soit. Mais je suppose que cela passe. Nous y survivons tous.

— Pas tous, corrigea-t-il. Sebastian est mort.

Elle se mit à blêmir et le contempla, horrifiée.

— Vous... vous ne pensez pas qu'Edgar... Oh, non! Il était bouleversé, mais il ne ferait jamais une chose pareille! En outre, ce n'était pas réellement la faute de Sebastian. Il n'a rien fait pour m'encourager!

— Vous sentiriez-vous mieux à la place d'Edgar? demanda-t-il. Cela ne me consolerait guère de savoir que quelqu'un a pris la femme que j'aime, sans même avoir dû faire un effort.

Elle ferma les yeux et les larmes coulèrent le long de ses joues.

— Non, reconnut-elle d'une voix rauque. Non, je pense que ce serait pire. Je ne crois toujours pas qu'Edgar l'aurait tué. Il ne m'aimait pas aussi fort, pas au point de commettre un meurtre. C'est un homme charmant, vraiment, mais pas... pas aussi pétillant que Sebastian.

— Ce n'est pas toujours la valeur de ce qu'on nous a dérobé qui suscite la haine, observa-t-il. Parfois, c'est le simple fait d'avoir été dépouillé. C'est l'orgueil.

La remarque ne manquait pas de causticité et il comprenait la peine de Morel, mais il était rassuré d'apprendre qu'au moins sur un point Sebastian s'était montré juste, voire généreux. Fidèle à l'image que Joseph avait de lui.

— Il ne l'aurait pas fait, répéta-t-elle. Si vous l'en croyez capable, alors vous ne le connaissez pas.

Peut-être avait-elle raison, mais il se demanda si elle ne le défendait pas parce qu'elle se sentait coupable de l'avoir blessé. C'eût été une manière de se dédouaner en partie.

Et pourtant le Morel qu'il connaissait n'aurait pas tué pour une telle raison. Il pouvait aisément l'imaginer se battre, peut-être de porter par accident un coup fatal à Sebastian, mais non pas de façon délibérée avec une arme à feu. Car un tel acte ne lui offrirait même pas l'exutoire de la pure violence physique et le laisserait tout aussi vide qu'auparavant, rongé non seulement par la culpabilité mais par la peur.

— Non, je ne le pense pas non plus, admit-il.

— Êtes-vous tenu de tout raconter à ce policier ?

— Je ne le ferai pas, sauf si un événement survenait qui m'oblige à le faire, promit-il. Malheureusement les autres pistes ne manquent pas, et très peu de gens parmi nous peuvent prouver qu'ils n'y sont pour rien. Prenez un de ces scones, je vous prie. Ils sont vraiment excellents.

Elle lui sourit, en battant vivement des paupières, et tendit la main pour se servir.

Le mardi après-midi, Joseph prit le train pour Londres et attendit Matthew chez lui.

— Que fais-tu ici ? demanda son frère, comme il arrivait au salon et découvrait Joseph se prélassant dans son fauteuil favori.

Matthew était en uniforme et paraissait las et tendu ; il était pâle, et ses cheveux hirsutes avaient besoin d'une coupe.

— Le concierge m'a laissé entrer, répondit Joseph en se levant pour libérer le siège. As-tu mangé ?

L'heure du dîner était passée. Il avait trouvé du pain et un peu de fromage dans la cuisine, ainsi que du pâté belge, et avait ouvert une bouteille de vin rouge.

— Tu veux quelque chose ?

— Quoi, par exemple ? dit Matthew, une once de sarcasme dans la voix, tout en s'installant dans le fauteuil pour se détendre peu à peu.

— Du pain et du pâté ? suggéra Joseph. J'ai fini le fromage. Vin ou thé ?

— Du vin, si tu ne l'as pas fini aussi ! Pourquoi es-tu venu ? Pas pour dîner, tout de même !

Joseph l'ignora et découpa trois tranches de pain, qu'il apporta avec du beurre, le pâté, la bouteille de vin et un verre.

— Tu n'as pas répondu à ma question. Tu as une tête de déterré. Il s'est passé quelque chose ?

Joseph sentit l'agacement dans la voix de son cadet.

— Ta mine n'a rien à envier à la mienne, dit-il en s'asseyant dans l'autre fauteuil et en croisant les jambes. Tu as fait des progrès ?

Matthew eut un sourire un peu triste et une partie de sa fatigue disparut sur son visage.

— J'en sais davantage. J'ignore dans quelle mesure c'est pertinent. Les partis britanniques et irlandais se sont rencontrés au Palais et n'ont pu aboutir à un accord. Je suppose que ça ne surprend personne. Le roi a soutenu les loyalistes hier, mais je suppose que tu le sais.

— Non, je l'ignorais, dit Joseph. Mais je faisais allusion à la mort de père et au document.

— J'ai bien compris. Laisse-moi finir ! J'ai parlé avec plusieurs personnes : Shanley Corcoran, Ivor Chetwin, qui était un ami de père, mon patron Shearing, et Dermot Sandwell des Affaires étrangères. C'est lui qui a été le plus serviable. D'après tout ce que j'ai pu rassembler, un complot irlandais destiné à assassiner le roi semble le plus vraisemblable...

Il s'interrompit en voyant le visage de Joseph.

— Cela répond à tous les critères de père, dit-il très calmement. Songe à ce que serait la réaction britannique.

Joseph ferma les yeux quelques instants. Des visions de fureur, de bains de sang, de loi martiale et d'oppression envahirent sa tête à lui donner la nausée. Il avait souhaité que son père ait raison, qu'il soit innocenté plutôt que de passer pour un illuminé, mais pas à ce prix. Il releva les paupières sur Matthew et découvrit une tristesse en lui qu'il comprit aussitôt.

— Pouvons-nous faire quoi que ce soit ? demanda-t-il.

— Je n'en sais rien. En tout cas, Sandwell est conscient du fait. Je présume qu'il mettra le roi en garde.

— Vraiment ? Je veux dire... pourrait-il avoir accès à lui sans alarmer...

— Oh, oui ! Je crois qu'ils sont parents éloignés. Grâce au mariage d'un des nombreux enfants de Victoria. J'ignore seulement si Sandwell parviendra à le persuader. Personne n'a jamais assassiné un monarque britannique.

— Pas assassiné, peut-être, reconnut Joseph, mais nous en avons eu quelques-uns de tués, destitués ou exécutés. Pour le dernier en date, c'est arrivé sans effusion de sang : en 1688, pour être précis.

— Plutôt loin pour une mémoire d'homme, observa Matthew. Tu es venu pour me demander ce que j'avais découvert jusqu'ici ?

Il prit une nouvelle bouchée de sa tartine de pâté.

— Je suis venu t'annoncer que la police a découvert que Sebastian avait menti sur l'heure à laquelle il a quitté ses parents pour rentrer au collège le jour où l'on a tué père et mère. En fait, il est parti deux heures plus tôt.

Matthew eut l'air perplexe.

— Je pensais qu'on l'avait abattu plus d'une semaine après. Où est la différence?

Joseph secoua la tête.

— Le problème, c'est qu'il a menti à ce sujet, et pourquoi l'aurait-il fait, à moins de vouloir dissimuler quelque chose?

Matthew haussa les épaules.

— Il avait donc un secret, dit-il la bouche pleine. Il fréquentait sans doute une fille contre l'avis de ses parents, ou qui était engagée auprès de quelqu'un d'autre, peut-être même une femme mariée. Navré, Joe, mais c'était un jeune homme remarquablement séduisant, ce dont il était fort conscient, et pas le saint que tu te plais à croire.

— Il n'était pas un saint! répliqua Joseph, assez sèchement. Mais il pouvait se comporter de façon tout à fait décente, voire noble avec les femmes. Et il était fiancé à Regina Coopersmith aussi; à l'évidence, tout autre engagement ne l'intéressait pas. Mais là n'est pas mon propos. Ce qui importe, c'est que, pour rejoindre Cambridge depuis Haslingfield en auto, il devait emprunter la route d'Hauxton, en direction du nord; et il semble désormais que cela ait dû se passer quasi au moment où papa et maman roulaient vers le sud.

Matthew se raidit, sa tartine à mi-chemin de sa bouche.

— Es-tu en train de m'annoncer qu'il aurait pu voir l'accident? Pour l'amour du ciel, pourquoi ne l'aurait-il pas dit?

— Parce qu'il avait peur, répondit Joseph, en sentant qu'il se crispait lui aussi. Peut-être a-t-il reconnu le ou les agresseurs et que ceux-ci l'ont aperçu.

Matthew ne quitta pas son frère du regard.

— Et ils l'ont tué en raison de ce qu'il avait vu?

— N'est-ce pas possible? s'enquit Joseph. Quelqu'un l'a tué! Bien sûr, il a pu passer sur la route avant l'accident et n'en rien savoir...

— Mais s'il l'a effectivement vu, cela expliquerait sa mort.

Matthew ignora son dîner et se concentra sur l'idée, penché en avant, le visage tendu.

— As-tu trouvé un autre mobile pour ce qui semble être un meurtre de sang-froid à l'arme à feu? Tes étudiants ont-ils l'habitude de se rendre visite, à cinq heures et demie du matin, une arme à la main?

— Ils n'en ont pas, répondit Joseph.

— D'où venait le revolver?

— Nous ignorons d'où il venait et ce qu'il est devenu. Personne ne l'a jamais vu.

— Hormis celui qui s'en est servi, observa Matthew. Mais je présume que personne n'a quitté le collège après la découverte du corps par Elwyn Allard, alors qui est sorti auparavant? Est-ce qu'on ne doit pas passer devant la loge du gardien, à la grille?

— Si. Mais personne n'est sorti.

— Alors qu'est devenue cette arme?

— Nous n'en savons rien. La police a fouillé partout, bien entendu.

Matthew se mordilla la lèvre.

— J'ai bel et bien l'impression qu'il y a une personne très dangereuse dans ton collège, Joe. Sois prudent. Ne traîne pas n'importe où en posant des questions.

— Je ne traîne pas partout! se défendit Joseph d'un ton assez cassant, vexé qu'on puisse lui reprocher son désœuvrement et son incapacité à veiller sur lui-même.

Matthew se montra volontiers patient.

— Tu veux dire que tu viens me raconter ça au sujet de Sebastian dans le but de me laisser mener l'enquête ? Je ne suis pas à Cambridge et, de toute façon, je ne connais pas ces gens-là.

— Non, bien sûr que ce n'est pas mon intention ! rétorqua Joseph. Je suis tout aussi capable que toi d'interroger les gens de manière sensée et discrète, et d'en déduire une réponse logique, sans irriter quiconque et éveiller les soupçons.

— Et c'est ce que tu vas faire ?

— Bien sûr ! Comme tu l'as fait remarquer, tu n'es pas en situation de le faire. Et comme Perth n'est pas au courant, il ne le fera pas. Que suggères-tu, sinon ?

— Sois prudent surtout, conseilla Matthew, énervé. Tu es exactement comme père. Tu vas ici et là, en supposant que tout le monde est aussi ouvert et sincère que toi. Tu juges tout à fait moral et charitable d'avoir une très haute opinion des gens. C'est vrai. Mais aussi fichtrement stupide !

Son visage exprimait tout à la fois la colère et la tendresse. Joseph ressemblait tant à son père... Il avait le même long profil légèrement aquilin, les cheveux noirs, cette espèce d'immense innocence qui le rendait vulnérable à l'hypocrisie et à la cruauté de la vie. Matthew n'avait jamais pu le protéger et ne le pourrait sans doute jamais. Joseph demeurerait raisonnable et naïf. Et le plus exaspérant, c'est que Matthew n'aurait pas vraiment souhaité que son frère soit différent, pour autant qu'il restait sincère.

— Et je ne tiens pas à ce que tu te fasses tuer, poursuivit-il. Alors, contente-toi d'enseigner et laisse les interrogatoires à la police. S'ils appréhendent celui qui a abattu Sebastian, cela nous mènera aux personnes qui sont derrière le complot dont il est question dans le document.

— Très réconfortant, répondit Joseph, sarcastique. Je suis certain que la reine va se sentir beaucoup mieux.

— Qu'est-ce qu'elle a à voir là-dedans ?

— Eh bien, ce sera un peu tard pour sauver le roi, tu ne crois pas ?

Matthew haussa les sourcils.

— Et tu penses que la découverte du meurtrier de Sebastian Allard va protéger le roi des Irlandais ?

— En toute franchise, je crois qu'il est peu probable qu'on puisse l'épargner, s'ils sont décidés à le tuer, sauf à envisager une série de malchances et de maladresses, comme celles qui ont failli sauver l'archiduc d'Autriche.

— Les Irlandais se prendraient les pieds dans le tapis ? s'étonna Matthew, incrédule. Ça m'ennuie un peu de compter là-dessus ! J'imagine plutôt que c'est ce qu'espère le SIS.

Il contempla Joseph d'un air pitoyable et désappointé.

— Mais tu restes en dehors de tout cela ! Tu n'es pas à même de traiter ce genre de choses !

Joseph était vexé de la condescendance de son frère, qu'elle fût intentionnelle ou pas. Parfois Matthew paraissait le considérer comme un pauvre fou, détaché des contingences de ce monde. Joseph savait pertinemment que Matthew souffrait autant que lui de la disparition de leur père et qu'il n'aurait pas supporté de perdre aussi son frère. Peut-être n'oserait-il jamais l'avouer tout haut.

Mais la raison n'allait pas calmer la colère de Joseph.

— Ne sois pas aussi arrogant ! répliqua-t-il. Je connais aussi bien que toi la face cachée de la nature humaine. J'ai été prêtre de paroisse ! Si tu crois que les gens se comportent en bons chrétiens, sous prétexte qu'ils vont à l'église, eh bien tu devrais essayer un jour et tu perdrais tes illusions. Tu y trouveras une réalité assez laide. Ils ne s'entre-tuent pas, pas physiquement en tout cas, mais tous les sentiments n'en demeurent pas moins présents. Tout ce qui leur fait défaut, c'est une occasion de passer à l'acte.

Il reprit sa respiration.

— Et puisque nous en parlons, père n'était pas aussi naïf que tu le penses. Il a été député, après tout. On ne l'a pas assassiné parce que c'était un imbécile. Il a découvert quelque chose qui le dépassait et...

— Je sais! l'interrompit Matthew, avec une violence telle que Joseph comprit qu'il avait touché un point sensible.

C'était précisément ce que son cadet craignait et ne pouvait supporter. Il s'en rendit compte, car lui-même le ressentait : ce besoin de dénier et de protéger en même temps.

— Je sais, répéta Matthew, avant de détourner le regard. Je veux seulement que tu sois vigilant!

— Je le serai, promit-il cette fois avec sincérité et gentillesse. Je n'ai pas particulièrement envie de me faire abattre. De toute façon, l'un de nous doit plus ou moins surveiller Judith... et ce n'est pas toi qui vas t'en charger

Matthew sourit tout à coup à belles dents.

— Crois-moi, Joe, toi non plus!

Joseph s'empara de la bouteille de vin et ne parla plus pendant un moment.

— Si père t'apportait le document à Londres et si ses meurtriers ont pris ce papier dans l'automobile, alors que cherchaient-ils dans la maison?

Matthew prit le temps de réfléchir.

— S'il s'agit réellement d'un complot, irlandais ou autre, pour assassiner le roi, peut-être en existe-t-il au moins deux exemplaires, répondit-il. Ils se sont emparés de celui que père m'apportait, mais ils avaient aussi besoin du double. C'était bien trop dangereux de le laisser là où quelqu'un d'autre risquait de le trouver... surtout s'ils mettent leur plan à exécution.

C'était tout à fait logique. Il y avait enfin une certaine cohérence qui apparaissait. D'un point de vue intellectuel, c'était rassurant. Sur le plan émotionnel, les ombres n'en devenaient que plus ténébreuses, tandis que la peur trouvait désormais à s'alimenter dans le caractère d'urgence de la situation.

CHAPITRE IX

Joseph rentra à Cambridge le lendemain matin, le 22 juillet. Le train laissa derrière lui des rues et les toits de la ville, pour s'en aller vers le nord et la campagne.

Il éprouvait l'envie urgente de regagner le collège, afin d'y observer d'un œil neuf et plus attentif les gens de son entourage. Il savait qu'il verrait des choses qu'il préférait ignorer : des faiblesses dont il prendrait conscience, la colère de Morel et peut-être sa jalousie, car Abigail avait aimé Sebastian. Morel avait-il pris sa revanche, en laissant grandir en lui cette colère jusqu'à ce qu'elle devienne insoutenable ? Ou était-ce l'affront fait à Abigail qu'il réparait ? À moins que cela n'ait aucun lien avec eux, mais avec une tout autre vexation ? Quelqu'un avait triché et s'était fait prendre ? Un homme irait-il jusqu'à tuer pour sauver sa carrière ? Un renvoi de l'Université brisait sans doute l'espoir de réussite professionnelle et sociale.

La question de Matthew au sujet de l'arme revint à l'esprit de Joseph. D'où venait-elle ? Selon Perth, il s'agissait d'un pistolet. Joseph n'était pas en expert en armes à feu; il les détestait. Même à la campagne où il vivait, près des bois et de la rivière, il ne connaissait personne qui en possédât.

Dès qu'il parvint au collège, il monta dans son appartement. Après s'être lavé et changé, il examina la situation. Cela revenait à ôter les pansements d'une blessure pour circonscrire l'infection, la partie non soignée, et déterminer son ampleur. S'il devait s'avouer la vérité, il savait que le mal atteindrait l'os.

Et il était temps pour lui d'affronter l'autre problème dont il avait conscience. Quelqu'un avait-il copié sur Sebastian ou l'inverse? On avait suggéré que c'était Foubister, et Joseph savait pourquoi. Foubister venait d'une famille d'ouvriers du Nord. Il avait étudié à la Manchester Grammar School, l'une des meilleures du pays, avant de venir à Cambridge en qualité de boursier. Ses parents avaient dû économiser le moindre penny pour lui offrir l'essentiel comme les vêtements et les transports. Il ne pouvait nier le choc qu'il avait eu en quittant sa ville industrielle avec ses rangées de maisons mitoyennes, pour Cambridge et sa campagne environnante, cité ancestrale entièrement consacrée aux études, riche d'une culture séculaire.

Il avait un esprit remarquable, vif, imprévisible, hautement individuel, mais sa culture d'origine était celle d'une pauvreté non seulement matérielle, mais aussi du point de vue de l'art, de la littérature, de l'histoire de la pensée occidentale. Le loisir de créer quelque chose de beau, mais sans utilité pratique immédiate, était une idée étrangère à toutes les personnes qu'il avait connues avant de venir ici. On avait peine à croire qu'il ait pu trouver la même expression heureuse que Sebastian Allard, aux origines si différentes, nourri aux classiques depuis son entrée à l'école, pour traduire un passage du grec ou de l'hébreu.

Joseph se leva avec lassitude, puis sortit en quête de Foubister. Il le vit descendre l'escalier depuis sa chambre. Ils se rencontrèrent au bas des marches, devant la grande porte de chêne qui s'ouvrait sur la cour.

— 'jour, monsieur, dit le jeune homme avec tristesse. Ce maudit policier n'a toujours rien trouvé, vous savez?

Il avait le visage pâle, le regard rebelle, comme s'il avait déjà deviné les intentions de Joseph.

— Il fourre son nez dans les affaires de tout le monde, veut savoir qui a dit quoi. Il a même consulté mes derniers résultats d'examen, vous vous rendez compte ?

Perth poursuivait donc l'idée d'une éventuelle tricherie ! Comprenait-il qu'une telle accusation harcèlerait un homme toute son existence ? Un simple murmure ferait obstacle à sa carrière, l'évincerait des clubs, le discréditerait même en société. Un individu tel que Perth pouvait-il saisir cela ?

Quelqu'un avait tué Sebastian. Si ce n'était pas pour cette raison, c'était alors pour un motif tout aussi horrible. Peut-être serait-ce même pire si le prétexte se révélait dérisoire.

Il regarda la mine pitoyable de Foubister, avec toute sa colère, sa détresse. Un tel fardeau de confiance, d'espoir et de sacrifice pesait sur ses épaules... Il avait déjà quasiment perdu son accent du Lancashire, hormis une voyelle par-ci, par-là. Il avait dû travailler dur pour y parvenir.

Foubister devina les pensées de Joseph, comme s'il les avait exprimées à voix haute.

— Je n'ai pas triché ! s'exclama-t-il, le visage blême, les yeux blessés et furieux.

— Ce serait pure folie, répliqua Joseph. Votre style n'a rien à voir avec le sien.

Puis, au cas où sa remarque aurait passé pour une insulte, il ajouta :

— Le vôtre est très personnel. Mais pensez-vous qu'il soit possible que quelqu'un d'autre ait copié, et que Sebastian l'ait su ?

— Je suppose, admit Foubister à contrecœur, en se balançant d'un pied sur l'autre. Mais ce serait stupide.

Vous auriez fait la différence entre les styles, les modes de pensée, les mots, les expressions, les idées. Même sans en être certain, vous auriez eu des doutes.

C'était vrai. Joseph distinguait chaque style comme le coup de pinceau d'un peintre ou la phrase musicale d'un compositeur.

— Oui, bien entendu, reconnut-il. Je cherche seulement une raison.

— Nous en cherchons tous une, dit Foubister d'une voix tendue, en serrant d'une main plus ferme l'ouvrage qu'il tenait. Nous passons notre temps à errer et à nous entre-déchirer. Il ne comprend pas !

Il agita le bras en arrière pour désigner Perth, quelque part dans le collège.

— Il ne sait quasiment rien sur nous ! Comment le pourrait-il ? Il n'a jamais connu un univers comme celui-ci.

Foubister s'exprimait sans condescendance, mais non sans exaspération envers ceux qui avaient placé Perth dans un monde qui le dépassait, comme lui-même en faisait l'expérience chaque jour, même si cette impression s'atténuait, ne fût-ce qu'en surface. Mais, en son for intérieur, il avait dû comprendre qu'elle imprégnait tout : la classe sociale, les manières, les mots employés, même les rêves.

Joseph reprit sa respiration avant de l'interrompre, puis se ravisa. Il devait écouter. Des paroles irréfléchies, c'était exactement ce qu'il avait besoin d'entendre... et de peser. Il s'efforça de se détendre et s'appuya au chambranle de la porte.

— Quelqu'un fait allusion à une dispute et il pense que c'est une bagarre ! poursuivit Foubister.

Il regardait Joseph les yeux écarquillés, dans l'espoir qu'il le comprendrait.

— C'est à cela que sert l'université, l'exploration des

idées! Si on ne les remet pas en question, si on n'essaye pas de les détruire, on ne sait jamais si on y croit vraiment ou pas.

Joseph hocha la tête.

— Nous ne débattons pas pour prouver un point de vue! s'enflamma le jeune homme, en haussant le ton avec désespoir. Nous débattons pour affirmer notre existence! Les divergences d'opinion ne signifient pas que nous nous haïssons, pour l'amour du ciel... c'est exactement le contraire! On ne perd pas de temps à discuter avec quelqu'un qu'on ne respecte pas. Et le respect s'apparente à l'estime, n'est-ce pas?

— Quasiment, admit Joseph en songeant à ses années de faculté.

Ils entendirent des bruits de pas dans l'escalier au-dessus et, l'instant d'après, un étudiant passa devant eux en s'excusant, une pile de livres dans les bras. Il lança un regard à Joseph et à Foubister. Ses yeux exprimaient l'étonnement et la suspicion. Nul doute qu'il avait déjà sa petite idée. Il se tourna et traversa la cour au pas de course, puis le porche.

— Vous voyez? lâcha Foubister. Il croit que j'ai triché et que vous m'avez convoqué!

— Vous ne pouvez pas empêcher les gens de tirer des conclusions hâtives. Si vous niez, vous ne ferez qu'aggraver la situation, prévint Joseph. Il découvrira qu'il fait erreur.

— Vraiment? Quand? Et s'ils ne trouvent jamais qui a tué Sebastian? Ils n'ont pas beaucoup avancé jusqu'ici!

— Vous disiez que les gens débattaient et que Perth ne comprenait pas, reprit Joseph d'une voix posée. À qui pensait-il en particulier?

— Morel et Rattray, répondit Foubister. Et Elwyn et Rattray, parce que ce dernier ne pense pas qu'il y aura la guerre, mais Elwyn, si. Parfois, on a l'impression qu'il l'attend presque avec impatience ! Il n'y voit que de l'héroïsme, comme la charge de la brigade légère ou Kitchener à Khartoum.

La voix du jeune homme traduisait non seulement la crainte mais aussi le dégoût.

— Sebastian s'imaginait que la guerre éclaterait et que ce serait catastrophique, ce que Perth a l'air de penser aussi. Il a la tête d'un croque-mort ! Elwyn a seulement peur que tout soit fini avant qu'il ait l'occasion d'y participer. Mais c'était juste une discussion

Il dévisagea Joseph, en implorant son approbation.

— On ne tue pas quelqu'un qui n'est pas d'accord avec soi ! Autant me tuer moi-même, si personne ne le fait !

Un sourire éclaira son visage puis disparut.

— Ce serait le signe manifeste que je dis trop de niaiseries pour que qui que ce soit se soucie de me contredire. Ou alors ce serait l'enfer.

Il resta immobile, sa chemise de coton flottant mollement sur sa peau.

— Imaginez un peu, docteur Reavley ! L'isolement total... aucun esprit différent du vôtre, lequel vous renvoie exactement ce que vous avez dit ! Mieux vaudrait sombrer dans l'oubli. Au moins, vous n'auriez pas conscience d'être mort !

Joseph sentit une note d'hystérie dans la voix de l'étudiant.

— Foubister, dit-il avec gentillesse. Tout le monde a peur. Un événement terrible a eu lieu, mais nous devons y faire face et apprendre la vérité. Ce sentiment ne nous quittera pas tant que nous ne saurons pas.

Le jeune homme se calma un peu.

— Mais vous auriez dû entendre ce que les gens disaient !

Il tressaillit en dépit de la chaleur accablante dans l'entrée.

— Personne ne regarde les autres comme avant. C'est une sorte de poison. Quelqu'un parmi nous a certes pris un revolver, est entré dans la chambre de Sebastian et, pour une raison abominable, lui a tiré une balle dans la tête.

Il haussa les épaules et Joseph remarqua combien il avait maigri depuis un mois.

— Nous avons tous nos défauts et, ces deux dernières semaines, j'en ai vu plus que je ne l'aurais jamais souhaité.

Le visage de Foubister était livide et misérable, et il se voûta comme pour se protéger d'une froidure imaginaire.

— J'observe des camarades avec lesquels j'ai travaillé, je reste assis au pub toute la soirée, et je me demande si l'un d'entre eux aurait pu tuer Sebastian.

Joseph se garda de lui couper la parole.

— Et ce qui est pire encore, enchaîna Foubister, parlant de plus en plus vite, les gens m'observent aussi... toutes sortes de gens, même Morel... et je vois les mêmes pensées dans leur regard, puis la même gêne ensuite. Que va-t-il se passer quand ce sera fini et que nous connaîtrons le coupable ? Redeviendrons-nous un jour comme nous étions auparavant ? Je n'oublierai jamais ceux qui ont pensé que c'était peut-être moi ! Comment puis-je les apprécier comme par le passé ? Et comment pourraient-ils me pardonner, parce que moi aussi, je me suis interrogé... sur beaucoup de gens !

— Ce ne sera plus pareil, intervint Joseph avec franchise. Mais certes encore supportable. Les amitiés changent, mais ce n'est pas forcément mauvais. Nous commettons tous des erreurs. Songez combien vous aimeriez que les vôtres soient enterrées et oubliées, eh bien, agissez ainsi pour les autres... et vous-même.

Il craignait de débiter des lieux communs, car il n'osait pas dire ce qu'il avait réellement en tête. Et si l'on ne retrouvait jamais l'assassin de Sebastian ? Et si la suspicion et le doute subsistaient, poursuivant leur travail de sape, de division, de destruction, de déchirement ?

— Vous croyez ? s'enquit Foubister avec gravité.

Il haussa les épaules et fourra les mains dans ses poches.

— J'en doute. Nous sommes bien trop effrayés pour être idéalistes.

— Est-ce que vous aimiez bien Sebastian ? demanda Joseph spontanément, au moment où Foubister se tournait pour s'en aller.

— Je n'en suis pas certain, répondit le jeune homme avec une sincérité qui lui coûtait. Je le croyais. Je n'aurais même pas songé à remettre mon amitié en question. Tout le monde l'appréciait ; en apparence, du moins. Il était drôle et intelligent, et pouvait se montrer d'une gentillesse extraordinaire. Et dès lors qu'on commence à aimer quelqu'un, ça devient une habitude. On ne change pas, même si cette personne évolue.

— Mais ? suggéra Joseph.

— Quand vous étiez avec lui, vous perceviez de la bonté, dit Foubister avec tristesse, et vous aviez l'impression de pouvoir faire quelque chose d'important, aussi. Mais parfois il vous oubliait ou allait de l'avant et faisait quelque chose de tellement mieux que vous vous sentiez écrasé.

Joseph tenta d'oublier ses propres sentiments. Sebastian avait encore eu besoin de lui, mais le jour où il aurait pu s'en passer, l'aurait-il traité avec la même arrogance désinvolte ? Joseph ne le saurait jamais. Tout cela n'était qu'une question de conviction, et il devait être capable de l'établir.

— Vous songez à quelqu'un en particulier ? reprit-il.

Foubister le regarda, interloqué.

— Si vous voulez dire que je sais qui l'a tué, non, je l'ignore. On ne prend pas un revolver pour tuer quelqu'un parce qu'il vous a blessé ou ridiculisé, à moins d'être fou ! Vous pouvez lui flanquer un coup de poing ou...

Il se mordit la lèvre, avant de reprendre :

— ... non, vous ne feriez même pas cela, sinon vous montreriez à tout le monde combien cela vous touche. Vous arborez votre plus joli sourire, tant qu'on vous regarde, et souhaitez seulement vous cacher dans un trou de souris. Ça dépend de la personne que vous êtes ; soit vous cherchez quelque chose de spectaculaire à faire vous-même, pour prouver que vous êtes tout aussi fort, soit vous vous en prenez à quelqu'un d'autre. Je ne sais pas, docteur Reavley, peut-être que vous en arrivez au meurtre, en effet. J'aimerais le savoir, car ça signifierait au moins que je peux arrêter de soupçonner tous les autres.

— Je comprends, dit Joseph, bienveillant.

— Oui, je suppose que vous comprenez. Merci en tout cas de me le dire.

Foubister le gratifia d'un maigre sourire, puis tourna les talons et s'éloigna, les épaules toujours tendues, son corps efflanqué conservant néanmoins une certaine allure.

C'était inévitable à présent. Joseph devait revoir ces traductions qui le tracassaient, pour lesquelles Foubister et Sebastian avaient trouvé la même expression brillante et inattendue. Il détestait l'idée que Foubister ait pu tricher, mais cela semblait de plus en plus vraisemblable. Était-ce seulement à cause des chuchotements des autres que l'étudiant avait à ce point conscience et peur des soupçons pesant sur lui, ou bien était-ce le fruit de sa culpabilité ?

Joseph risquait de ne jamais le savoir, mais il était

contraint de le vérifier. Il pouvait relire, comparer certains devoirs... faire tout son possible pour satisfaire sa propre conscience. Il connaissait le travail de Foubister, de même que celui de Sebastian. S'il possédait le moindre savoir-faire, la moindre perception du rythme de la langue, il saurait si l'un des deux copiait sur l'autre. Sinon, il n'était rien d'autre qu'un mécanicien.

Il remonta lentement l'escalier, ses doigts effleurant le chêne sombre de la rampe. Le premier étage était plus frais, plus aéré, avec son haut plafond et sa fenêtre ouverte.

Son logement venait d'être rangé grâce aux bons soins de la femme de ménage. C'était une brave dame, consciencieuse, rapide et agréable.

Il sortit les devoirs concernés et se concentra sur celui de Sebastian. C'était une traduction du grec, lyrique, pleine d'images et de métaphores. Sebastian en avait fait un joli texte, en conservant un rythme allègre et léger, un excellent mélange de termes longs et brefs, complexes et simples, le tout se fondant en un ensemble parfait. Et il y avait la fameuse phrase dont il se souvenait : « Les arbres aux grosses branches courbées, se rassemblant sur la corniche et portant le fardeau du ciel sur leur échine. »

Il posa la feuille sur le bureau et chercha la traduction du même passage, rédigée par Foubister. C'était au milieu de la page : « Les arbres aux grosses branches voûtées, grouillant sur la corniche et portant le ciel sur leur échine. »

Le texte grec les avait décrits simplement comme des silhouettes informes se découpant sur le ciel. L'idée de soutien n'était pas présente, pas plus que la représentation humaine. Les deux passages se ressemblaient trop pour qu'il y ait coïncidence.

Joseph resta assis sans bouger, torturé par le chagrin. Il ne pouvait demander à Sebastian comment il avait pu permettre qu'on imite d'aussi près son travail, et cela ne servirait à rien d'affronter Foubister. Celui-ci venait de jurer qu'il n'avait jamais triché. Si Joseph le mettait maintenant en présence de ce devoir, l'étudiant continuerait-il à nier? À jurer que ce n'était que pur hasard? Joseph tressaillit à cette idée. Il appréciait Foubister et ne pouvait imaginer le chagrin que cela causerait à ses parents, si le jeune homme était renvoyé sous l'opprobre.

Mais s'il avait tué Sebastian, on ne pouvait pas fermer les yeux là-dessus. Il comprit avec surprise que, même si les mots n'avaient pas franchi ses lèvres, il venait d'envisager comme une éventualité le fait d'ignorer la tricherie.

Quelle autre explication pouvait-il y avoir? Où chercher? À qui s'adresser?

Il songea aussitôt à Beecher. Il pouvait au moins se fier à lui pour son honnêteté et sa gentillesse. Peut-être qu'il honorerait le silence de Joseph si on le lui demandait.

Il croisa Beecher alors qu'il traversait la cour pour se rendre au réfectoire.

Celui-ci le scruta sans ménagement.

— Tu fais une de ces têtes! dit-il en grimaçant un sourire. Tu crains la présence d'un ingrédient écœurant dans le potage?

Joseph se mit à marcher à ses côtés.

— Tu enseignes depuis bien plus longtemps que moi, lança-t-il sans cérémonie. Comment expliquerais-tu que deux étudiants puissent parvenir à la même traduction très personnelle d'un passage, s'ils n'ont pas triché?

Beecher fronça les sourcils.

— Est-ce en rapport avec Sebastian Allard? s'enquit-il comme ils marchaient à l'ombre du passage voûté, puis s'engageaient dans le réfectoire.

Les armoiries des vitraux projetaient d'éclatants

motifs sur les murs. La salle bruissait des conversations et de l'attente fébrile.

Beecher s'installa à une table à l'écart, en saluant une ou deux personnes d'un signe de tête, mais sans suggérer par aucun signe qu'il souhaitait leur compagnie.

— C'est peut-être dû à une conversation, dit-il enfin, comme le serveur apparaissait pour leur proposer du potage. Une expérience partagée qui provoque un cheminement de la pensée. Ils ont éventuellement pu lire le même ouvrage de référence.

Il refusa le potage et préféra prendre du pain qu'il rompit.

Joseph le déclina aussi. Il se pencha un peu au-dessus de la table.

— Ça s'est déjà produit avec toi?

— Tu veux dire que c'est vraisemblable? De qui parlons-nous?

Joseph hésita.

— Pour l'amour du ciel! s'exaspéra Beecher. Je ne peux te livrer une opinion si tu ne me donnes pas les faits.

Joseph était-il prêt à les mettre à l'épreuve? Était-ce inévitable, à présent?

— Sebastian et Foubister, répondit-il d'une voix pitoyable.

Beecher se mordit la lèvre supérieure.

— Peu probable, je suis d'accord. Sauf que Sebastian n'avait pas besoin de tricher, et je ne vois pas Foubister le faire. C'est un brave garçon, qui n'a rien d'un imbécile. Il est ici depuis assez longtemps pour mesurer ce que cela lui coûterait. Et s'il voulait copier, il choisirait quelqu'un de plus neutre que Sebastian.

— Comment le savoir?

— Demande-le-lui! Je ne vois pas comment faire autrement, dit Beecher en souriant soudain jusqu'aux oreilles. La logique, mon cher confrère ! Cette déesse rigide que tu admires tant.

— La raison, rectifia Joseph. Et elle n'est pas rigide... il se trouve qu'elle ne fléchit pas facilement.

Il retourna voir Foubister, la traduction à la main.

— C'est un passage excellent, dit-il, se détestant pour sa duplicité. Qu'est-ce qui vous l'a inspiré ? C'est assez loin de l'original.

Foubister sourit.

— Il existe un alignement d'arbres du même acabit, répondit-il. Là-bas, sur les collines Gog et Magog.

Il désigna le sud d'un geste vague.

— Nous avons été plusieurs à y monter un dimanche et nous les avons vus se découper sur le ciel sans nuages, et puis un orage d'été a éclaté. C'était assez spectaculaire.

— Vous avez su profiter de l'occasion, observa Joseph. Faites-le chaque fois que c'est possible, tant que cela ne nuit pas à la pensée de l'auteur. Dans le cas présent, je pense que cela renforce l'image. C'était bien ressenti.

Foubister était radieux. Son sourire illumina son visage sombre et le rendit aussitôt plus agréable.

— Merci, monsieur.

— Qui d'autre se trouvait là-bas et a vu la scène ?

L'étudiant prit le temps de réfléchir.

— Crawley, Hopper et Sebastian, je crois.

Joseph se surprit à sourire à son tour, exalté par une sympathie bon enfant et sincère.

— J'aurais dû vous le dire plus tôt, conclut-il. C'est de l'excellent travail.

En milieu d'après-midi, Connie envoya un petit mot à Joseph pour l'inviter à boire une limonade bien fraîche en compagnie de Mary Allard. Il y vit un appel au secours et se cuirassa pour y répondre. Il referma son livre, traversa la cour, puis le Fellows' Garden, où il trouva la mère de Sebastian toute seule.

Elle se tourna en entendant les pas de Joseph dans l'allée.

— Révérend Reavley, dit-elle en guise de salutation.

Mais sa voix comme son regard ne lui souhaitaient pas la bienvenue.

— Bonjour, madame Allard, répondit-il. J'aimerais avoir quelque nouvelle essentielle à vous apporter, mais je crains de rien savoir qui puisse vous réconforter.

— Il n'y a rien, dit-elle d'un ton qui adoucissait un peu la brusquerie de ses paroles. À moins que vous puissiez les empêcher de proférer de telles horreurs sur mon fils. Est-ce en votre pouvoir, révérend ? Vous le connaissiez aussi bien que moi !

— Je ne le connaissais pas autant que vous, lui rappela-t-il. Par exemple, j'ignorais qu'il était fiancé. Il ne m'en a jamais parlé.

Elle lui décocha un regard insolent.

— C'est un sujet privé. Ces dispositions étaient prises depuis quelque temps, mais à l'évidence il aurait tout d'abord terminé ses études. Ce que je voulais dire, c'est que vous étiez fort bien placé pour connaître ses qualités ! Vous savez qu'il possédait un esprit clair, un cœur limpide, qu'il était honnête d'une façon qui échappe à la plupart des gens.

La colère et le chagrin embrasaient ses propos.

— Vous le saviez plus noble que les hommes ordinaires, avec des rêves plus élevés, empreints d'une beauté qu'ils ne percevront jamais.

Elle l'examina des pieds à la tête, comme si elle le voyait pour la première fois et ne savait quoi en penser.

— Ne trouvez-vous pas insupportable de voir que tous remettent en question son intégrité, à présent ?

Son mépris était aussi net qu'absolu.

À ce moment-là, Elwyn sortit par la porte du salon et s'avança vers eux. Mary Allard ne se tourna pas.

— Quand on aime quelqu'un, on doit tout de même trouver le courage au fond de soi de le considérer avec honnêteté, aussi bien dans ses zones d'ombre que dans sa lumière, déclara Joseph.

Il vit qu'elle était sur le point d'exploser de colère.

— Il était bon, madame Allard, et il était promis à brillant avenir, mais il n'était pas parfait. Son esprit était encore loin de la maturité et, en refusant de percevoir ses zones d'ombre, nous n'avons fait que les accentuer, plutôt que l'aider à les vaincre. J'en suis coupable moi aussi et j'aimerais qu'il ne soit pas trop tard pour réparer mon erreur.

Le visage de Mary trahissait la rancune.

— Révérend Reavley...

Elwyn la prit par le bras, tout en croisant le regard de Joseph. Il savait que sa mère se trompait, mais ignorait comment faire face à cette faiblesse, encore moins la surmonter. Ses yeux imploraient Joseph de ne pas y être contraint.

— Lâche-moi, Elwyn! jeta Mary avec brusquerie en voulant se libérer de son fils.

— Maman, nous ne pouvons rien faire contre ce que disent les gens! Pourquoi ne pas rentrer? On étouffe ici, surtout en noir.

Elle fit volte-face.

— Est-ce que tu insinues que je ne devrais pas porter le deuil de ton frère? Crois-tu qu'un peu de désagrément ait la moindre importance à mes yeux?

Elwyn eut l'air d'avoir reçu une gifle, mais aussi d'y être habitué. Il ne la lâcha pas.

— J'aimerais que tu viennes à l'intérieur, où il fait plus frais.

Mary détacha son bras. Elle ne pouvait se montrer gentille, tant elle était absorbée par sa peine et insensible à celle de son fils.

Elle exaspéra soudain Joseph. Sa douleur était certes insupportable, mais également égoïste. Il se tourna vers Elwyn.

— Certaines peines sont intolérables, dit-il d'une voix posée. Mais c'est généreux de ta part de montrer davantage de considération pour celle de ta mère que pour la tienne, et ton attitude force mon admiration.

Elwyn devint tout rouge.

— J'aimais Sebastian, dit-il, la voix cassée. Nous nous ressemblions peu... il était plus intelligent que je ne le serai jamais... mais, grâce à lui, je me sentais respecté dans ce que j'accomplissais : les sports, la peinture... Je pense que beaucoup de gens l'appréciaient.

— Je sais, approuva Joseph. Et je sais aussi qu'il t'admirait, mais plus encore, qu'il t'aimait aussi.

Elwyn détourna le regard, gêné.

Joseph regarda Mary droit dans les yeux, jusqu'à ce que ses joues s'empourprent. En le gratifiant d'un regard furieux pour avoir percé à jour sa faiblesse, elle rattrapa son fils cadet, tandis qu'il gravissait les marches en direction de la porte du jardin.

Joseph la suivit dans la maison, mais elle s'attarda à peine au salon. Présentant ses excuses les plus brèves aux personnes présentes, elle emboîta vivement le pas à Elwyn et disparut par la porte donnant sur le vestibule.

Joseph contempla Thyer, Connie et Harry Beecher qui se tenaient debout, mal à l'aise, dans le silence.

— Je ne trouve rien d'utile à déclarer, avoua-t-il.

Le directeur était dans son coin, près de la porte du jardin, Connie et Beecher ensemble à l'autre bout de la pièce, un verre de limonade en main.

— Personne n'en est capable, dit Connie. Ne vous en voulez pas, je vous prie.

Thyer eut un mince sourire.

— Surtout son mari, le pauvre diable, et il fait de son mieux, dit-il avec pitié et une certaine irritation. C'est curieux qu'en des moments de grand chagrin certaines personnes s'éloignent, plutôt que de se rapprocher.

Il jeta un regard à Connie, puis revint vers Joseph.

— J'aimerais lui rappeler que son mari souffre autant qu'elle, mais ma femme affirme que cela ne ferait qu'envenimer la situation.

— Tout l'envenime, renchérit Connie. C'est Elwyn que je plains le plus. M. Allard est assez adulte pour veiller sur lui-même.

— Non, la contredit Beecher avec calme. Personne n'est assez mature pour souffrir seul. Un peu de tendresse l'aiderait à affronter sa peine et à remonter suffisamment la pente pour faire de nouveau face à ce qui s'apparente à la réalité.

Connie lui sourit avec une chaleur qui illumina ses yeux, son visage.

— Je ne pense pas que Mary s'en rende compte avant longtemps. C'est dommage. En pleurant ce qu'elle a perdu, elle risque de sacrifier ce qu'elle possède encore.

Le visage de Beecher se crispa.

Connie le vit, rougit un peu et détourna le regard.

Joseph entendit Thyer reprendre sa respiration et lui lança un regard, mais le visage du directeur restait de marbre.

Connie brisa le silence en s'adressant à Joseph

— Nous ferons tout notre possible, mais je ne crois pas que cela y changera grand-chose. J'ai tenté de rassurer Elwyn, mais je sais qu'une parole de vous de temps en temps le toucherait davantage.

— Il vit une situation impossible, renchérit Thyer. Aucun des deux ne semble s'intéresser à lui.

Connie posa son verre.

— C'est dans leur nature. Ils étaient ainsi bien avant que Sebastian soit tué.

Plus tard, ce même après-midi, Joseph rejoignit Edgar Morel qui marchait le long de la rivière.

La conversation s'engagea assez mal.

— Je suppose que vous pensez que je l'ai tué à cause d'Abigail ! lança-t-il à Joseph.

Ce dernier se dit qu'il lui fallait découvrir la vérité au plus tôt, avant qu'elle ne fasse davantage de dégâts.

— Je n'y avais pas songé, répondit-il.

Le visage de Morel était dur et sur la défensive.

— Bien sûr, si on a assassiné Sebastian, ça ne peut être que parce qu'il savait quelque chose de louche sur quelqu'un, non ? répliqua-t-il avec amertume. Ça ne peut être que par jalousie, à cause de son intelligence, de son charme ou de je ne sais fichtre quoi ! Et non pas parce qu'il aurait triché, volé, ou accompli quoi que ce soit d'aussi infâme !

Le sarcasme se révélait trop besogneux pour être véritablement cassant.

— Il était bien trop subtil pour cela.

Sans le vouloir, il imitait la voix de Mary Allard.

— Rien n'était jamais de sa faute. À écouter sa mère, on le prendrait pour un martyr d'une cause sacrée et nous autres serions les hérétiques qui dansent sur sa tombe.

— Essayez de vous montrer patient avec elle, conseilla vivement Joseph. Elle n'a aucun moyen de s'accommoder de sa perte.

— Personne n'en a, répliqua Morel avec une fureur soudaine. Ma mère est morte l'an dernier, quasiment à l'époque où Abigail m'a laissé tomber pour Sebastian. Je ne suis pas allé raconter partout que les gens étaient sans cœur parce qu'ils s'en moquaient ! La terre ne cesse pas de tourner à la mort de quelqu'un ! Et ça ne vous donne pas non plus l'autorisation d'emmerder tout le monde !

— Morel ! lâcha Joseph avec force, en tendant la main pour le calmer.

Le jeune homme se méprit sur son geste et réagit en

lui lançant un coup de poing qui l'atteignit de biais sur la joue. Surpris, Joseph perdit l'équilibre.

Morel en resta abasourdi.

Joseph se redressa. Il se sentait un peu ridicule et espérait que personne ne l'avait vu. Il ne souhaitait pas répondre mais, s'il faisait comme si de rien n'était, cela mettrait un terme à son autorité et au respect que Morel lui devait. La réaction lui vint d'instinct. Il fit un pas en avant et, pour la plus grande stupéfaction de l'étudiant, lui rendit son coup de poing. Pas très fort, mais assez pour que Morel vacille. Joseph fut le premier surpris par sa propre adresse; un peu plus de force et il l'aurait assommé.

— Ne recommencez plus, dit-il avec autant de pondération que possible. Et ressaisissez-vous. Quelqu'un a abattu Sebastian et nous devons garder la tête froide pour découvrir le coupable, et non pas courir dans tous les sens comme une bande d'écolières hystériques.

Morel reprit son souffle entre deux spasmes, tout en se frottant la mâchoire.

— Oui, monsieur, répondit-il, docile. Oui, monsieur!

Joseph savait qu'il avait réagi comme il convenait, mais il avait envie d'une longue promenade et d'un verre en solitaire. Les émotions d'autrui l'épuisaient. Son propre fardeau lui suffisait largement. Cela ne faisait même pas un mois que ses parents avaient été tués et la douleur de la perte était toujours aussi forte.

Depuis que le décès d'Eleanor avait laminé son univers affectif, il s'était soigneusement reconstruit une force toute de bon sens, de raison, impersonnelle, en puisant dans sa foi l'énergie et la vitalité. Cela avait semblé bénéfique contre les blessures du deuil, de la solitude, les doutes de toutes sortes. Il y était parvenu à grand-peine, et cet effort trouvait sa justification dans une beauté qui suffisait à le soutenir dans l'adversité.

Sauf que cela ne fonctionnait pas. Tout ce qu'il savait demeurait présent, toujours vrai... mais sans âme. Peut-être l'espoir est-il déraisonnable. La confiance ne se fonde pas sur les faits. Lorsqu'on traite avec les hommes, il est prudent de ne pas naviguer à vue. Lorsqu'il s'agit de Dieu, c'est la dernière étape sans laquelle le voyage se révèle sans but.

Il chassa ces pensées et revint à des problèmes actuels, plus terre à terre. Il oscillait entre la crainte que son père ait eu raison et le doute obsédant que John Reavley ait pu se fourvoyer, et perdre tout contact avec la réalité.

Quant à la joue que Morel avait frappée, elle était écorchée et nettement sensible au toucher. Il ne souhaitait pas devoir s'en expliquer, surtout à Beecher. D'une manière ou d'une autre, la conversation dévierait sur Sebastian et finirait par prendre un tour désagréable.

Aussi, plutôt que d'aller au *Pickerel*, Joseph partit vers les Backs, dans la direction opposée, presque aussi loin que Lammas Land. Il dénicha un petit pub donnant sur les prés et le bief. L'intérieur était lambrissé de chêne, assombri par la patine du temps, et les chopes en étain, accrochées le long du râtelier au-dessus du comptoir, miroitaient sous le soleil qui passait par la porte ouverte. Le plancher se composait de grosses lattes brutes qui, il n'y avait pas si longtemps, auraient été recouvertes de sciure.

Il était tôt ; il n'y avait que deux hommes d'un certain âge dans un coin et une serveuse à la peau claire, dont l'opulente chevelure ondulée était nouée sans façon sur la nuque.

Elle tendit une chope mousseuse à l'un des clients, de toute évidence un habitué de l'établissement. Puis elle se tourna vers Joseph.

— 'jour, m'sieu ! lança-t-elle gaiement, d'une voix plaisante, douce, à l'accent du Cambridgeshire. Qu'est-ce qui vous f'rait donc plaisir ?

— Du cidre, répondit-il. Une demi-pinte.

Il commencerait par un bock, puis en boirait peut-être un second. L'endroit était agréable et son isolement correspondait tout à fait à ce qu'il recherchait.

— Pas d'problème, m'sieu. C'est la première fois que j'vous vois ici. On a un r'pas tout c'qu'y a d'correct, si vous voulez casser la croûte. Tout simple, mais y a d'quoi vous contenter, si ça vous dit.

Il n'avait pas songé qu'il pouvait avoir faim mais, soudain, l'idée de s'attabler là, en contemplant l'eau stagnante du bassin et le soleil glisser lentement derrière les arbres, lui parut plus souriante que de rentrer au réfectoire. Il pourrait bavarder de la pluie et du beau temps, même s'il savait très bien que tout le monde s'interrogerait sur sa joue tuméfiée, en échafaudant mille conjectures. Quelquefois, le tact se révélait si bruyant qu'il en devenait assourdissant.

— Merci, dit-il. Je vais sans doute dîner.

— Vous d'vez faire partie d'un des collèges? s'enquit-elle sur le ton de la conversation, en lui tendant une carte avec la liste des plats du soir.

— St. John, dit-il en lisant le menu. Quels sont vos condiments, au juste?

— Des tomates vertes, monsieur. C'est fait maison et j'devrais p'têt' pas vous l'dire, mais c'est les meilleures qu'on ait jamais eues, et la plupart des gens vous diront pas l'contraire.

— Alors, c'est ce que je vais prendre, s'il vous plaît.

— Entendu, m'sieu. Quel fromage vous f'rait plaisir? On a de l'Ely ou un bon demi-crème d'la région. À moins que vous aimiez les français? Y d'vrait nous rester un peu d'brie.

— Le demi-crème m'a l'air parfait.

— Il l'est. Tout frais. Tucky Nunn l'a apporté ce matin.

Elle hésita, comme pour ajouter quelque chose.

Il attendit.

— Vous avez dit St. John, m'sieu? reprit-elle, le visage un peu tendu et empourpré.

— Oui.

— Vous... commença-t-elle en ravalant sa salive. Vous... connaissiez Sebastian Allard?

— Oui, fort bien.

Que pouvait-elle savoir au sujet de l'étudiant?

— Vous aussi? demanda-t-il.

Elle hocha la tête, les larmes aux yeux.

— Je crois que je vais prendre mon repas dehors, précisa-t-il. Vous voudrez bien me l'apporter?

— Oui, m'sieu, bien sûr.

Et elle eut tôt fait de se détourner, pour cacher sa peine.

Il ressortit au soleil et trouva une table dressée pour deux couverts. Moins de cinq minutes plus tard, la serveuse arrivait avec un plateau qu'elle posa devant lui.

— Merci, dit-il en prenant le temps d'apprécier son assiette, avant de lever la tête pour croiser son regard.

Elle demeurait troublée, confuse.

— Est-ce que... est-ce qu'ils savent déjà c'qui s'est passé? questionna-t-elle.

— Non, dit-il en lui indiquant l'autre chaise. Je suis certain que ces messieurs à l'intérieur pourront se passer de vous quelques minutes. Asseyez-vous et parlez-moi. J'aimais beaucoup Sebastian, mais je crois ne pas l'avoir connu aussi bien que je l'imaginais. Venait-il souvent ici?

Elle baissa les yeux un moment, avant de les relever avec une candeur stupéfiante.

— Oui, cet été.

Elle ne précisa pas qu'il venait pour la voir; c'était inutile. Toute explication se révélait superflue, il n'y avait là rien d'étonnant de la part d'un jeune homme. Il se demanda avec amertume, bien qu'il acceptât de plus en plus les faits, si Sebastian s'était servi d'elle par pur égoïsme, sans qu'elle eût la moindre idée de son engagement envers Regina Coopersmith. Mais cette charmante serveuse n'aurait sans doute jamais pu s'imaginer être l'épouse de Sebastian Allard. À moins que ? Était-il possible qu'elle n'ait aucune idée du monde d'où il venait ?

— Je m'appelle Joseph Reavley, se présenta-t-il. J'enseigne les langues bibliques à St. John.

Elle eut un sourire timide.

— J'm'en doutais un peu, figurez-vous. Sebastian parlait beaucoup d'vous. Il disait qu'vous donniez d'la vie aux gens du passé, d'même qu'à leurs idées et à leurs rêves, pas seulement comme si c'était juste des mots sur le papier. Il disait qu'vous y accordiez d'l'importance. Vous faisiez le lien entre le passé et le présent, pour qu'on forme un tout ; et que c'est c'qui donne plus d'importance à l'avenir, aussi.

Elle rougit, un peu gênée d'utiliser le langage d'autrui, même si elle le comprenait, à l'évidence, et partageait ces opinions.

— Il disait qu'vous lui montriez la durée d'la beauté, la vraie beauté, celle qu'est en vous.

Elle reprit sa respiration, un sanglot dans la gorge, en ayant peine à se contrôler.

— Et qu'ça comptait vraiment, c'qu'on laissait derrière soi. Il disait qu'c'était not' façon d'rendre hommage au passé, de témoigner not' amour du présent, et d'en faire don à l'avenir.

Joseph était surpris et bien plus ravi qu'il ne l'aurait souhaité, car cela réveillait tous les vieux émois de l'amitié, la confiance et l'espoir en l'intégrité de Sebastian, qu'il craignait désormais de voir lui échapper.

— J'm'appelle Flora Whickham, poursuivit-elle, subitement consciente de ne pas s'être présentée.

— Enchantée, mademoiselle Wickham, répondit-il avec aménité.

Elle se rembrunit en revenant au sujet initial.

— Pensez-vous qu'c'était en rapport avec la guerre ? s'enquit-elle.

Il était décontenancé.

— La guerre ?

— Il avait terriblement peur qu'elle éclate en Europe, expliqua-t-elle. Il disait qu'tout l'monde était à deux doigts d'la déclarer. Bien sûr, c'est toujours le cas, sauf que c'est pire d'puis c't'assassinat en Serbie. Mais Sebastian disait qu'elle éclaterait d'toute manière. Les Russes et les Allemands la veulent... et les Français aussi. J'écoute les gens causer là-dedans...

Elle hocha légèrement la tête en direction du bar, puis ajouta :

— ... et y racontent qu'les banquiers et les patrons d'usine n'les laisseront pas faire, qu'ils ont trop à perdre. Et qu'ils ont l'pouvoir d'l'empêcher.

Elle baissa son regard, puis releva aussitôt la tête.

— Mais Sebastian disait que ça arriverait, parce que c'est dans la nature des gouvernements et d'l'armée... et c'est eux qu'ont l'pouvoir. Ils ont la tête farcie de rêves de gloire et savent même pas à quoi ça r'ssemblerait si ça devenait réel. Il disait qu'ils étaient comme une ribambelle d'aveugles qu'on aurait attachés et qui s'précipiteraient dans l'gouffre. Il pensait qu'des millions d'gens allaient mourir.

Elle scruta le visage de Joseph, dans l'espoir qu'il lui rétorquerait que tout cela n'arriverait pas.

— Aucune personne sensée ne veut la guerre, dit-il avec prudence, mais aussi tout le sérieux que méritaient la fougue et l'intelligence de son interlocutrice. Pas réellement. Quelques expéditions punitives ici et là, mais pas un conflit à tout crin. Et personne n'aurait tué Sebastian parce qu'il ne le souhaitait pas non plus.

À l'instant même où les mots sortaient de sa bouche, il sut qu'ils ne servaient à rien. Pourquoi ne pouvait-il s'exprimer avec son cœur ?

— Vous comprenez pas, dit-elle, gênée de le contredire.

Mais son sentiment était trop fort pour qu'elle l'étouffe.

— Il avait l'intention d'agir en conséquence, enchaîna-t-elle. Il était pacifiste. Je n'veux pas dire qu'il s'contentait d'pas vouloir s'battre... il allait faire quelque chose pour empêcher qu'ça arrive.

Son visage se crispa un peu.

— J'sais qu'son frère n'appréciait pas et qu'sa mère aurait détesté ça. Elle l'aurait pris pour un lâche. D'après elle, soit vous êtes loyal et vous combattez, soit vous êtes déloyal et ça veut dire qu'vous trahissez vot' propre peuple. Y a pas d'aut' solution. Du moins, c'est c'qu'il disait.

Elle regarda ses mains.

— Mais il s'était éloigné d'eux en grandissant. Il le savait. Ses idées étaient différentes, avec un siècle d'avance sur les leurs. Il voulait une Europe unie et plus jamais qu'on s'bat' entre nous, comme pour la guerre franco-prussienne, ou toutes celles qu'on a eues avec la France.

Elle releva les yeux et croisa ceux de Joseph avec une gravité intense.

— Ç'avait plus d'importance pour lui qu'tout l'reste dans l'monde, monsieur Reavley. Il savait des choses sur la guerre des Boers et sur la façon dont les gens avaient souffert, aussi bien les femmes que les enfants, des choses horribles. Et pas seulement les victimes, mais c'que ça f'sait aux gens quand y s'battent comme ça.

Dans la douce lumière, le visage de la jeune fille était tendu et lugubre. Le soleil brillait sur le bief comme sur un vieux miroir terni par les mauvaises herbes.

— Ça les change à l'intérieur, continua-t-elle, en sondant son visage, pour s'assurer qu'il saisissait vraiment. Avez-vous idée de c'que vous pouvez ressentir si c'est vot' frère ou vot' mari, quelqu'un qu'vous aimez, qu'a massacré des gens comme un vrai boucher... toutes sortes de gens, des femmes, des enfants, des personnes âgées, comme dans vot' famille ?

Sa voix était douce et un peu altérée par l'émotion que lui causait l'évocation de ces souffrances.

— Est-ce que vous vous imaginez redevenir quelqu'un d'bien ensuite ? En train d'prendre vot' petit déjeuner tout en causant, comme si tout ça était arrivé à d'aut' gens et qu'vous n'ayez jamais participé à toutes ces horreurs ? Ou bien en train d'raconter une histoire à vos gamins, d'mettre des fleurs dans un vase, de penser à c'que vous allez préparer à dîner, alors que vous êtes la même personne qui a conduit une centaine de femmes et d'enfants dans un camp d'concentration, en les laissant crever d'faim ? Sebastian aurait fait n'importe quoi pour éviter qu'ça s'reproduise... Mais j'peux pas confier ça à quelqu'un d'autre. Ses parents détestent l'idée ; y comprendraient rien. Ils le prendraient pour un lâche.

Le simple fait de prononcer le mot la blessait ; les fines ridules de son visage l'attestaient.

— Non... dit Joseph lentement, sachant sans conteste qu'elle avait raison.

Il imaginait sans peine la réaction de Mary Allard. Elle aurait refusé d'y croire. Aucun de ses fils, surtout son bien-aimé Sebastian, n'aurait pu caresser un point de vue aussi étranger au genre de patriotisme auquel elle avait cru toute son existence, avec son sens du devoir, du sacrifice, et de la suprématie innée de son propre mode de vie à elle, son propre code de l'honneur.

— Son frère était-il au courant des idées de Sebastian ? ajouta-t-il.

Elle secoua la tête.

— J'pense pas. C'est un idéaliste, mais d'une aut' manière. Pour lui, la guerre, c'est qu'des grandes batailles et des exploits glorieux, ce genre de choses... Il s'imagine pas être épuisé au point de n'plus pouvoir se t'nir debout, et d'avoir mal partout... de tuer des gens qui sont comme vous, et d'essayer de briser toute leur vie.

— Tel n'était pas le but de la guerre des Boers, s'empressa de préciser Joseph. Est-ce réellement ce que croyait Sebastian ?

— Plus qu'tout au monde, dit-elle simplement.

Il contempla ses yeux paisibles, baignés de larmes, sa mâchoire tendue pour se maîtriser, ses lèvres tremblantes, et il comprit qu'elle avait mieux connu Sebastian que lui et infiniment mieux que Mary Allard... ou Regina Coopersmith, qui ne savait sans doute rien à son sujet.

— Merci de vous être confiée à moi, dit-il avec sincérité. Peut-être que c'est en rapport avec l'événement. Je n'en sais vraiment rien. C'est aussi plausible que le reste, semble-t-il.

Il resta dîner sous le soleil couchant, prit un deuxième verre de cidre et une part de tourte aux pommes, nappée de crème épaisse, parla encore avec Flora, en évoquant de bons souvenirs. Puis, au crépuscule, il rentra à St. John, en suivant la berge de la rivière pâlissante. Peut-être avait-il découvert l'endroit où Sebastian disparaissait pendant ces absences mystérieuses, et ce n'était pas difficile à comprendre. Joseph sourit en songeant combien même c'était simple : en présence d'une mère telle que la sienne, d'une idolâtrie si étouffante, lui aussi aurait agi de la sorte.

CHAPITRE X

Matthew n'informa pas immédiatement Shearing de son intention de continuer à traquer Patrick Hannassey aussi bien que Neill. Trop d'incertitudes subsistaient pour justifier d'y investir du temps, et il ne savait toujours pas en qui avoir confiance, bien que, s'il existait un complot en vue d'assassiner le roi, il ne pût croire que Shearing en fût complice.

Et s'il s'agissait d'autre chose — même si, plus il y songeait, plus cela semblait posséder toutes les caractéristiques de l'infamie et de la trahison —, alors il perdrait son temps. Il devrait abandonner sur-le-champ son enquête et changer de cap pour chasser toute nouvelle menace. Inutile de s'éterniser en explications.

On avait créé la Special Branch au siècle dernier, à l'apogée de la violence du mouvement fenian[1], pour traiter en particulier des problèmes irlandais. Depuis lors, ce service avait étendu ses activités à tout ce qui menaçait la sûreté et la stabilité du pays — qu'il

---

[1]. Le mouvement fenian (de *fianna* : guerriers et héros des légendes gaéliques) se confond avec l'Irish Republican Brotherhood (Fraternité républicaine irlandaise), société secrète révolutionnaire, fondée en 1858, simultanément à New York et à Dublin, et dont le but était l'indépendance de l'Irlande. (*N.d.T.*)

s'agisse d'anarchie, de trahison, ou d'agitation sociale en général —, mais la question irlandaise demeurait sa grande affaire. Matthew se livra à une ou deux enquêtes discrètes parmi des amis de la profession, et le mercredi, à l'heure du déjeuner, il se retrouva en train de se promener dans Hyde Park avec un certain lieutenant Winters, lequel avait exprimé sa volonté de lui apporter toute l'assistance possible. Toutefois, Matthew savait fort bien que chaque secteur des services secrets conservait ses informations avec une jalousie toute particulière, et qu'il était plus facile d'arracher une dent à un crocodile que de leur soutirer le moindre renseignement. Il maudit le besoin de confidentialité qui l'empêchait de leur dire la vérité. Mais la voix de son père résonnait en lui comme une mise en garde, et il n'osait pas encore l'ignorer. Une fois qu'il l'aurait livré, il ne pourrait plus reprendre son propre secret.

— Hannassey ? grimaça Winters. Un homme d'une intelligence remarquable. Il voit tout et semble avoir une mémoire d'éléphant. Le plus important, c'est qu'il peut relier deux faits et en déduire un troisième.

Matthew tendit l'oreille.

— Un patriote irlandais, poursuivit Winters, en contemplant la gaieté ambiante du jardin public.

Des couples marchaient bras dessus, bras dessous, les femmes en toilettes estivales, pour beaucoup d'inspiration nautique. Un homme jouait à l'orgue de Barbarie des ballades populaires et des airs de music-hall, en souriant aux passants qui lui jetaient des piécettes. Plusieurs enfants, les garçons en costumes sombres, les filles en sarraus gansés de dentelle, lançaient des bâtons à deux petits chiens.

— Éduqué par les jésuites, enchaîna Winters. Mais le plus intéressant à son sujet, c'est que de prime abord, à le voir ou à l'entendre, il n'a rien d'un Irlandais. Aucun accent, ou du moins lorsqu'il souhaite se faire passer pour un Anglais. Il parle allemand et français couramment, et il a beaucoup voyagé en Europe. Il est réputé avoir de bons rapports avec les socialistes du monde entier, bien que nous ignorions s'il sympathise avec eux ou se borne à les utiliser.

— Qu'en est-il des autres groupes nationalistes ? s'enquit Matthew, sans trop savoir dans quelle direction s'engager, mais en pensant surtout aux Serbes, à cause de leur récent recours à l'assassinat comme moyen de rétorsion.

— Des contacts probables, répondit Winters, dont la mine cadavérique se creusait sous la réflexion. Le problème, c'est qu'on a du mal à retrouver sa trace, parce qu'il passe inaperçu. À ma connaissance, il ne se déguise pas volontairement. Rien d'aussi théâtral que des perruques ou de fausses moustaches, mais un changement de tenue, une coiffure avec la raie de l'autre côté dans les cheveux, une démarche différente et, soudain, vous êtes en présence d'une autre personne. Nul ne se souvient de lui ou ne peut le décrire ensuite.

Un jeune homme en uniforme de la Garde passa devant eux en sifflotant un air joyeux, le sourire aux lèvres.

— Il a donc le sens de la mesure, rien d'outrancier, observa Matthew. C'est habile.

— Il est là pour vaincre, affirma Winters. Il ne perd jamais de vue son objectif principal.

— C'est-à-dire ?

— L'indépendance de l'Irlande... du début à la fin, et depuis toujours. Les catholiques et les protestants ensemble, qu'ils le veuillent ou non.

— Fanatique ?

— Pas au point de perdre l'équilibre, non. Pourquoi cette question ?

— J'ai entendu des rumeurs de complot, dit Matthew avec une désinvolture étudiée. Je me suis demandé si Hannassey pourrait y participer.

Winters se raidit un peu.

— S'il s'agit d'un complot irlandais, vous feriez bien de m'en informer, dit-il.

Il conserva une allure souple, soutenue, comme ils passaient devant un monsieur d'un certain âge qui s'arrêtait pour allumer son cigare, les mains en coupe autour de la flamme.

L'homme à l'orgue de Barbarie se mit à jouer une chanson d'amour et des jeunes gens chantèrent avec lui.

— J'ignore de quoi il retourne, reprit Matthew, tenaillé par l'envie de raconter à Winters tout ce qu'il savait.

Il avait à tout prix besoin d'un allié. Le poids de son isolement, causé par sa confusion et sa responsabilité, l'étouffait.

— Il pourrait s'agir de tout et de n'importe quoi, dit-il.

Winters afficha un visage lugubre. Il regardait toujours droit devant lui et évitait les yeux de son interlocuteur.

— Que savez-vous au juste, Reavley ?

Le moment était décisif. Matthew se jeta à l'eau.

— Seulement qu'une personne a découvert un document exposant brièvement une conspiration des plus graves, et cette personne a été tuée avant de pouvoir me le montrer, répondit-il. Le document a disparu. J'essaye d'éviter une catastrophe sans en connaître la teneur. Mais il me semble qu'il s'agit de la mutinerie du Curragh, de l'échec de la signature d'un accord anglo-irlandais, et voilà que le roi sort de sa réserve pour se ranger du côté des loyalistes ; un complot contre lui cadre trop avec ce genre de scénario pour être ignoré.

Winters continua à marcher en silence sur une cinquantaine de mètres, et ils se retrouvèrent au bout de la Serpentine. Le soleil embrasait le ciel et cuisait littéralement le sol. Dans l'air paisible, on entendait des rires au loin et un filet de musique.

— Je ne pense pas, dit-il enfin. Cela ne servirait pas la cause irlandaise. C'est trop violent.

— Trop violent ! répliqua Matthew, éberlué. Depuis quand la violence a-t-elle empêché les nationalistes irlandais d'agir ? Avez-vous oublié les meurtres de Phoenix Park ? Sans parler de tout un lot d'autres actions terroristes depuis ! La moitié des dynamiteurs de Londres sont des fenians.

Il se retint de rétorquer à Winters qu'il proférait des absurdités.

Ce dernier demeurait imperturbable.

— Les catholiques irlandais souhaitent un gouvernement autonome, indépendant de la Grande-Bretagne, dit-il patiemment, comme s'il devait trop souvent expliquer cette notion à des individus ne voulant rien entendre. Ils désirent bâtir leur propre nation, avec son parlement, un ministère des Affaires étrangères, et sa propre économie.

— C'est impossible sans violence. En 1912, plus de deux cent mille hommes de l'Ulster, et davantage de femmes, ont signé le Solemn League and Covenant pour briser les manœuvres destinées à établir un parlement autonome en Irlande ! Celui qui s'imagine qu'ils vont supprimer l'Ulster sans violence n'a jamais mis les pieds en Irlande !

— Tout à fait mon avis, approuva Winters d'un ton sinistre. Pour garder le moindre espoir de succès, les nationalistes irlandais devront recevoir l'appui d'un maximum de pays en dehors de la Grande-Bretagne. S'ils assassinent le roi, on va les considérer comme de simples criminels et ils vont perdre tout soutien extérieur... un soutien dont ils savent qu'il leur est essentiel.

Ils passèrent devant un couple de personnes âgées qui marchaient en se tenant le bras, et ils les saluèrent d'un signe de tête en soulevant leurs chapeaux.

— Hannassey n'est pas un imbécile, continua Winters dès qu'ils furent hors de portée de voix. S'il l'ignorait avant l'assassinat de Sarajevo, il le sait certes à présent. L'Europe risque de ne pas approuver l'assujettissement de la Serbie à l'Autriche, et cela peut l'entraîner dans un enchevêtrement de menaces et de promesses diplomatiques qui débouchera sur une guerre. Mais le seul groupe qui ne gagnera rien sera celui des nationalistes serbes. Je puis vous le garantir. Et Hannassey est tout sauf un idiot.

Matthew voulait en débattre, mais comprit que c'était davantage pour défendre son père que pour exprimer ses propres convictions. Si Hannassey était aussi brillant que Winters le disait, il n'opterait pas pour l'assassinat du roi en guise de moyen de pression... à moins d'être certain que l'acte soit attribué à quelqu'un d'autre.

— On ne saurait le reprocher aux Irlandais si quelqu'un d'autre...

Il s'interrompit.

Winters haussa les sourcils d'un air intrigué :

— Oui ? Qui avez-vous en tête ? Qui donc ne pourrait pas être dépisté ou ne les trahirait pas, à dessein ou non ?

Il n'existait personne et tous deux en étaient conscients. Cela n'avait pas réellement d'importance que les Irlandais soient ou non derrière un éventuel attentat, car on les accuserait toujours. Ils détesteraient l'idée d'un pareil attentat. Ils risqueraient même d'être assez malins pour le déjouer comme Matthew. Bref, il se retrouvait dans l'impasse.

— Je suis désolé, dit Winters comme à regret. Vous pourchassez un fantôme. Votre informateur fait de l'excès de zèle.

Il sourit, peut-être pour ôter un peu de leur mordant à ses paroles.

— C'est un amateur, dans le cas présent, ou bien il tente de se donner plus d'importance qu'il n'en a. Il existe toujours des bruits de couloir, des bouts de papier qui circulent. L'astuce consiste à détecter les vrais. Celui-ci est insignifiant.

Il eut un petit geste morne de résignation.

— J'ai bien peur d'avoir suffisamment de menaces réelles auxquelles m'attaquer. Je ferais mieux de m'y atteler à nouveau. Bonne journée.

Il accéléra le pas et, en l'espace de quelques instants, disparut parmi les autres promeneurs.

Le lendemain, Shearing convoqua Matthew dans son bureau, le visage empreint de gravité.

— Asseyez-vous, ordonna-t-il.

Il paraissait fatigué et impatient, maîtrisant très soigneusement sa voix, même si son agacement transparaissait.

— Quel est donc ce complot irlandais en vue d'un assassinat que vous pourchassez? s'enquit-il. Non, ne prenez pas la peine de répondre. Si vous ne le jugiez pas assez important pour m'en parler, vous ne devriez pas perdre du temps dessus. Laissez tomber! Vous me comprenez?

— J'ai laissé tomber, dit Matthew d'un ton sec.

C'était la vérité, ou en partie, du moins. Si les Irlandais n'étaient pas en cause, il s'agissait d'autre chose, et Matthew continuerait à enquêter sur l'affaire. C'était la première fois qu'il mentait à Shearing et il en éprouvait une gêne intense.

— Très sage de votre part, dit son chef. Il y a des grèves en Russie. Plus de cent cinquante mille hommes dans les rues, rien qu'à Saint-Pétersbourg. Et, lundi, apparemment, on a tenté une nouvelle fois d'assassiner le moine fou de la tsarine, Raspoutine. Nous n'avons pas le temps de courir après nos propres fantômes et nos farfadets.

Il ne quittait toujours pas Matthew des yeux.

— Je ne vous considère pas comme quelqu'un en

quête de gloire, Reavley, mais si je découvre que j'ai fait erreur, je vous flanquerai si vite à la porte que vos pieds toucheront à peine le sol.

Son visage en colère le défiait. L'espace de quelques instants, Matthew y perçut aussi un soupçon de crainte, la sensation d'être dépassé par les événements, qui le laissèrent consterné.

— La situation dans les Balkans se détériore de jour en jour, poursuivit âprement Shearing. Des rumeurs circulent, selon lesquelles l'Autriche se prépare à envahir la Serbie. Si tel est le cas, subsiste le danger sérieux et bien réel que la Russie tente de la protéger. Ils sont alliés par la langue, la culture et l'histoire.

Son visage était contracté et ses mains, sombres, irréprochables, agrippaient le bureau.

— Si la Russie mobilise, ce ne sera plus qu'une affaire de jours avant que l'Allemagne suive. Le kaiser y veillera en personne, car il est cerné de nations hostiles, toutes armées jusqu'aux dents, et de plus en plus fortes. Compte tenu de ce déséquilibre, il a raison dans une certaine mesure. Il affrontera la Russie à l'est et inévitablement la France à l'ouest. L'Europe sera alors en guerre.

— Mais pas nous, intervint Matthew. Nous ne sommes une menace pour personne et cela ne nous concerne guère.

— Dieu seul le sait, répondit son chef.

— N'est-ce pas le moment que les Irlandais choisiraient pour frapper ?

Matthew ne pouvait oublier ce document et la voix outragée de son père. Impossible d'abandonner.

— Ce serait le moment, ajouta-t-il, si je me trouvais à leur tête.

— M'est avis que Dieu aussi le sait, rétorqua Shearing avec hargne. Mais vous laisserez faire la Special Branch. L'Irlande est son problème. Concentrez-vous sur l'Europe. C'est un ordre, Reavley !

Il s'empara d'un petit tas de documents sur son bureau et le lui tendit.

— À propos, C veut vous voir dans son bureau d'ici une demi-heure.

Il ne leva pas les yeux en le lui annonçant.

Matthew se figea. Sir Mansfield Smith-Cumming dirigeait les services secrets depuis 1909. Il avait débuté sa carrière en qualité de sous-lieutenant dans la marine royale, servant en Inde, jusqu'à ce qu'il soit mis en inactivité pour maladie chronique. En 1898, on l'avait rappelé et il avait accompli pour l'Amirauté nombre de missions d'espionnage couronnées de succès. Désormais, l'agence qu'il dirigeait collaborait avec tous les corps d'armée et les départements politiques de haut niveau.

— Bien, monsieur, dit Matthew d'une voix rauque, l'esprit en ébullition.

Avant que Shearing puisse relever la tête, il tourna les talons et sortit dans le couloir. Il tremblait de tous ses membres.

Trente minutes plus tard, Matthew était introduit dans le bureau de Smith-Cumming, qui le regarda sans sourire.

— Capitaine Reavley, monsieur. Vous m'avez fait appeler.

— En effet, acquiesça C.

Matthew attendit, le cœur battant la chamade, la gorge serrée. Il savait que tout son avenir professionnel dépendait de ce qu'il dirait ou omettrait pendant cet entretien.

— Asseyez-vous, ordonna C. Vous resterez ici jusqu'à ce que vous me disiez tout ce que vous savez sur ce complot que vous tentez de débusquer.

Matthew n'était pas mécontent de s'asseoir. Il rapprocha le premier fauteuil à sa portée et s'y installa en faisant face à C.

— À l'évidence vous ne possédez pas la preuve documentaire, commença C. Pas plus, visiblement, que l'homme qui vous a pris en filature et m'a suivi aussi à l'occasion.

Matthew resta immobile.

— Vous ne le saviez pas ? observa C.

— Je savais certes qu'on me suivait, monsieur, se hâta de répondre Matthew, la gorge toujours nouée. J'ignorais en revanche qu'on vous avait suivi.

C haussa les sourcils, ce qui atténua un peu la gravité de son visage.

— Savez-vous de qui il s'agit ?

— Non, monsieur.

Il envisagea de présenter ses excuses, puis se ravisa aussitôt.

— C'est un agent allemand du nom de Brandt. Malheureusement nous n'en savons guère plus. Où et quand avez-vous entendu parler pour la première fois de ce document, et qui vous a mis au courant ?

Matthew ne songea même pas à mentir.

— Mon père, monsieur, au téléphone, le soir du 27 juin.

— Où étiez-vous ?

— Dans mon bureau, monsieur, répondit Matthew en se sentant rougir.

Le visage de C se radoucit.

— Que vous a-t-il confié ?

— Qu'il avait découvert un document dans lequel était brièvement décrite une conspiration qui déshonorerait à jamais l'Angleterre et changerait la face du monde de façon aussi irrémédiable qu'épouvantable.

— En aviez-vous entendu parler auparavant ?

— Non, monsieur.

— Avez-vous eu du mal à le croire ?

— Oui. Cela m'était quasi impossible.

Il en éprouvait de la honte, mais disait vrai.

— L'avez-vous fait répéter, pour être certain de l'avoir bien compris ?

— Non, monsieur, dit Matthew, la figure en feu. Mais je lui ai fait confirmer qu'il comptait bien me l'apporter le lendemain.

Pareil aveu se révélait accablant. La seule chose qui l'aurait rendu plus coupable, c'eût été de mentir sur ce point, à présent.

C hocha la tête. Ses yeux témoignaient de la compassion.

— Donc celui qui a surpris votre conversation savait déjà que le document avait disparu et que votre père l'avait en sa possession. Ce qui nous éclaire sur la question. Que savez-vous encore ?

— On a délibérément tendu une embuscade à mon père, alors qu'il me rejoignait en automobile. Ma mère et lui ont été tués, répondit Matthew.

Il aperçut une lueur de sympathie dans le regard de C et prit une profonde inspiration avant d'ajouter :

— Lorsque la police m'a prévenu, je suis allé à Cambridge chercher mon frère aîné, Joseph...

— Il n'en savait rien ? interrompit C. Il était plus proche et plus âgé que vous.

— Oui, monsieur. Il assistait à un match de cricket. Il a perdu son épouse il y a environ un an. Je ne pense pas que la police souhaitait qu'un membre du collège lui apprenne la nouvelle. Le directeur se trouvait aussi au match, comme la plupart de ses amis.

— Je vois. Vous vous êtes donc rendu à Cambridge en voiture pour la lui annoncer. Et ensuite ?

— Nous sommes allés identifier les corps de nos parents et j'ai fouillé leurs affaires, puis l'épave du véhicule... en quête du document. Il demeurait introuvable. Ensuite, de retour à la maison, je me suis également livré à une inspection, puis j'ai interrogé la banque et notre notaire. En rentrant des obsèques, j'ai découvert que quelqu'un avait fouillé la demeure.

— Sans succès, précisa C. Il semble qu'ils cherchent toujours ce document. Sans doute un second exemplaire, ce qui laisserait supposer qu'il s'agit d'une sorte d'accord. Votre père n'a cité aucun nom ?

— Non, monsieur.

C le dévisagea en plissant le front. Pour la première fois, Matthew mesura l'ampleur de son inquiétude.

— Vous connaissiez votre père, Reavley. À qui s'intéressait-il ? Quelles étaient ses fréquentations ? Où aurait-il pu dénicher ce document ?

— J'y ai beaucoup réfléchi, monsieur, et j'ai parlé à plusieurs de ses amis intimes et tout ce que je puis en dire jusqu'ici, c'est qu'ils ne savent rien. Quand j'ai fait allusion à un complot, ils ont tous affirmé que père était naïf et détaché de la réalité.

Il était surpris de constater combien un tel aveu le blessait encore.

C afficha son amusement en souriant jusqu'aux oreilles.

— On dirait qu'ils ne connaissaient pas très bien votre père.

Puis son visage se durcit.

— Résistez à la tentation de prouver qu'ils ont tort, Reavley, quoi qu'il vous en coûte !

Matthew manqua s'étrangler.

— Oui, monsieur.

— Vous n'avez donc aucune idée de ce dont il s'agit ?

— Non, monsieur. J'ai pensé que ce pourrait être un complot irlandais en vue d'assassiner le roi, mais...

— Oui, dit C en agitant vivement la main, pour chasser l'idée. Je sais. Sans fondement. Hannassey n'est pas un idiot. C'est européen, non pas irlandais. M. Brandt ne s'intéresse pas à l'indépendance ou à quoi que ce soit en rapport avec l'Irlande, hormis si cela risque d'entamer nos capacités militaires. Et sous cet angle-là, alors oui, c'est à prendre en compte. Si nous nous retrouvons mêlés à une guerre civile en Irlande, nous puiserons au maximum dans nos ressources certes limitées.

Il se pencha en avant de quelques centimètres.

— Trouvez-le, Reavley. Trouvez qui se cache derrière. D'où provient le document ? À qui était-il destiné ?

Il fit glisser une feuille de papier sur son bureau.

— Voici une liste des agents allemands à Londres dont nous avons connaissance. Le premier se trouve à l'ambassade, le deuxième est fabricant de tapis, le troisième un membre peu important de la famille royale d'outre-Rhin qui demeure actuellement dans notre capitale. Montrez-vous d'une extrême discrétion. Vous devez dès à présent comprendre que votre vie en dépend. Ne vous confiez absolument à personne.

Il planta son regard froid, sincère, dans celui de Matthew.

— Personne ! Ni à Shearing, ni à votre frère... à personne. Lorsque vous aurez une réponse, apportez-la-moi.

— Bien, monsieur.

Matthew se leva, s'empara de la feuille de papier, la lut, puis la rendit.

C la reprit et la rangea dans un tiroir.

— Je suis désolé pour votre père, capitaine Reavley.

— Merci, monsieur.

Matthew le salua au garde-à-vous, puis tourna les talons et s'en alla, le cerveau déjà en effervescence.

À l'étage de la maison de Marchmont Street, le Pacificateur se tenait debout à la fenêtre du salon. Il observait la rue, où un homme plus jeune que lui marchait d'un pas vif sur le trottoir, en lançant de temps à autre un regard sur les demeures devant lesquelles il passait. Il lisait les numéros. Il était déjà venu dans le quartier, à deux reprises pour être précis, mais on l'avait à chaque fois déposé en voiture et la nuit.

L'individu s'arrêta, leva les yeux et fut ravi d'avoir trouvé ce qu'il cherchait.

Le Pacificateur recula d'un pas à peine. Il ne souhaitait pas être surpris en train d'attendre. Il avait reconnu l'homme dans la rue, avant même de voir ses épais cheveux sombres, son front large ou ses yeux écartés. C'était un visage vigoureux, exalté, celui d'un individu qui suit ses idéaux, peu importe où ils le mènent... Le Pacificateur connaissait cette démarche souple, mélange de grâce et d'arrogance. C'était un homme du Nord, du Yorkshire, plein de toute la fierté et de l'opiniâtreté de sa terre d'origine.

La sonnette retentit et l'instant d'après le majordome alla ouvrir. Un bref silence suivit, puis des pas dans l'escalier... tranquilles, légers, ceux d'un individu habitué aux promenades sur la lande vallonnée... et on frappa à la porte.

— Entrez, répondit le Pacificateur.

La porte s'ouvrit et Richard Mason entra dans la pièce. Il atteignait presque le mètre quatre-vingts, trois ou quatre centimètres de moins que le Pacificateur, mais il était plus robuste et avait la peau burinée du voyageur.

— Vous m'avez convoqué, monsieur ? interrogea-t-il.

Sa voix était exceptionnelle, sa diction parfaite, comme s'il avait été formé pour l'art dramatique et l'amour des mots. Les consonnes sifflantes étaient si peu marquées dans sa prononciation que l'on doutait presque de leur présence et l'on tendait l'oreille pour mieux entendre.

— Oui, confirma le Pacificateur.

Tous deux restèrent debout, comme si s'asseoir eût témoigné d'une sorte de relâchement, face aux exigences de la situation qui les avait amenés à se rencontrer.

— Les événements se précipitent.

— J'en suis conscient, dit Mason avec un soupçon d'âpreté. Avez-vous le document ?

— Non.

Réponse sèche, tranchée, empreinte d'une telle colère qu'on s'attendait à le voir courber l'échine. Mais il demeura bien droit, le visage pâle.

— J'ai envoyé des hommes à sa recherche, mais nous ignorons où il est passé. Il n'était pas dans la voiture ou sur les corps, et nous avons cherché par deux fois dans la maison.

— Aurait-il pu le détruire ? s'enquit Mason, dubitatif.

— Non, répondit aussitôt le Pacificateur.

Il haussa à peine les épaules en ajoutant :

— En un sens, c'était un homme innocent, mais pas un imbécile. Il connaissait la signification de ce document et savait que personne ne le croirait s'il ne le montrait pas. Sous son air paisible, il était têtu comme une mule.

Son visage se contracta sous le rayon de soleil traversant les baies vitrées.

— Il ne l'aurait jamais abîmé et encore moins détruit.

Mason resta immobile, le cœur martelant sa poitrine. Il avait une certaine idée des enjeux en présence, mais leur énormité laissait présager un avenir inimaginable. Des visions de guerre hantaient encore ses cauchemars, mais le sang, la douleur et la perte du passé ne seraient tout au plus qu'un avant-goût de ce qui pourrait se passer en Europe et en définitive dans le monde. Pour éviter cela, on prenait tous les risques, quel qu'en soit le prix, même celui-ci.

— Nous ne pouvons perdre davantage de temps à chercher, poursuivit le Pacificateur. Les événements nous dépassent. Je sais de source sûre que l'Autriche se prépare à envahir la Serbie. Celle-ci va résister, nous le savons tous, et puis la Russie va mobiliser. Une fois que l'Allemagne entrera en France, ce sera fini en quelques jours, quelques semaines tout au plus. Schlieffen a dressé un plan d'une exactitude absolue, dont chaque mouvement est programmé à la perfection. L'armée allemande sera dans Paris avant que le reste du monde puisse réagir.

— Y a-t-il encore une chance pour que nous restions en dehors ? demanda Mason.

Il était correspondant étranger. Il connaissait l'Autriche et l'Allemagne presque aussi bien que son interlocuteur, avec ses origines, son intelligence pour les langues, ses contacts dans l'aristocratie qui remontaient jusqu'aux branches cadettes de la famille royale, des deux côtés de la mer du Nord. Ils partageaient la même haine de la boucherie et de la destruction causées par la guerre. Le plus haut dessein qu'un homme puisse accomplir serait d'empêcher que cela se reproduise jamais, par tous les moyens possibles.

Le Pacificateur se mordilla la lèvre, le visage déformé par la tension.

— Je pense. Mais des difficultés subsistent. J'ai un homme du SIS sur le dos. Le fils de Reavley, en fait. Il n'est pas bien gênant, juste agaçant. Je doute qu'il soit utile d'agir à son encontre. Je ne veux pas attirer l'attention. Heureusement, il cherche dans la mauvaise direction. Le temps qu'il s'en rende compte, ça n'aura plus d'importance.

— Un autre exemplaire du document ? questionna Mason.

Celui-ci contenait une idée brillante, plus audacieuse que ses rêves les plus fous. D'une ampleur qui l'avait ébloui.

Lorsque le Pacificateur lui en avait parlé la première fois, il en avait eu le souffle coupé. Ils se promenaient alors sur l'Embankment, le long de la Tamise. Il était resté planté là, sans voix.

Peu à peu, le plan était passé du rêve à peine effleuré à un souhait, pour finir par devenir une réalité. Il avait encore l'impression d'être celui qui s'était imaginé une licorne, avant de la découvrir un beau jour en train de brouter dans son jardin, blanche comme neige, sabots fendus et corne argentée... un animal qui respirait la vie.

— Nous n'avons pas trouvé un autre exemplaire, répondit le Pacificateur d'un ton lugubre. Pas encore, du moins. J'en ai fait un certain nombre pour discréditer John Reavley. J'aurais préféré m'en dispenser.

Il dévisagea Mason avec acuité et vit ses yeux affolés.

— Rien de trop flagrant ! lâcha-t-il. Nous devons attendre que la fumée se dissipe.

Il plissa les lèvres de dépit et son regard se voila.

— Parfois le sacrifice est lourd, dit-il calmement. Mais s'il avait compris, je pense qu'il aurait payé de bonne grâce. Ce n'était pas un homme méprisant, certes pas envieux, ni stupide, mais simpliste. Il croyait ce qu'il voulait croire, et il est inutile de discuter avec un individu pareil. Dommage. Nous aurions pu en faire un autre usage.

Mason sentit un lourd malaise le submerger, un regret pénible le déchirer. Mais il avait vu les dégâts causés par la guerre et la cruauté humaine dans les Balkans, un an plus tôt à peine, lors du conflit entre la Turquie et la Bulgarie, et leur souvenir hantait encore ses horribles cauchemars, dont il se réveillait tremblant et en sueur.

Auparavant, dans sa jeunesse, en 1905, il s'était trouvé en Orient lorsque les Chinois avaient coulé toute la flotte russe. Il en avait témoigné ensuite. Des milliers d'hommes enterrés dans des cercueils d'acier sous l'eau insondable, dont rien ne subsistait hormis l'accablement, le chagrin des familles de la moitié d'un continent.

Plus tôt encore, pour la première mission de sa carrière, il avait observé les fermiers du veldt, les déshérités pitoyables, cheminant lentement dans les plaines interminables. Il avait vu les femmes et les enfants mourir.

Rien de tout cela ne devait se reproduire, se promit

une fois encore Richard Mason. On ne devait plus laisser semblables calamités s'abattre sur d'autres êtres humains.

— Un homme d'État doit penser aux individus, dit-il.

— Nous avons d'autres facteurs à considérer, répondit le Pacificateur. Sans le document, la guerre risque d'être inévitable. Nous devons faire notre possible pour que ce soit rapide et propre. Il existe de nombreuses possibilités et j'ai des plans de prêts, en tout cas qui concernent l'arrière. Nous pouvons encore avoir un impact énorme.

— J'imagine que ce sera bref, approuva Mason. Surtout si la tactique de Schlieffen fonctionne. Mais ce sera sanglant. Des milliers de gens seront massacrés.

Amer, il s'était servi du mot à dessein.

Le Pacificateur eut un pauvre sourire.

— Il est donc d'autant plus capital que nous veillions à ce que ce soit le plus rapide possible. J'y ai beaucoup réfléchi ces derniers jours... depuis qu'on a pris le document, en fait.

Une fureur soudaine le saisit, qui ternit son visage jusqu'à ce que sa peau blêmisse et que ses yeux se mettent à briller.

— Maudit Reavley! éructa-t-il. Qu'il aille au diable! S'il s'était tenu en dehors de tout cela, nous aurions pu empêcher cette situation! Des dizaines de milliers de vies vont être sacrifiées! Au nom de quoi?

Il fit un grand geste de la main, les doigts écartés à l'extrême.

— Cela n'aurait pas dû arriver!

Il avala une grande bouffée d'air et se ressaisit peu à peu.

— Navré, mais je ne peux me résoudre à la destruction d'un mode de vie qui est l'apogée de millénaires de civilisation... tout cela ne sert à rien! Combien de veuves compterons-nous ici? Combien d'orphelins?

Combien de mères dans l'attente de leurs fils qui ne reviendront jamais d'une guerre qu'ils n'ont pas souhaitée ?

— Je sais, dit Mason dans un quasi-murmure. Pourquoi croyez-vous que je fais cela ? Mais la seule autre possibilité consiste en un long voyage vers un enfer dont nous ne reviendrons pas.

— Vous avez raison, répondit le Pacificateur, en se tournant vers la lumière qui envahissait la pièce. Je sais ! J'ai la mort dans l'âme à l'idée que nous étions si près du but et que nous avons perdu à cause d'une malchance ridicule... un philosophe allemand doté d'une belle plume et un ancien politicien indiscret, fichtrement inutile, de toute manière, et tous nos projets sont mis en péril. Mais il est trop tôt pour crier au désespoir.

« Nous devons nous préparer à la guerre, si elle éclate. Et j'ai plusieurs idées, pour la réalisation desquelles le terrain est déjà établi, juste au cas où. Tout ce qui nous est cher dépend de notre succès.

Il se passa la main sur le front.

— Nom d'un chien ! Les Allemands sont nos alliés naturels. Nous provenons du même sang, de la même langue, nous avons hérité de la même nature et du même caractère !

Il s'interrompit, le temps de recouvrer son sang-froid.

— Mais peut-être n'est-ce rien d'autre qu'un contretemps. Nous n'avons pas le document, mais eux non plus. Sinon Matthew Reavley ne serait pas en train de le chercher, ni de poser des questions.

Sa figure se durcit à nouveau.

— Nous devons à tout prix veiller à ce qu'il ne le trouve pas. Si ce document tombait en de mauvaises mains, ce serait un désastre !

— Matthew Reavley est-il le seul ? s'enquit Mason.

— Oh, il y a certes un autre frère, Joseph, mais tout à fait inefficace, répondit le Pacificateur dans un sourire.

C'est un érudit, idéaliste, à l'écart de la vie et des responsabilités. Il enseigne à Cambridge... les langues bibliques, je vous demande un peu ! Il ne reconnaîtrait pas la vérité si elle lui sautait dessus pour le mordre. C'est un rêveur. Rien ne risque de l'arracher à sa torpeur, car il ne souhaite pas être dérangé. La dure réalité fait mal, Mason, et le révérend Reavley n'aime pas la douleur. Il veut sauver le monde en prêchant un bon sermon, soigneusement réfléchi et bien articulé, à ses fidèles. Il ne se rend pas compte qu'aucun ne l'écoute... ni avec son cœur, ni avec ses tripes... et nul n'est prêt à en payer le prix. Il nous revient d'agir.

— Oui, admit Mason. Je le sais.

— C'est évident, dit le Pacificateur en se passant les mains dans les cheveux. Retournez à vos écrits. Vous avez un don. Nous risquons d'en avoir besoin. Restez dans votre journal. Si nous ne pouvons l'empêcher et que le pire arrive, demandez-leur de vous envoyer partout ! Sur chaque champ de bataille, sur chaque avancée ou retraite, dans chaque ville, petite ou grande, qui sera prise par l'ennemi, ou bien sur les lieux des négociations pour la paix. Devenez le correspondant de guerre le plus brillant, le plus lu en Europe... dans le monde. Vous comprenez ?

— Oh, oui ! dit Mason dans un léger sifflement entre les dents. Certes, je comprends.

— Bien. Alors, allez-vous-en, mais gardez le contact.

Mason se tourna et quitta lentement la pièce. Ses pas résonnèrent à peine dans l'escalier.

CHAPITRE XI

À Cambridge, Joseph eut le sentiment d'accomplir quelque chose, mais uniquement parce qu'il procédait par élimination. Il était loin de savoir ce qui s'était réellement passé. Et si l'inspecteur Perth avait fait des progrès, il les gardait pour lui. La tension croissait de jour en jour. Joseph était décidé à poursuivre d'une manière ou d'une autre, pour en savoir davantage au sujet de Sebastian et de celui qui avait des raisons de le haïr ou de le craindre.

Une occasion se présenta à lui, alors qu'il discutait d'un problème d'interprétation avec Elwyn, à propos d'un passage que celui-ci jugeait difficile à traduire.

Ils avaient quitté de conserve la salle de cours et, plutôt que de revenir à la résidence, avaient choisi d'emprunter le pont pour se rendre aux Backs. C'était un après-midi paisible.

Elwyn était encore visiblement affecté par la perte qu'il avait subie.

— Je ferais mieux de retourner chez le directeur, dit-il, inquiet. Mère risque d'être seule.

— Tu ne peux pas la protéger de tout, répondit Joseph.

Elwyn écarquilla brusquement les yeux, serra les lèvres et se mit à rougir. Il détourna le regard.

— Je dois y aller. Vous ne comprenez pas ce qu'elle ressent à propos de Sebastian. Elle va surmonter cette colère et ensuite elle ira mieux. C'est juste que...

Il s'interrompit, contemplant devant lui l'eau tranquille et claire.

Joseph acheva la phrase à sa place.

— Si elle connaissait le coupable et le savait puni, sa colère serait assouvie.

— Je suppose, concéda le jeune homme, mais sans grande conviction dans la voix.

Joseph s'engagea sur le sujet qu'il souhaitait le moins aborder.

— Mais peut-être pas ?

Elwyn resta muet.

— Pourquoi ? insista Joseph. Parce que cela la forcerait à voir en Sebastian ce qu'elle voudrait ne pas y voir ?

Impossible de ne pas discerner le chagrin sur le visage d'Elwyn.

— Chacun perçoit les gens sur un plan différent. Maman n'a aucune idée de ce à quoi Sebastian ressemblait à l'extérieur, même à la maison, en réalité.

Joseph se sentit indiscret et certain de vouloir, lui aussi, conserver intactes ses illusions, mais on lui offrait la possibilité d'apprendre certaines choses et il n'osa pas la refuser.

— Était-elle aussi au courant de l'existence de Flora Whickham ? s'enquit-il.

Elwyn se raidit et retint son souffle. Puis il soupira :

— Il vous en a parlé ?

— Non, je l'ai découvert tout seul par hasard.

Elwyn fit volte-face :

— N'en parlez pas à mère ! Elle ne comprendrait rien. Flora est une chic fille, mais c'est...

— Une serveuse.

Elwyn esquissa un sourire piteux.

— Certes, mais j'allais ajouter que c'était une pacifiste, une vraie, je veux dire, et maman ne chercherait même pas à comprendre.

Il était tout à la fois confus et écœuré, et on percevait chez lui une plaie trop sensible pour la sonder. Il se détourna à nouveau vers la rivière, afin d'éviter que Joseph ne vît ses yeux.

— Moi non plus, en vérité. Quand on aime quelque chose, qu'on lui appartient et que l'on y croit, comment ne pas se battre pour le préserver ? Quel genre d'homme n'agira pas ainsi ?

Peut-être soupçonnait-il Joseph de la même trahison incompréhensible. Le cas échéant, ce n'était pas tout à fait faux. Mais Joseph avait lu des articles sur la guerre des Boers et n'avait aucun mal à s'imaginer la douleur inaccessible, l'horreur qu'on ne pouvait adoucir ou expliquer et qu'aucun argument au monde ne parvenait jamais à justifier.

— Ce n'était pas un lâche, reprit Joseph. Il se serait battu pour ses convictions.

— Sans doute.

Ni la voix ni le visage d'Elwyn n'exprimaient de certitude.

— Qui d'autre était au courant pour Flora ? demanda Joseph.

— Je ne sais pas.

— Regina Coopersmith ?

Elwyn se figea.

— Bon sang ! J'espère que non !

— Mais tu n'en es pas sûr ?

— Non. Mais je ne connais pas vraiment Regina. Je suppose, dit Elwyn en se mordillant la lèvre et en regardant Joseph d'un air emprunté, que je ne connais pas très bien les femmes. J'en serais choqué, mais peut-être que...

Tous deux se turent quelques instants comme ils traversaient la pelouse côte à côte, en cheminant dans l'allée arborée.

— Sebastian s'est disputé avec le docteur Beecher, poursuivit Elwyn.

— Quand cela ? répliqua Joseph, le cœur serré.

— Deux ou trois jours avant sa mort.

— Sais-tu à quel sujet ?

— Non, je l'ignore, dit le jeune homme en se tournant vers Joseph. J'ai trouvé cela curieux, en fait, parce le docteur Beecher était correct avec lui.

— Ne l'est-il pas avec tout le monde ?

— Bien sûr. Davantage qu'avec nous autres, je veux dire.

Joseph n'y comprenait plus rien. Il se souvint de l'aversion de Beecher pour Sebastian.

— De quelle manière ? demanda-t-il.

Il souhaitait prendre un air dégagé, mais son ton un peu sec ne lui échappa pas et Elwyn dut lui aussi le percevoir.

Ce dernier hésita, mal à l'aise. Il traîna les pieds dans le gravier du chemin et soupira.

— Nous nous conduisons tous mal parfois... en arrivant en retard à un cours, en rendant un devoir bâclé. Vous savez ce que c'est...

— Certes.

— Eh bien, d'ordinaire on vous sanctionne... on vous passe un savon et vous avez l'air d'un imbécile devant les autres, ou l'on vous retire vos prérogatives, ou quelque chose comme ça. Mais le docteur Beecher se montrait plus souple envers Sebastian qu'envers la plupart d'entre nous. Sebastian en profitait en quelque sorte, comme s'il savait que le docteur Beecher ne ferait rien. Mon frère pouvait agir comme un con plein de morgue à ses heures. Il croyait en sa propre image...

Il s'arrêta. La culpabilité se lisait sur son visage, dans son attitude, épaules voûtés, le pied droit jouant avec les gravillons. Il n'avait fait que dire la vérité, mais les conventions voulaient qu'on ne parle pas des défunts en mauvais termes. Sa mère y aurait vu une trahison.

— Je n'ai jamais pensé qu'il aimait beaucoup Sebastian, acheva-t-il avec maladresse.

— Mais il le favorisait? souligna Joseph.

Elwyn fixa le sol.

— Ça n'est pas logique selon moi, parce qu'en définitive, ce n'est pas une faveur. Soit l'on vous sanctionne, soit l'on passe l'éponge. Et les autres en ont marre de voir que vous vous en tirez à bon compte.

— L'ont-ils remarqué? questionna Joseph.

— Bien sûr. Je pense que c'est la raison de sa dispute avec Beecher.

— Pourquoi n'en as-tu pas parlé plus tôt?

— Parce que je n'imagine pas le docteur Beecher en train d'abattre Sebastian à cause de son arrogance et de son côté profiteur. C'est une attitude diablement exaspérante, mais on ne tue pas les gens pour cela!

— Non, reconnut Joseph. Bien sûr que non!

Il tenta d'imaginer un moyen de ramener Mary Allard à la réalité, sans la brusquer. Il souhaitait lui venir en aide, mais il percevait sa fragilité et rien n'amortirait le choc qu'elle recevrait, si l'on révélait la moindre ignominie chez Sebastian. Elle risquait même de refuser d'y croire et accuserait tout le monde de mentir.

— Tâche de faire preuve de patience avec ta mère, ajouta-t-il. Il y a peu de choses qui fassent davantage souffrir que les désillusions.

Elwyn grimaça un sourire. Battant des paupières pour réprimer son émotion, il hocha la tête et s'en alla, trop près des larmes pour s'excuser.

Joseph rentra à St. John en quête de quelqu'un susceptible de confirmer ou de démentir ce qu'Elwyn lui avait confié. Près du pont, il tomba sur Rattray.

— Le favoriser? dit celui-ci, d'un air singulier, en

levant le nez de l'ouvrage qu'il lisait. Je suppose. Je n'y avais pas vraiment pensé. Je me faisais à l'idée que tout le monde puisse voir en Sebastian le futur génie de la poésie et ainsi de suite.

Son regard ironique, quasi insolent, incluait Joseph dans le groupe des admirateurs, et celui-ci sentit le rouge lui monter aux joues.

— Je pensais à quelque chose d'un peu plus consistant qu'une conviction, répliqua-t-il d'un ton assez cassant.

Rattray soupira.

— Je suppose qu'il se montrait en effet plus indulgent envers Sebastian qu'envers nous, concéda-t-il. J'ai même trouvé ça curieux à un moment donné.

— Ça ne vous dérangeait pas? continua Joseph, étonné.

— Bien sûr que si! Profiter de Beecher à une ou deux reprises, c'était intelligent, et nous pensions tous que cela nous faciliterait la tâche, si nous avions envie de sécher des cours, de rendre du travail en retard, ou je ne sais quoi. Deux ou trois fois, il est même arrivé saoul et ce pauvre vieux Beecher n'a rien fait! Puis j'ai commencé à trouver cela assez malsain et, en définitive, tout aussi stupide. J'ai dit ce que j'en pensais à Sebastian et que je ne jouais plus à ce petit jeu, après quoi il m'a envoyé paître. Navré, je suis sûr que ce n'était pas ce que vous souhaitiez entendre. Mais votre merveilleux Sebastian pouvait être un sacré emmerdeur, parfois.

Joseph ne réagit pas. À vrai dire, c'était à Beecher qu'il pensait et c'est pour lui qu'il avait peur.

— Quand il était bien, il était formidable! s'empressa d'ajouter Rattray, comme s'il estimait être allé trop loin. Personne n'était plus drôle; c'était le meilleur des amis et, honnêtement, le meilleur étudiant qui soit. Je ne lui en veux pas, si c'est ce que vous pensez. On ne peut pas en vouloir aux personnes réellement brillantes. On voit leurs bons côtés et ça nous satisfait... simplement parce qu'ils en ont. Il avait juste changé ces derniers temps.

— C'est-à-dire ?

Rattray prit le temps de réfléchir.

— Il y a deux ou trois mois peut-être ? Et puis après le dimanche de l'assassinat à Sarajevo, ça l'a tellement retourné que j'ai cru qu'il allait perdre la boule. Le pauvre diable croyait vraiment que nous allions partir en guerre.

— Oui, il m'en a parlé.

— Vous ne pensez pas que c'est possible, monsieur ? dit Rattray, l'air surpris. Quelque chose de rapide, aussitôt dit, aussitôt fait.

— Peut-être, répondit Joseph, hésitant.

Avait-on tué Sebastian sous l'influence d'une jalousie quelconque qui n'avait rien à voir avec le document ou la mort de John Reavley ?

Rattray sourit tout à coup à belles dents, et son visage assez ordinaire prit un aspect pétillant et charmant.

— Nous n'avons aucune dette envers les Autrichiens ni envers les Serbes. Mais je ne trouverais pas si terrible une période sous les drapeaux. Ça pourrait être sympathique. Un peu d'aventure avant de se frotter à la vraie vie !

Toutes sortes de mises en garde vinrent à l'esprit de Joseph, mais il se rendit compte qu'il n'en savait guère plus que Rattray. Ils parlaient tous deux en pleine ignorance, uniquement guidés par l'expérience d'autres hommes.

Avant le dîner, quand il fut quasi certain de le trouver seul, Joseph se rendit chez Beecher, en s'armant de courage pour une confrontation susceptible de briser une amitié qui lui était chère depuis longtemps.

Beecher fut surpris de le voir, mais à l'évidence ravi.

— Entre donc, lui dit-il avec chaleur, en abandonnant son livre, avant de lui offrir son meilleur fauteuil. Un verre ? J'ai un sherry tout à fait correct.

C'était le genre de litote qu'affectionnait son ami. « Tout à fait correct » signifiait « absolument excellent ».

Joseph accepta, gêné de profiter de cette hospitalité pour discuter d'un sujet qui risquait de déboucher sur une querelle.

— J'en ai moi aussi envie.

Beecher s'approcha du buffet, sortit la bouteille et disposa sur la table deux élégants verres en cristal ciselé.

— J'ai l'impression que ce fichu policier ne m'a pas lâché d'une semelle durant toute la semaine, et Dieu sait que l'actualité n'a rien de réjouissant. Je ne vois pas d'issue à ce fiasco irlandais. Et toi ?

— Non, admit Joseph en toute sincérité, comme il s'asseyait.

La pièce lui était devenue familière au fil du temps. Il connaissait chacun des ouvrages sur les étagères et en avait emprunté beaucoup. Il aurait pu décrire les yeux fermés ce qu'on voyait depuis la fenêtre. Il aurait pu nommer les différents membres de la famille sur les photographies dans leur cadre argenté. Il connaissait chacun des lieux des paysages suspendus aux murs : telle vallée du Lake District, tel château de la côte du Northumberland, telle région des Downs du Sud. Chacun renfermait des souvenirs qu'ils avaient partagés ou évoqués à un moment ou un autre.

— La police piétine, n'est-ce pas ? reprit-il.

— À mon humble avis, oui, répondit Beecher en revenant avec le sherry. À la tienne et à la fin de l'enquête, même si je ne suis pas certain que nous aimerons ce qu'elle révélera.

— Et que pourrait-elle révéler ? demanda Joseph.

Beecher le scruta quelques instants avant de répondre :

— Je pense que nous découvrirons qu'une personne avait une très bonne raison de tuer Sebastian Allard, quand bien même elle le regrette affreusement, à présent.

Joseph réprima un brusque frisson. Le sherry avait comme un arrière-goût d'amertume.

— Selon toi, quelle pourrait être cette *bonne* raison ? s'enquit-il. On l'a assassiné de sang-froid. Quelqu'un, peu importe son identité, est allé le voir dans sa chambre un revolver à la main.

Avec une violence qui lui noua l'estomac, Joseph se remémora exactement la sensation éprouvée au contact de la peau de Sebastian, déjà refroidie.

Beecher avait dû voir sa figure se décomposer. Il soupira.

— J'aimerais te laisser dans l'illusion qu'il était aussi bon que tu souhaitais le voir, mais hélas ! Il avait un avenir prometteur, certes, mais il allait tout gâcher. Cette pauvre Mary Allard était au moins partiellement responsable.

Le moment était venu.

— Je sais, concéda Joseph. Je l'étais tout autant.

Il ignora le regard mi-amusé, mi-compatissant de son ami.

— Elwyn le protégeait en partie pour lui-même, en partie pour sa mère, enchaîna-t-il. Et, apparemment, tu as toléré sa grossièreté, ses retards dans le travail, voire ses travaux bâclés. Pourtant tu ne l'aimais pas. Pourquoi as-tu agi ainsi ?

Beecher resta muet, mais il avait blêmi et sa main tenant le sherry tremblait très légèrement ; le liquide doré scintillait dans le verre. Il fit un effort pour se contrôler et le porta à ses lèvres pour en boire une gorgée, peut-être afin de gagner du temps.

— Ce n'était guère dans ton intérêt, poursuivit

Joseph. C'était mauvais pour ta réputation, ton sens de l'équité, ton art de maintenir une certaine discipline.

— Tu l'as toi-même favorisé !

— J'avais de l'affection pour lui, observa Joseph. Mon jugement était biaisé, je l'admets. Mais tu ne l'appréciais pas. Tu connais le règlement aussi bien que moi. Pourquoi y as-tu fait des entorses pour lui ?

— Je ne te savais pas si tenace, lâcha Beecher avec sécheresse. Tu as changé.

— L'heure n'est plus à ce genre de récriminations, tu ne crois pas ? répliqua Joseph à regret. Mais, comme tu l'as dit, il n'y a pas lieu de s'appesantir sur autre chose que la vérité.

— Certes. Mais je n'ai pas l'intention d'en débattre avec toi. Je n'ai pas tué Sebastian et j'ignore qui s'en est chargé. Croie-le ou non, à ta guise.

Ce n'était pas du goût de Joseph. Il s'était lié d'une profonde amitié avec Beecher quasiment depuis leur première rencontre. Tout ce qu'il savait à son sujet, ou croyait savoir, était irréprochable. Beecher était le professeur idéal, cultivé sans affectation. Il enseignait pour l'amour de son sujet et ses étudiants le savaient. Ses plaisirs semblaient innocents : les vieilles bâtisses, en particulier celles qui étaient chargées d'un passé inhabituel ou pittoresque, et la vaisselle ancienne des quatre coins du monde. Il avait le courage et la curiosité de tout tenter : l'escalade, le canoë, la spéléologie, la navigation de plaisance. Beecher aimait les arbres centenaires : plus ils avaient du caractère, plus ils lui plaisaient ; il avait mis sa réputation en péril en menant campagne pour leur préservation, à la plus grande irritation des autorités locales. Il appréciait les personnes âgées et leurs souvenirs, ainsi que leurs bizarreries. Il parlait de temps à autre de sa famille. Il raffolait surtout de certaines tantes, dont toutes étaient de merveilleuses excentriques ayant épousé des causes perdues avec passion, bravoure et toujours le sens de l'humour.

Joseph se rendit compte avec une surprise attristée que Beecher n'avait jamais parlé d'amour. Il avait ri de lui-même à propos d'une ou deux folies de jeunesse, mais jamais évoqué une relation proprement dite, un attachement véritablement amoureux. C'était une omission flagrante et, plus Joseph y songeait, plus cela le troublait.

Il observa Beecher avec prudence, assis à un mètre ou deux à peine, feignant d'être détendu. Il n'était pas attirant, mais son humour et son esprit le rendaient séduisant à sa manière. Il ne manquait pas d'allure et s'habillait avec un goût certain. Il prenait soin de lui comme un homme que les relations intimes n'effrayaient pas.

Cependant, il n'avait jamais parlé de femmes. S'il n'y en avait aucune, pourquoi n'y avait-il jamais fait allusion, pas même pour le regretter ? À l'inverse, s'il avait une liaison, elle était certainement illégitime. Auquel cas, il ne pouvait se permettre d'en parler, même à ses amis les plus proches.

Le silence de la pièce qui, d'ordinaire, eût été chaleureux et confortable devint subitement pénible. Les pensées les plus folles affluaient dans la tête de Joseph. Sebastian était-il tombé sur un secret ou l'avait-il cherché et déniché en vue de s'en servir ensuite ? Joseph aurait volontiers écarté cette idée à cause de son ignominie, mais il ne pouvait plus se le permettre désormais.

De qui Beecher était-il donc amoureux ? S'il disait la vérité et n'avait pas tué Sebastian, ni ne connaissait le coupable, alors la personne qui venait aussitôt à l'esprit était celle compromise dans la liaison illégitime. Ou bien celle que cette relation avait trahie, si toutefois elle existait.

Il affronta enfin l'ultime infamie : et si Beecher mentait ? Et si son amour secret n'était autre que Sebastian lui-même ? L'idée se révélait des plus douloureuses, mais elle cadrait avec les faits dont il avait connaissance : les faits indéniables, ni les chimères, ni les vœux pieux. Peut-être que Flora Whickham était juste une amie, une consœur pacifiste, et un moyen d'échapper aux exigences inévitables de sa famille ?

Certaines personnes pouvaient aimer indifféremment les hommes et les femmes. Jusqu'ici, il n'avait jamais songé à considérer Sebastian sous cet angle. Cela concernait la vie privée. À présent, il était forcé d'y faire intrusion. Il agirait avec la plus grande discrétion possible et si cela n'avait en définitive aucun rapport avec la mort du jeune homme, il n'en parlerait jamais. Il avait l'habitude de garder des secrets ; cela faisait partie de la profession qu'il avait choisie.

— Sebastian s'était lié d'amitié avec une fille du coin, tu sais ? reprit-il. Une serveuse du pub près du bief.

— Eh bien, il n'y a rien de mal à ça ! répliqua Beecher, avant de se rembrunir, au bord de la colère. À moins que tu ne laisses entendre qu'il ait abusé d'elle ? C'est le cas ?

— Non ! Non, une véritable amie, je veux dire ! rectifia Joseph. Il semble qu'ils partageaient les mêmes convictions politiques.

— Des convictions politiques ! lâcha Beecher, stupéfait. J'ignorais qu'il en avait.

— Il était farouchement contre la guerre, dit Joseph en se rappelant l'émotion qui brisait la voix de Sebastian, alors qu'il parlait des dégâts que causerait un conflit. Pour la ruine qu'elle provoquerait. Pas seulement d'un point de vue physique, mais culturel, spirituel même. Il était prêt à œuvrer pour la paix, il ne se bornait pas à la souhaiter.

Ces paroles atténuèrent le mépris affiché par Beecher.

— Alors il était peut-être meilleur que je le supposais, dit-il.

Joseph sourit. Il retrouvait leur vieille complicité, l'ami qu'il connaissait.

— Il imaginait toute la peur et la douleur, dit-il calmement. Tout notre magnifique patrimoine sombrant dans un océan de violence, jusqu'à ce que nous devenions une civilisation perdue, notre richesse d'harmonie, de pensée, de sagesse, de joie, d'expérience engloutie comme Ninive et Tyr. Plus d'Anglais, plus rien de notre courage ou de notre excentricité, de notre langue ou de notre tolérance. Il aimait tout ça éperdument. Il aurait donné beaucoup pour le préserver.

Beecher soupira et se pencha en arrière, les yeux rivés au plafond.

— Alors, d'une certaine manière, peut-être est-ce une chance pour lui de ne pas voir ce qui va arriver, dit-il paisiblement. L'inspecteur Perth est certain que ça sera pire que ce que nous avons jamais vu. Pire que les guerres napoléoniennes. Waterloo passera pour insipide en comparaison.

Joseph était abasourdi.

Beecher se redressa.

— C'est un pauvre bougre, remarque, reprit-il d'un ton plus enjoué. Toujours à se lamenter. Je serai ravi quand il aura fini son affaire ici et s'en ira semer la panique et le découragement ailleurs. Tu veux un autre verre de sherry ? Tu n'en as pas pris beaucoup.

— Ça me suffit, répondit Joseph. Un seul me permet d'échapper tranquillement à la réalité, merci.

Le lendemain, Joseph débuta son enquête en s'attaquant à la pire de toutes les éventualités.

Il devait commencer par apprendre tout ce qu'il ne savait pas encore à propos de Beecher. Et, dans ce cas, nul doute que la discrétion allait de pair avec l'honnêteté. Jouer les candides aurait détruit la réputation de Beecher et, à moins de révéler l'assassin de Sebastian, cette affaire ne regardait personne d'autre.

Le plus facile à vérifier, sans parler à quiconque, résidait dans les états de service de son collègue : cours, travaux dirigés et autres engagements des six derniers mois. Cela prenait du temps, mais il suffisait de trouver discrètement les renseignements communs à tous et d'en extraire ceux concernant Beecher.

Joseph ne possédait pas un talent naturel pour établir une corrélation entre l'emploi du temps et certains relevés mais, à force de concentration, il parvint à dresser la liste des lieux et des personnes fréquentés par Beecher le plus clair du mois précédent, au moins.

Il s'adossa à son siège, ignorant la pile de papiers, et réfléchit aux preuves qu'il détenait et à ce qu'il devait chercher ensuite. Comment s'y prenait-on pour entretenir une relation en secret ? Soit dans un lieu isolé, où l'on était certain de ne pas être vu, ou bien quelque part où seuls des inconnus vous apercevraient. Ou encore au vu et au su de tout le monde, avec un prétexte légitime que personne ne remettrait en question.

À Cambridge, il n'existait aucun endroit où tout le monde pouvait passer inaperçu, pas plus que dans les villages voisins. Ce serait pure folie que de courir un tel risque.

Rares étaient les lieux totalement inhabités et peu faciles d'accès. Beecher pouvait s'y rendre à bicyclette, mais une femme ? À moins d'être très jeune et vigoureuse, elle ne s'aventurerait guère loin, et l'on dénombrait très peu d'automobilistes du beau sexe. Judith constituait une exception et non la règle.

Ne restait que la dernière possibilité : ils se rencontraient au grand jour, avec des raisons naturelles que personne ne risquait de discuter. Sebastian connaissait leurs sentiments pour s'être montré plus observateur que les autres ou parce qu'il avait surpris par hasard quelque scène intime. Quelle que fût la raison, elle lui faisait horreur.

Il découvrirait sans doute qu'il faisait fausse route, victime de son imagination en effervescence. Peut-être que Beecher comptait parmi ces universitaires incapables de s'attacher à quelqu'un. De tels hommes existaient. Joseph quant à lui ne pouvait s'imaginer vivre sans le moindre désir de vie privée. Beecher avait probablement aimé dans le passé et ne pouvait s'engager de nouveau, ni en parler, même à quelqu'un comme Joseph qui aurait sans conteste compris.

Et tandis que ces pensées cheminaient dans sa tête, il n'y croyait pas. Beecher était trop vivant, trop physique pour s'être refusé à la richesse d'une passion. Ils avaient fait trop de randonnées, trop d'escalades, partagé trop de fous rires pour que Joseph se trompe à ce sujet.

Il espérait éviter l'inspecteur Perth quand il manqua le heurter, alors qu'il traversait la cour, en prenant l'allée du milieu, la pipe coincée entre les dents.

Il la retira pour le saluer :

— Bonjour, révérend, dit-il sans s'écarter, mais en se plantant devant Joseph, comme pour lui barrer le passage.

— Bonjour, inspecteur, répondit ce dernier, en s'apprêtant à le contourner.

— Ça porte ses fruits, vos questions ? demanda Perth d'un air poliment intéressé.

Joseph envisagea un instant de répondre par la négative, puis il se souvint qu'il avait souvent croisé Perth dans ses allées et venues. Non seulement il mentirait, mais surtout le policier le saurait et supposerait ensuite qu'il lui cachait quelque chose... ce qui était vrai dans les deux cas.

— Je n'arrête pas de réfléchir et puis je me rends compte que tout cela ne prouve rien, confia-t-il, évasif.

— J'vois tout à fait c'que vous voulez dire, commenta Perth, compatissant, tout en frappant sa pipe sur le talon de sa chaussure.

Puis il vérifia qu'elle était bien vide et la rangea dans sa poche.

— J'me r'trouve avec des tas d'éléments, pis ça m'file entre les doigts. Mais vous connaissez ces gens-là, alors que moi non.

Il eut un sourire aimable.

— Par exemple, vous d'vez savoir pourquoi le docteur Beecher a l'air d'avoir fait une exception pour M. Allard, en fermant les yeux sur son insolence, ses retards, et que sais-je encore, alors qu'il aurait sanctionné un autre.

— Pouvez-vous me citer un fait précis ?

Perth répondit sans hésiter :

— M. Allard lui a rendu un d'voir en r'tard, ainsi que M. Morel. Il a r'tiré un point à M. Morel et pas à M. Allard.

Joseph tressaillit et regarda fixement l'inspecteur, parce qu'il lui faisait peur tout à coup. Il ne souhaitait pas le voir fourrer son nez dans les affaires privées de Beecher.

— On peut parfois se montrer fantaisiste dans la notation, dit-il avec une aisance qu'il était très loin d'éprouver. Moi-même, ça m'est arrivé de temps en temps. La traduction, en particulier, peut être affaire de goût comme de précision.

Perth écarquilla les yeux.

— C'est c'que vous pensez, révérend ? s'enquit-il d'un air curieux.

Joseph désirait s'échapper.

— Ça paraît probable, dit-il en s'écartant de nouveau, afin de poursuivre son chemin.

Il souhaitait finir cette conversation avant que Perth ne l'enlise davantage.

Ce dernier sourit comme si la réponse de Joseph l'avait pleinement satisfait.

— Le style de M. Allard plaisait beaucoup au docteur Beecher, pas vrai ? Y s'trouve que c'pauv' M. Morel n'a pas la même classe, alors quand il arrive en r'tard, il a des problèmes.

— Ce serait injuste! s'enflamma Joseph. Et ce n'est pas ce que je voulais dire! La différence de notation n'avait rien à voir avec le fait d'être en avance ou en retard.

— Ni d'se montrer insolent ou négligent? insista Perth. La discipline n'est pas la même pour les étudiants brillants, rapport à c'qu'elle est pour les moins doués. Vous connaissez bien la famille de M. Allard, pas vrai?

Joseph s'inquiétait moins pour lui-même que pour Beecher, et les pensées qui assombrissaient son esprit.

— Oui, en effet, et je ne lui ai jamais accordé la moindre latitude en raison de cela! rétorqua-t-il avec une grande âpreté. C'est un lieu d'études, inspecteur, et les problèmes personnels n'ont pas à interférer avec la façon dont on enseigne à un étudiant ou dont on note le travail. Il est irresponsable et moralement méprisable de laisser supposer le contraire. Vous êtes en train de salir la réputation d'un homme, et la charge qui vous incombe ici ne vous accorde aucunement l'immunité pour agir de la sorte!

Perth ne parut pas le moins du monde déconcerté.

— J'me suis borné à interroger les gens ici et là, et à écouter leurs réponses comme vous l'faites, révérend, répondit-il calmement. Et j'me suis mis à comprendre que certains pensaient que l'docteur Beecher n'aimait guère M. Allard. Mais ça n'a pas l'air d'êt' vrai, car y s'pliait en quat' pour lui faire plaisir, même qu'y lui f'sait des faveurs à l'occasion. Bon, qu'est-ce que vous en pensez, alors?

Joseph ne put répondre.

— Vous connaissez ces gens-là mieux qu'moi, révérend, continua l'inspecteur sans se décourager. J'aurais cru qu'vous auriez souhaité connaît' la vérité, car vous vous rendez bien compte que tout l'monde le prend mal. La suspicion, c'est quelque chose de diabolique. Ça monte les gens les uns cont' les autres, même si y a aucune raison.

— Bien sûr, dit Joseph, sans savoir quoi ajouter.

Perth souriait. C'était de l'amusement doublé d'une légère sympathie un peu chagrine.

— C'est dur, pas vrai, révérend? dit-il gentiment. De découvrir qu'un jeune dont on pensait tant d'bien ne s'gênait pas pour faire du chantage de temps en temps?

— Je n'ai jamais eu vent d'une chose pareille!

Littéralement, Joseph disait vrai, mais, d'un point de vue moral, il mentait.

— Bien sûr que non, reconnut l'inspecteur. Parce que vous vous êtes arrêté avant d'avoir la moindre preuve que vous n'pourriez pas démentir. Sinon, vous auriez dû y faire face et p'têt' même le dire. Mais vous êtes un homme intéressant à suivre, révérend, et pas aussi facile que vous auriez voulu que j'le pense.

Il ignora l'expression de Joseph et enchaîna :

— C'est une bonne chose que l'docteur Beecher s'soit trouvé près d'la rivière, quand M. Allard s'est fait assassiner, sinon j'aurais dû le considérer comme suspect et, bien entendu, j'aurais dû découvrir c'que M. Allard savait au juste, même si j'peux l'deviner assez facilement. Un beau brin d'femme, Mme Thyer... et p'têt' un peu trop seule, à sa manière.

Joseph resta pantois, le cœur battant la chamade. Beecher et Connie? De multiples images lui traversaient l'esprit, de plus en plus nettes... le beau visage de Connie, chaleureux, animé.

Perth secoua la tête.

— Ne m'regardez pas comme ça, révérend. J'ai rien dit d'inconvenant. Tous les hommes ont des sentiments et parfois on veut pas qu'les autres les voient. Un peu comme si on s'retrouvait tout nus. J'me d'mande si M. Allard aurait pas pu r'marquer aut' chose avec ses yeux perçants. Vous n'le sauriez pas, par hasard?

— Non! répondit Joseph, sentant le rouge lui monter aux joues. Et comme vous le dites, le docteur Beecher se trouvait au moins à quinze cents mètres de là, quand on a abattu Sebastian. Je vous ai dit que je ne pouvais pas vous aider, inspecteur, et c'est la vérité. Maintenant, voudriez-vous avoir la bonté de me laisser passer ?

— Mais comment donc, révérend ! Vous d'vez vaquer à vos affaires. Mais moi, j'vous dis, comme à tous ceux d'ici : vous pouvez bien vadrouiller d'un bâtiment à l'aut' si ça vous chante, et j'trouverai toujours çui-là qu'a fait l'coup, peu importe qui c'est, peu importe c'que son père a payé pour qu'il étudie ici. Et j'vais trouver pourquoi ! J'suis p'têt' pas doué pour argumenter comme vous avec vot' belle logique, révérend, mais j'connais les gens, et j'sais pourquoi y font des choses contre la loi. Et j'le prouverai. La loi est au-dessus d'nous tous, et vous qu'êtes un religieux, vous devriez l'savoir !

Joseph perçut l'antipathie de l'inspecteur et la comprit. Perth se retrouvait dans un environnement hostile où il ne pourrait jamais être à l'aise. Un certain nombre d'individus plus jeunes que lui le traitaient de haut et ils n'étaient sans doute même pas conscients de leur attitude. La loi dictait sa conduite et il l'utilisait comme une arme, sans doute la seule.

— Je le sais pertinemment, inspecteur Perth. Et nous avons besoin de vous pour trouver la vérité. L'incertitude est en train de nous détruire.

— Oui, admit Perth. C'est c'que ça fait aux gens. Mais j'y arriverai !

Il s'écarta enfin, en hochant la tête avec amabilité, pour laisser Joseph poursuivre son chemin.

Ce dernier pressa le pas, avec la certitude qu'il s'était fait battre et que Perth le comprenait bien mieux que lui ne le souhaitait. Une fois de plus, il s'était mépris sur le compte d'autrui.

Joseph avait accepté l'invitation à dîner de Connie

Thyer, car il comprenait qu'elle ait désespérément envie de partager la responsabilité de veiller sur Gerald et Mary Allard, accablés de chagrin. Elle ne pouvait guère leur offrir une distraction quelconque. Mais leur simple présence à sa table entamait sans doute sa patience. Joseph était au moins un vieil ami de la famille, lui aussi affligé par un deuil. En outre, sa vocation religieuse faisait de lui un hôte parfait étant donné les circonstances. Il ne pouvait guère refuser.

Il arriva un peu avant huit heures et trouva Connie au salon, en compagnie de Mary Allard. Comme à son accoutumée, celle-ci était vêtue de noir. Elle paraissait amaigrie et son visage exprimait sans conteste la colère. Il ne s'adoucit en rien lorsqu'elle le vit.

— Bonsoir, révérend Reavley, dit-elle avec une froideur polie. J'espère que vous allez bien ?

— Oui, merci, répondit-il. Et vous ?

L'échange se révélait absurde. À l'évidence, elle souffrait le martyre. Elle avait l'air de tout sauf d'être dans une forme éblouissante. Mais l'usage voulait qu'on posât cette question.

— Je ne suis pas certaine de comprendre pourquoi vous le demandez, répliqua-t-elle en le prenant de court. Dois-je vous dire ce que je ressens ? Un assassin m'a non seulement pris mon fils, mais à présent les mauvaises langues vont bon train pour souiller sa mémoire. Ou bien me sentirais-je moins coupable si je me bornais à vous dire que je vais tout à fait bien, merci ? Je n'ai aucune maladie, uniquement des plaies à vif !

Personne ne remarqua l'arrivée de son mari dans la pièce, mais Joseph perçut son souffle court. Il attendit que Gerald tente de rattraper la grossièreté manifeste de son épouse.

Le silence pesait comme juste avant que l'orage n'éclate.

Connie les regarda à tour de rôle.

Gerald s'éclaircit la voix.

Mary virevolta vers lui.

— Tu allais dire quelque chose ? Peut-être pour défendre ton fils, puisqu'il gît dans sa tombe et ne peut s'exprimer ?

Gerald rougit jusqu'aux oreilles.

— Je ne crois pas qu'il soit fondé d'accuser Reavley, ma chérie... commença-t-il.

— Oh, tiens donc ? rétorqua-t-elle, les yeux exorbités. C'est pourtant lui qui assiste cet horrible policier pour laisser entendre que Sebastian jouait les maîtres chanteurs, et que c'est pour cette raison qu'on l'a assassiné !

Elle se retourna vers Joseph, les yeux flamboyants :

— Pouvez-vous le nier, révérend ? lâcha-t-elle en chargeant le dernier mot d'une ironie mordante. Pourquoi ? Étiez-vous jaloux de Sebastian ? Craigniez-vous qu'il ne vous fasse de l'ombre dans votre propre domaine ? Il avait plus de poésie en lui que vous n'en aurez jamais, et vous devez le savoir. Est-ce ce qui vous pousse à agir ainsi ? Grand Dieu, comme il vous aurait détesté ! Lui qui vous croyait son ami !

— Mary ! dit Gerald, désespéré.

Elle l'ignora.

— Je l'ai écouté parler de vous comme si vous étiez un être dépourvu de défauts ! poursuivit-elle, la voix tremblant de mépris, les yeux étincelant de larmes. Il vous trouvait merveilleux, vous étiez un ami incomparable ! Pauvre Sebastian...

Elle s'interrompit, trop émue pour continuer. Connie observait la scène, la mine blafarde, mais sans souffler mot.

— Voyons... hasarda à nouveau Gerald.

Joseph le coupa :

— Sebastian savait que j'étais son ami, dit-il très clairement. Mais j'aurais été un meilleur ami si j'avais cherché plus honnêtement à voir ses défauts comme ses qualités. Je l'aurais mieux aidé, si j'avais essayé de refréner son hubris, plutôt que de ne pas le voir.

— Hubris ? reprit-elle, glaciale.

— L'orgueil qu'il avait de son propre charme, son sentiment d'invulnérabilité... commença-t-il à expliquer.

— Je connais la signification de ce mot, monsieur Reavley ! le contra-t-elle. Je remettais en question son emploi au sujet de mon fils ! Je trouve intolérable que...

— Tu trouves intolérable la moindre critique à son endroit, parvint enfin à glisser Gerald. Mais on l'a tué !

— La jalousie ! dit-elle avec une conviction absolue. Une personne médiocre qui ne supportait pas d'être distancée.

Elle regardait Joseph.

— Madame Allard, dit Connie, nous compatissons tous à votre chagrin, mais cela ne vous permet pas d'être à la fois cruelle et injuste envers un autre de mes invités, un homme qui a aussi perdu des membres de sa famille la plus proche quasi en même temps que vous. Dans votre peine, je crois que vous avez momentanément omis ce détail.

Elle s'était exprimée posément, non sans une certaine gravité, mais le reproche n'en demeurait pas moins cinglant.

Aidan Thyer, entré dans la pièce sur ces entrefaites, parut éberlué, mais n'intervint pas et, lorsqu'il lança un regard à Connie, son expression resta énigmatique, comme le fruit d'émotions profondes et contradictoires. À ce moment-là, Joseph se demanda si Aidan savait que Beecher était amoureux de sa femme, s'il en souffrait ou s'il craignait de perdre ce à quoi il devait vivement tenir. Mais était-ce le cas ? Qu'est-ce qui se cachait, en réalité, derrière cette courtoisie habituelle ? Joseph entrevit avec peine l'éventualité d'un monde de solitude et de faux-semblants.

Mais le présent le rattrapa. Mary Allard était furieuse, mais aussi trop fautive pour se défendre. En guise d'échappatoire, elle saisit la perche que lui tendait Connie.

— Je suis navrée, dit-elle avec raideur. J'avais oublié. Je pense que votre propre peine a...

Elle allait sans doute achever par : « faussé votre jugement », mais elle se rendit compte que cela n'arrangerait rien et laissa donc la phrase en suspens.

D'ordinaire, Joseph aurait accepté n'importe quelle excuse, mais pas cette fois.

— ... ma peine m'a aidé à mieux appréhender la réalité, finit-il à sa place. Et à comprendre que, peu importent notre amour ou nos regrets de ne pas l'avoir témoigné davantage, les mensonges n'aident en rien, quand bien même nous les trouverions plus confortables.

Mary devint livide et elle le contempla avec haine. Même si elle comprenait ce qu'il disait, elle n'allait pas le lui concéder maintenant.

— Je n'ai aucune idée de ce que vous pouvez regretter, reprit-elle froidement. Je ne vous connais pas assez bien. Je n'ai jamais entendu quiconque dire du mal de vos parents, mais, le cas échéant, vous vous emploieriez de votre mieux à les faire taire. Si l'on ne témoigne pas sa loyauté avant tout pour sa propre famille, alors on n'a rien ! Je vous le promets : je ferai tout ce qui est en mon pouvoir pour que le nom et la réputation de mon fils défunt échappent à la jalousie et la malveillance de ceux qui seraient assez lâches pour l'attaquer dans la mort, alors qu'ils n'auraient osé le faire de son vivant.

— Les loyautés sont de tout ordre, madame Allard, répondit-il.

Sa voix se brisait sous l'intensité de ses sentiments : le chagrin et la solitude causés par trop de pertes, la colère contre Dieu pour l'avoir blessé aussi profondément et contre les défunts qui le laissaient avec un tel fardeau, des responsabilités pour lesquelles il n'était pas prêt et, surtout, la crainte du désenchantement, de la disparition de l'amour et des convictions qui lui étaient chères.

— Encore faut-il savoir quelles fidélités vous placez en premier, continua-t-il. Il ne suffit pas d'aimer quelqu'un pour le rendre honnête et votre famille n'est pas plus importante que la mienne, ou celle d'autrui. Votre première loyauté devrait s'adresser à l'honneur, la bonté, et à un certain degré de vérité.

Le visage méprisant de Mary était assez éloquent pour qu'elle se dispensât d'une réponse. Elle se tourna vers Connie, plus blême que jamais, le regard en feu :

— Je suis sûre que vous comprendrez que je ne souhaite pas rester au dîner. Peut-être serez-vous assez aimable pour faire porter un plateau dans ma chambre.

Sur quoi, elle quitta la pièce en trombe, dans un bruissement de taffetas noir et un léger parfum de roses.

Connie soupira :

— Désolée, docteur Reavley. Cette enquête l'éprouve énormément. Tout le monde a les nerfs un peu à vif.

— Elle l'idéalisait, intervint Gerald, autant pour lui-même que pour les autres. Ce n'est pas juste. Personne ne pourrait arriver à la hauteur où elle le plaçait, pas plus que nous ne pourrons lui épargner à jamais la vérité.

Il lança un regard à Joseph, peut-être dans l'espoir qu'il y percevrait une forme d'excuse, mais Joseph avait le sentiment que Gerald cherchait davantage à faire accepter son propre silence. Il était navré pour lui, pour cet homme qui se débattait péniblement dans une tâche inutile, mais plaignait davantage Elwyn qui essayait de défendre un frère dont il connaissait les défauts, tout en protégeant sa mère de vérités qu'elle ne pouvait affronter et en évitant à son père de passer pour impuissant et de sombrer dans le dégoût de soi. C'était bien trop pour un seul individu, jeune de surcroît, lui-même endeuillé, et que ses parents auraient dû soutenir, au lieu de le contraindre à inverser les rôles, tant ils étaient empêtrés dans leur chagrin.

Joseph regarda Connie à la dérobée et vit dans ses yeux le reflet de la même compassion mâtinée de colère. Mais c'était lui qu'elle considérait, non pas son mari. Aidan Thyer évitait le regard de Joseph, peut-être afin de masquer son aversion pour les excuses de Gerald.

Joseph brisa le silence.

— Les nerfs de chacun sont un peu à vif, admit-il. Nous nous soupçonnons mutuellement de choses qui, en des temps meilleurs, ne nous auraient même pas effleurés. Nous pourrons les oublier dès que nous saurons ce qu'il s'est réellement passé.

— Vous croyez ? s'enquit brusquement Aidan Thyer. Nous avons retiré trop de masques et vu ce qu'ils dissimulaient. Je ne pense pas que nous oublierons.

Il se tourna un instant vers sa femme, puis ses yeux pâles revinrent vers Joseph, comme par bravade.

— Peut-être que nous n'oublierons pas, rectifia Joseph. Mais tout l'art de l'amitié ne réside-t-il pas dans la préférence donnée aux choses importantes, tandis qu'on laisse les erreurs se dissoudre dans le passé, jusqu'à les perdre de vue ? Il s'agit moins d'oublier que de permettre au flou d'envahir les souvenirs, accepter qu'un événement ait eu lieu et en être désolé. Ce que nous sommes aujourd'hui n'est pas forcément ce que nous serons demain.

— Vous pardonnez très facilement, Reavley, commenta Thyer d'un ton glacial. Je me demande parfois si vous avez jamais eu grand-chose à pardonner. À moins que vous ne soyez trop chrétien pour ressentir la vraie colère ?

— Trop faible, vous voulez dire, pour éprouver quoi que ce soit avec une vraie passion, corrigea Joseph.

Thyer rougit.

— Désolé. C'était d'une grossièreté impardonnable. Je vous demande de m'excuser.

— Peut-être ne devrais-je pas autant peser les choses avant de parler, admit Joseph, pensif. Je passe pour un prétentieux, voire quelqu'un d'un peu distant. Mais j'ai trop peur de ce que je pourrais dire, si j'agissais autrement.

Thyer sourit avec une chaleur surprenante.

Connie eut l'air prise au dépourvu et se détourna.

— Venez donc dîner, monsieur Allard, je vous en prie, dit-elle à l'adresse de Gerald, complètement désemparé. Nous aurons besoin de nos forces, ne serait-ce que pour nous soutenir les uns les autres.

Joseph passa une nuit affreuse, en se tournant sans cesse dans son lit, trop soucieux pour s'endormir. Des souvenirs de scènes sans importance lui revenaient à l'esprit : Connie et Beecher en train de rire de bon cœur, en laissant éclater toute leur joie ; le visage de Connie qui venait de l'écouter parler de quelque obscure découverte au Moyen-Orient ; l'inquiétude de Beecher quand elle avait pris froid en été ; d'autres incidents plus confus qui semblaient ne plus correspondre à l'image de l'amitié de bon aloi dans laquelle ils entraient jusque-là.

Que savait Sebastian ? Avait-il ouvertement menacé Beecher ou avait-il simplement laissé agir la peur et la culpabilité ? Pouvait-on juste lui reprocher d'être plus observateur que les autres ?

Mais Beecher se trouvait en compagnie de Connie et Thyer, quand les Reavley avaient été tués... et Joseph ne l'avait jamais soupçonné pour ce crime. À en croire Perth, Beecher était dans les Backs lorsqu'on avait abattu Sebastian, il ne pouvait donc pas être coupable.

Et Connie ? Il ne parvenait pas à l'imaginer en train de tirer sur Sebastian. Elle était généreuse, charmante, prompte à rire, mais aussi à déceler les besoins et la solitude chez autrui, et à faire tout son possible pour y répondre. Mais c'était une femme passionnée. Elle pouvait très bien aimer Beecher profondément et se retrouver prise au piège des circonstances. Si l'on découvrait leur liaison et qu'elle soit rendue publique, lui perdrait son poste, mais elle perdrait tout. Une femme divorcée, si l'adultère était la cause de son état, cessait d'exister même pour ses amis, et d'autant plus pour la société.

Sebastian lui aurait-il vraiment fait cela ?

Le jeune homme que Joseph connaissait aurait jugé l'idée répugnante, cruelle, déshonorante, consternante. Mais cet individu existait-il en dehors de l'imagination de Joseph ?

Il s'endormit en doutant de tout le monde et même de lui. Il s'éveilla le lendemain avec un violent mal au crâne, décidé à faire la lumière sur ce qui s'était passé. Tout lui glissait entre les doigts ; il lui fallait s'accrocher à quelque chose de tangible.

Il était à peine six heures. C'était l'heure idéale pour se promener seul dans les Backs et trouver Carter, le marinier, qui avait apparemment discuté avec Beecher, le matin de la mort de Sebastian. Il se rasa, se lava et s'habilla en quelques minutes, puis se mit en route dans la fraîcheur matinale.

L'herbe était encore trempée de rosée, qui lui prêtait une couleur de perle, presque turquoise, tandis que les arbres immobiles se dressaient en l'air dans le silence.

Il trouva Carter au point d'amarrage, à quinze cents mètres de là sur la berge.

— 'jour, docteur Reavley ! lui lança ce dernier d'un air jovial. Z'êtes sorti d'bonne heure, m'sieu.

— Je n'arrivais pas à dormir, expliqua Joseph.

— Ces jours-ci j'y arrive pas trop non plus. Tout

l'monde s'fait du mouron. On s'arrache les journaux dès qu'ils paraissent. Faut s'lever tôt pour êt' sûr d'en trouver. Jamais connu une période pareille, sauf quand not' vieille reine était malade.

Il se gratta la tête, avant d'ajouter :

— Non, même pas à c't'époque-là, en fait.

— C'est le meilleur moment de la matinée, dit Joseph, en regardant la paisible rivière miroiter sous le soleil.

— Pour sûr, approuva Carter.

— Je me disais que je risquais de voir le docteur Beecher dans les parages. Il n'est pas déjà passé, si ?

— Le docteur Beecher ? Non, m'sieu. Y vient qu'à l'occasion, comme qui dirait, mais pas très souvent.

— C'est un ami à moi.

— Un vrai gentleman, m'sieu, affirma Carter dans un hochement de tête. Toujours un mot gentil. On a un peu causé des péniches d'autrefois. Il était intéressé, r'marquez, mais, entre nous soit dit, j'crois bien qu'y fait ça juste pour être agréable. Y sait que j'me sens parfois seul d'puis qu'ma Bessie est plus d'ce monde, et une p'tite causette, ça me r'quinque pour la journée.

C'était le Beecher que Joseph connaissait, un homme d'une grande gentillesse, qui la dissimulait toujours sous un certain flegme, afin que les gens ne se sentent pas redevables.

— Vous deviez être en train de bavarder, quand le jeune Allard s'est fait tuer, observa Joseph.

La phrase se révélait d'une insoutenable dureté.

— Pas c'matin-là, m'sieu, répondit Carter en secouant la tête. J'l'ai dit au gars d'la police, parce que j'avais oublié, mais c'est l'jour où j'ai crevé. Et j'ai dû réparer, et même que ça m'a pris une éternité, parce que l'pneu était percé à deux endroits, et j'l'avais pas vu au début. Ça m'a r'tenu une heure chez moi, pardi. Bien sûr, le docteur Beecher devait s'trouver ici, puisqu'il l'a dit, mais moi, j'l'ai pas vu, parce que j'y étais point, voyez ?

— Oui, dit Joseph lentement — sa propre voix lui semblait lointaine, comme si elle appartenait à quelqu'un d'autre. Oui... je vois. Merci.

Et il tourna les talons et marcha d'un pas pesant le long de la berge.

Avait-il l'obligation morale d'en informer Perth ? Il avait reconnu que la loi passait avant tout et c'était vrai. Mais il avait besoin d'être sûr de son fait. Pour l'heure, il n'avait plus aucune certitude.

CHAPITRE XII

Le samedi en fin d'après-midi, Matthew dîna avec Joseph au *Pickerel*, près de la rivière. On y dénombrait autant de clients que d'habitude, plongés dans leurs discussions, mais ils parlaient moins fort qu'une semaine plus tôt et les rires étaient plus rares.

Les bachots allaient et venaient toujours sur l'eau, les jeunes gens juchés à la poupe et poussant sur leur longue perche, certains avec élégance, d'autres avec maladresse. Les jeunes filles étaient presque allongées sur leur siège, les manches légères de leurs robes claires flottant au vent.

— L'un de nous devrait être à la maison, dit Matthew en plongeant son couteau dans le pâté pour en tartiner sa tranche de pain. Ça devrait être toi, car je dois de toute façon revoir Shanley Corcoran. C'est à peu près la seule personne en qui j'ose avoir confiance.

— Tu as un peu avancé ? s'enquit Joseph, en regrettant aussitôt sa question.

Il vit la frustration sur le visage de son frère et devina la réponse.

Matthew prit une autre bouchée et avala le reste de son vin rouge, puis se resservit avant de reprendre la parole.

— Uniquement des hypothèses. Shearing ne pense

pas qu'il s'agisse d'un complot irlandais. Il semble vouloir m'éloigner de l'affaire, même si je dois bien admettre que sa logique est on ne peut plus sensée.

Il tendit la main pour se resservir en beurre.

— Mais après tout, rien ne me certifie qu'il n'est pas derrière cette histoire.

— C'est le cas de tout le monde, non ? observa Joseph.

— En effet, reconnut Matthew. Hormis pour Shanley. C'est pourquoi j'ai besoin de lui parler. Il pourrait toujours...

Il regarda la rivière en plissant les yeux pour se protéger de la réverbération du soleil couchant.

— Il peut toujours s'agir d'une tentative d'assassinat contre le roi, mais plus j'y réfléchis et moins je suis certain que ça puisse profiter à quelqu'un. Je ne sais plus quoi en penser.

— Il y avait un document, dit Joseph. Et, quel que soit son contenu, ça suffisait pour tuer père.

Matthew paraissait las.

— Peut-être était-ce la preuve d'un crime, dit-il d'une voix morne. Quelque chose d'ordinaire. Peut-être que nous avons cherché dans des sphères trop élevées, une vaste machination politique qui laisserait son empreinte dans l'Histoire, et ce n'était rien d'autre qu'une attaque de banque ou une imposture minable.

— Deux exemplaires ? s'enquit Joseph, sceptique.

Matthew leva la tête et écarquilla les yeux.

— Ça pourrait bien être logique ! Des copies pour des gens différents ? Et s'il s'agissait d'un scandale boursier ou quelque chose du même acabit ? Je vais voir Shanley demain. Il a des contacts à la City et il saura au moins où commencer. Si seulement père en avait dit davantage !

Il se pencha en avant, oubliant son repas.

— Écoute, Joe, l'un de nous doit aller passer un peu

de temps avec Judith. Nous l'avons négligée tous les deux. Hannah prend tout cela très mal, mais elle a au moins Archie de temps en temps, et les enfants. Judith n'a personne, à vrai dire.

— Je sais, reconnut Joseph en se sentant coupable.

Il avait écrit à Judith et à Hannah, mais comme il n'était qu'à quelques kilomètres de chez sa sœur, cela ne suffisait pas.

Des rires éclatèrent à la table voisine, puis un silence tomba soudain. Quelqu'un s'empressa de reprendre la parole, en disant n'importe quoi, à propos de la publication d'un nouveau roman. Personne ne réagit et il tenta de nouveau sa chance.

— Rien de neuf au sujet de Sebastian Allard? demanda Matthew avec douceur, en devinant que son frère avait fini par découvrir des faits répugnants, et que ses convictions les plus chères se désagrégeaient.

Joseph hésita. Ce serait un soulagement de partager ses pensées, même si la veille encore il aurait préféré ne pas le faire.

— À vrai dire... si, répondit-il lentement, en regardant au-delà de Matthew.

La lumière déclinait sur la rivière, tandis que l'horizon se parait d'un feu écarlate et jaune, depuis les arbres de Haslingfield jusqu'aux toits de Madingley.

— J'ai découvert que Sebastian pouvait jouer les maîtres chanteurs, annonça-t-il d'un air piteux.

Même les mots le blessaient.

— Je pense qu'il faisait chanter Harry Beecher à cause de son amour pour la femme du directeur. Pas pour une raison aussi évidente que l'argent... uniquement pour être favorisé en cours et, je pense, peut-être par goût du pouvoir. Cela devait l'amuser d'exercer une pression très subtile, mais du genre auquel Beecher n'a pas osé résister.

— En es-tu sûr? demanda Matthew avec une grimace dubitative.

Mais sa voix n'avait pas les accents réprobateurs que Joseph aurait tant aimé entendre. Il avait volontiers grossi l'affaire, s'attendant que Matthew la juge ridicule. Pourquoi ne le faisait-il pas ?

— Non ! répondit Joseph. Non, je ne suis pas sûr ! Mais tout semble indiquer que j'ai raison. Il a menti sur ses allées et venues. Il était fiancé à une fille que sa mère avait sans doute choisie pour lui, mais il avait néanmoins une petite amie, dans l'un des pubs de Cambridge...

Il vit le regard amusé de son frère.

— Je sais que tu penses que c'est courant dans la jeunesse, ajouta-t-il, irrité. Mais Mary Allard ne l'entendra pas de cette oreille ! Et je ne crois pas que Regina Coopersmith le fasse non plus, si jamais elle le découvre.

— C'est un peu minable, concéda Matthew avec toujours cette lueur d'humour dans les yeux. Une dernière escapade avant que les portes de la respectabilité se referment à jamais sur lui, avec la bénédiction de maman. Pourquoi n'avait-il pas le cran de se rebeller ?

— Je n'en ai aucune idée ! J'ignorais tout cela ! Mais pour l'amour du ciel, il n'aurait jamais épousé Flora, de toute manière ! C'est une serveuse. Doublée d'une pacifiste.

Matthew lui décocha un regard sidéré.

— Une vraie pacifiste ? Ou bien tu veux dire qu'elle approuvait ce que lui disait son admirateur du moment ?

Joseph prit le temps d'y réfléchir.

— Non, je ne pense pas. Elle semblait bien connaître la question.

— Nom d'un chien, Joe ! lâcha Matthew, en s'adossant brusquement à sa chaise, qu'il fit glisser sur le plancher. Ce n'est pas parce qu'elle sert de la bière aux gars du coin qu'elle est forcément idiote !

— Ne me fais pas la morale, répliqua Joseph. Je n'ai jamais dit ça. J'ai dit qu'elle en savait plus sur le pacifisme et sur les idées de Sebastian qu'une fille jouant les auditrices complaisantes. Il s'éloignait peu à peu de ses racines à une vitesse qui devait probablement l'effrayer. Sa mère l'idolâtrait. À ses yeux, il représentait tout ce qu'elle aurait souhaité pour son mari : un homme brillant, séduisant, charmant, un rêveur animé de la passion susceptible de l'aider à atteindre son but.

— Un fardeau assez lourd à porter... la défroque des rêves de quelqu'un d'autre, commenta Matthew en se radoucissant, avec une note de tristesse. Surtout sa mère. Impossible d'y échapper.

— Non, dit Joseph, pensif. Sauf en brisant tout cela, et la tentation devait être grande !

Il observa son frère avec curiosité pour voir s'il comprenait. La réponse apparut immédiatement dans le regard de Matthew.

— Ce n'est pas toujours aussi facile qu'on le pense, pas vrai ? acheva-t-il.

— C'est ce que tu crois ? demanda Matthew. En un sens, Sebastian faisait un pari sur la liberté et les choses ont mal tourné ?

— Je n'en sais rien au juste, avoua Joseph, les yeux de nouveau dans le lointain, vers la rivière. Mais très peu de ce que j'ai découvert cadre avec l'idée que j'avais de lui... au point que je me demande si je n'étais pas aussi coupable que Mary Allard de lui avoir construit une sorte de prison dorée.

— Ne sois pas si dur envers toi-même, dit gentiment Matthew. Il s'est construit sa propre image. Elle était peut-être en partie illusoire, mais il en restait le principal architecte. Tu n'as fait que l'aider. Et, crois-moi, il était ravi de te laisser agir. Mais s'il a vu en effet ce qui est arrivé sur la route d'Hauxton, pourquoi n'aurait-il rien confié ?

Il plissa le front, le regard assombri et intense.

— Le crois-tu assez fou pour essayer de faire chanter

quelqu'un dont il savait qu'il avait déjà tué deux personnes ? Était-il aussi insensé ?

Vue sous cet angle, la manœuvre semblait non seulement irréfléchie, mais trop dangereuse pour en tirer le moindre bénéfice. Et il aurait tout de même su que les gens concernés n'étaient autres que les parents de Joseph ?... Sinon à ce moment-là, en tout cas plus tard.

— Non, répondit-il, mais sans conviction.

Matthew n'aurait jamais agi ainsi, mais il était habitué à évaluer le danger. Il n'avait que quelques années de plus que Sebastian, en fait, mais, avec son expérience, cela équivalait à des décennies. Aux yeux de Sebastian, la mort était un concept, non pas une réalité, et il était en toute innocence convaincu de sa propre immortalité, une certitude qui va de pair avec la jeunesse.

Matthew observait Joseph.

— Sois prudent, Joe, le prévint-il. Pour une raison ou une autre, quelqu'un d'ici l'a tué. Ne t'aventure pas n'importe où, je t'en prie ! Tu n'es pas armé pour cela !

La colère et la peur brillaient dans son regard.

— Cette affaire te tient trop à cœur pour y voir clair !

— Je dois bien essayer, dit Joseph, avec bon sens — la seule chose à quoi se raccrocher. La suspicion est en train de réduire le collège en miettes. Tout le monde est assailli de doutes, les amitiés se déchirent, les fidélités sont faussées. J'ai besoin de savoir pour mon propre compte. C'est mon univers... Je dois agir pour le protéger.

Il baissa les yeux.

— Et si Sebastian a réellement vu ce qui s'est passé sur la route d'Hauxton, il doit bien exister un moyen de le découvrir.

Il croisa le regard de son frère qui le contemplait sans sourciller.

— Je dois essayer. Me disait-il quelque chose ce dernier soir dans les Backs à quoi je n'ai pas prêté attention ? Plus j'y songe, plus je me rends compte qu'il était bien plus tourmenté que je l'ai cru alors. J'aurais dû me montrer plus sensible, plus disponible. Si j'avais su de quoi il s'agissait, je l'aurais peut-être sauvé.

Matthew referma les mains sur le poignet de Joseph, puis le lâcha.

— Possible, dit-il, dubitatif. Ou l'on t'aurait peut-être tué aussi. Tu ne sais pas si cela a le moindre rapport avec le reste. Au moins ce week-end, va voir Judith. Elle fait aussi partie de notre monde, et elle a besoin de quelqu'un, toi, de préférence.

C'était dit gentiment, mais il s'agissait d'une responsabilité qu'il lui confiait et non d'une suggestion.

Matthew proposa de le conduire en voiture, et nul doute que Judith l'aurait ramené avec la sienne, cependant Joseph souhaitait profiter du court trajet à bicyclette pour être seul et réfléchir avant de retrouver sa sœur.

Il remercia son cadet, mais déclina l'offre. Il rentra d'un bon pas à St. John, prit les quelques affaires dont il aurait besoin, puis grimpa sur son vélo et se mit en route.

Dès qu'il eut quitté la ville, il s'engagea sur les chemins tranquilles, enveloppé par l'ombre des haies profondes, immobiles dans le crépuscule. Les champs fleuraient bon la moisson, cette odeur suave et familière de poussière, de paille et de grain. Quelques étourneaux formaient des points noirs dans le bleu du ciel, qui grisaillait déjà à l'est. Sous la lumière languissante les ombres des meules semblaient gigantesques sur les éteules.

Toute cette beauté renfermait un aspect douloureux, comme si quelque chose lui échappait, sans qu'il puisse réagir pour éviter de le perdre. L'été cédait toujours la place à l'automne. C'était dans l'ordre des saisons. Les couleurs fauves envahiraient le paysage, les feuilles tomberaient, on cueillerait les baies écarlates, on sentirait la terre labourée, la fumée de bois, l'humidité ; puis l'hiver, sa froidure piquante, le sol gelé, les mottes de terre éclatées, le givre sur les branches comme une dentelle immaculée. Il y aurait la pluie, la neige, le vent mordant, puis de nouveau le printemps et sa débauche de floraison.

Mais ses propres certitudes avaient disparu. Ce refuge qu'il avait bâti avec tant de soin après la mort d'Eleanor, en l'imaginant indestructible, le chemin qui menait à la compréhension des voies du Seigneur, même à leur acceptation, accusait soudain certains signes de faiblesse. C'était un chemin destiné à franchir l'abîme de la douleur, et il cédait sous son poids. Joseph tombait.

Et il était là, à deux pas de chez lui, censé devenir pour Judith le genre de force que son père aurait représentée. Il n'y avait pas prêté une grande attention et John n'en avait jamais parlé, ne lui avait jamais indiqué les exigences et les mots censés y répondre. Joseph n'était pas prêt !

Mais il se trouvait déjà dans la grand-rue. Les maisons semblaient assoupies dans la lumière du soir, les fenêtres étaient éclairées. Ici et là, une porte restait ouverte, il faisait encore doux. On entendait des bribes de conversations. Shummer Munn arrachait les mauvaises herbes de son jardin. Runham le Grincheux se tenait debout au coin de la rue et allumait sa pipe en terre. Il grommela quelque chose, quand Joseph passa devant lui, et le salua machinalement de la main.

Joseph ralentit. Il était presque arrivé. Trop tard pour trouver des réponses à offrir à Judith, ou une force plus réfléchie, plus grande.

Il tourna à l'angle et pédala encore sur une centaine de mètres. Il arriva dans la toute dernière lumière du soir et rangea sa bicyclette au garage, à côté de la Model T de sa sœur, en remarquant l'énorme vide laissé par la

Lanchester. Il passa par-derrière et le jardin potager, en s'arrêtant pour cueillir une poignée de framboises au parfum doux et fort, qu'il mangea avant de franchir la porte. Mme Appleton était debout devant l'évier.

— Oh! Monsieur Joseph, vous m'avez flanqué une de ces frousses! lâcha-t-elle tout de go. C'est pas que j'sois pas ravie d'vous voir, r'marquez

Elle l'examina en plissant les yeux, puis ajouta :

— Vous avez soupé, au moins ? Un verre d'limonade, p'têt' bien ? Vous avez l'air d'avoir drôl'ment chaud.

— Je suis venu en bicyclette depuis Cambridge, expliqua-t-il en lui souriant.

La cuisine lui était familière, pleine d'odeurs rassurantes.

— J'vais vous en chercher dans l'garde-manger, dit-elle en s'essuyant les mains. J'imagine que vous allez pas cracher sur quelques scones avec du beurre, pas vrai ? J'les ai faits aujourd'hui. J'vous les apporte au salon. Mlle Judith y est. Elle vous attendait pas, si ? Elle m'a rien dit ! Mais vot' lit est préparé, comme toujours.

Il sentait déjà la chaleur du foyer l'envelopper et lui procurer une sorte de sécurité. Il connaissait chaque reflet sur le plancher encaustiqué, aux endroits fissurés, les petites traces d'usures des tapis apparues au fil des générations, les légères anfractuosités du parquet, les marches qui grinçaient dans l'escalier, l'emplacement des ombres selon l'heure du jour. Il respirait la lavande et la cire d'abeille, l'odeur des fleurs, du foin, portée par la brise au-dehors.

Judith était pelotonnée sur le sofa, la tête penchée sur un ouvrage. Ses cheveux étaient relevés à la diable, un peu de guingois. Elle paraissait absorbée et triste, comme repliée sur elle-même. Elle ne l'entendit pas venir

— Un bon livre ? s'enquit-il.

— Pas mal, répondit-elle en se levant, tandis que le volume se refermait en tombant sur la petite table.

Elle contempla son frère avec prudence, comme pour protéger ses émotions.

— J'aime qu'il y ait un peu plus de réalité dans les contes de fées, ajouta-t-elle. C'est trop joli pour être crédible... ou vraiment bien, je suppose. Qui se soucie de la victoire de l'héroïne, s'il n'y a eu aucune bataille ?

— Uniquement elle-même, j'imagine.

Il la détailla du regard. Des ombres de fatigue cernaient ses yeux et elle n'avait pas bonne mine. Elle portait une jupe vert pâle, assez flatteuse parce qu'elle se déplaçait avec grâce, mais très ordinaire. Son corsage de coton blanc évoquait ceux qu'arboraient la plupart des jeunes femmes à la campagne : le col montant, la coupe ajustée et avec un minimum de colifichets. Elle se moquait de plaire ou non à autrui. Il constata, stupéfait, le changement opéré en elle durant les dernières semaines. Elle avait toujours ses traits réguliers, le sourire avenant, mais la vitalité qui la rendait belle avait disparu.

— Mme Appleton m'apporte des scones et de la limonade. Tu en veux ? lui suggéra-t-il pour briser le silence, en songeant combien il l'avait négligée.

— Non, merci. J'en ai déjà pris. Tu es rentré pour quelque chose de particulier ? Je suppose qu'on ne sait toujours pas qui a tué Sebastian Allard ? Cette affaire me désole.

Elle croisa son regard, en cherchant à deviner s'il en était peiné.

Il s'assit, en optant volontiers pour le fauteuil de son père.

— Pas encore, dit-il. Je ne suis même pas certain qu'ils aient progressé.

Elle s'assit à son tour.

— Et en ce qui concerne papa et maman? demanda-t-elle. Matthew ne me dit rien. Parfois, il doit oublier que je sais qu'il s'agit d'un meurtre ou que je suis au courant du document, je pense. Nous recevons toujours les journaux et les nouvelles sont affreuses. Tout le monde au village parle de l'éventualité d'une guerre.

Mme Appleton apporta à Joseph ses scones et sa limonade, et il la remercia. Lorsqu'elle fut partie, il regarda à nouveau sa sœur et songea combien il savait peu de chose de ses forces et de ses faiblesses. Pouvait-elle supporter la vérité, le fait qu'ils ignoraient qui avait tué John Reavley, ou encore que celui-ci avait fort bien pu se fourvoyer en estimant ce fameux document? Il était peut-être mort pour un simple crime motivé par la cupidité. Pouvait-elle supporter l'idée que la guerre constituait une réelle possibilité dont personne ne mesurait l'ampleur? Un avenir ombrageux et incertain les attendait... peut-être serait-il même tragique.

Joseph sentit monter en lui une colère sourde contre son père.

John Reavley aurait dû faire preuve d'un peu de bon sens, plutôt que d'annoncer à Matthew qu'il possédait un document susceptible de bouleverser le monde entier, puis de rouler sans protection sur la route, pour se faire tuer... et non seulement lui, mais Alys aussi!

— Eh bien, est-ce qu'ils ont raison? demanda Judith en l'arrachant à ses pensées. Ils ont raison, alors? Y aura-t-il la guerre? Tu n'es quand même pas isolé dans ta tour d'ivoire au point de ne pas savoir que l'Autriche et la Serbie sont à deux doigts de la déclencher!

— Non, je suis au courant, répliqua-t-il avec une dureté qu'expliquaient sa propre colère et sa frustration. Oui, ils sont sur la brèche et je pense que l'Autriche va envahir la Serbie pour la reconquérir.

— Les gens disent que la Russie va s'en mêler, si ça se produit.

— Il est possible que toute l'Europe entre dans le conflit, dit-il en croisant son regard. C'est peu vraisemblable, mais si ça doit arriver, nous risquons d'y être mêlés. Il est aussi probable qu'ils battent en retraite, après avoir mesuré ce que cela allait leur coûter.

— Et sinon ? insista-t-elle en luttant pour garder la voix posée, mais son visage était livide.

Il se leva et gagna les portes-fenêtres donnant sur le jardin.

— Nous devrons alors nous comporter avec honneur et agir comme nous l'avons toujours fait... en envoyant nos troupes à la bataille, répondit-il. M'est avis que ça ne durera pas très longtemps. Ce n'est pas l'Afrique, avec de vastes étendues à ciel ouvert pour se cacher.

Elle avait dû se lever aussi, car il l'entendit parler juste dans son dos.

— Oui, je suppose, admit-elle en hésitant un peu. Joseph, crois-tu que c'était précisément ce que père savait ? Quelque chose en rapport avec l'assassinat de Sarajevo, je veux dire ? Aurait-il pu tomber sur le complot menant à cela ?

Avait-elle envie de le croire ? Ce serait bien plus facile que d'imaginer quelque nouveau danger. Il lui fallait prendre une décision. Esquiver ou lui déclarer franchement qu'il n'en savait rien ?

— Peut-être, répondit-il en s'engageant sur la pelouse.

Elle lui emboîta le pas. La nuit était douce et embaumée par la lourde suavité des œillets et des lis tardifs.

— Peut-être qu'il n'y avait aucune date sur le papier et père ne s'est pas rendu compte que c'était prévu pour ce jour-là.

— Non, dit-elle, lugubre. Ça n'a rien à voir avec l'honneur de l'Angleterre !

Il perçut toute l'ardeur de sa voix. Elle était en colère, retrouvait sa vivacité.

— Ne prends pas tes grands airs avec moi, Joseph! dit-elle en l'agrippant par le bras. J'ai horreur de ça! Le meurtre d'un archiduc d'Autriche n'a rien à voir avec notre pays.

— C'est toi qui l'as suggéré, observa-t-il.

Joseph était vexé qu'elle lui reproche sa condescendance, car il savait qu'elle disait vrai. Il avait tort de choisir l'esquive.

— Et c'était stupide, poursuivit-elle. Pourquoi ne peux-tu pas me dire franchement quand je suis stupide? Cesse d'être toujours aussi poli, bon sang! Je ne suis pas une de tes paroissiennes et tu n'es pas mon père! Mais j'imagine que tu essayes de l'être et, au moins, tu es quelqu'un à qui je peux parler normalement.

— Merci, dit-il sèchement.

C'était un compliment équivoque qu'il n'avait pas mérité et l'importance qu'il y attachait le dérangeait.

Ils passèrent devant la bordure et furent saisis par la fragrance chaude et douce. Un chat-huant fondit en piqué entre les arbres, avant de disparaître sans un bruit à tire-d'aile.

— Veux-tu savoir ce que contenait le document? questionna-t-elle.

— Bien sûr.

Il répondit machinalement et réalisa après coup que, si leur père s'était mépris à ce sujet, il préférait peut-être ne pas savoir.

Il s'arrêta à la lisière de la pelouse et elle se tint auprès de lui, la lune éclairant son visage.

— Alors, nous devrions sûrement pouvoir découvrir où il se l'est procuré, dit-elle. Il ne devait pas l'avoir depuis très longtemps, sinon il l'aurait apporté plus tôt à Matthew.

Sa voix avait recouvré son calme, à présent, comme pour affirmer sa résolution.

— Nous avons déjà cherché tous les endroits où il

aurait pu se rendre pendant les jours qui ont précédé les faits, répondit-il. Il a vu le banquier, Robert Isenham, et ce vieux M. Frawley, qui tient la brocante sur la route de Cambridge.

Il la regarda avec gentillesse.

— Lui et Frawley se connaissaient fort bien. Si père avait découvert quelque chose de terrible, Frawley aurait senti que ça clochait.

— Mère est allée voir Maude Channery, le jour où père a appelé Matthew, dit Judith avec gravité.

— Qui est cette femme ?

S'il la connaissait, il avait dû l'oublier.

— L'une des bonnes œuvres de maman, répondit-elle en luttant un peu pour ne pas hausser la voix. Papa ne pouvait pas la supporter, il disait que c'était une horrible vieille sournoise, mais il a quand même conduit maman là-bas en voiture.

— Forcément, si c'était loin, remarqua-t-il. À moins que tu aies pris le volant, mais mère n'aurait jamais été rendre une visite importante dans ta Model T ! Pas si la Lanchester était disponible.

— J'aurais dû l'y emmener dans la Lanchester, contra-t-elle.

— Oh ? Depuis quand pouvais-tu la conduire ? s'étonna-t-il. Ou... disons plutôt... depuis quand père acceptait-il de te la prêter ?

— Depuis qu'il avait décidé ne pas pouvoir supporter Maude Channery, rétorqua-t-elle, une lueur d'humour dans les yeux. Mais il ne l'a pas fait. C'est lui qui a emmené maman. Et, à leur retour, il est allé tout droit dans son bureau, tandis que mère et moi nous avons dîné toutes seules.

Il hésita. L'idée était absurde.

— Tu n'es tout de même pas en train de suggérer qu'il était en possession d'un document d'une importante internationale, remis par une vieille femme comptant parmi les bonnes œuvres de maman ?

— Je ne sais pas ! Tu penses à un meilleur point de départ ? Tu n'as rien et Matthew non plus.

— Nous passerons la voir demain, si tu veux, proposa-t-il.

Elle lui décocha un regard ironique et il savait qu'elle allait de nouveau lui reprocher sa condescendance... c'était sur le bout de sa langue, mais elle se contenta d'accepter l'offre. Ils s'y rendraient dans la matinée, avant qu'il ne puisse changer d'avis... elle serait prête à dix heures.

Joseph se leva tôt. Il faisait chaud et le vent soufflait par rafales, chargées de la fine poussière des premières récoltes. Il se rendit à pied au village et acheta les journaux du dimanche chez Cully Teversham, au bureau de tabac, puis il y eut les amabilités d'usage — quelques mots sur le temps, les derniers commérages — et rentra à la maison. Il croisa des voisins en chemin et les salua au passage.

Il avait l'intention de n'ouvrir les quotidiens qu'au petit déjeuner, mais sa curiosité eut raison de sa patience. Les nouvelles se révélaient pires que prévues. La Serbie avait rejeté les exigences de l'Autriche et les relations diplomatiques étaient rompues entre les deux pays. Tout cela ressemblait à un prélude à la guerre. La Russie avait déclaré qu'elle agirait en vue de protéger les intérêts de la Serbie. Le nom du vainqueur du Tour de France semblait déjà appartenir à un passé presque irrévocable, et rendre visite à Maude Channery était le cadet de ses soucis.

Mais il avait promis à Judith et cela changerait un peu du temps où il était si préoccupé par ses propres sentiments qu'il en oubliait ceux de sa sœur.

Ils partirent à dix heures, mais il leur fallut une bonne demi-heure pour arriver à Cherry Hinton. Après s'être renseignés au magasin du village, ils dénichèrent Fen

Cottage à la sortie du bourg et rangèrent l'automobile au coin de la rue.

Ils frappèrent deux fois à la porte avant qu'elle ne s'ouvre sur une petite femme âgée, lourdement appuyée sur une canne toute simple, en bois solide, du genre qu'utiliserait un homme. Leur hôtesse avait un air irrité, ses cheveux blancs crêpelés étaient relevés en un chignon démodé depuis vingt ans. Ses jupes noires balayaient le sol et semblaient lui avoir été cédées par une femme la dépassant de dix bons centimètres.

— Si vous cherchez les Taylor, ils ont déménagé y a six mois d'ça, et j'sais pas où, lâcha-t-elle d'un ton rogue. Et si c'est pour quelqu'un d'aut', faut d'mander à Porky Andrews, à la boutique. Il est au courant d'tout et y vous renseignera.

Elle ignora Judith et examina Joseph de la tête aux pieds, avec curiosité.

— Mme Channery ? s'enquit-il.

Son passé de curé de paroisse lui revint à l'esprit avec une clarté étonnante. Combien de fois n'avait-il pas rendu visite à des gens revêches, la langue mordante par orgueil, culpabilité, ou besoin de tenir à distance une douleur quelconque qu'ils ne pouvaient apprivoiser ni partager.

— Je suis Joseph Reavley et voici ma sœur Judith. Je crois que vous étiez une grande amie de notre mère.

Ce n'était pas une question, mais une affirmation.

— Oh ! fit-elle, décontenancée.

La réplique acerbe qu'elle lui préparait mourut sur ses lèvres. Elle s'adoucit.

— Oui... eh bien... ma foi, j'suppose, oui. Une histoire affreuse. J'suis vraiment désolée. Elle nous manque à tous. Inutile d'vous présenter mes condoléances. Ça sert à rien.

— J'accepterais volontiers une tasse de thé.

Pas question pour Joseph de se laisser éconduire.

— Dans c'cas, vous feriez mieux d'entrer, répondit Mme Channery. Je le sers pas su'l'pas d'la porte.

Elle tourna les talons et les conduisit dans un salon étonnamment agréable, qui donnait sur un petit jardin broussailleux, adossé au cimetière. Il distingua un ange de pierre livide au-dessus de la haie, lequel se découpait nettement sur la masse sombre des ifs.

Mme Channery suivit son regard.

— Humpf! fit-elle. Les bons jours, j'pense qu'il veille sur moi... la plupart du temps, j'dirais qu'il m'espionne!

Elle désigna le canapé et un fauteuil.

— Si vous voulez du thé, j'vais mettre la bouilloire su'l'feu, alors autant vous asseoir, en attendant. J'ai des biscuits. J'vais pas couper un gâteau à c't' heure d'la matinée.

Judith dompta son agacement avec un effort manifeste, en tout cas pour Joseph.

— Merci, dit-elle humblement. Puis-je vous aider?

— Dieu du ciel, ma fille! s'exclama Mme Channery. Que croyez-vous que j'vais apporter? Il est à peine onze heures.

La colère monta aux joues de Judith, mais elle se mordit la langue pour ne pas répondre.

Mme Channery pivota et disparut dans la cuisine.

Judith regarda son frère.

— Mère mérite d'être canonisée pour l'avoir supportée! murmura-t-elle d'un air farouche.

— Je comprends que père ait pu la détester, admit-il. Je me demande pourquoi il est venu.

— Avec un sabre, en cas de nécessité, j'imagine! répliqua Judith. Ou un sachet de mort-aux-rats!

Mais la question préoccupait Joseph. Pourquoi John Reavley était-il venu là? Judith aurait pu facilement conduire Alys, et cette dernière en aurait profité pour donner à sa fille une leçon de charité. John avait tendance à éviter les gens désagréables et il ne supportait guère la muflerie. Il admirait la patience de sa femme, mais n'avait aucunement l'intention de l'imiter.

Mme Channery s'en revint, chancelant un peu sous le poids d'un plateau de thé fort bien garni. Elle s'en était tenue à ce quelle avait dit : il n'y avait pas de gâteau. Mais elle avait disposé sur le plateau trois sortes de biscuits, ainsi que des scones aux raisins de Corinthe faits maison et une grosse motte de beurre.

Joseph se leva d'un bond pour l'aider, en saisissant le plateau avant qu'elle le lâche, pour le poser sur la petite table, près d'une jarre remplie d'œillets de poète. Le rituel consistant à verser le breuvage, accepter la tasse, faire passer les aliments et prononcer les commentaires idoines fut observé à la lettre. Plusieurs minutes s'écoulèrent avant que Joseph pût aborder le sujet de leur venue. Il y avait un peu réfléchi, mais à présent cela lui paraissait fantaisiste. Le seul avantage de cette visite résidait dans le temps passé en compagnie de Judith. En chemin, ils avaient parlé de tout et de rien, mais elle avait paru plus accessible, et même ri à une ou deux reprises.

— Vous avez un joli jardin, commenta Joseph.
— Il est tout chamboulé, répliqua Mme Channery. J'suis pas d'taille à faire l'travail et pas question d'payer c'nigaud qu'emploie Mme Copthorne. Elle lui donne deux fois c'qu'il mérite, elle est encore plus bête que lui ! Et c'est encore plein d'souris ! J'les ai vues !

Joseph sentait que Judith se retenait d'exploser.

— C'est peut-être pour ça que je l'aime, répondit-il, refusant toujours de se laisser dérouter.
— Par comparaison, l'vôt' a belle allure, pas vrai ?
— Oui, admit-il en lui souriant.

Du coin de l'œil, il entrevit l'expression écœurée de sa sœur. Il remarqua une énorme bourrache étouffant les plantes voisines.

— Et vous avez un certain nombre d'aromates.

— Vous v'là jardinier, maint'nant? dit Mme Channery d'un ton sec. J'vous croyais du genre farfelu qu'enseigne à l'université.

— On peut être les deux, observa-t-il. Mon père l'était, mais vous devez le savoir, je présume.

— J'en avais aucune idée. J'le voyais à peine. Juste le temps d'me dire bonjour, pis il se sauvait comme si j'allais l'mordre.

Judith éternua... en tout cas, le bruit évoquait un éternuement.

— Vraiment? s'étonna Joseph, son attention soudain prise comme dans un étau. Il n'est pas resté avec mère la dernière fois qu'elle se trouvait ici?

— Même pas pour l'thé, répondit leur hôtesse en secouant la tête. J'avais fait du gâteau au chocolat. Et au madère. Il l'a r'gardé comme s'il avait pas mangé d'puis une semaine, pis il est r'parti tout droit par la porte et il est monté dans sa grande voiture jaune. Ça sent mauvais, les autos. Et pis, ça fait du bruit. J'comprends pas qu'un homme civilisé puisse pas utiliser un cheval et un attelage. La reine s'en contentait bien, elle, paix à son âme...

Elle serra les lèvres et papillonna des paupières.

— Au moins, les chevaux d'viennent pas fous au point d'aller s'écraser dans les arbres et tuer d'braves gens!

— Bien sûr que si! la contredit Judith. Des centaines de chevaux ont pris peur et se sont emballés, en entraînant les attelages sur les bas-côtés, dans des arbres, des haies, des fossés, même des rivières. On ne peut pas effrayer une voiture. Elle n'a pas peur du tonnerre ou de la foudre, et encore moins d'un bout de tissu qu'on agite.

Elle reprit son souffle, avant de conclure :

— Et les roues se détachent tout autant des attelages que des automobiles.

— J'ai cru qu'vous aviez perdu vot' langue, dit Mme Channery d'un air satisfait. Vous l'avez r'trouvée, pas vrai ? Eh ben, vous aurez beau dire, rien n'me fera monter dans un d'ces engins !

— Alors je n'essayerai pas, répondit Judith, comme si elle en avait eu l'intention. Savez-vous où il est allé ?

— Qui donc ? Vot' père ? Vous croyez que j'lui ai d'mandé, mam'zelle Reavley ? Ce s'rait drôlement malvenu d'ma part, non ?

Judith écarquilla les yeux un instant.

— J'entends bien, madame Channery. Mais il aurait pu le mentionner. J'imagine que ce n'était pas un secret.

— Eh ben, vous vous trompez, rétorqua son interlocutrice avec un immense plaisir. C'en était un. Vot' chère maman lui a d'mandé et il a tourné autour du pot sans vraiment lui répondre. Il a juste dit qu'il s'rait de r'tour dans la demi-heure... et il l'était pas ! Ça lui a pris une heure et demie, et elle a pas pipé mot.

Elle fixa Judith d'un œil accusateur :

— C'était une sainte femme, vot' maman ! Y en reste plus des comme elle.

— Je sais, acquiesça calmement Judith.

Mme Channery maugréa :

— J'aurais pas dû dire ça, s'excusa-t-elle. Non pas qu'ce soit pas vrai. Mais ça vaut rien d'bon d'se lamenter. C'est pas c'qu'elle aurait voulu. C'était une femme très sensée, pardi. Beaucoup d'patience avec les autres, même si ça servait à rien, mais aucune pour elle-même. Et elle aurait espéré qu'vous dev'niez comme elle !

Judith lui décocha un regard furieux, non seulement à cause de ce qu'elle avait dit, mais aussi parce que cette femme — aussi incroyable que cela puisse paraître — avait dû suffisamment connaître Alys pour l'avoir si bien comprise.

— Vous aviez beaucoup d'affection pour elle, reprit Joseph, surtout pour meubler le silence.

Les lèvres de Mme Channery se mirent à trembler un peu.

— C'est peu de l'dire! lui lança-t-elle. Elle savait comment s'montrer gentille avec les gens sans les r'garder de haut, et y en a pas beaucoup qui sont capables de le faire! Elle ne v'nait jamais sans me d'mander d'abord et elle mangeait mon gâteau. Elle en a jamais apporté qu'elle aurait fait elle-même, comme si y avait b'soin de rend' la pareille. Mais elle m'apportait d'la confiture de temps en temps. À l'abricot. Et j'lui ai jamais dit qu'celle à la rhubarbe était horrible. On aurait cru d'la ficelle bouillie. J'l'ai refilée à Diddy Warner, celle qu'a les ch'veux en l'air comme une sorcière. Ça l'a surprise. Z'auriez dû voir la tête qu'elle faisait...

Elle eut un sourire ravi.

— Coiffée comme un épouvantail? précisa Judith.

— C'est-y point c'que j'viens d'dire? répliqua Mme Channery.

— J'imagine la scène! dit Judith sans détour. C'est elle qui l'a offerte à maman. C'était répugnant.

Pour la plus grande stupéfaction de Joseph, Mme Channery éclata de rire. Elle gloussait de plaisir et de plus en plus fort, au point qu'il craignit de la voir s'étrangler. C'était si sincère et si contagieux qu'il se joignit à elle malgré lui, bientôt imité par Judith. Soudain, il comprit pourquoi sa mère avait pris la peine de s'intéresser à Maude Channery.

Ils restèrent encore une demi-heure, puis s'en allèrent d'une humeur étonnamment guillerette.

Ils retrouvèrent leur sérieux en regagnant l'automobile.

— Il est allé quelque part, dit Judith d'une voix pressante, en saisissant son frère par la manche pour l'obliger à s'arrêter. Comment trouver à quel endroit? Il était différent à son retour et, ce soir-là, il a téléphoné à Matthew. Ça ne peut être que là-bas qu'il a pris possession du document!

— Peut-être, concéda-t-il, en essayant de contenir ses idées.

Son cerveau était de nouveau en ébullition. Il souhaitait ardemment croire à l'existence d'un document de l'importance suggérée par son père. Et pourtant, si c'était le cas, les implications étaient énormes et leur ampleur couvrirait un avenir aussi incertain que dangereux. Et où se trouvait ce document, à présent? John Reavley s'était-il débrouillé pour le mettre à l'abri, avant d'être assassiné? En l'occurrence, pourquoi personne ne l'avait-il trouvé?

Ils parvinrent à la voiture.

— Qu'allons-nous faire? s'enquit Judith, en claquant la portière, comme son frère donnait un tour de manivelle pour lancer le moteur.

Une fois assis auprès d'elle, la voiture démarra et Judith changea de vitesse avec l'aisance d'une automobiliste aguerrie.

— Nous rentrons à la maison pour demander à Appleton s'il sait où est allée la voiture, répondit Joseph.

— Père ne lui aurait pas dit.

Elle négocia le virage avec panache et s'engagea sur la grand-route qui menait de Cherry Hinton à St. Giles.

— Appleton ne nettoyait plus l'auto? demanda-t-il.

Elle lui lança un regard oblique et accéléra.

Il tendit la main pour garder l'équilibre.

— Bien sûr qu'il s'en occupait, répondit-elle. Tu penses qu'il aurait remarqué un détail? Quoi, par exemple?

— Nous allons le lui demander. À en croire Mme Channery, mère est restée chez elle une heure et demie, alors il n'a pu aller trop loin. Nous devrions réussir à déterminer la distance. Si nous interrogeons les gens, quelqu'un l'aura forcément aperçu. La Lanchester était assez voyante.

— Oui! s'enthousiasma-t-elle, en appuyant davantage sur l'accélérateur pour lancer le véhicule à près de quatre-vingts kilomètres à l'heure.

Interroger Appleton se révéla une entreprise délicate. Joseph le trouva au jardin en train de poser des tuteurs sur les derniers delphiniums qui commençaient à ployer sous leur propre poids.

— Alfred, commença Joseph, quand mon père est rentré, après avoir déposé ma mère chez Mme Channery, à Cherry Hinton, est-ce que vous avez nettoyé la voiture ensuite ?

Appleton se redressa, la mine sombre.

— Pour sûr que j'ai nettoyé l'auto, monsieur Joseph ! Même que j'ai vérifié les freins, l'niveau d'essence et les pneus ! Si vous pensez qu'j'ai point...

— Je veux savoir où il est allé ! s'empressa de préciser Joseph, en prenant conscience de l'accusation implicite qu'entraînait sa question. J'ai pensé que vous seriez peut-être capable de m'aider, à partir de ce que vous auriez remarqué.

— Où il est allé ? répéta Appleton, confus. Il a emmené Mme Reavley à Cherry Hinton, ma foi.

— Oui, je sais. Mais il l'a laissée là-bas, avant d'aller ailleurs, puis il est revenu la chercher.

L'air absent, Appleton ligatura les derniers delphiniums bleu ciel, puis quitta les plates-bandes pour rejoindre l'allée.

— Vous croyez qu'il est arrivé quelque chose à la voiture ?

— Non, je crois qu'il a peut-être vu quelqu'un, et j'ai besoin de savoir qui c'était.

Il ne souhaitait pas en dire plus.

— Cherry Hinton se situe à environ cinq ou six kilomètres d'ici. Y a-t-il un moyen qui vous permettrait de m'indiquer la distance qu'il a parcouru ?

— Bien sûr que j'peux ! Suffit de r'garder le

compteur. Ça vous l'dira exactement. Même si ça vous dit pas où, ça vous donne au moins la distance.

Joseph sentit le silence s'établir dans le jardin écrasé de chaleur, avec ses fleurs immobiles formant des taches de couleurs vives, les papillons accrochés aux lis, tels de précieux ornements.

— Avez-vous vu quoi que ce soit qui puisse nous indiquer où il s'est rendu?

Appleton fit la grimace.

— De la poussière? suggéra Joseph. Des gravillons? De la boue? De l'argile? De la tourbe, peut-être? Ou bien du purin? Du goudron?

— D'la chaux, répondit lentement le jardinier. Y en avait sous les garde-boue. J'ai dû les nettoyer.

— Des fours à chaux! s'exclama Joseph. Il est parti en tout et pour tout pendant une heure et demie. À quelle vitesse roule la Lanchester? Soixante... quatre-vingts à l'heure?

— M. Reavley était un très bon conducteur, remarqua Appleton d'un ton plein de sous-entendus, en lorgnant l'allée que Judith empruntait pour les rejoindre. Plutôt dans les cinquante-cinq à l'heure.

— Je vois.

Judith parvint à leur hauteur et les regarda à tour de rôle, d'un air interrogateur.

— Appleton a trouvé de la chaux sur la voiture, lui expliqua son frère. Où trouve-t-on des fours dans la région, assez près de la chaussée pour qu'un véhicule puisse en recueillir au passage?

— Il y en a au bord des routes au sud et à l'ouest, justement à la sortie de Cherry Hinton, répondit-elle. Pas vers l'est en revenant vers St. Giles ou Cambridge, ni vers le nord et Teversham ou Fen Ditton.

— Alors, qu'est-ce qu'il y a vers le sud ou vers l'ouest? s'enquit-il, impatient.

— Au-delà des collines de Gog et Magog? Stapleford, Great Shelford, dit-elle, pensive, comme si elle s'imaginait la carte. Vers l'ouest, il y a Fulbourn ou Great et Little Wilbraham. Par où commençons-nous ?

— Shelford n'est qu'à trois kilomètres d'ici. Nous pourrions commencer là-bas, puis repartir vers le nord et nous orienter vers l'ouest. Merci, Appleton.

— Bien, monsieur. Z'auriez b'soin d'aut' chose ? dit le jardinier perplexe et un peu attristé.

— Non, merci. À moins qu'il ait donné une indication quelconque sur l'endroit où il allait ?

— Non, m'sieu, pas qu'je sache. Vous r'prendrez la voiture, Miss Judith ? Ou bien j'dois la mett' au garage ?

— Nous partirons directement, merci, répondit-elle fermement, en se retournant vers la maison sans attendre Joseph.

— Qu'allons-nous dire aux gens si nous découvrons où il s'est procuré le document ? demanda-t-elle, tandis qu'ils quittaient à nouveau St. Giles.

Judith regardait droit devant elle.

— Ils sauront qui nous sommes, poursuivit-elle, et ils finiront par comprendre la raison de notre venue.

C'était une question, mais il n'y avait aucune hésitation dans sa voix, de même qu'elle tenait le volant d'une main ferme et avec aisance. Si elle éprouvait la moindre tension, elle la masquait à merveille.

Il n'avait pas songé à tout cela dans le détail ; il n'avait qu'une obsession : connaître la vérité et faire taire les doutes.

— Je ne sais pas, répondit-il. Mme Channery n'a pas posé de problème, c'était comme si nous suivions la trace de maman. Je suppose que nous pourrions dire qu'il avait laissé quelque chose ?

— Quoi, par exemple ? répliqua-t-elle avec un soupçon d'ironie. Un parapluie ? Pendant l'été le plus chaud et le plus sec que nous ayons eu depuis des années ! Une veste ? Des gants ?

— Un tableau, dit Joseph, la solution lui venant juste avant de parler. Il avait un tableau qu'il était sur le point de vendre. Sont-ce les gens auxquels il allait le montrer ?

— Ça paraît raisonnable. Oui... c'est bien.

Sans s'en rendre compte, elle accéléra et l'automobile s'élança à vive allure, en manquant arracher l'herbe du bas-côté au passage.

— Judith ! s'écria-t-il malgré lui.

— Ne sois pas vieux jeu ! rétorqua-t-elle, en ralentissant malgré tout.

Sa sœur avait failli perdre le contrôle du véhicule, et elle le savait mieux encore que lui. Ce qu'il mit plus longtemps à comprendre, et non sans surprise, c'est que l'enthousiasme l'aiguillonnait, le sentiment qu'elle était enfin capable de faire quelque chose, aussi minimes que soient les possibilités de réussite — et non la peur des dangers de leur enquête ou du risque de découvrir des faits pénibles.

Il observait le profil de sa cadette, et commençait à saisir combien l'enfant était loin, prenant conscience de la femme en elle, lorsqu'elle se tourna pour lui lancer un regard, puis un bref sourire.

Ils s'arrêtèrent à Shelford et interrogèrent les gens, mais personne n'avait vu John Reavley le dimanche avant sa mort, et ils se seraient forcément souvenus de la Lanchester jaune.

Ils prirent des sandwiches et un verre de cidre sur la place du village, devant le pub de Stapleford.

Joseph ne savait pas trop quoi dire, de peur que sa voix ne trahisse malgré lui sa déception. Tandis qu'il réfléchissait, Judith lança la conversation, en parlant de choses et d'autres, intéressantes mais plutôt anodines. Il sentit qu'il y prenait peu à peu du plaisir, tandis qu'elle abordait le théâtre russe, puis la céramique chinoise. Sa sœur avait des opinons sur une multitude de sujets. Il les trouvait par trop hâtives, jusqu'à ce qu'il comprenne enfin qu'elle bavardait pour le rassurer, l'aider à trouver tout cela normal et à oublier pendant un moment qu'il était le chef de famille. Il en resta stupéfait et même un peu gêné, mais il y avait beaucoup d'affection dans l'attitude de Judith, au point qu'il en fut ému aux larmes et dut détourner un instant le regard.

Si elle le remarqua, elle fit comme si de rien n'était.

Plus tard, ils repartirent vers le nord. Ils obliquèrent à droite sur le chemin de l'usine, passèrent devant les carrières de gravier et la glaisière — une mine d'argile locale particulièrement poisseuse —, puis entrèrent dans le village de Fulbourn. Il était presque trois heures, le soleil brillait et la chaleur faisait miroiter la chaussée. Même les vaches dans les prés recherchaient l'ombre, tandis que les chiens allongés dans l'herbe, sous les arbres et les haies, haletaient d'un air satisfait.

Ils s'engagèrent dans la rue principale et s'arrêtèrent. Elle était quasi déserte. Deux gamins d'environ sept ou huit ans les contemplèrent, intrigués. L'un d'eux tenait un ballon dans sa main sale et sourit, en révélant une cavité à l'endroit où une incisive poussait encore. À l'évidence, il s'intéressait davantage à l'automobile qu'à ses occupants.

— Tu as déjà vu une voiture jaune par ici ? s'enquit Joseph avec désinvolture.

Le garçon le dévisagea.

— Tu veux jeter un coup d'œil à l'intérieur ? proposa Judith.

L'autre gosse recula mais son compagnon édenté se révéla moins farouche ou plus curieux. Il fit oui de la tête.

— Eh bien, viens, l'encouragea-t-elle.

Il s'approcha pas à pas du véhicule et se laissa amadouer pour regarder par la portière ouverte, tandis qu'elle lui expliquait à quoi servait chaque élément. Enfin, elle lui redemanda s'il avait vu une voiture jaune.

Il acquiesça lentement d'un hochement de tête.

— Oui. mam'zelle. Plus grande que celle-ci, mais j'ai jamais pu r'garder dedans.

— C'était quand ?

— J'sais pas, répondit-il, les yeux toujours écarquillés. Y a longtemps.

Et elle eut beau insister, c'est tout ce qu'il savait. Elle le remercia et le gamin la laissa à contrecœur refermer la portière. Il la gratifia d'un sourire rayonnant, puis s'en alla en courant, avant de disparaître entre deux chaumières, suivi de près par son camarade.

— C'est bon signe, dit Judith avec plus de courage que de véritable conviction. Nous allons demander plus loin.

Ils trouvèrent un couple d'un certain âge qui se promenait, puis un homme avec un chien, en train de flâner dans un petit chemin, suçant sa pipe d'un air pensif. Aucun d'entre eux ne se souvenait d'une auto jaune. Pas plus que les autres qu'ils croisèrent dans Fulbourn.

— Nous allons devoir essayer Great et Little Wilbraham, suggéra Joseph, morose. Ce n'est pas très loin.

Il lui lança un regard et lut de l'inquiétude dans ses yeux.

— Tu vas bien ? demanda-t-il.

— Bien sûr ! répondit sa sœur, en le regardant franchement. Et toi ?

Il lui sourit en opinant du chef, puis donna un tour de manivelle pour démarrer la voiture et grimpa à l'intérieur. Ils retraversèrent Fulbourn et coupèrent la voie ferrée pour rejoindre Great Wilbraham. Les rues étaient paisibles, les grands arbres immobiles, à l'exception des plus hautes feuilles qui bruissaient gentiment dans la brise. Une nuée d'étourneaux tourbillonna dans le ciel. Juché sur un montant de portail plat, un chat tigré cligna des yeux, ensommeillé. Dans la douceur de l'air, les cloches de l'église se mirent à carillonner avec clarté et harmonie, aussi douces et familières que l'odeur de foin ou le soleil sur les pavés.

— Les vêpres, observa Joseph. Nous allons devoir attendre. Tu veux grignoter quelque chose ?

— C'est un peu tôt pour dîner, répondit-elle.

— Un goûter ? suggéra-t-il. Des scones, de la confiture de framboises et de la crème caillée ?

Ils dénichèrent un salon de thé acceptant de les servir à cette heure-là. Ils revinrent ensuite dans la rue, qu'ils remontèrent en direction de l'église, au moment où les fidèles en sortaient.

Difficile d'aborder les gens sans les brusquer, aussi Joseph attendait-il une occasion, lorsque le pasteur l'aperçut et s'approcha d'eux, en souriant à Judith, avant de s'adresser à lui.

— Bonsoir, monsieur. Encore une belle journée. Navré que vous arriviez trop tard pour l'office, mais si je puis vous être utile...

— Merci, dit Joseph en regardant avec une émotion sincère l'ancienne bâtisse, les pierres tombales usées, un peu de guingois dans la terre.

L'herbe qui les séparait était soigneusement tondue ; ici et là, des fleurs fraîches étaient disposées avec amour.

— Vous avez une belle église, ajouta-t-il.

— En effet, reconnut le pasteur avec joie.

Il avait la quarantaine, le visage rond et la voix douce.

— C'est un joli village. Voulez-vous en faire le tour ? suggéra-t-il en regardant aussi Judith.

— En fait, je pense que mon défunt père est peut-être venu ici il y a quelque temps, répondit Joseph. Son automobile était assez caractéristique, une Lanchester jaune.

— Oh, oui ! s'exclama son interlocuteur avec un plaisir évident. Un gentleman charmant.

Il se rembrunit soudain :

— « Défunt », avez-vous dit ? Je suis désolé. Je vous

prie d'accepter mes condoléances. Un homme si agréable. Il cherchait un ami à lui, un monsieur allemand. Je l'ai dirigé vers Frog End, où celui-ci venait de louer la maison.

Il secoua la tête en se mordillant un peu la lèvre.

— C'est vraiment très triste. Il faut parfois avoir une foi énorme, franchement. Ce pauvre monsieur a lui-même été victime d'un accident juste après.

Joseph était consterné. Il sentit Judith à ses côtés retenir son souffle, la main s'agrippant au bras de son frère. Il tenta de ne pas flancher.

— Il se promenait le soir et a dû glisser et tomber dans Candle Ditch, continua le pasteur, accablé. À cet endroit, ce canal rejoint la rivière près de Fulbourn Fen.

Il secoua encore la tête, dépité.

— Il ne devait pas connaître le coin, bien sûr. Je suppose qu'il s'est cogné la tête sur une pierre. Et vous dites que votre pauvre père est mort récemment aussi. Je suis désolé.

— Oui, dit Joseph, qui avait grand-peine à maîtriser ses émotions, face à cette compassion aussi soudaine qu'authentique.

L'indifférence réveille la colère ou un sentiment d'isolement, et c'était en un sens plus facile.

— Connaissiez-vous ce monsieur allemand?

— Je ne comptais pas parmi ses proches, je regrette, reprit l'ecclésiastique, alors qu'ils se tenaient toujours sur la route, en plein soleil. Mais en réalité c'est moi qui ai loué la maison, pour le compte de son propriétaire, voyez-vous. Une dame d'un certain âge qui vit maintenant à l'étranger. Herr Reisenburg était un monsieur fort intelligent, m'a-t-on dit, un philosophe, je crois... assez solitaire, la plupart du temps. Du genre mélancolique.

La peine envahit son visage amène, tandis qu'il ajoutait :

— Il n'était pas désagréable pour autant, mais je sentais un certain désarroi en lui. C'est du moins ce que je pensais. Ma femme me dit que j'ai trop d'imagination.

— Je crois que vous aviez peut-être raison, et c'était plus de la sensibilité que votre imagination débordante, dit gentiment Joseph. Il s'appelait Reisenburg, avez-vous dit ?

Le pasteur opina du chef.

— Oui, c'est exact. Un gentleman fort distingué, grand et un peu voûté, avec une voix posée. Un anglais excellent. Il disait se plaire ici...

Il s'interrompit et soupira.

— Oh, mon Dieu ! Il y a tant de douleur quelquefois. Au dire du monsieur à la voiture jaune, j'ai compris qu'ils étaient amis. Il m'a confié qu'ils s'écrivaient depuis des années. Il m'a remercié puis a rejoint Frog End avec son auto. Je ne l'ai plus revu.

Il regarda Judith d'un air un peu timide :

— Je suis désolé.

— Merci, dit Joseph, la gorge nouée. Mon père est mort dans un accident de voiture le lendemain... et ma mère aussi.

— Comme c'est affreux... dit le pasteur en murmurant presque. Si vous souhaitez vous recueillir quelques instants à l'église, je veillerai à ce que personne ne vienne vous déranger.

Son invitation les incluait tous les deux, mais ce fut le bras de Joseph qu'il effleura de la main.

— Ayez confiance en Dieu, mon ami. Il connaît notre chemin pour l'avoir accompli pas à pas avant nous.

Joseph hésita.

— Selon vous, Herr Reisenburg avait-il d'autres amis ? Quelqu'un à qui je pourrais peut-être parler ?

Son interlocuteur fit une grimace de regret.

— Aucun que j'aie pu voir. Comme je le disais, il était très solitaire. Un seul gentleman a demandé après lui, en dehors de votre père, m'a-t-on dit, du moins, mais c'est tout.

— Qui était-ce ? s'enquit aussitôt Judith.

— Je crains de ne pas le savoir, répondit-il. C'était le même jour que votre père et, en toute franchise, je pense que c'était juste quelqu'un d'autre à qui il avait dû parler. Je suis navré.

Joseph avait trop de peine pour reprendre la parole. Mais il croyait avoir trouvé la source du document en la personne de Herr Reisenburg, d'autant que ce dernier l'avait lui aussi payé de sa vie. Désormais, il paraissait impossible que John Reavley se soit trompé sur l'importance du papier. Mais où se trouvait celui-ci, à présent, et qui était derrière tout cela ?

— Tu n'as pas la moindre idée de ce que pouvait contenir ce document ? demanda Judith lorsqu'ils se retrouvèrent dans la voiture, en reprenant la direction de la maison. Tu as dû y réfléchir.

— Oui, bien sûr, mais je l'ignore, répondit Joseph. Je ne me souviens pas avoir jamais entendu père faire allusion à Reisenburg.

— Moi non plus, concéda-t-elle. Mais à l'évidence ils se connaissaient et c'était vraiment important, sinon père ne serait pas allé à sa recherche, pendant que mère était en compagnie de Maude Channery. Pourquoi penses-tu que Reisenburg possédait le document ?

Elle négocia un long virage avec une adresse remarquable, mais Joseph se cramponna malgré lui à son siège.

— Tu crois qu'il l'aurait volé à quelqu'un ? ajouta-t-elle.

— Ça m'en a tout l'air, répondit-il.

Elle haussa les épaules.

— Et c'est pour cette raison qu'ils l'ont assassiné, sauf qu'il l'avait déjà donné à père... alors, ils l'ont tué lui aussi. Que vont-ils en faire, selon toi ? S'ils l'ont récupéré à ce moment-là, voilà quatre semaines, maintenant, pourquoi rien ne s'est-il donc passé?

Sa voix s'estompa, puis :

— Ou alors il s'est passé quelque chose... et nous l'ignorons?

Il aurait aimé pouvoir lui répondre, mais n'avait aucune idée de ce qu'était la vérité.

Elle attendait; il le devinait à son port de tête, à la concentration qui se lisait sur son visage.

— Matthew pense qu'il y a peut-être deux exemplaires, dit-il posément. Le problème pour eux, c'est qu'il y en ait un en circulation, car il risque de tomber dans de mauvaises mains. C'est pourquoi ils cherchent encore.

Il fut saisi d'une crainte soudaine pour la vie de sa sœur.

— Pour l'amour de Dieu, Judith, sois prudente! Si quiconque...

— Promis! l'interrompit-elle. Ne te fais pas de bile, Joseph. Je vais très bien et pas question que ça change. Le document n'est pas dans la maison et ils le savent! Bon sang, ils ont suffisamment fouillé! Tu restes dormir, ce soir? Et je ne te le demande pas parce que j'ai peur... c'est seulement pour bavarder avec toi, voilà tout.

Elle le gratifia d'un petit sourire doux et presque débonnaire, en évitant de le regarder.

— La plupart du temps, tu n'es pas vraiment comme père, mais parfois si.

— Merci, dit-il en masquant le mieux possible son émotion.

Mais il comprit qu'il ne pouvait rien ajouter. Il avait une boule dans la gorge et il dut se détourner pour se ressaisir, en regardant les champs interminables à flanc de colline.

CHAPITRE XIII

Joseph attendit seul le retour de Matthew, parti rendre visite à Shanley Corcoran. Il était presque minuit.
— Rien, répondit ce dernier à la question muette.
Il paraissait fatigué, les cheveux blonds ébouriffés par le vent et, même si le trajet en voiture lui avait momentanément donné des couleurs, son teint était pâle.
— Il ne peut pas nous aider.
Matthew s'assit dans le fauteuil en face de son frère.
— Tu veux boire quelque chose ? demanda Joseph.
Puis, sans attendre la réponse, il lui raconta ce que Judith et lui avaient découvert au sujet de Reisenburg.
— Ça doit être ça ! s'écria Matthew, emporté par l'enthousiasme.
Il se pencha en avant, impatient, l'œil vif, en concentrant soudain toute son attention.
— Le pauvre diable ! J'ai bien l'impression qu'ils l'ont tué aussi pour la même raison. Aucune preuve, évidemment.
Il se passa la main sur la figure et repoussa ses cheveux en arrière.
— Ça a tout l'air d'être aussi dangereux que père l'assurait. Je me demande comment Reisenburg se l'est procuré... et où ?
— Il a peut-être servi de messager, suggéra Joseph,

dubitatif. Mais je crois bien plus probable qu'il l'ait volé, non ?

— Mais à qui l'apportait-il donc quand ils le lui ont repris ? Pas à père, tout de même ? Pourquoi ? S'il avait été membre d'un quelconque bureau de renseignements, je le saurais !

Il semblait l'affirmer, mais Joseph voyait bien dans les yeux de son frère que c'était une question. L'incertitude se lisait sur son visage, accentuée par les ombres que projetait la lumière jaune de la lampe.

Joseph anéantit ses propres doutes par un effort de volonté.

— Je pense qu'il connaissait seulement père, répondit-il. Les gens auxquels il a dérobé le document savaient qu'il l'avait en sa possession et le pourchassaient. Il l'a confié à la seule personne honorable de sa connaissance. Père s'est trouvé là. Le temps pressait pour le transmettre à Londres ou à celui, quel qu'il soit, auquel il avait l'intention de le remettre.

— Rien de plus que le hasard ? s'étonna Matthew en faisant la moue.

Une telle ironie du sort paraissait peu crédible.

— Peut-être qu'il est venu ici parce que père y vivait, suggéra Joseph. Il semblait connaître le Cambridgeshire... il a loué la maison dans le coin.

— À qui comptait-il le remettre ? questionna Matthew, le regard dans le vague. Si seulement nous pouvions le découvrir !

— Je ne vois pas comment, répondit Joseph. Reisenburg est mort, et la maison est louée à quelqu'un d'autre. Nous sommes passés devant en voiture.

— Au moins nous savons où père se l'est procuré, dit Matthew en s'adossant au fauteuil pour se détendre enfin. C'est beaucoup. Pour la première fois, on entrevoit une lueur de logique !

Ils veillèrent encore une demi-heure à débattre

d'autres éventualités et des chances d'en savoir plus au sujet de Reisenburg, puis ils allèrent se coucher, car Matthew devait se lever à six heures pour rentrer tôt à Londres. Joseph regagnait quant à lui Cambridge à une heure moins matinale.

Presque aussitôt avoir franchi la grille de St. John, Joseph tomba sur l'inspecteur Perth, la mine livide, le dos voûté et l'air agité.

— Ne m'posez pas la question! dit-il avant même que Joseph n'ouvre la bouche. J'sais pas qui a tué M. Allard, mais, avec l'aide de Dieu, j'ai bien l'intention de le découvrir, même si j'dois tous les démolir, l'un après l'autre!

Et, sans attendre de réponse, il poursuivit sa route à grandes enjambées, laissant Joseph bouche bée.

Il avait quitté St. Giles avant le petit déjeuner et avait faim, à présent. Il traversa la cour ensoleillée, puis passa sous l'arcade menant au réfectoire. L'ambiance était sinistre. Personne ne semblait d'humeur à bavarder. On murmurait que des rebelles irlandais circulaient dans les rues de Dublin et qu'on enverrait sans doute des soldats britanniques les désarmer, dans la journée peut-être.

Toute la matinée, Joseph s'affaira à rattraper le retard qu'il avait pris dans son travail et, quand il put revenir à ses propres préoccupations, ses pensées allèrent vers Reisenburg, gisant dans une tombe du Cambridgeshire, inconnu de ceux qui l'aimaient ou pour lesquels il comptait, assassiné pour un morceau de papier. Le document pouvait-il avoir un lien avec quelque horreur encore ignorée en Irlande, qui entacherait l'honneur de l'Angleterre davantage que ne l'avaient fait ses négociations avec ce malheureux pays? Plus il y songeait, moins cela semblait plausible. Ce devait être un événement en Europe. Sarajevo? Ou autre chose? Une révolution socialiste? Un bouleversement gigantesque des valeurs comme les révolutions qui avaient balayé le continent en 1848?

Il ne souhaitait pas retourner au réfectoire pour le déjeuner et préféra s'acheter un sandwich. Tôt dans l'après-midi, comme il retraversait la cour pour rentrer chez lui, il vit Connie sortant de l'ombre du porche. Elle paraissait exténuée et un peu rougissante.

— Docteur Reavley ! Quel plaisir de vous voir ! Avez-vous passé un week-end agréable ?

Il sourit.

— À bien des égards, oui, merci.

Il allait lui poser la même question, mais se ravisa juste à temps. Avec Mary Allard encore à demeure, toujours à attendre la justice et la vengeance, comment aurait-elle pu se distraire ?

— Comment allez-vous ? préféra-t-il demander.

— Ça empire, avoua-t-elle, résignée. Bien sûr, ce maudit policier doit interroger tout le monde : qui aimait Sebastian et qui ne l'aimait pas, et pourquoi.

Elle fit soudain une grimace accablée et son regard s'assombrit.

— Mais ce qu'il découvre est si affreux...

Joseph attendit. Plusieurs minutes, sembla-t-il, car il appréhendait ce qu'elle allait dire ; il prolongeait ce moment en feignant l'ignorance. Il n'était pas dupe.

Elle soupira.

— Bien entendu, il ne dit pas ce qu'il a trouvé, mais on ne peut pas s'empêcher de savoir, car les gens parlent. Les étudiants se sentent si coupables ! Personne ne souhaite dire du mal du défunt, surtout quand sa famille est là tout près. Et puis ils sont en colère, car on les place dans une situation où ils ne peuvent agir autrement.

Il lui offrit son bras et ils marchèrent très lentement, comme s'ils avaient l'intention d'aller quelque part.

— Et parce qu'on les a acculés à faire quelque chose dont ils ont honte, poursuivit-elle. Ce pauvre Eardslie est furieux contre lui-même et Morel en veut à Foubister, qui a dû déclarer quelque chose d'horrible, car il a tellement honte qu'il n'ose pas regarder les gens en face, notamment Mary Allard.

Elle lui lança un rapide coup d'œil.

— Et je pense que Foubister a peur que Morel ait quelque chose à voir avec l'affaire ou, à tout le moins, qu'il soit suspecté. Rattray a tout aussi peur, mais pour lui-même, je pense, et Perth ne le laisse pas en paix. Le pauvre garçon a l'air plus ombrageux de jour en jour. Même moi, je commence à me dire qu'il doit savoir quelque chose, mais j'ignore si c'est important ou pas.

Ils passèrent de l'ombre du passage voûté à la cour suivante.

— Et qu'en est-il d'Elwyn? s'enquit-il.

Il s'inquiétait pour tout le monde, mais surtout pour Elwyn. C'était un jeune homme avec un fardeau bien trop lourd à porter.

— Oh, mon Dieu! murmura-t-elle avec une note d'émotion. C'est la raison pour laquelle Mary me déplaît vraiment. Je n'ai jamais eu d'enfants.

Était-ce de la peine dans sa voix, dissimulée au fil des ans, ou simplement un léger regret? Il ne se tourna pas vers elle — c'eût été d'une indiscrétion impardonnable —, mais songea à sa liaison avec Beecher sous un nouveau jour. Peut-être y avait-il davantage de choses à comprendre qu'il ne l'avait imaginé.

— Je ne peux pas mesurer l'ampleur de sa perte, poursuivit-elle. Mais Elwyn est aussi son fils et elle se consacre à son chagrin sans la moindre pensée pour lui. Gerald ne sert à rien! Il passe son temps à se morfondre, sans rien dire si ce n'est pour approuver sa femme. Et je crains qu'il abuse un peu du porto d'Aidan! Il a l'œil vitreux, la plupart du temps, et ce n'est pas dû à la peine ou à la fatigue. Encore que Mary épuiserait n'importe qui à elle toute seule!

Joseph marchait à la même allure qu'elle.

— Ce pauvre Elwyn n'a plus qu'à essayer de consoler sa mère, dit-elle en secouant la tête. Il tente de la protéger des vérités les moins agréables qui surgissent au sujet de Sebastian, lequel avait atteint les proportions d'un saint aux yeux de sa mère. N'importe qui penserait qu'il a été sacrifié pour une grande cause, plutôt qu'assassiné par une personne acculée au désespoir.

Elle s'arrêta et fit face à Joseph, le regard misérable.

— Ça ne va pas durer. C'est impossible!

Il resta interdit.

— Elle va le découvrir un jour, c'est évident! dit-elle d'une voix si basse et crispée par la peur qu'il dut se pencher pour saisir ses paroles. Et ensuite, que pourrons-nous faire pour elle?

Ses yeux interrogeaient Joseph.

— Pour n'importe lequel d'entre eux? Elle a construit son propre monde autour de Sebastian, et il n'est pas réel! Parfois, je la plains terriblement. Comment quelqu'un pourrait-il être à la hauteur de l'image qu'elle avait de lui? Pensez-vous que la pression exercée, le fait que lui sache qui il était réellement, l'ont poussé aux choses horribles qu'il semble avoir accomplies? Est-ce possible?

— Je ne sais pas, dit-il en toute sincérité. Il était d'une intelligence remarquable, mais avait des défauts comme n'importe qui parmi nous. Peut-être paraissent-ils d'autant plus flagrants maintenant, parce que nous ignorions leur existence.

— En sommes-nous fautifs? demanda-t-elle avec gravité. Je le trouvais... merveilleux. Superbement doué et sa personnalité était aussi belle que son visage.

— Et ses rêves, ajouta-t-il.

L'espace d'une seconde, la propre voix de Joseph prit des accents rauques, tandis que le chagrin l'envahissait pour la perte non seulement de Sebastian, mais aussi d'une forme d'innocence en lui, d'un certain confort qu'elle renfermait.

— Eh oui, c'était ma faute, certes, reprit-il. Je l'ai vu tel que je voulais le voir et je l'ai aimé pour cela. Si j'étais moins égoïste, je l'aurais aimé pour ce qu'il était.

Il évita de croiser son regard.

— Peut-être que nous pouvons détruire les gens en refusant de voir ce qu'ils sont réellement, en leur offrant notre amour uniquement selon nos propres conditions, qui exigent qu'ils deviennent ce que nous avons besoin qu'ils soient... pour nous-mêmes, non pour eux.

C'était la vérité, et cela arrachait l'ultime faux-semblant subsistant en lui et le laissait à nu.

Elle esquissa un maigre sourire et, d'une voix très douce, lui dit :

— Vous n'avez pas tout à fait agi ainsi, Joseph. Vous étiez son professeur, et vous avez vu et encouragé le meilleur en lui. Mais vous êtes un idéaliste. Je crois qu'aucun parmi nous n'est aussi parfait que vous le pensez.

De nouveau, l'amour de Connie pour Beecher lui traversa l'esprit, entraînant l'idée que Sebastian ait pu être au courant et s'en servir pour manipuler Beecher et le pousser à agir contre sa nature.

— Non, concéda-t-il aussitôt, ravi qu'ils soient enfin à l'ombre du passage suivant. Je pense que j'ai appris cela. J'aimerais pouvoir vous aider en ce qui concerne Mary Allard, mais je crains qu'elle soit trop fragile pour accepter la vérité sans en sortir brisée. C'est une femme dure, vulnérable, qui a édifié une carapace autour d'elle, et la réalité n'y pénètre pas facilement. Mais je serai là. Et si cela peut vous être d'une quelconque utilité, je vous en prie, n'hésitez pas à vous adresser à moi, chaque fois que vous le souhaitez.

— Merci, je le ferai, j'en ai bien peur, répondit-elle. Je ne vois pas l'issue de tout cela et je dois admettre que ça m'effraie. J'observe Elwyn et je me demande combien de temps il va encore tenir. Elle ne semble même pas être consciente de sa présence, comment ferait-elle quoi que ce soit pour le réconforter? Ça me met dans de telles rages, parfois, que je pourrais la gifler, je dois l'avouer.

Elle s'empourpra un peu, ce qui égaya son visage en lui prêtant un charme tout à fait unique. Joseph était sensible à son parfum, délicat et fleuri, ainsi qu'aux riches nuances de sa chevelure.

— Navrée, dit-elle dans un souffle. Ce n'est guère charitable de ma part, mais je ne peux m'en empêcher.

Il sourit malgré lui.

— Quelquefois, je pense que nous imaginons le Christ un peu moins humain qu'Il ne l'était, dit-il avec conviction. Je suis certain qu'Il doit avoir envie de nous gifler de temps en temps... quand notre chagrin nous dépasse et que nous le faisons aussi supporter à notre entourage.

Elle le remercia encore par un sourire inattendu, puis se tourna pour s'éloigner et regagner la demeure du directeur.

Joseph sentit la tension s'aggraver pendant l'après-midi. Il vit Rattray qui portait une pile d'ouvrages. Le jeune homme marchait rapidement et sans regarder où il mettait les pieds, si bien qu'il trébucha sur un pavé biscornu de la cour et fit tout dégringoler. Les lèvres blêmes de colère, il se mit à jurer et, plutôt que de l'aider, un autre étudiant ricana d'un air amusé, tandis qu'un troisième raillait sa maladresse.

Joseph n'avait plus qu'à se baisser pour lui prêter main-forte.

Il croisa un jeune maître de conférences et essuya d'autres sarcasmes, auxquels il répondit calmement et, dans son irritation, snoba sans le vouloir Gorley-Smith.

L'hostilité atteignit son apogée aux environs de quatre heures et, malheureusement, ce fut dans un couloir, juste à la sortie d'une des salles de cours. Cela commença par Foubister et Morel. Le premier s'était arrêté pour parler à Joseph d'une traduction récente dont il était insatisfait.

— Je pense qu'elle aurait pu être meilleure, se plaignit-il.

— La métaphore était un peu excessive, admit Joseph.

— Selon Sebastian, elle se rapportait à un fleuve et non à la mer, suggéra Foubister.

Morel passa devant eux et surprit leur conversation. Il s'arrêta et se retourna, comme s'il attendait ce que Joseph allait dire.

— Tu veux quelque chose ? s'enquit Foubister d'un ton brusque.

Morel sourit, mais cela s'apparentait davantage à une grimace.

— On dirait que tu n'as pas entendu la traduction de ce passage par Sebastian, répondit-il. C'est le problème quand on ne capte que des bribes ! Impossible de rassembler le tout !

Foubister devint livide :

— À l'évidence, tu as eu la phrase complète ! lança-t-il en guise de représailles.

Au tour de Morel de changer de couleur, mais à l'inverse de Foubister, car le sang lui montait aux joues.

— J'admirais son travail ! Je n'ai jamais prétendu le contraire ! répliqua-t-il en haussant la voix. J'ai toujours su que c'était un sale manipulateur, quand il le voulait, et pas question de jouer les hypocrites en le louant partout comme un saint, maintenant qu'il est mort. Pour l'amour du ciel, quelqu'un l'a assassiné !

Le tonnerre gronda au-dessus de leurs têtes et, tout à coup, la pluie se mit à tambouriner sauvagement. Personne n'avait entendu des bruits de pas et tout le monde sursauta en découvrant avec embarras Elwyn à deux ou trois mètres. Il paraissait broyé par l'épuisement et les cernes sous ses yeux semblaient refléter ses bleus à l'âme.

— Est-ce à dire qu'il l'avait mérité, Morel ? demanda-t-il, la voix éraillée, en dépit de ses efforts pour la contrôler.

Foubister dévisagea Morel avec curiosité.

Joseph allait prendre la parole, quand il comprit que son intervention ne ferait qu'envenimer la situation. Morel devait lui-même répondre, s'il parvenait à se faire entendre, malgré le martèlement de la pluie sur les vitres et l'eau coulant à flots par les gouttières.

Morel prit une profonde inspiration.

— Non, bien sûr que non ! beugla-t-il pour couvrir le vacarme. Mais celui qui l'a tué devait penser qu'il avait une bonne raison de le faire. Ce serait bien plus confortable de penser qu'il s'agit d'un fou venu de l'extérieur et qui s'est introduit par effraction, mais nous savons que ce n'est pas le cas. C'est l'un d'entre nous... quelqu'un qui le connaissait bien. Admets-le ! Quelqu'un le détestait assez pour s'emparer d'une arme et l'abattre.

— Par jalousie, intervint Elwyn d'une voix rauque.

Beecher surgit à l'entrée de l'amphithéâtre, le visage blême.

— Du calme, bon sang ! s'écria-t-il en semblant ne pas voir Joseph. Vous en avez tous déjà trop dit ! Retournez à votre travail ! Fichez le camp !

— Ça n'a aucun sens ! explosa Morel en ignorant totalement Beecher. Ce ne sont que de foutues inepties ! C'était un petit salaud charmeur, brillant, ambitieux, arrogant, qui jouissait de son influence sur les autres et, pour une fois, il est allé trop loin.

Il fit de grands gestes avec le bras en manquant frapper Foubister et enchaîna de plus belle :

— Il te faisait faire ses commissions comme un garçon d'hôtel. Il a séduit ma petite amie à seule fin de montrer à tout le monde qu'il en était capable.

Il lança un bref regard à Beecher et ajouta :

— On lui passait tous ses caprices, contrairement aux autres !

Sa voix couvrait quasiment le bruit de l'averse, tellement il hurlait.

— Bouclez-la, Morel, vous êtes ivre ! lui lança Beecher. Allez vous mettre la tête sous l'eau froide avant de vous ridiculiser davantage. Ou flanquez-vous sous la pluie !

Il désigna la vitre qui ruisselait.

— Je ne suis pas saoul ! rétorqua Morel d'un ton amer. Vous l'êtes tous, en revanche ! Vous n'avez aucune idée de ce qui se passe !

Il brandit l'index dans le vague avec rancœur.

— Perth le sait bien, lui ! Cette misérable fripouille voit clair dans notre jeu à tous. Il prendra un malin plaisir à arrêter l'un d'entre nous. Vous ne voyez donc pas qu'il jubile ? Il se lèche les babines, pour ainsi dire.

— Eh bien, au moins c'en sera fini ! brailla Foubister comme une accusation.

— Mais non, pauvre abruti ! lui répliqua Morel. Ce ne sera jamais terminé ! Tu crois que nous pourrons reprendre notre vie comme avant ? Tu n'es qu'un imbécile !

Foubister se lança sur lui, mais Beecher l'avait pressenti et il l'intercepta en plein élan, avant de vaciller en heurtant le mur, Foubister dans les bras.

Au-dehors, la pluie faisait rage, crépitant sur les toits et rebondissant avec violence sur le sol.

Beecher se redressa et écarta Foubister. Ce dernier virevolta pour se retrouver face à Morel, Joseph et Elwyn.

— Bien sûr que nous ne serons plus les mêmes !

lança Morel, la voix entrecoupée. Pour commencer, l'un d'entre nous sera pendu !

Elwyn eut l'air abasourdi, comme si on l'avait frappé lui aussi.

Morel avait les lèvres exsangues.

— C'est toujours mieux que d'aller à la guerre, où le reste d'entre nous finira, lâcha Foubister en retour. Il avait toujours peur de ça, n'est-ce pas... notre grand Sebastian ! Il...

Elwyn bondit en avant et frappa Foubister aussi fort qu'il le put, et celui-ci bascula en arrière pour se cogner la tête et les épaules contre le mur, avant de s'affaler comme une masse.

— Ce n'était pas un lâche ! s'étrangla Elwyn en larmes. Répète-le et je te tue !

Et il allait porter un deuxième coup, mais Foubister le vit arriver et l'esquiva.

Beecher contemplait Elwyn et n'en croyait pas ses yeux.

Le jeune homme s'avança de nouveau et Joseph lui saisit les bras, en exerçant toute sa force pour le retenir, surpris d'y parvenir.

— C'était stupide, dit-il froidement. Je pense que tu ferais mieux d'aller te dégriser toi aussi. Si nous ne te revoyons pas avant demain, ce sera bien assez tôt.

Elwyn se détendit et Joseph le relâcha.

Beecher aida Foubister à se relever.

Elwyn lança un regard noir à Joseph, puis tourna les talons et s'en alla.

Foubister se ressaisit et tressaillit, puis marmonna quelque chose et effleura sa joue en maculant ses lèvres de sang.

— Ça vous évitera peut-être de parler à tort et à travers ! lui dit Joseph d'un ton hostile.

Foubister ne répondit rien et s'éloigna en claudiquant.

— Un lâche ?... questionna Beecher comme s'il avait découvert un sens nouveau et profond au mot.

— Tout le monde a peur, reprit Joseph, sauf ceux qui sont trop arrogants pour se rendre compte du danger. C'est un mot facile à lancer ici ou là, et l'on est sûr de blesser n'importe qui.

— Oui... certes, admit Beecher. Et je ne sais fichtre pas ce que nous pourrons y faire. N'existe-t-il pas quelque chose qui mérite d'être sauvé ? Dieu seul le sait !

Il repoussa ses cheveux en arrière, lui décocha soudain un sourire lumineux et plein d'affection, puis s'en alla par où il était venu.

La pluie avait cessé aussi subitement qu'elle s'était mise à tomber. Dans la cour, les pavés fumaient et tout était pimpant.

Joseph poursuivit son chemin jusque chez lui. Mais il savait qu'il devait affronter sa crainte que Sebastian ait pu exercer un chantage moral sur la personne de Beecher. Il lui fallait soit prouver que c'était vrai, et peut-être détruire l'un des meilleurs amis qu'il ait jamais eus, ou démontrer le contraire — ou du moins que son collègue n'avait pas tué Sebastian —, et les libérer, Beecher et lui, de cette peur qui désormais leur empoisonnait la vie. Il ne pouvait plus l'éviter.

Il traversa la cour et se retrouva à l'ombre de son propre escalier. La conclusion que Beecher et Connie Thyer étaient amoureux l'un de l'autre était devenue inévitable, mais, sans la moindre preuve, comment Sebastian avait-il pu faire chanter son professeur ? Le moment était venu d'en avoir le cœur net.

Il revint lentement sur ses pas et gravit les marches menant à la chambre de Sebastian. La porte était fermée à clé, mais il trouva la femme de ménage qui le fit entrer.

— Vous êtes sûr, docteur Reavley ? demanda-t-elle tristement, avec une grimace d'inquiétude. Y a rien là-dedans qui mérite d'êt'vu.

— Ouvrez-la-moi, s'il vous plaît, madame Nunn,

répéta-t-il. Tout ira bien. Il y a quelque chose que j'ai besoin de trouver... si c'est à l'intérieur.

Elle obéit, tout en pinçant ses lèvres d'un air dubitatif.

Il pénétra dans la pièce et poussa la porte derrière lui. Le silence l'accueillit. Il prit une profonde inspiration. L'endroit sentait le renfermé. Les fenêtres étaient closes depuis plus de trois semaines et la chaleur s'était accumulée, pesante, accablante. Pourtant l'odeur de sang ne lui effleurait pas les narines, contrairement à ce qu'il avait craint.

Le mur attira son regard. Il devait d'abord y jeter un œil, sinon il ne pourrait rien faire d'autre. Il gardait cette image dans la tête partout où ses yeux se posaient, et même s'ils étaient clos.

Le fauteuil était vide, les livres toujours empilés sur la table et sur les étagères. Bien sûr Perth avait dû les examiner, comme tout le reste, même les vêtements. Il devait le faire, dans l'espoir de trouver n'importe quel indice qui désignerait l'assassin. De toute évidence, il n'avait rien trouvé.

Pourtant, Joseph feuilleta machinalement les notes de Sebastian, de même que chaque ouvrage, en quête d'une feuille volante, d'un bout de papier dissimulé. Qu'espérait-il ? Une lettre ? Des billets pour un spectacle ou une destination quelconque ?

Lorsqu'il trouva la photographie, il la regarda à peine. Si elle attira son attention, ce fut parce qu'on y voyait Connie Thyer et Beecher debout, côte à côte, en train de sourire à l'objectif. Non loin d'eux se dressaient des arbres, massifs, le tronc lisse, tels qu'en automne. Plus loin, on distinguait un chemin tortueux qui descendait vers la rivière, puis remontait à l'arrière-plan. La scène pouvait se situer un peu partout. À deux ou trois kilomètres de Cambridge, il existait un endroit assez ressemblant.

Il posa le cliché et continua. Il y en avait d'autres : Connie et son époux, même une photo de Connie et Joseph lui-même, et plusieurs portraits d'étudiants et de diverses jeunes femmes. Il songea que l'une d'elles, debout et en train de rire, auprès de Morel, devait être Abigail.

Il revint à celle de Connie et Beecher. Elle avait quelque chose de familier. Mais il était certain de ne l'avoir jamais vue. Ce devait être l'endroit. Si c'était quelque part près de là, il devait le connaître, même si le cadre différait de celui des autres clichés.

Il tint l'image dans la main et la fixa, en essayant de se remémorer le paysage, la berge de la rivière, au-delà de l'œil de l'objectif. La pente était assez abrupte. Il se souvint de l'avoir gravie... avec Beecher. Ils y avaient mangé des pommes et ri à propos d'une blague interminable. C'était par une journée radieuse, le soleil leur chauffait le dos, la rivière coulait avec force en contrebas. De petits cailloux glissaient et tombaient dans l'eau en éclaboussant la berge. L'ombre était fraîche sous les arbres. Il y avait de l'ail sauvage. Il remontait la colline, vers la lande, sous le ciel battu par le vent... le Northumberland !

Que faisait donc Connie dans cette région avec Beecher ? Il n'avait pas sitôt fini de s'interroger que la réponse lui vint clairement à l'esprit. Il se souvint qu'elle avait pris des vacances tardives l'été précédent, juste après son arrivée à Cambridge. Elle était allée dans le Nord rendre visite à une parente, une tante ou autre. Et Beecher était parti seul en randonnée ; Joseph venait de perdre Eleanor et refusait même de songer à accompagner son ami. Il avait besoin de s'affairer, d'occuper son esprit jusqu'à ce que la fatigue prenne le dessus. L'idée d'aussi vastes étendues de beauté sauvage et solitaire lui était insupportable.

Mais où Sebastian s'était-il donc procuré la photographie ? Une dizaine de réponses s'offraient à lui : trouvée lors d'une visite chez Beecher, tombée d'une veste laissée sur une chaise, ou du sac à main de Connie, après l'avoir retourné.

Était-ce ce qui avait troublé Beecher, au point de l'amener à critiquer si ouvertement Sebastian, tout en fermant les yeux sur son comportement désinvolte et provocateur ? Il avait peur d'en avoir là la preuve.

Joseph glissa la photo dans sa poche et tourna les talons. La pièce devenait suffocante, à présent, l'air oppressant le saisissait à la gorge.

Il était temps d'affronter Beecher. Joseph sortit et ferma la porte derrière lui. Il se sentait tendu et épuisé, plein d'appréhension.

Il n'y avait pas un brin d'air, lorsqu'il traversa la cour sous le dernier rayon oblique du soleil, avant de franchir la porte à l'autre bout et de gravir les marches menant chez son collègue. Il redoutait de devoir se montrer brusque avec Beecher à propos de sa vie privée, mais plus rien n'était vraiment privé, maintenant.

Il atteignit le palier et eut la surprise de trouver la porte du logement de son ami entrebâillée. C'était inhabituel et invitait n'importe qui à le déranger, et cela ne correspondait pas aux habitudes du personnage.

— Beecher ? appela-t-il, en ouvrant davantage la porte. Beecher ?

Pas de réponse. S'était-il esquivé pour voir quelqu'un, dans l'intention de revenir peu après ?

Joseph n'aimait pas entrer dans une pièce sans y être invité. Il se montrerait déjà assez indiscret, lorsque cela deviendrait inévitable. Il appela encore, mais toujours pas de réponse. Il demeura devant l'entrée, dans l'espoir d'entendre bientôt le pas familier de son ami, mais aucun son ne lui parvint, hormis des voix lointaines.

Joseph entendit enfin marcher, d'un pas léger et rapide. Il fit volte-face. Mais c'était Rattray qui descendait de l'étage supérieur.

— Avez-vous vu le docteur Beecher ? lui demanda-t-il.

— Non, monsieur. Je pensais qu'il était chez lui. Vous êtes sûr qu'il n'y est pas ?

— Beecher ! appela de nouveau Joseph, en haussant considérablement la voix.

Toujours le silence. Mais cela ne ressemblait pas du tout à Beecher de s'en aller en laissant la porte entrebâillée. Il l'ouvrit en grand et entra. Personne dans le bureau, mais celle de la chambre était aussi entrouverte. Joseph s'approcha et frappa. La porte était à peine poussée et s'ouvrit. Il découvrit alors son ami. Beecher était effondré dans son fauteuil, la tête fléchie contre le mur derrière lui. Il présentait exactement le même aspect que Sebastian : le petit trou dans la tempe droite, la blessure béante de l'autre côté du crâne. La tapisserie était trempée de sang.

Mais cette fois le revolver gisait à terre, où il avait dû tomber en glissant de la main du mort.

Pendant quelques instants, Joseph resta pétrifié par l'horreur de la scène. Il eut un haut-le-cœur et crut bel et bien qu'il allait vomir. La pièce chavirait et ses oreilles bourdonnaient.

Il inspira profondément et sentit la bile lui monter à la gorge. Peu à peu, il recula, franchit la porte et passa dans l'autre pièce pour découvrir Rattray qui attendait toujours sur le palier. L'étudiant vit sa tête et, d'une voix presque étouffée, lui demanda :

— Que se passe-t-il ?

— Le docteur Beecher est mort, répondit Joseph, comme paralysé. Allez chercher Perth... ou... n'importe qui !

— Oui, monsieur.

Mais pendant plusieurs secondes Rattray fut incapable de bouger.

Joseph ferma le logement de son ami et resta quelques

instants devant la porte, pour reprendre son souffle. Puis ses jambes se dérobèrent sous lui et il s'effondra sur le plancher. Adossé au linteau, il se mit à trembler de tout son corps, sans pouvoir se contrôler, et les larmes coulèrent le long de ses joues. C'en était trop; il ne pouvait plus supporter tout cela.

Rattray revint enfin, en trébuchant sur les deux ou trois premières marches, et Joseph perçut ses pas tout au long de la descente, puis un horrible silence suivit.

Ce fut ensuite la confusion la plus totale, qui sembla durer une éternité, l'horreur et un chagrin accablant, jusqu'à l'arrivée de Perth accompagné de Mitchell, avec Aidan Thyer sur leurs brisées. Ils passèrent devant Joseph et Thyer sortit du logement quelques instants après, la mine terreuse.

— Je suis désolé, Reavley, dit-il avec douceur. Ça doit être atroce pour vous. Vous avez deviné?

— Quoi? dit Joseph en levant lentement les yeux sur lui, craignant ce qu'il allait dire.

La tête lui tournait, les idées lui échappaient, incohérentes, mais il les savait endeuillées par la tragédie.

Thyer lui tendit la main.

— Allons. Vous avez besoin d'un grand verre de cognac. Venez à la maison et je vous...

Oh, Seigneur! Une pensée jaillit de la multitude et terrifia Joseph : Connie! On allait devoir lui annoncer le décès de Beecher! Qui devait s'en charger? Elle ne le supporterait pas, quel que soit celui qui lui apprendrait la nouvelle, mais qu'est-ce qui serait le moins pénible? Son mari... seul? Pouvait-elle masquer ses sentiments pour Beecher? Était-il même concevable que Thyer soit au courant?

Beecher avait-il mis fin à ses jours, en sachant que la vérité éclaterait, et qu'on le tiendrait pour responsable du meurtre de Sebastian? Joseph refusait même de penser que son ami puisse être coupable... mais l'éventualité subsistait néanmoins dans les zones d'ombre de son esprit. Ou bien était-ce Aidan Thyer qui avait maquillé cette mort en suicide, alors qu'il se tenait là debout devant lui, le visage grave et la main tendue pour l'aider à se relever ?

Il ne pouvait esquiver la réponse. Certes, il devait se rendre chez le directeur, que Thyer ou lui-même se charge d'informer Connie. Elle aurait besoin d'aide. S'il n'y allait pas et qu'une autre tragédie avait lieu, il serait à blâmer.

Il saisit la main de Thyer et se laissa faire, puis accepta l'appui de son bras, jusqu'à ce qu'il retrouve l'équilibre.

— Merci, murmura-t-il, la voix cassée. Oui, je pense qu'un cognac bien tassé me fera le plus grand bien.

Thyer hocha la tête et l'aida à descendre l'escalier, puis ils traversèrent la cour, passèrent sous l'arcade qui menait à la demeure du directeur. Tout en marchant à ses côtés, un peu étourdi, l'esprit en ébullition, Joseph songea que chaque pas le rapprochait de l'instant où prendrait fin le bonheur de Connie. Allait-elle croire que Beecher avait tué Sebastian ? Avait-elle même été au courant du chantage ? Beecher lui en avait-il parlé ou avait-il gardé cela pour lui ? La photographie appartenait-elle à Beecher ?

Et pourrait-elle s'imaginer qu'Aidan Thyer fût coupable ? Auquel cas, elle risquait d'être épouvantée en sa présence. Toutefois, Joseph ne pouvait pas rester là-bas éternellement pour la protéger. Que pourrait-il dire ou faire pour qu'elle se sente en sécurité, après son départ ? C'était à lui que la tâche incombait, car il était le seul à savoir.

Rien. On ne pouvait rien faire : Connie devrait affronter ses responsabilités envers l'époux qu'elle avait trompé, dans son cœur, si ce n'était plus.

Ils se trouvaient devant la porte. Thyer l'ouvrit et la

tint pour Joseph, en veillant sur lui au cas où il trébucherait.

Le temps sembla interminable avant l'apparition de Connie. L'espace de quelques secondes, elle ne se rendit pas compte de ce qui se passait et proposa du thé. Puis elle finit par remarquer l'expression de Thyer et se tourna vers Joseph.

Son mari allait prendre la parole. Joseph devait agir à présent. Il fit quelques pas en avant.

— Connie, je crains qu'un événement affreux soit arrivé. Je pense que vous feriez mieux de vous asseoir... s'il vous plaît...

Elle hésita un instant.

— Je vous en prie, insista-t-il.

Lentement, elle obtempéra.

— Qu'y a-t-il ?

— Harry Beecher s'est donné la mort, annonça-t-il posément.

Impossible d'atténuer la réalité de l'événement. Il ne lui restait plus qu'à tenter d'empêcher Connie de se trahir par sa réaction.

Il y eut un terrible silence, puis elle se mit à blêmir. Elle le dévisagea.

Il se glissa entre elle et son mari, lui prit les mains comme pour la retenir de s'effondrer et, d'une certaine façon, combler le gouffre de son isolement. Ce qu'il souhaitait, à vrai dire, c'était la protéger du regard de Thyer.

— Je suis vraiment désolé, poursuivit-il. Je sais que vous aviez de l'affection pour lui comme moi-même, et c'est un choc terrible, qui s'ajoute à tout ce qui s'est déjà passé. Ç'a été très rapide, un seul coup de feu. Mais personne ne sait pourquoi. J'ai bien peur que cela donne matière aux spéculations. Nous devons nous y préparer.

Elle reprit son souffle avec une sorte de petit cri étouffé, les yeux exorbités et vides. Comprenait-elle qu'il était au courant de sa liaison, qu'il disait tout cela pour tenter de la protéger?

Thyer s'approcha avec deux verres de cognac. Joseph se redressa pour le laisser en donner un à Connie. Thyer se doutait-il de quoi que ce soit? Son visage blême et ses lèvres pincées ne laissaient rien transparaître. Cela pouvait tout aussi bien exprimer son effroi, face à une nouvelle tragédie survenue dans son collège.

Joseph prit le cognac qu'on lui tendait et le but, en manquant s'étrangler. La chaleur de l'alcool lui fit du bien et il put se ressaisir momentanément.

Thyer prit le relais :

— Nous ignorons encore ce qui s'est passé, déclara-t-il à Connie. Le revolver était par terre, près de lui. On a l'impression que c'est peut-être la fin de toute cette histoire.

Elle le fixa et s'apprêta à lui répondre, mais les mots moururent dans sa gorge. Elle secoua la tête et se retint de sangloter : elle devrait toujours cacher sa douleur. Personne ne lui présenterait ses condoléances, ni ne comprendrait son chagrin. Elle allait devoir le garder en elle, faire même comme s'il n'existait pas.

Joseph pouvait l'aider ; il pouvait évoquer avec elle la perte d'un ami, se remémorer ses meilleurs souvenirs en sa compagnie et lui permettre d'exprimer sa peine sous couvert de partager la sienne. Sans éprouver l'embarras de le dire ouvertement, ni même solliciter de sa part une confession ou de la reconnaissance, il pourrait lui faire comprendre qu'il savait de quoi il retournait.

Il s'attarda un peu. Ils échangèrent des remarques anodines. Thyer leur proposa un autre cognac et il en prit un lui aussi, cette fois. Au bout d'environ une demi-heure, Joseph rentra chez lui, accablé et confus, pour y passer l'une des nuits les plus éprouvantes de son existence. Un peu avant une heure du matin, il sombra enfin dans un sommeil peuplé de cauchemars. Il y échappa par intermittence jusqu'à cinq heures, puis s'éveilla avec une terrible migraine. Il se leva, se fit une tasse de thé et avala deux aspirines. Il s'installa ensuite dans le fauteuil et lut *L'Enfer* de Dante. La traversée de l'enfer décrite dans l'ouvrage se révélait vaguement réconfortante ; peut-être était-ce dû à la puissante vision de l'auteur, à la musique des mots, et au fait de savoir que même dans les pires tourments du cœur, il n'était pas seul.

Finalement, à huit heures il sortit. Le temps demeurait fidèle à ce qu'il avait été quasiment tout l'été — calme et paisible, avec une légère brume de chaleur planant sur la ville —, mais, dans l'enceinte de St. John, la pression semblait avoir soudain monté d'un cran.

Joseph croisa Perth qui allait traverser la cour.

— Ah ! Bonjour, docteur Reavley ! lança l'inspecteur, jovial.

Il avait encore l'air fatigué, des cernes autour des yeux, mais il redressait les épaules et avançait d'un pas plus léger.

— J'regrette c'qu'est arrivé au docteur Beecher. J'sais bien qu'c'était un ami à vous, mais p'têt' que c'est l'meilleur moyen. Une fin bien nette. Pas d'procès. C'est mieux pour la famille de M. Allard aussi. Maint'nant, le public n'a pas b'soin d'connaît' tous les détails.

Prononcées avec l'assurance absolue du policier, ces paroles cristallisèrent toute la colère intérieure de Joseph. Tout ce que Perth savait, c'est que Beecher était mort et qu'on avait retrouvé l'arme auprès de lui, et pourtant il était joyeux, presque euphorique, de tenir pour acquis le fait que le professeur avait tué Sebastian, avant de mettre lui-même fin à ses jours. Les arguments se mirent à bouillonner dans l'esprit de Joseph, de même que sa fureur contre l'inspecteur qui croyait volontiers tout cela sans enquêter plus avant. Joseph voulait crier à Perth de prendre la peine de s'arrêter, de réfléchir, de peser et d'apprécier les faits. Le geste de Beecher n'avait rien à voir avec l'homme que Joseph avait connu ! Comment ce policier, ou quiconque, du reste, pouvait-il affirmer le contraire ?

Mais Joseph lui-même n'avait pas vu la liaison avec Connie Thyer, juste sous son nez ! Dans quelle mesure connaissait-il les gens ?

Et tout cela obéissait à une logique atroce. En réalité, il en voulait à l'inspecteur seulement d'être soulagé. Chacun le serait. Les soupçons avaient cessé. Ils pourraient se mettre à reconstruire les vieilles amitiés qui cimentaient leurs existences.

— Et vous en êtes vraiment certain ? dit-il d'une voix rauque, tendue.

Perth secoua la tête.

— C'est logique, révérend. C'est à peu près la seule réponse possible... quand on y songe.

Joseph ne répondit pas. La cour semblait flotter autour de lui, telle une image brouillée par la pluie.

— Y semble qu'c'soit la même arme, poursuivit l'inspecteur. Quand on aura fait les tests, j'parie qu'on en aura la preuve. C'était un Webley qu'a tué M. Allard. Est-ce que j'vous l'avais pas dit ?

Joseph regarda dans le vague, en essayant de ne pas s'imaginer la scène. Qu'est-ce qui était donc arrivé à Beecher, l'universitaire, le pince-sans-rire qu'il avait connu, le bon ami, pour qu'il ait tué Sebastian, afin de protéger sa propre réputation ? À moins que ce ne soit Connie ? Thyer aurait veillé à ce que personne ne le sache. Ce genre de situations se produisaient assez souvent. Mais rendre l'affaire publique eût été différent. Personne ne pouvait l'ignorer. Beecher aurait perdu son emploi, mais certes pu en trouver un autre, même au sein d'une université moins prestigieuse que Cambridge, voire hors d'Angleterre ! Tout valait sans doute mieux qu'un meurtre !

Ou bien était-ce pour protéger Connie ? Peut-être que Thyer aurait demandé le divorce. Mais même de cela, ils pouvaient s'en accommoder.

Et Sebastian se serait-il vraiment abaissé à colporter la nouvelle ? Ce qui aurait démoli Connie et Beecher, et fait de Thyer un objet de pitié. Mais cela aurait brisé à jamais l'image de Sebastian, jeune homme brillant à l'avenir prometteur. Il n'aurait certes pas agi ainsi à seule fin d'exercer son pouvoir...

— Je suis désolé, répéta Perth. C'est très triste et dur à croire d'la part d'amis. C'est l'problème avec une profession comme la vôt'. Vous n'voyez toujours que l'meilleur chez les gens. Ça fait un choc quand vous découvrez le r'vers d'la médaille. Pour ma part, ça m'étonne pas du tout, renifla-t-il. Mais c'est quand même affreux.

— Oui... dit Joseph en rassemblant ses idées. Oui, bien sûr. Bonne journée, inspecteur.

Sans attendre de réponse, il s'éloigna en direction du réfectoire. Il ne souhaitait pas se restaurer et ne cherchait certes pas de compagnie, mais c'était comme entrer dans l'eau froide... autant s'y jeter d'un seul coup.

Dans la salle à manger, il retrouva la même atmosphère un peu hystérique de soulagement. Les gens entamaient des conversations, puis s'interrompaient soudain et éclataient d'un rire haut perché et honteux. Ils n'étaient pas certains qu'il soit correct d'afficher leur joie d'être débarrassés du poids de la suspicion, mais ils osaient se regarder en face, car on ne surveillait plus le sens caché des mots, désormais. Ils parlaient de l'avenir, allaient même jusqu'à plaisanter.

Joseph jugea cela intolérable. Après deux ou trois toasts et une tasse de thé, il s'excusa et quitta la salle. Ils se comportaient comme si Beecher n'avait pas fait partie des leurs, comme s'ils n'avaient pas perdu un ami de la manière la plus abominable qu'on puisse imaginer. Dès lors que la véritable amitié était mise à l'épreuve, ils prenaient la fuite.

Ce jugement était injuste, mais il le hantait, en dépit de son habituel bon sens. La blessure se révélait trop profonde.

Il ne savait pas s'il devait retourner ou non chez le directeur. Il ne voulait pas jouer les intrus auprès de Connie, qui devrait supporter jusqu'au bout son épreuve. On ne pouvait certes pas mourir de chagrin. Il l'avait découvert après la mort d'Eleanor.

Mais même s'il ne se rendait pas là-bas uniquement pour Connie, il devait parler à Mary, à présent qu'il était admis par tout le monde que le décès de Beecher venait clore l'affaire. Ils allaient rentrer chez eux et, s'il attendait, il risquait d'arriver trop tard et de donner l'impression d'être indifférent.

La bonne le conduisit au salon et, quelques instants plus tard, Connie apparut. Elle arborait une robe en soie à la mode, pourvue d'une large ceinture à nœud et d'une tunique plissée, noire de haut en bas, et des chaussures à l'avenant. Son visage avait en revanche la pâleur de la craie.

— Bonjour, Joseph, dit-elle paisiblement. J'imagine que vous êtes venu voir Mme Allard. Elle est vengée à présent et peut s'en aller.

Ses yeux exprimaient la peine et la fureur qu'elle n'osait crier. Elle baissa la voix et murmura :

— Merci d'être venu hier soir, je... je...

— Inutile de me remercier, intervint-il. Je l'aimais beaucoup. C'était mon meilleur ami, depuis le début.

Il vit le regard de Connie se remplir de larmes. Il lui fut presque impossible de continuer, car lui-même avait la gorge trop nouée et pouvait à peine respirer sous le poids qui l'oppressait.

Mary Allard entra à ce moment dans la pièce.

— Oh, bonjour, docteur Reavley.

Elle semblait toujours aussi fière et furieuse, et était inévitablement vêtue de noir, ce qui flattait son teint olivâtre mais non pas son corps osseux.

— C'est gentil de venir nous dire au revoir, ajouta-t-elle d'une voix un peu radoucie.

Il ne savait quoi lui répondre. Rien en elle n'attirait la sympathie.

— J'espère que l'issue de l'affaire vous apportera une certaine quiétude, dit-il.

Il regretta aussitôt ses paroles. Il eut l'impression d'avoir trahi son ami.

— J'en doute! répliqua-t-elle. Et je ne m'attendais pas que vous, en particulier, puissiez le suggérer!

Connie prit une profonde inspiration. Mary regarda Joseph, sur la défensive. Sa voix chevrota, lorsqu'elle reprit la parole :

— Vous avez laissé dire que mon fils faisait chanter ce maudit individu pour je ne sais quelle faute, Dieu seul le sait — personne ne veut me le dire —, et il a assassiné Sebastian afin de le faire taire.

Sa stupéfaction et sa douleur incomprise la faisaient trembler.

— Qu'on puisse le supposer est monstrueux! Quoi qu'il ait fait — ou dont mon fils ait eu vent —, Sebastian n'aurait jamais exercé une pression sur lui, hormis pour le persuader d'agir avec dignité.

Elle déglutit avec peine et enchaîna :

— De toute évidence, cela n'a pas marché, et ce misérable a tué Sebastian afin de se protéger. À présent, cet endroit maudit a non seulement pris la vie de mon fils, mais vous voudriez aussi le dépouiller du souvenir de ce qu'il était et représentait. Vous ne méritez même pas le mépris! Si je ne vous revois plus jamais, docteur Reavley, j'en serai bien aise!

— Les gens diront ce qu'ils veulent, madame Allard, déclara-t-il avec raideur. Ou du moins ce qu'ils croient être vrai. Je ne peux ni ne veux les en empêcher, tout comme je ne puis vous défendre de proférer ce que bon vous semble à propos du docteur Beecher, qui était aussi mon ami.

— Alors, vous avez la main bien malheureuse dans le choix de vos fréquentations, docteur Reavley, rétorqua-t-elle. Vous êtes naïf et placez une trop grande estime en beaucoup de gens, mais pas assez en d'autres. Je pense que vous gagneriez à vous livrer à une longue et profonde réflexion sur vos propres capacités de jugement.

Elle haussa davantage le menton et ajouta :

— C'était courtois de votre part de venir nous dire adieu. Nul doute que vous jugiez cela comme votre devoir. Je vous prie de considérer que c'est chose faite, mais surtout n'éprouvez aucun besoin de nous rendre visite, désormais. Au revoir.

— Merci, dit Joseph avec une ironie inhabituelle. Vous m'en voyez grandement ravi.

Elle fit volte-face et le fustigea du regard :

— Je vous demande pardon ?

— Je me sentirai libre de ne plus venir vous voir, répondit-il. Je vous en sais gré.

Elle ouvrit la bouche pour lâcher quelque réplique mais, pour sa plus grande rage, ses yeux se noyèrent de larmes. Elle tourna les talons et s'en alla à grandes enjambées, dans un frémissement de soie noire, les épaules tendues.

Joseph se sentit coupable, furieux, et infiniment pitoyable.

— Ne vous en voulez pas... murmura Connie. Elle le méritait. Cela fait trois semaines qu'elle se comporte comme si c'était la seule personne au monde qui ait jamais pleuré un être cher. Je la plains, certes, mais je ne peux éprouver de l'affection pour elle !

Elle prit une longue et profonde inspiration qui s'acheva dans un sanglot.

— Encore moins maintenant, conclut-elle.
Il la regarda.
— Moi non plus, dit-il avec douceur.
Et tous deux restèrent là à sourire et à battre des paupières, à se retenir de ne pas pleurer.

Joseph passa le reste de la journée dans une sorte de brouillard tant sa détresse était grande. La nuit, il dormit mal, et il se réveilla tard le lendemain, submergé par une nouvelle vague de chagrin. Dans la foulée, il manqua le petit déjeuner et se força à descendre au réfectoire pour le repas de midi. Il s'attendait à ce que les conversations portent encore sur la mort de Beecher. Mais il fut surpris de constater que tout le monde discutait en réalité des gros titres de la presse de la veille, ajoutés à ceux du matin.
— Des soldats ? interrogea-t-il en se tournant d'un collègue à l'autre. Où cela ?
— En Russie, répondit Moulton. Plus d'un million d'hommes. Le tsar les a mobilisés hier.
— Pour l'amour du ciel, pourquoi ? demanda Joseph, abasourdi.
Un million d'hommes ! C'était ahurissant et absurde.
Moulton le dévisagea d'un œil sévère.
— Parce que l'Autriche-Hongrie a déclaré la guerre à la Serbie, expliqua-t-il. Et hier, ils ont bombardé Belgrade.
— Bombardé !...
Joseph sentit le froid l'envahir, comme si l'on ouvrait soudain une porte sur une nuit glaciale.
— Bombardé Belgrade ?
Moulton avait le visage tendu.
— J'en ai bien peur. Je suppose qu'avec le décès de ce pauvre Beecher, personne n'en a parlé. C'est ridicule, je sais, mais la mort de quelqu'un de notre entourage paraît pire que celle de dizaines voire de centaines

d'inconnus... pauvres diables. Dieu seul sait ce qui va se passer ensuite. Il semble que nous ne puissions pas arrêter cela, maintenant.

— J'ai bien peur que la guerre en Europe soit inévitable, intervint Gorley-Smith à l'autre bout de la table, son long visage plus grave que jamais. Je ne saurais dire si nous allons être entraînés dans le conflit. Je ne vois pas pourquoi.

Joseph songeait au million de soldats russes et à la promesse faite par le tsar de soutenir la Serbie contre l'Autriche-Hongrie.

— En comparaison, nos troupes dans les rues de Dublin passent pour une broutille, pas vrai ? commenta Moulton avec ironie.

— Quoi ! s'exclama Joseph.

— Depuis lundi, expliqua Moulton en haussant ses sourcils duveteux. Nous avons envoyé nos soldats pour désarmer les rebelles.

Il plissa le front.

— Il faut te ressaisir, Reavley. Il semble qu'Allard n'était pas blanc comme neige, en fin de compte. Et ce pauvre Beecher a complètement perdu la tête. Pour sauver la réputation d'une femme, je suppose, ou quelque chose de ce genre.

— Quelque chose de ce genre, répéta Addison d'un ton acerbe, de l'autre côté de la table. Je ne l'ai jamais vu en galante compagnie, et vous ?

Joseph se redressa brusquement et lui décocha un regard furieux :

— Si c'était une raison susceptible de le faire chanter, ce n'est pas étonnant ! répliqua-t-il.

Gorley-Smith leva son verre.

— Messieurs, nous avons des sujets de préoccupation bien plus vastes et bien plus graves que la tragédie d'un homme et d'un étudiant qui, en l'occurrence, n'était pas aussi bon que nous souhaitions le croire. Il semble que l'Europe soit au seuil de la guerre. De nouvelles ténèbres nous menacent, différentes de ce que nous avons connu auparavant. D'ici quelques semaines des jeunes gens des quatre coins du pays devront peut-être affronter un avenir bien singulier.

— Ça ne concernera pas l'Angleterre ! lâcha Addison avec mépris. Ce sera l'Autriche-Hongrie et l'Est, ou le Nord, si l'on compte la Russie.

— Puisqu'ils viennent de mobiliser plus d'un million d'hommes, on ne peut guère les négliger ! rétorqua Gorley-Smith.

— Ils ont encore du chemin à faire avant d'arriver à Douvres, commenta Moulton avec assurance, et d'autant plus pour Londres. Ça n'arrivera pas. Songez à ce que cela coûterait, déjà ! La destruction pure ! Les banquiers ne laisseront jamais faire ça.

Addison se pencha en arrière, son verre à la main, la lumière brillant à travers le vin blanc allemand qu'il contenait.

— Tu as entièrement raison. Bien sûr qu'ils ne le permettront pas. Toute personne ayant quelques notions de finance internationale doit s'en rendre compte. Ils seront à deux doigts de la déclaration de guerre, puis parviendront à un accord. Tout cela n'est que fanfaronnade. Pour l'amour du ciel, l'Europe a atteint le plus haut degré de civilisation que le monde ait jamais connu. Ce ne sont que des bruits de sabre.

La conversation se poursuivit autour de Joseph, mais il écouta à peine. Il avait toujours peine à croire que Sebastian se soit comporté comme un misérable maître chanteur. Et Harry Beecher... Comment pouvait-il avoir tué Sebastian ?

Et cela était-il lié d'une manière ou d'une autre aux meurtres de John et Alys Reavley ? Sebastian avait-il été témoin de leur mort et connaissait-il les coupables ? Ou était-ce seulement une horrible coïncidence ? Comment cela avait-il un lien quelconque avec Reisenburg et la personne qui l'avait tué ?

Ou pis encore : Sebastian faisait-il chanter Beecher non pas à cause de Connie, mais de la mort des Reavley ?

Ou bien existait-il quelqu'un d'autre, qui aurait profité de la liaison de Beecher pour dissimuler le fait que c'était lui que Sebastian faisait chanter ? Quelqu'un que le jeune homme aurait vu en train de poser la herse en travers de la route ?

À moins que Joseph soit uniquement en train d'essayer une fois encore d'éviter une réalité qu'il jugeait trop pénible à admettre ? Malgré son amour proclamé de la raison, sa foi en Dieu professée haut et fort, témoignait-il de lâcheté morale, était-il dénué du courage d'éprouver la vérité ou la réalité de ses croyances, dès lors qu'il ne s'agissait plus simplement des faits qu'il avait sous les yeux ?

Joseph posa sa serviette et se leva.

— Excusez-moi. J'ai certaines tâches à accomplir. Je vous verrai au dîner.

Il n'attendit pas leurs réactions ébahies, mais traversa rapidement la salle et franchit la porte pour retrouver le soleil.

Il était temps pour lui de considérer le meurtre de Sebastian sans se dérober ou protéger ses propres sentiments. Il devait au moins faire preuve de cette honnêteté. Peut-être ne l'avait-il pas vraiment accepté jusque-là. Il était encore sous le choc causé par le décès de ses parents.

Il marchait sans but précis, mais d'un assez bon pas pour dissuader quiconque de lui parler.

Sebastian avait été abattu tôt le matin, avant que la plupart des gens soient levés. Selon Perth, l'arme était un revolver Webley, sans doute semblable à celui qui avait tué Beecher. Personne n'avait jamais vu une telle arme dans le collège. Alors d'où provenait-elle ? À qui appartenait-elle ?

Le simple fait de posséder ce genre d'objet indiquait sans doute l'intention de tuer. Où pouvait-on se procurer ou voler un pistolet ? Il était possible d'affirmer avec une quasi-certitude que le même avait servi les deux fois, alors où se trouvait-il pour que la police n'ait pu mettre la main dessus ?

Il emprunta le pont des Soupirs, puis ressortit à la lumière. Il connaissait St. John mieux que la police. S'il se concentrait sur la question, nul doute qu'il parviendrait à déduire où l'on avait caché l'arme.

Il passa devant deux étudiants qui flânaient, en pleine conversation. À bord d'un bateau plat, un homme et une jeune femme avançaient avec nonchalance au fil de l'eau. Trois jeunes gens bavardaient, assis dans l'herbe. Un autre était installé à l'écart, plongé dans un livre. La paix enveloppait les êtres, telle la chaleur du soleil. S'ils avaient lu les mêmes nouvelles que Moulton et Gorley-Smith, ils n'y croyaient pas.

Il s'arrêta sur le chemin et fit face au collège. Comme toujours sa beauté le combla. Depuis le pont des Soupirs, la brique délicate rejoignait la pierre blanche jusque dans l'eau. Plus loin, une petite bande de verdure descendait en pente vers la berge. Les murs étaient lisses, à l'exception des fenêtres, jusqu'aux rebords crénelés du toit, avec ses lucarnes et ses hautes cheminées.

Mais les hommes de Perth étaient montés là-haut.

Sauf au-dessus du logement du directeur. Par respect pour les Allard, ils l'avaient à peine regardé depuis le toit suivant, d'où ils pouvaient tout voir. Une idée lui vint soudain. Était-ce possible ? À sa connaissance, c'était l'unique endroit que personne n'avait inspecté.

Beecher avait-il pu y cacher le revolver après avoir tué Sebastian ? Et avait-il pu le récupérer à temps pour se donner la mort ? Mais même si Joseph avait raison, ce serait impossible à prouver maintenant.

Peut-être pourrait-il le démontrer, s'il essayait. Par où commencerait-il ? Par les allées et venues de tout le monde, après la découverte du cadavre de Sebastian. Si quelqu'un avait entrepris de grimper sur le toit de la maison du directeur il aurait pris le risque d'être remarqué, même à cinq heures et demie du matin. En cette saison, il faisait déjà grand jour.

Joseph se mit à marcher d'un pas lent.

Avait-on pu dissimuler l'arme provisoirement, avant de la mettre plus tard en lieu sûr ? La placer tout en haut de la gouttière n'aurait pris que quelques instants ; le temps de monter dans l'une des mansardes, d'ouvrir la lucarne en grand, puis de se pencher suffisamment au-dehors et de déposer l'arme, peut-être enveloppée dans quelque chose. Même une écharpe ou deux ou trois mouchoirs pouvaient la dissimuler, et ensuite une poignée de feuilles mortes.

Dans ce cas, on ne pouvait agir que depuis la maison du directeur. Joseph ne pouvait s'imaginer qu'il ait pu s'agir d'un des domestiques. Ce qui réduisait le champ des possibilités à Aidan et Connie Thyer, Beecher s'il avait vu Connie là-bas, et toute autre personne qui leur aurait rendu visite.

Qui que ce fût, le coupable avait dû cacher l'arme, très peu de temps après le meurtre de Sebastian, car la police avait lancé les recherches dans l'heure de son arrivée.

Qu'aurait fait Joseph en pareille situation ? Il l'aurait dissimulée dans les broussailles du Fellows' Garden jusqu'à ce qu'il ait le champ libre pour retourner chez le directeur sans qu'on l'observe.

Et pour la récupérer ? De la même manière sans doute.

Ce qui le ramenait donc à Connie et Aidan Thyer... et peut-être à Beecher. Joseph ne pouvait pas croire que c'était Connie mais, plus il y songeait, plus Thyer devenait une éventualité. C'était peut-être lui que Sebastian avait vu sur la route d'Hauxton. C'était peut-être même lui qui se trouvait derrière le complot proprement dit. C'était un homme brillant avec une situation qui lui procurait bien plus de pouvoir que la plupart des gens l'imaginaient. En sa qualité de directeur de collège à Cambridge, il exerçait une certaine influence sur nombre des jeunes gens qui, une génération plus tard, deviendraient les responsables de la nation. Il semait les graines que le monde récolterait.

À présent que Joseph avait cette idée en tête, il devait la confirmer ou l'infirmer. Et il n'existait qu'un seul endroit par où commencer. Agir ainsi lui faisait horreur, mais il n'avait aucune autre solution.

Il repartit lentement en direction de la demeure du directeur. À cette heure-ci, en début d'après-midi, Thyer serait à la bibliothèque. Pourvu que Connie soit chez elle...

La bonne le fit entrer et il trouva Connie debout à la fenêtre, contemplant les fleurs éclatantes du Fellows' Garden. Elle lui sourit au prix d'un effort.

— Merci d'être venu hier, dit-elle d'une voix un peu rauque. C'était gentil de votre part.

Elle n'expliqua pas ce qu'elle voulait dire et se détourna presque aussitôt.

— Je suis soulagée que les Allard aient regagné leur foyer et qu'Elwyn ait retrouvé sa propre chambre. Mais la maison est d'un calme inhabituel, maintenant. Elle est plus silencieuse que paisible, en réalité. C'est absurde, non ?

— Non, répondit-il.

Il détestait ce qu'il allait faire, surtout parce que si cela prouvait quoi que ce soit, ce serait sans doute quelque chose qu'elle préférerait absolument ne pas savoir.

— J'ai besoin de vous poser une ou deux questions...

Il hésita, ne sachant trop comment s'adresser à elle sans faire preuve de familiarité ou de froideur.

— À quel propos ? s'enquit-elle, à peine curieuse.
— J'ai trouvé une photographie dans la chambre de Sebastian.

Il détestait ça. Il la vit se contracter et devina sur-le-champ qu'elle avait compris, confirmant ainsi tout ce qu'il avait supposé.

— Vous avez retrouvé Harry dans le Northumberland. Je connais la région. Lui et moi y avons fait des randonnées.

Les larmes vinrent aux yeux de Connie.

— Il me l'a dit, murmura-t-elle, la voix entrecoupée. Je ne suis pas allée le retrouver là-bas. C'était presque par hasard.

Elle eut un léger haussement d'épaules embarrassé.

— J'aurais dû y mettre fin moi-même. Je savais que j'avais tort et où cela nous mènerait... mais j'en avais tellement envie ! Juste une fois, pour...

Elle détourna de nouveau son regard, puis mit un certain temps à se ressaisir.

— Un promeneur a pris la photo. Harry l'a conservée. Elle a dû tomber de sa poche, quand sa veste était posée sur l'accoudoir du fauteuil. Il est devenu comme fou en découvrant qu'elle avait disparu. J'ignorais que Sebastian l'avait en sa possession.

Une colère terrible envahit son visage. Il en fut effrayé.

— Connie...

L'expression disparut, ne laissant place qu'au chagrin.

Il devait poursuivre. Plus question de perdre du temps.

— Au sujet du matin où Sebastian a été assassiné et du moment qui a précédé la mort de Harry...
— Je ne sais rien d'utile.

Sa voix était de nouveau neutre, l'émotion enfouie sous une détresse bien trop profonde pour qu'on ose même la frôler.

— Et concernant le dimanche où l'archiduc et l'archiduchesse ont été tués à Sarajevo ? continua-t-il.

Elle réagit vivement :

— Oh, mon Dieu ! Vous ne pensez tout de même pas qu'Harry ait quelque chose à y voir ! Ça n'a pas de sens !

— Bien sûr que non !

Il nia avec véhémence, mais l'image de la Lanchester jaune écrasée et des corps de ses parents ensanglantés lui revint en mémoire. L'idée que Beecher pût être coupable n'avait fait que l'effleurer auparavant, mais à présent elle l'aiguillonnait, telle une minuscule écharde.

Connie le dévisagea, incrédule.

— Non ! répéta-t-il, se forçant à sourire, tant l'idée que Beecher pût être responsable de l'assassinat de Sarajevo semblait absurde. J'ai seulement fait allusion à l'événement pour vous rappeler le jour. Si vous vous souvenez, ce fut aussi celui où mes parents ont été tués.

— Oh ! fit-elle, consternée et sincèrement compatissante. Joseph, je suis si désolée ! J'avais totalement oublié ! Avec ce...

Elle prit une profonde inspiration, puis s'efforça de prononcer le mot :

— ... ce meurtre ici au collège, une mort accidentelle, voire deux, semble tellement plus... propre. Qu'avez-vous donc besoin de savoir ? Si je puis vous aider, je le ferai volontiers.

Le moment était venu de dire ce qu'il avait à dire.

— Je pense que quelqu'un a pu voir ce qui s'est passé. Savez-vous où se trouvait Harry aux environs de midi, ce jour-là ?

Elle reprit des couleurs.

— Oui. Ça ne pouvait pas être lui, dit-elle.

Il ne pouvait se contenter de cela.

— En êtes-vous certaine, s'agit-il d'un fait réel et non d'une conviction ?

— Absolument, dit-elle en baissant la tête.

— Et le matin où l'on a tué Sebastian? demanda-t-il.

Elle se tourna légèrement vers la fenêtre.

— Je me suis levée tôt pour me promener dans les Backs. J'étais avec Harry. Je ne peux le prouver, car nous sommes restés près des arbres. Nous ne souhaitions pas être vus, et il y a souvent des gens dans les parages, des étudiants pour la plupart, même à cinq ou six heures du matin.

— Alors, il n'est pas possible que Harry ait pu tuer Sebastian, dit-il.

Il guettait la moindre lueur dans le regard de Connie, tout changement dans sa posture, indiquant qu'elle mentait pour protéger Beecher, même s'il était mort désormais.

Elle se retourna vers lui, les yeux écarquillés, brillants.

— Comment pouvez-vous en être sûr? dit-elle, n'osant pas encore s'accrocher à un espoir quelconque. Nous ne nous sommes pas retrouvés avant six heures environ. On a pu tuer Sebastian auparavant, non?

Elle était pâle, à présent, et se demandait peut-être si Beecher l'avait rejointe aussitôt après avoir assassiné celui-là même qui les menaçait tous les deux.

— Où vous êtes-vous retrouvés? questionna-t-il.

Elle était confuse.

— Où cela? Je suis passée par le pont des Soupirs, car il est couvert et personne ne pouvait me voir, puis j'ai marché jusqu'au bouquet d'arbres. Il se trouvait là.

— Il n'est pas venu chez vous?

— Dieu du ciel, bien sûr que non! répondit-elle, les yeux plus exorbités que jamais. Nous n'étions pas complètement fous!

— Quand y est-il revenu?

— Je ne sais pas. Pourquoi? Deux jours plus tard, je pense. Entre-temps, les Allard étaient arrivés à la maison et tout avait tourné au cauchemar.

Joseph commença à se détendre. Beecher n'avait certes pas tué Sebastian, car il n'avait pas eu le temps de cacher le revolver! Pas sur le toit de la maison du directeur, en tout cas... et plus Joseph y songeait, plus il était certain que c'était là-haut qu'on l'avait dissimulé.

— Et avant qu'il ne mette fin à ses jours? demanda-t-il.

Elle se raidit à nouveau, le visage blême.

— Je l'ai vu dans le Fellows' Garden la veille au soir, juste un bref moment, un quart d'heure tout au plus. Aidan allait rentrer.

— Harry est-il venu chez vous?

— Non. Pourquoi?

Devait-il le lui dire? La prudence l'invitait à ne pas le faire... mais elle avait aimé Beecher et l'idée qu'il ait commis un meurtre, puis un suicide, était comme une plaie ouverte en elle.

Toutefois s'il lui expliquait, elle découvrirait toute seule l'unique et terrible possibilité : il s'agissait d'une personne ayant accès au toit de sa maison, — son mari. Elle représenterait alors un danger pour lui... et allait-il la tuer elle aussi?

Ne parviendrait-elle pas à cette conclusion, même s'il ne la mettait pas au courant? Non. Tout dépendait du revolver caché sur le toit. Il n'osait pas lui en parler.

— Je ne suis pas sûr, mentit-il. Quand je le serai, je vous le dirai.

— Harry a-t-il tué Sebastian? dit-elle d'une voix tremblante, la figure exsangue.

Allait-elle le deviner, d'une manière ou d'une autre?

— Non, il n'a pas pu, répondit-il. Mais n'en dites rien à quiconque!

Il la mit en garde sans détour, afin qu'elle mesure le danger encouru :

— S'il n'est pas coupable, Connie, quelqu'un d'autre l'est forcément! Quelqu'un qui risque de vous tuer. Je vous en prie, ne dites rien du tout... à qui que ce soit... y compris votre mari! Je peux fort bien me tromper.

Cela aussi, c'était un mensonge; Joseph savait qu'il avait raison. Aidan Thyer pouvait peut-être tuer, mais il était certain que Harry Beecher ne l'avait pas fait. Et si Connie s'en était allée au petit matin dans les Backs, alors Aidan avait pu se trouver n'importe où... certes aussi bien dans la chambre de Sebastian. Et Thyer pouvait avoir tué le jeune homme pour la raison déjà invoquée — le chantage, la menace de révéler la liaison de Connie.

Ou alors c'était Thyer que Sebastian avait vu sur la route d'Hauxton.

— Ne dites rien, répéta-t-il avec plus d'insistance encore, en lui prenant le bras.

Le poignet de Connie semblait menu sous ses doigts.

— Je vous en prie... rappelez-vous que c'est de meurtre que nous parlons.

— Deux meurtres? murmura-t-elle.

— Peut-être.

Il n'ajouta pas qu'ils pouvaient être au nombre de quatre... voire cinq, si l'on avait aussi assassiné Reisenburg.

Elle hocha la tête.

Il resta seulement pour lui prodiguer quelques paroles rassurantes, puis ressortit. Le soleil était éclatant, mais il se sentait transi jusqu'aux os.

CHAPITRE XIV

Joseph traversa lentement la cour. Il faisait chaud et lourd en ce début d'après-midi. Ses vêtements lui collaient à la peau. Il n'apercevait aucun nuage dans le bleu du ciel, délimité par les toits crénelés, mais on devinait le tonnerre proche. Il sentait déjà l'électricité en lui, une excitation doublée de la peur d'être sur le point de découvrir la vérité.

Où se trouvait Aidan Thyer l'après-midi du dimanche 28 juin? À qui pouvait-il le demander, sans que l'intéressé le sache? Connie était dans le jardin avec Beecher. Si le directeur se trouvait sur la route d'Hauxton, où aurait-il dit qu'il allait? Et qui s'en souviendrait à présent, près de cinq semaines après?

Joseph ne pouvait le demander à Connie sans risquer de la mettre en danger.

À mesure qu'il tentait de prendre une décision, Joseph ralentissait son allure. Thyer était arrivé tard au match de cricket. Rattray, qui était le capitaine de l'équipe de St. John, saurait-il où le directeur se trouvait auparavant? Cela valait la peine de l'interroger. Il tourna les talons et revint rapidement sur ses pas, pour franchir la porte au bout de la cour et monter jusqu'à la chambre de Rattray. Ce dernier n'y était pas.

Dix minutes plus tard, Joseph le trouva dans un coin

de la bibliothèque, entre les piles d'ouvrages, parcourant l'étagère du bas.

— Docteur Reavley! Vous me cherchez, monsieur? s'enquit-il en refermant le livre qu'il avait en main.

— Oui, en effet, répondit Joseph.

Il se pencha et contempla la rangée de volumes avec curiosité. Ils portaient sur les conflits dans l'histoire européenne. Il considéra le visage mince et inquiet de l'étudiant.

Rattray se mordit la lèvre.

— Ça va drôlement mal, monsieur, dit-il calmement. Hier le kaiser a prévenu le tsar que si la Russie ne cessait pas dans les vingt-quatre heures, l'Allemagne mobiliserait aussi. Le professeur Moulton pense qu'ils ne vont pas tarder à clôturer les Bourses du monde entier. Peut-être même d'ici lundi.

— C'est un jour férié, observa Joseph. Ils auront tout le week-end pour y réfléchir.

Rattray s'assit par terre, en étendant les jambes devant lui.

— Vous croyez? dit-il en frottant sa mâchoire du tranchant de la main. Mon Dieu, ce serait affreux, non? Qui se serait imaginé, il y a cinq semaines, qu'une espèce d'aliéné dans une ville de Serbie — autant dire le bout du monde! —, tirant au jugé sur un archiduc — et l'Autriche en a des tonnes! —, pourrait mettre le feu aux poudres comme ça? Juste un peu de temps, à peine plus d'un mois, et le monde a changé.

Joseph en était tout aussi médusé. Ses parents étaient alors en vie. Le lendemain, cela ferait presque cinq semaines que John Reavley s'était rendu ce samedi-là, au volant de la Lanchester jaune, à destination de Great Wilbraham, où il avait parlé à Reisenburg... et trouvé le document. Le soir, il avait appelé Matthew à Londres. Le lendemain, on l'avait tué.

— Nous jouions au cricket sur Fenner's Field,

reprit-il. Vous étiez le capitaine de notre équipe. Je me souviens d'avoir été là, de même que Beecher et le directeur.

Rattray hocha la tête.

— Sebastian n'y était pas, poursuivit Joseph. Il est rentré tard de chez ses parents. Je suppose que cela a dû déplaire au directeur. C'était l'un de nos meilleurs batteurs.

— Un piètre lanceur, malgré tout, commenta Rattray en souriant, alors qu'il semblait au bord des larmes, la voix un peu éteinte. Oui, le directeur était fichtrement en colère à son arrivée, en fait. Comme s'il découvrait tout à coup que Sebastian ne jouait pas.

Joseph sentit son sang se glacer.

— Quand est-il arrivé ?

— Il était en retard aussi ! précisa Rattray avec une grimace. J'ignore d'où il venait, mais il a débarqué fou de rage. Il a dit qu'il s'était retrouvé coincé du côté de Jesus Lane, à cause d'une crevaison, mais je sais qu'il n'y était pas, car le docteur Beecher avait pris ce chemin et il ne l'avait pas vu.

Il soupira et détourna le regard, en battant violemment des paupières.

— À moins, bien sûr, que l'on ne puisse plus croire le docteur Beecher. Il se trouve que... que je n'arrive pas à comprendre ! On dirait que tout... tout est en train de s'effondrer, non ? Vous savez, j'avais pour habitude de penser que Sebastian était quelqu'un de bien, dit Rattray en regardant Joseph. Il avait parfois des idées bizarres... il n'arrêtait pas de discourir sur la paix et sur le fait que la guerre était un outrage à l'humanité, et qu'il n'existait rien au monde qui vaille la peine de prendre les armes, car ça signifiait tuer des nations entières et propager la haine sur la terre.

Il se frotta de nouveau la mâchoire, en y laissant une marque de poussière.

— Il exagérait un peu, mais ce n'était pas malsain ! Je n'ai jamais pensé qu'il se livrerait à quelque chose de vraiment sordide comme le chantage. C'est répugnant ! Beecher avait peut-être fait quelque chose de travers, mais c'était un type bien... je serais prêt à le parier.

Dans un geste de grande lassitude, il repoussa ses cheveux en arrière.

— Je commence à me demander si je sais réellement tout.

Joseph comprenait la confusion du jeune homme. Mais l'heure n'était plus aux longues conversations aimables pour se réconforter.

— Où le directeur se trouvait-il, d'après vous ? demanda-t-il.

Rattray haussa les épaules :

— Je n'en ai aucune idée. Ni de la raison pour laquelle il aurait menti.

— Mais il était dans sa voiture ? insista Joseph.

— Oui, je l'ai vu arriver au volant de celle-ci. Je l'attendais.

— Merci.

Rattray parut intrigué.

— Pourquoi ? Quelle importance maintenant ? C'est fini. Nous nous sommes tous trompés... vous et moi, tout le monde. Beecher est mort et nos disputes ont peu de poids si la guerre éclate et que nous sommes tous entraînés dans le plus grand conflit que l'Europe ait connu. Vous pensez qu'on va demander des volontaires, monsieur ?

— Je n'imagine pas que nous puissions y prendre part, répondit Joseph. Cela touchera l'Autriche, la Russie, et peut-être l'Allemagne. Il est encore possible qu'ils en restent au stade des menaces, pour voir qui reculera le premier.

— Peut-être, dit Rattray sans conviction.

Joseph le remercia à nouveau, quitta la bibliothèque et

retraversa la première cour pour rendre visite à Gorley-Smith. Une question vitale restait à poser, à présent, et il redoutait la réponse. Il était surpris de constater combien cela l'affectait de penser qu'Aidan Thyer fût coupable des meurtres de John et Alys Reavley. Et à quelle fin ? Il l'ignorait encore.

Il frappa à la porte de Gorley-Smith et attendit avec impatience qu'on vienne lui ouvrir. Gorley-Smith semblait fatigué et irritable. Il avait les cheveux en bataille, s'était débarrassé de sa veste et sa chemise lui collait au corps. De toute évidence, cela lui coûtait de faire montre de civilité.

— Si tu viens t'excuser pour le dîner, ça n'a vraiment aucune importance, dit-il tout de go, en s'apprêtant à refermer aussitôt la porte.

— Je ne suis pas venu pour ça, répliqua Joseph.

Nul doute qu'il n'y aurait pas lieu d'user de finesse.

— Beecher n'a pas l'air d'avoir laissé le moindre mot ou des souhaits quelconques...

Gorley-Smith réprima son irritation.

— Non, je ne pense pas. Écoute, Reavley, je sais que c'était un ami à toi, mais il a manifestement perdu la raison à cause des pressions que ce jeune Allard exerçait sur lui et, pour être franc, j'aime autant ne pas connaître les détails. M'est avis que nous devrions éviter de nous perdre en conjectures.

Son visage trahissait l'aversion et l'envie impérieuse d'écarter tout embarras.

Joseph savait ce qu'il avait en tête.

— J'allais te demander, reprit-il froidement, si Beecher avait eu l'occasion de parler au directeur peu avant. Thyer aurait peut-être des idées à nous suggérer. Pour ce que j'en sais, Beecher n'avait pas de famille proche, mais il doit y avoir quelqu'un à prévenir le plus discrètement possible, vu les circonstances.

— Oh ! fit Gorley-Smith, confondu. En vérité, je ne

pense pas. Ce qui l'a fait basculer a dû lui arriver subitement et, en l'occurrence, je sais que le directeur se trouvait en réunion au moins pendant deux heures, avant que la nouvelle nous parvienne, car j'y étais moi-même. Navré, Reavley, mais tu devras chercher ailleurs.

— Tu en es tout à fait certain ? insista Joseph.

Il souhaitait que ce soit vrai et pourtant la seule réponse qui lui venait en tête s'en trouvait privée de sens.

— Oui, bien sûr, répondit son collègue, d'un air bas. Basildon n'en finissait plus avec ses satanés fonds pour travaux de construction, et j'ai cru que nous allions y passer la journée. C'était surtout avec le directeur qu'il débattait.

— Je vois, dit Joseph en opinant du chef. Merci.

Gorley-Smith secoua la tête d'un air perplexe et ferma la porte.

Une fois de plus, Joseph emprunta le pont pour rejoindre les Backs. L'air fraîchissait enfin et la lumière brillait parmi les fleurs en une multitude de couleurs.

Si Aidan Thyer n'avait pas tué Beecher, et que Beecher n'avait pas tué Sebastian, alors qui d'autre ?

Il marchait lentement, sans faire de bruit, dans l'herbe sèche. Il passa dans l'ombre des arbres.

Qui d'autre aurait pu glisser le revolver sur le toit de la demeure du directeur ? À moins qu'il se trompe à ce sujet, en fin de compte ? Il repassa en revue tout ce dont il était sûr. Elwyn était arrivé chez lui, au bord de l'hystérie, choqué et affligé. Il était passé prendre Sebastian pour une promenade matinale au bord de l'eau et l'avait découvert tué par un coup de feu. Aucune arme dans la chambre de son frère. De toute manière, personne n'avait laissé supposer que Sebastian aurait eu la moindre raison de se donner la mort. Personne de sa connaissance n'aurait imaginé une chose pareille.

On avait prévenu la police et celle-ci avait fouillé partout, en quête du revolver, mais en vain. Hormis dans l'entonnoir des tuyaux d'écoulement, sur le toit du logement de Thyer.

Bien sûr, il existait peut-être une explication qu'il n'avait pas envisagée. Quelqu'un avait pu sortir avec l'arme d'un air désinvolte, pour la cacher dans un autre collège... ou la donner à un tiers.

Sauf que cet inconnu l'avait récupérée sans difficulté pour abattre Beecher.

Joseph se concentra sur les personnes ayant pu tirer sur son collègue et celles qui auraient pu souhaiter le faire. Tout le monde semblait supposer après sa mort qu'il avait assassiné Sebastian. Mais l'avait-on fait auparavant ?

Mary Allard ? Elle aurait certes eu la furie et l'amertume nécessaires pour tuer. Mais comment aurait-elle su où se trouvait le revolver ou se serait-elle faufilée sur le toit pour le prendre ?

Gerald Allard ? Non, il n'avait pas la fougue pour agir ainsi, et il n'aurait pas su où trouver l'arme.

Joseph se tenait en face de Trinity, à présent. Le vent s'était un peu levé, chuchotant dans les arbres au-dessus de lui et là, à l'ombre, la lumière déclinait rapidement.

Elwyn ? Il n'aurait pas pu tuer Sebastian. Il était censé se trouver dans sa propre chambre au moment des faits. En outre, Sebastian et lui étaient proches en tant que frères, et assez différents pour ne pas devenir rivaux. Ils admiraient leurs compétences mutuelles, sans souhaiter pour autant les posséder.

Elwyn n'avait rien à voir non plus dans l'accident de la Lanchester. Il était resté à Cambridge toute la journée.

Mais il était entré et sorti de la maison du directeur pour voir sa mère, tenter de la réconforter et lui offrir le soutien que son père semblait incapable d'apporter. Il aurait pu récupérer l'arme s'il avait su où la dénicher.

Mais comment aurait-il pu être au courant ? L'avait-il

vue quelque part? Beecher avait-il pu la dissimuler là-haut? Pour qui? Connie? L'idée l'oppressait tant que Joseph avait peine à respirer. Beecher la protégeait-il?

Et Elwyn avait-il supposé que Beecher était l'assassin de Sebastian? C'eût été un mobile suffisant pour le tuer et laisser volontairement le revolver sur place, afin de maquiller le meurtre en suicide, un aveu de culpabilité.

Sauf qu'il se trompait.

À l'ombre des arbres, Joseph distinguait à peine l'allée à ses pieds, même s'il y avait des reflets de lumière dans le ciel. Il reprit sa marche dans l'herbe. Hors du chemin arboré, on pouvait encore goûter à la suavité du crépuscule, entre chien et loup. Il regarda l'horizon à l'est, qui se voilait d'indigo à l'arrivée de la nuit.

Le lendemain matin, il allait devoir encore affronter Connie et la soumettre à une ultime épreuve.

Il dormit mal et s'éveilla avec un mal de tête exaspérant. Il prit une tasse de thé bien chaud et deux aspirines et, dès qu'il sut qu'Aidan Thyer allait vaquer à ses tâches administratives, il se dirigea vers la demeure du directeur.

Connie fut surprise de le voir, mais son regard n'était pas sombre. En tout cas, elle paraissait ravie de sa venue.

— Comment allez-vous, Joseph? Vous avez l'air fatigué. Avez-vous pris un petit déjeuner? Je suis sûre que la cuisinière pourrait vous préparer quelque chose, si vous le souhaitiez.

Ils se tenaient au salon. La lumière tombait à l'oblique par les portes-fenêtres.

Il avait l'estomac trop noué pour avaler quoi que ce soit et les aspirines ne faisaient pas encore leur effet.

— J'ai beaucoup réfléchi à ce qui a pu se passer et je me suis posé quelques questions.

Elle sembla perplexe, mais son visage ne trahissait ni espoir ni crainte

— La police n'a jamais retrouvé le revolver après le meurtre de Sebastian, dit-il. Même si elle a cru avoir cherché partout.

— C'est ce qu'elle a fait, confirma-t-elle. Pourquoi dites-vous « elle a cru » ? Songez-vous à un endroit qui lui aurait échappé ? Elle était ici. Elle a fouillé toute la maison.

— Quand cela ?

Elle réfléchit quelques instants.

— Je... je pense que nous avons dû passer quasiment en dernier. Je présume qu'elle est venue ici uniquement par routine. Et, au début, Elwyn se trouvait parmi nous, car il était sous le choc et bouleversé, et puis ensuite il y a eu ses parents, bien sûr.

— A-t-on inspecté le toit ?

Allait-elle mentir pour se protéger, fût-ce seulement afin que l'affaire soit classée ? Était-ce elle qui, à l'origine, avait subtilement laissé entendre que l'histoire d'amour, pour laquelle on faisait chanter Beecher, ne l'impliquait pas, elle, mais Sebastian lui-même ? L'idée lui répugnait. Il la repoussa.

— Ils sont montés sur le toit voisin, répondit-elle, pensive, tout en se remémorant les faits. Ils peuvent fort bien voir le nôtre depuis là-bas. Nous aurions entendu quelque chose. Comment peut-on cacher une arme sur un toit ? On la verrait aussitôt.

— Pas si on glissait d'abord le canon de celle-ci dans l'un des entonnoirs situés en haut d'un conduit d'écoulement.

Elle écarquilla les yeux.

— On pouvait y accéder par les lucarnes des mansardes. N'importe quelle personne présente dans cette maison pouvait le faire !

— Oui, approuva-t-il.

— Aidan ? Harry ?

— Non, dit-il en secouant la tête. Ni l'un ni l'autre

n'en a eu l'occasion. Harry n'aurait pas pu tuer Sebastian... vous me l'avez dit vous-même. N'est-ce donc pas la vérité ?

— Si ! Bien sûr que si ! Vous ne pensez pas à Aidan ? Mais pourquoi ? Pas à cause de...

Le rouge lui monta aux joues, comme elle ajoutait d'une voix étouffée :

— Il n'est pas au courant.

— Et Elwyn ? s'enquit-il. Aurait-il pu trouver le revolver là-haut, puis le prendre pour tuer Beecher, en pensant que celui-ci avait assassiné Sebastian ?

Elle le fixa d'un regard empli de chagrin.

— Aurait-il pu le faire ? répéta-t-il.

— Oui, répondit-elle dans un hochement de tête. Mais comment aurait-il su que l'arme était là-haut ? Qui a tué Sebastian ? Je ne peux croire qu'Aidan l'aurait fait, et je sais qu'il ne l'a pas fait. Et Beecher non plus, alors qui ?

— Je l'ignore, admit-il. Cette question me ramène toujours au début. Qui d'autre aurait pu placer le revolver là-haut ? Il lui aurait fallu passer par la maison.

— Personne, dit-elle après réflexion. L'arme devait se trouver ailleurs. À moins que...

Elle battit des paupières.

— À moins qu'Aidan ne l'ait cachée pour quelqu'un. Pensez-vous qu'il l'aurait fait et qu'Elwyn le savait ?

— Peut-être, mais pourquoi ?

Et il n'avait pas sitôt prononcé ces paroles qu'il connaissait la réponse. On revenait encore au document, mais il n'osa pas lui en parler.

— Bien sûr, cela dépend d'autres facteurs, ajouta-t-il.

Elle ouvrit la bouche pour demander lesquels, puis changea d'avis.

— La police, le collège, tous sont persuadés qu'Harry a tué Sebastian, dit-elle à la place. Et pour eux, au moment où il pensait qu'on allait l'arrêter, il s'est donné la mort.

Sa voix chevrotait.

— J'aimerais pouvoir démontrer que c'est faux. Je l'aimais beaucoup, mais même si ce n'était pas le cas, comment laisserais-je quiconque être accusé d'un crime si je parviens à prouver son innocence ?

— Alors, je crois que nous ferions mieux d'aller en informer l'inspecteur Perth. J'imagine que nous pouvons le trouver au poste de police local.

Elle hésita à peine. Elle n'aurait sans doute plus jamais à accomplir un acte qui lui coûterait davantage. Une fois les mots prononcés, elle ne pourrait plus jamais recouvrer cette intimité, ce confort de l'ignorance. Elle fit un pas en avant et il la suivit, tandis qu'elle quittait la pièce et gagnait la porte d'entrée.

Ils se rendirent à pied au commissariat. Il se situait à moins de quinze cents mètres et, à cette heure de la matinée, il faisait encore frais. Les rues étaient animées par les commerçants, les premières livraisons, les chalands en quête de bonnes affaires. Plusieurs automobiles circulaient, ainsi qu'une fourgonnette à moteur avec des réclames imprimées sur les flancs et, comme toujours, des dizaines de bicyclettes. Il fallait prêter attentivement l'oreille pour discerner un changement d'intonation dans les voix ou se rendre compte que les gens ne parlaient pas de la pluie et du beau temps. Les événements actuels monopolisaient toutes les discussions, empreintes d'inquiétude soigneusement déguisée, et aux plaisanteries forcées.

Perth était occupé à l'étage et ils furent contraints d'attendre plus d'un quart d'heure, dans une impatience accablante. Lorsqu'il arriva enfin, il ne fut guère ravi de les voir et Joseph dut insister pour qu'il les conduise dans un petit bureau encombré, où ils pouvaient parler sans qu'on les écoute.

— J'sais pas c'que vous voulez, révérend, dit Perth avec un agacement à peine voilé.

Il paraissait fatigué et inquiet.

— J'peux pas vous aider. J'suis vraiment désolé pour M. Beecher, mais c'est fini. J'ignore si vous avez lu les journaux c'matin, mais l'roi des Belges a mobilisé ses troupes, cont' l'avis d'son prop' gouvernement. C't' un enjeu bien plus grave qu'la réputation d'un seul homme, m'sieu, et on va plus chicaner là-dessus pendant des heures.

— La vérité mérite toujours une discussion, inspecteur Perth, intervint Connie avec gravité. C'est pourquoi nous combattons les guerres : pour conserver le droit de nous diriger nous-mêmes et édicter nos propres lois, pour être tels que nous le souhaitons et ne répondre de nos actes à personne d'autre qu'à Dieu. Le docteur Beecher ne s'est pas suicidé et nous pensons pouvoir le prouver.

— M'dame Thyer... commença Perth, qui se contraignait visiblement à la patience.

— Vous n'avez jamais trouvé le revolver ! s'exclama Joseph. Jusqu'à ce qu'il soit près du cadavre du docteur Beecher.

— Non, en effet, concéda le policier à contrecœur, la colère durcissant sa voix. Mais lui d'vait savoir où l'trouver, puisqu'il l'a récupéré !

— Avez-vous fouillé son logement ?

— Bien sûr ! On a fouillé tout le collège ! Vous l'savez, m'sieu. Vous nous avez vus

— Vous avez dû oublier un endroit, raisonna Joseph. L'arme ne s'est pas volatilisée pour réapparaître ensuite.

— Vous êtes en train d'vous moquer, m'sieu ? dit Perth, le regard dur.

— Je ne fais qu'énoncer une évidence. Elle se trouvait quelque part où vous n'avez pas regardé. J'ai bien réfléchi au problème. Vous avez regardé sur le toit, n'est-ce pas ? Je me rappelle avoir vu vos hommes là-haut.

— En effet, m'sieu. On a tout passé au peigne fin, pardi! C'est pas qu'il y a beaucoup d'cachettes possibles pour un revolver sur un toit. C'est un objet assez gros, ma foi, et pas d'n'importe quelle forme. Sans parler du métal qui brille au soleil.

— Qu'en est-il de l'entonnoir en haut de la gouttière? s'enquit Joseph. En y glissant d'abord le canon pointé vers le bas et en recouvrant la crosse, par exemple, avec un vieux mouchoir assez poussiéreux et quelques feuilles mortes?

— Fort ingénieux, m'sieu, admit Perth. Ça s'pourrait. Sauf qu'on a r'gardé.

— Et les conduits d'écoulement de la maison du directeur? insista Joseph. Vous les avez inspectés aussi?

L'inspecteur resta de marbre.

Joseph attendit, sentant Connie retenir son souffle à ses côtés.

— Non, finit par avouer Perth. On s'est dit... que personne s'rait capable de cacher quelque chose là-haut, à moins d'passer par la maison de M. Thyer. Êtes-vous en train d'dire que quelqu'un l'a fait?

Cette question s'adressait à Connie.

— Elwyn Allard allait et venait entre la maison et le collège, pendant que ses parents séjournaient chez nous, répondit-elle, d'une voix quasi assurée. Il était là une heure avant que le docteur Beecher soit assassiné.

Perth la fixa du regard.

— Si vous êtes en train d'dire qu'il a tué son frère, m'dame Thyer, vous vous trompez. On y a pensé. Beaucoup d'familles s'entendent pas aussi bien.

Il secoua la tête d'un air lugubre.

— Passez-moi l'expression, mais un frère qui tue son frère, c'est vieux comme la Bible. Sauf qu'on savait où il était et qu'il a pas pu l'faire. Vous comprendriez p'têt' pas la preuve médicale, mais vous allez d'voir nous croire sur parole.

— Et le docteur Beecher n'a pas pu non plus, dit-elle, la gorge nouée. Il se trouvait en ma compagnie.

Elle ignora l'expression incrédule du policier.

— Je suis parfaitement consciente de l'heure qu'il était et de son inconvenance. Je n'admettrais pas un tel fait à la légère et j'imagine à peine ce que ressentira mon mari si cela est rendu public... ou même ce qu'il fera. Mais je ne permettrai pas qu'on accuse le docteur Beecher, ou quiconque, d'un crime qu'il n'a pas commis.

— Où étiez-vous... avec le docteur Beecher, m'dame? s'enquit Perth, le visage rendu amer par le doute et peut-être la désapprobation.

Connie se mit à rougir, en comprenant le dédain du policier.

— Sur les Backs, le long de la rivière, inspecteur Perth. À cette époque de l'année, il fait jour assez tôt, et c'est un endroit agréable pour bavarder sans être observé.

Perth reprit un visage inexpressif.

— Très intéressant, j'en doute pas. Pourquoi pas l'avoir dit plus tôt? Ou alors est-ce qu'la réputation du docteur Beecher est dev'nue tout à coup bien plus importante pour vous?

Elle se contracta, ses lèvres blêmirent. Joseph sentit combien elle aurait aimé répondre à l'inspecteur par quelque remarque blessante et lui exprimer son profond mépris, mais elle s'était mise à sa merci.

— Comme d'autres, je crains que Sebastian Allard l'ait fait chanter à cause de l'attention qu'il me portait. J'ai cru que M. Beecher s'était suicidé plutôt que de la voir révélée au grand jour, ce qui allait arriver, selon lui, en raison de l'enquête au sujet du meurtre de Sebastian.

— Alors, qui a tué Sebastian, m'dame Thyer? demanda Perth en se penchant en avant. Et qui donc a glissé l'revolver dans la gouttière de vot' toit? Vous?

Navré d'vous l'dire, mais c'est comme si on avait qu'vot' parole concernant l'fait qu'vous étiez là-bas en sa compagnie... et il est pas là pour l'confirmer.

Elle comprenait tout à fait, mais ne le quitta pas du regard.

— J'en suis consciente, inspecteur. J'ignore qui a assassiné Sebastian, mais ce n'était pas le docteur Beecher, ni moi. Toutefois, je pense que si vous enquêtiez plus avant, vous découvririez qu'Elwyn a tué le docteur Beecher, et vous n'aurez aucune peine à saisir pourquoi, puisque vous-même avez supposé que le professeur était coupable du meurtre de Sebastian.

— J'suis pas certain d'le croire, dit l'inspecteur en se mordant la lèvre. Mais je suppose que je f'rais mieux de r'tourner à St. John et d'interroger un peu plus les gens, à moins que je r'trouve quelqu'un ayant vu Elwyn du côté d'chez l'docteur Beecher, juste avant qu'il soit abattu. Mais j'vois toujours pas comment il aurait pu savoir où était l'arme, si celle-ci s'trouvait dans l'tuyau qui descend du toit d'la maison du directeur !

— L'arme était par terre, près de la main du docteur Beecher, intervint soudain Joseph. Avez-vous fait des tests pour savoir si elle aurait dû normalement tomber ainsi des mains d'un homme et à cet endroit précis ?

— Et comment qu'on aurait fait ça, m'sieu ? s'enquit Perth d'un ton sinistre. On va quand même pas d'mander à quelqu'un d'se tirer dessus pour nous montrer !

— N'avez-vous jamais eu affaire à des suicides auparavant ? répliqua Joseph.

Il se creusait la tête : comment diable pouvait-il prouver une vérité dont il était de plus en plus certain, à mesure que le temps s'écoulait ?

— Après le choc de la mort, où les revolvers tombent-ils ? Un revolver est lourd. Si vous vous tirez une balle dans la tête, poursuivit-il en ignorant l'air interdit de Connie, il tombe sur le côté. Est-ce que votre bras se relâche comme celui de Beecher, et que l'arme glisse de vos mains ? À ce propos, y avez-vous relevé des empreintes ?

— J'en sais rien, m'sieu, répondit l'inspecteur sèchement. À mes yeux, c'était clairement un suicide, d'la façon dont vous nous avez dit qu'Sebastian Allard le f'sait chanter, pour obtenir toutes sortes de faveurs d'sa part, des choses qu'il aurait jamais faites lui-même, et pour briser sa réputation d'professeur.

— Oui, je sais, s'impatienta Joseph. Mais je suis en train de parler de preuves. Réfléchissez-y à présent, avec d'autres éventualités à l'esprit ! Est-ce qu'une arme tomberait de cette manière ?

— J'en sais rien, m'sieu, répéta Perth, l'air confus. J'suppose que c'était un peu... inconsidéré. Mais ça n'prouve rien. On sait pas comment il était assis, ni d'quelle façon il a bougé quand il a reçu la balle. J'vous d'mande pardon, m'dame. J'aimerais bien vous épargner, mais vous m'facilitez pas la tâche.

— Je comprends, inspecteur, dit-elle, mais sa figure était livide.

Joseph réfléchissait de plus en plus vite.

— Enfin, inspecteur, si nous pouvions établir que l'arme se trouvait dans l'entonnoir en haut de la gouttière, cela prouverait aussi que le docteur Beecher n'a pas pu le récupérer pour se tirer dessus ?

— Oui, m'sieu. Mais comment qu'on va pouvoir le démontrer ? Les revolvers laissent pas d'traces, et s'il se trouvait là-haut, on l'avait sans doute enveloppé dans un linge ou quelque chose, pour qu'on l'voie pas ou qu'il soit pas mouillé.

Mouillé ! L'idée jaillit comme un éclair dans le ciel.

— Il a plu le jour où Beecher a été tué ! dit Joseph en hurlant presque. Si un morceau de tissu enveloppait l'arme, l'ensemble aurait obstrué la conduite ! Il y a des tonneaux au pied des tuyaux de descente, dans le Fellows' Garden ! Si l'un d'entre eux est sec, nous tenons notre preuve ! Et le coupable a dû choisir ce côté-là, car l'autre donne sur la cour, où c'était davantage exposé.

Perth le fixa des yeux.

— Oui, m'sieu, si y a pas d'eau maint'nant, j'accepterai ça comme preuve.

Il se dirigea vers la porte, en prenant tout juste la peine de les attendre.

— On f'rait bien d'y aller tout d'suite, avant qu'il repleuve et ce serait fichu.

Ils ne parlèrent pas en chemin. La température avait déjà monté et le soleil chauffait la pierre à blanc.

Ils franchirent la grille d'entrée en passant devant Mitchell, qui les lorgna d'un air ahuri, visiblement mécontent de revoir Perth, puis traversèrent la première cour, l'arcade, la seconde cour. Ensuite, puisque le portail était fermé à clé comme d'habitude, ils se hâtèrent de rejoindre le Fellows' Garden par la maison du directeur.

Joseph sentit son pouls s'accélérer comme ils passaient devant les fleurs, embaumant l'air de leur lourd parfum, et ils s'arrêtèrent devant le premier fût.

Il lança un regard à Connie, qu'elle lui retourna aussitôt. Il avait la gorge serrée.

Perth regarda à l'intérieur du tonneau.

— Plein quasiment jusqu'au quart, annonça-t-il. C'est c'que j'peux en dire, ma foi.

Connie tendit la main et saisit avec force celle de Joseph.

Perth s'avança vers le fût du milieu et examina l'intérieur. Il resta immobile, un peu penché.

Les doigts de Connie se resserrèrent encore.

— Il est sec, déclara l'inspecteur d'une voix rauque.

Il se tourna vers Joseph, puis vers Connie.

— Autant vérifier l'dernier, ajouta-t-il avec calme. J'crois qu'vous avez raison, révérend. En fait, j'en suis même carrément certain.

— S'il est sec, observa Joseph, ça signifie que l'arme était enveloppée dans un linge. Il risque même d'être encore là, surtout s'il n'y a pas d'eau du tout.

Perth le dévisagea, puis, très lentement, se détourna et se courba pour inspecter le conduit d'écoulement par-dessous.

— M'est avis qu'il est encore là-dedans, dit-il les lèvres pincées. Il est descendu presque jusqu'en bas. J'vais voir si j'peux l'récupérer.

— Puis-je vous aider ? proposa Joseph.

— Non, merci, m'sieu. J'm'en occupe, insista le policier.

Il retira son veston, avant de le lui tendre à contre-cœur, puis retroussa sa manche de chemise et glissa le bras dans le tuyau.

Un silence horrible s'écoula, durant lequel il tortilla son bras sans effort.

Connie s'approcha des delphiniums et arracha l'un des roseaux qui servaient de tuteur. Elle revint et le tendit à Perth.

— Merci, m'dame, dit-il en grimaçant.

Et il tendit une main sale pour s'en emparer. Trois minutes plus tard il extirpait du conduit un morceau de toile, du genre qui recouvrait les bateaux plats la nuit. Il mesurait dans les trente centimètres carrés et présentait des taches d'huile vers le milieu. Perth le porta à son nez et renifla.

— De la graisse à fusil ? s'enquit Joseph dans un souffle.

— Oui, m'sieu. Ça m'en a tout l'air. J'crois que je f'rais bien d'aller en toucher deux mots à M. Elwyn Allard.

— Je vous accompagne, suggéra Joseph sans hésiter.

Puis, se tournant vers Connie :

— Je crois qu'il vaut mieux que vous restiez là.

Elle ne s'y opposa pas. Elle laissa Joseph et l'inspecteur s'en aller par le petit portail et repasser par la maison.

Joseph suivit Perth, comme il se rendait à la chambre d'Elwyn. Il savait que ce serait extrêmement pénible, d'autant plus qu'il pouvait comprendre la haine qui avait poussé le jeune homme à soulager sa mère du chagrin qu'elle éprouvait. Et peut-être aussi l'envie dévorante d'accomplir un acte assez éclatant pour qu'elle lui en soit reconnaissante, même si elle en ignorait la raison. Elle pourrait ensuite peut-être se libérer de son obsession pour Sebastian et admettre qu'il lui restait encore un fils vivant et qui méritait tout autant son amour.

Ils trouvèrent Elwyn dans la chambre de Morel. Ils étudiaient ensemble, en discutant des diverses traductions d'un discours politique. Ce fut Morel qui ouvrit la porte, stupéfait de revoir le policier.

— Navré d'vous déranger, m'sieu, dit celui-ci d'une voix lugubre. J'crois savoir que M. Allard est ici.

Morel se tourna au moment même où Elwyn arrivait derrière lui.

— Que se passe-t-il ? demanda le frère de Sebastian, en regardant Perth et Joseph à tour de rôle.

S'il avait peur, rien ne le laissait supposer.

Joseph prit la parole avant que Perth puisse intervenir.

— Je pense qu'il serait bon que tu viennes au poste de police, Elwyn. Il y a certaines questions auxquelles tu pourrais répondre, et ce serait mieux là-bas.

Perth lui lança un regard vaguement agacé, mais se tut.

— Si vous voulez, acquiesça le jeune homme, sentant la tension grandir en lui.

Morel regarda son camarade, puis Joseph. Finalement, il se tourna vers Elwyn :

— Tu souhaites que je t'accompagne ?

— Non merci, m'sieu, intervint Perth. Ça concerne qu'la famille.

Il recula pour bloquer la porte donnant sur l'escalier.

— Par ici, m'sieu, ordonna-t-il à Elwyn.

— De quoi s'agit-il ? questionna ce dernier, à mi-hauteur.

L'inspecteur attendit d'être dans la cour pour lui répondre :

— J'vous emmène pour un interrogatoire, m'sieu, au sujet d'la mort du docteur Beecher. J'ai pensé que ce s'rait plus facile pour vous que M. Morel ne soit pas au courant. Si vous m'donnez vot' parole que vous ferez pas d'scandale, j'aurai pas b'soin d'vous passer les menottes.

Elwyn devint blême.

— Les me... menottes ! bredouilla-t-il en se tournant vers Joseph.

— Si tu souhaites que je t'accompagne, je le ferai, bien entendu, proposa ce dernier. Ou si tu préfères que je prévienne tes parents, ou un avocat, je m'en chargerai en premier.

— Je...

Elwyn semblait perdu, hébété, comme s'il n'avait jamais envisagé une telle éventualité. Il secoua la tête, désarçonné.

— M. Allard est adulte, révérend, remarqua Perth avec froideur. S'il veut un avocat, il peut bien sûr en avoir un, mais il a pas b'soin d'ses parents, ni d'vous. Et, à proprement parler, ça vous r'garde pas. On vous r'mercie pour vot' aide et tout c'que vous avez fait, mais M. Allard ne va pas nous poser l'moind' problème, alors vous pourriez rester ici, à St. John. Peut-être que vous vous rendriez plus utile en expliquant au directeur c'qui s'est passé, et en prévenant M. et Mme Allard.

— Mme Thyer s'en sera déjà chargée, observa

Joseph, qui vit la lueur d'agacement dans le regard du policier. Je vais venir avec Elwyn, à moins qu'il ne le souhaite pas.

Elwyn hésita et ce fut ce moment d'indécision qui confirma sa culpabilité aux yeux de Joseph. Il était certes effrayé, confus, mais pas indigné.

Perth céda et ils franchirent ensemble le portail du porche d'entrée, avant de déboucher dans la rue.

Au poste de police, ce fut une simple formalité d'inculper Elwyn du meurtre d'Harry Beecher, dont il nia être coupable. Sur les conseils de Joseph, il s'abstint de tout autre commentaire, avant d'avoir un avocat auprès de lui.

Gerald et Mary Allard arrivèrent à St. John une heure après le retour de Joseph. Mary était hors d'elle, le visage déformé par la colère. Dès que Joseph pénétra dans le salon du directeur, elle se détourna vivement d'Aidan Thyer avec lequel elle discutait et lui décocha un regard venimeux. Dans sa robe étroite de soie noire, son corps mince avait l'allure décharnée d'un corbeau en hiver.

— C'est monstrueux! explosa-t-elle d'une voix stridente. Elwyn n'a pas pu tuer ce pauvre homme! Pour l'amour du ciel, Beecher a assassiné Sebastian! Lorsqu'il a su que vous le cerniez, il a mis fin à ses jours. Tout le monde le sait. Qu'Elwyn soit relâché sur-le-champ... et qu'on lui présente des excuses pour cette erreur stupide. Tout de suite!

Joseph ne broncha pas. Que pouvait-il lui dire? L'un de ses fils était décédé et l'autre coupable de meurtre, même s'il avait agi à tort par vengeance.

— Désolé, dit-il enfin avec sincérité, profondément peiné. Mais ils en ont la preuve.

— C'est insensé! répliqua-t-elle. Tout à fait absurde. Gerald!

Son mari se rapprocha. Il paraissait éreinté, le teint pâle et constellé de taches, le regard brouillé.

— Pour l'amour du ciel, que se passe-t-il? demanda-t-il. Beecher a tué mon fils aîné et voilà qu'à présent vous faites arrêter mon cadet, alors que de toute évidence Beecher s'est suicidé.

Il tendit une main hésitante comme pour effleurer Mary, mais elle s'écarta.

— Non, rectifia Joseph aussi posément que possible.

Il ne pouvait avoir de l'affection pour Gerald, mais le plaignait néanmoins de tout son cœur.

— Beecher n'a pas tué Sebastian. On l'a vu ailleurs à ce moment-là.

— Vous mentez! l'accusa Mary avec fureur.

Sa figure était livide, ses joues ponctuées de marques écarlates.

— Beecher était votre ami, et vous mentez pour le protéger. Qui diable aurait pu voir Beecher à cinq heures du matin? À moins qu'il ait été au lit avec quelqu'un? Dans ce cas, c'est une putain, et sa parole ne vaut rien!

— Mary... commença Gerald.

Il se tut sous le regard méprisant qu'elle lui lança.

— Il était dehors en train de se promener, répondit Joseph. Et l'arme qui a tué Sebastian était cachée dans un endroit où seul un nombre limité de personnes a pu l'avoir mise ou récupérée.

— Beecher! fulmina Mary, triomphante. Naturellement! C'est la seule réponse logique.

— Non, la contredit Joseph. Il a peut-être pu la dissimuler à cet endroit, mais pas la reprendre. Elwyn si.

— C'est ridicule, affirma-t-elle, tellement crispée qu'elle en tremblait. S'il avait su où elle était, il aurait prévenu la police! Cela aurait pu conduire à l'arrestation du meurtrier de Sebastian. Ou êtes-vous assez fou pour croire qu'il est aussi coupable de cela?

— Non. Je sais qu'il ne l'est pas. J'ignore qui est

l'assassin, admit-il. Et je crois qu'Elwyn pensait sincèrement que c'était Beecher et qu'il échapperait à la justice.

— Son geste est donc justifié ! lâcha-t-elle, véhémente. Il a tué un meurtrier !

— Il a tué quelqu'un qu'il a pris pour un meurtrier, corrigea Joseph. Et il s'est trompé.

— Vous avez tort, insista-t-elle, avant de se détourner.

Sa voix monta dans les aigus, stridente de désespoir, comme si le monde n'avait plus aucun sens.

— Beecher doit être coupable ! Elwyn est moralement innocent du moindre crime, et je veillerai à ce qu'il ne souffre pas.

Joseph regarda Aidan Thyer, derrière elle, et, une fois de plus, la pensée l'envahit que cet homme était peut-être derrière le document, et peut-être aussi la mort de Sebastian. Le directeur avait l'air pâle et fatigué, aujourd'hui, les traits plus creusés qu'à l'accoutumée. Était-il au courant à propos de Connie et de Beecher ? Avait-il toujours su ? Joseph le dévisagea, mais il n'y avait rien dans le regard de Thyer qui pût le trahir.

— Docteur Reavley ? s'enquit Gerald, hésitant. Allez-vous... allez-vous faire tout votre possible pour Elwyn ? Je veux dire, j'aimerais qu'il... vous avez un certain poids ici... la police va...

Il pataugeait lamentablement.

— Oui, bien sûr, acquiesça Joseph. Avez-vous un représentant légal à Cambridge ?

— Oh, certes... je voulais dire en qualité de... en tant qu'ami.

— Oui. Si vous le souhaitez, j'y vais de ce pas.

— Oui... s'il vous plaît, faites-le. Je vais rester ici avec mon épouse.

— Je vais voir Elwyn ! s'écria Mary.

— Non, tu n'y vas pas, rétorqua Gerald avec une fermeté inhabituelle. Tu restes ici.

— Je... commença-t-elle.

— Tu restes ici, répéta-t-il, en la saisissant par le bras pour l'arrêter, alors qu'elle s'apprêtait à partir. Tu as déjà fait assez de mal comme ça.

Elle fit volte-face et le contempla, bouche bée, son visage luttant entre la colère et le chagrin. Mais elle ne le contredit pas.

Joseph leur dit au revoir et sortit.

Perth ne s'opposa pas à ce que Joseph puisse voir Elwyn en aparté, dans la cellule du commissariat. C'était en fin d'après-midi et les ombres s'allongeaient. La pièce sentait le renfermé, la peur et la misère.

Elwyn s'assit sur l'une des deux chaises en bois et Joseph s'installa sur l'autre. Une simple table nue et éraflée les séparait.

— Comment va maman? demanda Elwyn dès que la porte se ferma et qu'ils se retrouvèrent tête-à-tête.

Il était très pâle et les cernes autour de ses yeux ressemblaient à des ecchymoses.

— Elle est très en colère, répondit Joseph. Elle a eu beaucoup de mal à accepter que tu puisses être coupable du meurtre de Beecher, mais quand elle a dû bel et bien se résoudre à l'évidence, elle a jugé que tu défendais une juste cause et étais moralement innocent.

Les épaules d'Elwyn se détendirent un peu. Son teint évoquait celui d'un cadavre, comme s'il était froid au toucher.

— Ton père va engager un avocat pour te défendre, continua Joseph. Mais y a-t-il quelque chose que je puisse faire, en tant qu'ami?

Elwyn baissa les yeux vers ses mains posées sur la table.

— Veiller sur maman autant que vous le pouvez, répondit-il. Elle s'inquiète tellement! Vous ne pouvez pas comprendre si vous n'avez pas vu tante Aline. C'est sa sœur aînée. Elle fait toujours tout comme il faut, et la première. Elle n'a pas son pareil pour vous faire sentir que vous ne serez jamais intelligent ou important. Je pense qu'elle a toujours été ainsi. Elle a...

Il s'interrompit soudain, en comprenant que tout cela se révélait inutile désormais. Il reprit sa respiration et poursuivit, plus calmement :

— Vous aviez de l'affection pour Sebastian ; vous perceviez ce qu'il y avait de meilleur en lui. Continuez ainsi et ne les laissez pas dire que c'était un lâche.

Il releva prestement la tête, scrutant le visage de Joseph.

— Je n'ai jamais entendu dire de lui qu'il était lâche, répliqua celui-ci. Personne ne l'a même laissé supposer. Il était arrogant et manipulateur à ses heures. Mais je pense qu'avec le temps on oubliera même cela, et les gens choisiront de se souvenir du meilleur.

Elwyn hocha brièvement la tête et se passa une main sur la figure. Il semblait totalement épuisé.

Joseph le plaignait de toute son âme. On avait trop exigé de ce garçon, beaucoup trop. On avait idolâtré son frère, et Mary, dans son chagrin, avait attendu d'Elwyn qu'il oublie sa propre douleur et prenne en charge celle de sa mère, lui épargne la vérité et supporte le fardeau de ses émotions. Et, pour ce que Joseph en savait, elle ne lui avait rien offert en retour, pas même sa gratitude ou son approbation. À présent qu'il était beaucoup trop tard, elle songeait enfin à lui et se préparait à le défendre. En un sens, c'était la passion de sa mère qui avait poussé Elwyn à chercher une vengeance aussi terrible... par erreur, en l'occurrence.

La vérité restait encore à découvrir. Quelqu'un d'autre avait placé le revolver dans la gouttière, après avoir tué Sebastian, quelqu'un ayant accès à la maison du directeur. Connie, afin de protéger sa réputation et donc tout ce que son mariage lui apportait ? Ou Aidan

Thyer, car c'était lui que Sebastian avait vu sur la route d'Hauxton ? Peut-être était-ce l'ultime occasion pour Joseph de poser la question, quand Elwyn n'avait plus rien à perdre et se confierait à lui, s'il savait.

— Elwyn ?...

Le jeune homme fit un mouvement signifiant qu'il écoutait, mais il ne leva pas la tête.

— Elwyn, comment as-tu trouvé le revolver ?
— Comment ? Oh... je l'ai vu.
— Par la fenêtre de l'étage ?
— Oui. En quoi est-ce important, à présent ?
— Pour moi, ça l'est. Le docteur Beecher ne l'a pas caché là-haut, n'est-ce pas ? Était-ce M. Thyer... ou Mme Thyer ? L'as-tu vu ?

Joseph attendit. On aurait presque dit l'affrontement de deux volontés.

— Oui, finit par répondre Elwyn. *C'était* le docteur Beecher.

— Alors il l'a fait pour quelqu'un, répliqua Joseph, conscient du coup qu'il lui assenait.

Mais c'était une vérité qu'il ne pouvait plus dissimuler.

— Le docteur Beecher n'a pas assassiné Sebastian, enchaîna-t-il. Il n'a pas pu le faire. Il se trouvait ailleurs, et un témoin peut le prouver.

Elwyn se raidit, ses yeux étaient caves, presque noirs dans la lumière déclinante de la pièce.

— Ailleurs ? murmura-t-il, horrifié.

Mais ce n'était pas de l'incrédulité. Joseph le sut, dès que le garçon tenta de le masquer et, l'espace d'un instant, chacun vit en l'autre cette prise de conscience terrible, irrévocable.

Puis Joseph détourna les yeux, anéanti par ce qu'il venait de comprendre.

Elwyn savait que Beecher n'avait pas tué Sebastian ! Alors pourquoi l'avait-il assassiné ? Pour protéger qui ?

Non pas Connie. Aidan Thyer ? Sebastian avait-il vu le directeur sur la route d'Hauxton et s'était-il confié à Elwyn, avant sa mort ? Était-ce pour cette raison qu'Elwyn ne voulait pas parler, encore maintenant ? Était-il même concevable qu'il ait tué Beecher sur les ordres de Thyer, pour sauver sa peau ? Les pensées tournoyaient dans la tête de Joseph... disparates, enchevêtrées. Tout cela faisait-il partie du complot découvert par John Reavley à partir du document de Reisenburg ? Et cela allait-il aussi coûter la vie à Elwyn ?

Il ferma les yeux.

— Je t'aiderai si j'en ai la possibilité, Elwyn, dit-il avec douceur. Mais Dieu du ciel, j'ignore comment !

— Vous ne pouvez pas, marmonna Elwyn, en se voilant la face de ses mains. C'est trop tard.

CHAPITRE XV

Joseph se leva tard le dimanche matin, l'esprit toujours rongé par les dernières paroles d'Elwyn et l'image du profond désespoir du jeune homme. Néanmoins, celui-ci était décidé à dissimuler un secret concernant la mort de Sebastian, même à ce prix-là. Joseph n'avait cessé de tourner et de retourner ce problème pendant sa nuit blanche, saisissant une réponse avant de la perdre ensuite, et en fin de compte ne trouvant rien de cohérent.

C'était le 2 août et il ignorait toujours qui avait assassiné ses parents, ce que contenait le document, ou ce que celui-ci était devenu. Il avait cherché, mais chaque solution se volatilisait au moment où il l'ébauchait. Pourtant, John et Alys Reavley étaient morts, de même que Sebastian Allard, l'Allemand Reisenburg, et à présent Harry Beecher. Et ce pauvre Elwyn pourrait l'être aussi, quand la justice aurait suivi son cours. Joseph ne voyait pas comment y remédier.

Le lendemain était un jour férié ; il devait retourner à St. Giles et le passer avec Judith. Ces derniers jours l'avaient trop accaparé pour lui écrire, ou même envoyer des nouvelles à Hannah.

Il se leva lentement, se rasa et s'habilla, mais ne descendit pas au réfectoire pour le petit déjeuner. Il n'avait pas faim et certes aucune envie d'affronter Moulton ou tout autre collègue. Il n'allait pas fournir d'explication au sujet d'Elwyn ou discuter de l'affaire. C'était une tragédie atroce, mais néanmoins privée. Les Allard avaient eu plus que leur content de malheur, sans qu'il faille y ajouter le fléau des spéculations d'autrui.

Il passa la matinée à ranger divers livres et papiers, puis écrivit une longue lettre à Hannah, en sachant qu'il n'y disait rien d'important... c'était un simple moyen de garder le contact. Il assista à la messe de onze heures à la chapelle, mais l'office se déroula presque à son insu, sans lui apporter le profond réconfort dont il avait besoin. Le contraire l'aurait franchement étonné. Peut-être connaissait-il trop bien les paroles, au point qu'il ne les entendait plus. Même l'excellence de la musique paraissait détonner dans le monde de la vie quotidienne, avec son désenchantement et tous ces deuils qui se multipliaient.

Il vit Connie Thyer brièvement dans l'après-midi, mais elle ne put lui parler que quelques minutes. Elle se retrouvait à nouveau dépassée par l'hystérie croissante de Mary Allard et découragée par l'inutilité de l'aide qu'elle tentait de lui apporter, même si les circonstances la contraignaient de continuer à la lui proposer, de même que sa compassion.

Joseph franchit la grille principale et flâna sans but dans les rues quasi désertes de la ville. Tous les magasins étaient fermés par respect du dimanche. Les rares personnes qu'il croisa étaient vêtues sobrement et lui adressèrent un signe de tête furtif.

Sans le vouloir, il se retrouva dans Jesus Lane et, d'instinct, obliqua à droite dans Emmanuel Road. Il passa tranquillement devant Christ's Pieces et traversa enfin St. Andrews Street, pour rejoindre Downing Street, en direction de Corpus Christi, avant de retrouver la rivière.

Plutôt que de réfléchir réellement, il laissait ses pensées lui traverser l'esprit. Celui-ci fourmillait toujours de questions, et Joseph ignorait où trouver un fil conducteur qui lui permettrait de démêler ne fût-ce qu'une seule énigme. Peut-être fallait-il commencer par savoir qui avait assassiné Sebastian et pourquoi.

Les plus longs jours de l'été étaient loin désormais et, vers six heures et demie, alors qu'il se sentait las et assoiffé, le soleil déclinait à l'ouest. Même s'il n'en avait pas conscience, peut-être s'était-il retrouvé à dessein au pub qui jouxtait le bief. Il allait pouvoir s'y attabler, souper et prendre une grande boisson bien fraîche. En prenant son temps, il pourrait trouver l'occasion de parler de nouveau à Flora Whickham. Si Sebastian avait su quoi que ce soit au sujet de l'accident de la Lanchester, la jeune fille était peut-être la seule personne à laquelle il se serait confié, en dehors d'Elwyn, auquel Joseph ne risquait pas de soutirer le moindre renseignement. Le jeune homme était enfermé dans son chagrin et peut-être même dans la peur. S'il détenait cette dangereuse information, elle pouvait entraîner sa propre mort, au cas où il la divulguerait à quiconque. Et pourquoi ferait-il confiance à Joseph ? Jusque-là, il n'avait rien réussi, hormis à prouver que Beecher n'était pas l'assassin de Sebastian, pas plus qu'il n'avait mis fin à ses jours.

Le pub était paisible... quelques hommes d'un certain âge sirotaient leur pinte d'ale, visages mornes, voix étouffées. Le patron circulait tranquillement parmi eux, remplissant les chopes, essuyant les tables. Même Flora n'avait pas droit aux plaisanteries.

Joseph commanda une tourte froide au gibier avec des tomates fraîches, des condiments et des légumes, puis des framboises à la crème. Les autres tables étaient vides et une brume dorée envahissait déjà l'atmosphère lorsqu'il put enfin capter toute l'attention de la serveuse. L'établissement était désert, à présent, et le patron la laissa partir plus tôt.

Flora accepta volontiers de marcher dans les Backs sous les arbres, dans la lumière du soir. Il n'y avait personne sur la rivière, du moins à cet endroit, et les feuilles frémissaient à peine dans la brise légère. On n'entendait aucun bruit, si ce n'était le murmure du vent, aucune voix, aucun rire.

— C'est vrai qu'le frère de Sebastian a tué le docteur Beecher? lui demanda Flora.

— Oui, j'en ai bien peur.

— Pour venger Sebastian?

— Non. Le docteur Beecher n'a pas tué Sebastian, et Elwyn le savait.

Elle fronça les sourcils, la tombée du soir transformant sa chevelure en halo doré, autour de son visage troublé.

— Alors pourquoi? demanda-t-elle. Il aimait Sebastian, vous le savez.

Elle secoua un peu la tête et poursuivit :

— C'était pas un héros pour lui; il connaissait ses défauts, même s'il le comprenait pas beaucoup. Ils étaient très différents.

Elle contempla la lumière sur l'herbe lisse devant elle, les minuscules grains de poussière voletant dans l'air, les reflets ambrés du soleil à la surface de l'eau paisible.

— Si la guerre éclate — et ça risque d'être le cas, à c'qu'en disent les gens —, alors Elwyn aurait dû aller s' battre. Il aurait pensé qu'c'était son d'voir et son honneur. Mais Sebastian aurait fait n'importe quoi pour l'éviter.

— Elwyn le savait?

— J'pense que oui.

Elle attendit quelques instants, avant de continuer :

— Il comprenait pas à quel point c'était important pour Sebastian. Personne d'aut' le comprenait.

— Pas même Miss Coopersmith? demanda-t-il gentiment.

Il ignorait si Flora connaissait son existence, mais même si elle n'était pas au courant, elle n'avait pu espérer dans le meilleur des cas guère plus que de l'amitié de la part de Sebastian. Le pire eût été une relation plus malsaine et bien moins précieuse.

— J'pense qu'elle savait quelque chose, dit-elle en détournant son regard. Mais ça la mettait mal à l'aise. Elle est v'nue m'voir après sa mort. Elle m'a d'mandé d'rien dire, pour protéger la réputation de Sebastian, et éviter, j'suppose, à sa famille d'êt' blessée.

Ses lèvres s'étirèrent un peu aux commissures, son visage était empreint d'une douce compassion.

— Il l'aimait pas et elle le savait. Elle pensait qu'ça viendrait au fil du temps. J'imagine même pas comme ça doit êt' affreux. Mais elle voulait quand même le protéger.

Joseph tenta de concevoir la scène : Regina, digne, d'une beauté presque insignifiante, dans son élégante toilette de deuil, face à la serveuse, visage ovale et chevelure éclatante, quasi préraphaélite, et lui demandant de taire son amitié avec Sebastian, pour sauver la réputation du jeune homme. Et peut-être pour préserver aussi un peu de son honneur, sinon privé, du moins public, qui risquait d'être mis à mal si l'on apprenait qu'il avait fait de Flora, plutôt que d'elle, sa confidente.

— Était-ce si important aux yeux de Sebastian ? reprit Joseph, en se rappelant sa propre conversation avec l'étudiant, à quelques mètres à peine du lieu où il se trouvait.

Elle était enfiévrée, certes, mais s'agissait-il de frayeurs et d'espoirs ou de volonté d'agir ? Flora y avait fait allusion.

— Était-ce davantage que des paroles ?

Elle contempla l'herbe sous la lumière déclinante et répondit d'une voix très basse.

— C'était une passion qu'il avait en lui, dit-elle. À la

fin, c'était la chose la plus importante de sa vie... préserver la paix, veiller sur toute cette beauté qui nous v'nait du passé. La guerre le terrifiait... pas seulement les combats et les bombardements.

Elle leva un peu la tête et observa, sur l'autre rive, les tours des bâtisses à la beauté délicate, majestueuse, et le ciel limpide au-delà.

— Le pouvoir de briser, d'massacrer et d'brûler, mais par-dessus tout la destruction d'l'esprit. Une fois qu'on a anéanti la civilisation, qu'est-ce qu'il nous reste à l'intérieur? La force et les rêves pour recommencer? Non, on l'a plus. Si on détruit tout c'qui nous reste de sagesse, de beauté, et c'qui cause à c'qu'il y a de saint en nous, on s'détruit nous-mêmes aussi. On d'vient des sauvages, mais sans l'excuse qu'ils ont, eux.

Il entendait l'écho des paroles de Sebastian dans celles de la jeune fille.

Elle se tourna vers lui :

— Vous comprenez? s'enquit-elle, pressante.

Cela semblait capital pour elle.

C'est pour cette raison qu'il avait besoin de lui répondre honnêtement.

— Cela dépend de ce que vous êtes prêt à accomplir pour éviter la guerre.

— Vraiment? dit-elle. Est-ce que ça ne le mérite pas?

— Sebastian le pensait?

— Oui. Je...

Elle hésita, troublée, et détourna encore les yeux.

— Qu'est-ce que vous voulez dire par « ça dépend »? Qu'est-ce qui pourrait êt' pire? Il m'a raconté certaines choses sur la guerre des Boers.

Elle tressaillit, comme saisie par des spasmes, et referma les bras autour d'elle.

— Les camps d'concentration, c'qu'est arrivé à des femmes et à des enfants, dit-elle dans un murmure. Si vous faites ça à des gens, qu'est-ce qui vous reste, quand vous rentrez à la maison, même si vous avez gagné?

— Je ne sais pas, avoua-t-il, en sentant lui aussi un frisson le parcourir. Mais j'en suis arrivé à ne pas pouvoir croire que dans l'apaisement réside la réponse. Peu de gens sains d'esprit aspirent à se battre, mais peut-être que nous le devons.

— J'crois qu'c'était c'qui l'effrayait.

Flora se tenait immobile dans l'herbe. Ils étaient face à Trinity; St. John s'assombrissait dans le soleil couchant.

— Y avait une chose terrible qui l'bouleversait dans les derniers jours. Y pouvait pas dormir; j'crois qu'il en avait peur. C'était comme s'il avait une douleur si profonde en lui qu'il arrivait jamais à s'en débarrasser. Après c't'assassinat en Serbie, il était si désespéré qu'j'ai eu peur pour lui... Mais vraiment peur! Pour lui, c'était comme si l'avenir était tout noir. J'ai essayé d'le réconforter, mais j'y suis pas arrivée.

Elle regarda Joseph, les yeux emplis de chagrin.

— C'est terrib' de dire ça, mais... parfois, j'suis presque contente qu'y vive plus pour voir ça... car on va droit à la guerre, pas vrai? Nous tous.

— Je pense, répondit-il calmement.

La conversation paraissait incongrue avec le magnifique coucher de soleil à l'horizon, l'air du soir chargé du parfum de l'herbe et, pour unique fond sonore, le murmure des feuillages et un tourbillon d'étourneaux dans le bleu transparent du ciel. C'était sans conteste l'âme même de la paix, l'ascension de générations jusqu'au sommet de la civilisation. Comment pourrait-on le détruire un jour?

— Il essayait si fort! lâcha-t-elle avec des sanglots de colère et de compassion dans la voix. Il appartenait à une espèce de grand club qui s'battait pour la paix, dans l'monde entier. Et il aurait tout fait pour eux.

Cela mit la puce à l'oreille de Joseph.

— Oh ? Qui étaient-ils ?

Elle secoua aussitôt la tête :

— J'en sais rien. Y voulait rien m'dire. Mais ils avaient d'grandes idées qui l'enthousiasmaient beaucoup et qui allaient stopper la guerre qu'arrive maint'nant.

Elle joignit les mains, en baissant la tête.

— J'suis heureuse qu'il ait pas à voir ça ! Ses rêves étaient si grandioses et si beaux, y pouvait pas supporter d'les voir s'effondrer. Ça l'rendait fou rien qu'd'y penser, avant qu'on le tue. J'me suis parfois d'mandé si c'est pas pour ça qu'on l'a assassiné.

Elle releva la tête et scruta le visage de Joseph :

— Vous croyez qu'y aurait des gens assez mauvais pour vouloir la guerre et l'tuer au cas où il l'empêcherait ?

Il ne répondit pas. Sa voix était comme prisonnière de sa poitrine, tant il était oppressé. Était-ce le complot découvert par son père ? Sebastian était-il au courant depuis le début ? Quel prix ces gens-là étaient-ils prêts à payer pour une paix dont John Reavley pensait qu'elle anéantirait l'honneur de l'Angleterre ?

Flora s'était remise à marcher et descendait vers la rivière, peut-être parce que la nuit tombait si vite qu'elle avait besoin de s'éloigner des arbres pour voir où elle allait. Elle faisait corps avec le paysage, sa peau diaphane et dorée dans les vestiges du jour, les cheveux auréolant son visage.

Il la rattrapa.

— Je vais vous raccompagner, proposa-t-il.

Elle sourit en secouant la tête.

— Il est pas tard, dit-elle. Si j'peux pas passer par le collège, j'marcherai dans la rue. Mais merci.

Il n'insista pas. Il devait voir Elwyn. C'était le seul à pouvoir répondre aux questions qui le brûlaient. L'obscurité atteignait non seulement le ciel et l'atmosphère, mais également son cœur.

Il prit un raccourci par le pont le plus proche et marcha aussi vite qu'il le put en direction du poste de police. Les pensées grouillaient, toujours aussi confuses, dans sa tête, les mêmes questions l'assaillaient et exigeaient des réponses.

Les rues étaient désertes, les réverbères comme autant de lunes improbables projetant une clarté jaunâtre sur les pavés. Ses pas hâtifs sonnaient creux, il glissait un peu par moments.

Il parvint au commissariat et constata qu'il y avait de la lumière. Des gens devaient encore y travailler. Les portes n'étaient pas fermées à clé et il entra directement. Un homme se tenait à l'accueil, mais Joseph l'ignora et entendit quelqu'un l'interpeller, comme il passait dans l'autre pièce, où Perth avait maille à partir avec Gerald et Mary Allard, et un individu en complet sombre qui devait être leur avocat.

Ils se retournèrent à l'arrivée de Joseph. L'inspecteur paraissait si exténué que ses yeux étaient cernés de rouge.

— Révérend... commença-t-il.

— J'ai besoin de parler à Elwyn, dit Joseph, en percevant lui-même les inflexions désespérées dans sa voix.

Si l'avocat voyait Elwyn le premier, Joseph risquait de ne jamais connaître la vérité.

— Vous ne pouvez pas! refusa Mary, farouche. Je l'interdis. Vous n'avez fait qu'apporter le malheur dans ma famille, et...

Joseph se tourna vers Perth.

— Je pense qu'il sait peut-être quelque chose au sujet du décès de Sebastian. Je vous en prie! C'est d'une importance capitale!

Ils le dévisagèrent. Le visage de Mary ne trahissait

que le refus. L'avocat s'approcha d'elle, comme pour la soutenir. Gerald demeura immobile.

— Je crois que Sebastian savait quelque chose à propos de la mort de mes parents ! reprit Joseph, gagné par la panique et sur le point de perdre son sang-froid. Je vous en conjure !

Le policier prit sa décision.

— Vous restez ici ! ordonna-t-il aux Allard et à l'avocat. Vous venez avec moi, dit-il à Joseph. S'il veut bien vous voir, c'est d'accord.

Et, sans attendre la moindre protestation, il quitta la pièce avec Joseph sur ses talons.

La cellule d'Elwyn se trouvait tout près et, quelques minutes plus tard, ils étaient à la porte. La clé était fixée à un crochet à l'extérieur. Perth l'ôta, la glissa dans la serrure et ouvrit. Il poussa la porte et s'arrêta net, pétrifié.

Joseph se tenait juste derrière lui, mais il était plus grand. Il vit Elwyn par-dessus l'épaule de l'inspecteur. Le jeune homme s'était pendu aux barreaux de la haute fenêtre, le nœud autour de son cou était formé par des lambeaux de sa chemise qu'il avait tressés, le tout assez solide pour supporter son poids et l'étrangler.

Perth se précipita et tenta de pousser un cri, en vain.

Joseph crut défaillir. L'émotion — un mélange de pitié et de soulagement — le submergea avec une force écrasante. Il sentit à peine les larmes couler le long de ses joues.

Le souffle court, l'inspecteur bataillait pour détacher Elwyn, les doigts gourds, déchirant les nœuds, se cassant les ongles.

Joseph aperçut la lettre sur le lit de camp et s'approcha. Personne ne pouvait plus rien faire pour Elwyn. L'enveloppe lui était adressée. Il l'ouvrit avant que Perth ou quelqu'un d'autre ne le lui interdise.

Il lut :

Cher docteur Reavley,

Sebastian était mort quand je suis arrivé dans sa chambre, ce matin-là; le revolver gisait par terre. Je savais qu'il s'était suicidé, mais j'ai pensé que c'était par peur d'aller à la guerre. Il a toujours cru que nous irions au combat. Tout porte à croire à présent qu'il avait raison. Mais je n'ai lu sa lettre qu'ensuite, quand il était trop tard. Tout ce qui m'importait, c'était de masquer son suicide. Mère n'aurait pu vivre en sachant qu'il était lâche. Vous le savez, parce que vous la connaissez.

J'ai pris le revolver et je l'ai caché dans l'entonnoir, en haut du conduit d'écoulement, sur le toit de la maison du directeur. Je n'ai jamais voulu faire porter le blâme à quiconque, mais tout cela m'a échappé.

Le docteur Beecher a dû s'en rendre compte. Entretemps, j'avais lu la lettre de mon frère, mais c'était trop tard. Je suis désolé, terriblement désolé. Il ne reste plus rien, à présent. En tout cas, c'est la vérité.

Elwyn Allard

L'enveloppe contenait une seconde missive, sur un papier différent, et écrite de la main de Sebastian :

Cher docteur Reavley,

Je croyais connaître la réponse. La paix... la paix à n'importe quel prix. La guerre en Europe pouvait entraîner le massacre de millions d'individus ; qu'est-ce qu'une vie ou deux pour en sauver autant ? Je l'ai cru et j'aurais volontiers donné la mienne. J'ai voulu préserver toute cette beauté. Peut-être que ce n'est pas possible et que nous devrons nous battre, en définitive.

J'étais à Londres quand j'ai appris qu'on avait volé le document. Je suis rentré à Cambridge ce soir-là. Ils m'ont donné un revolver, mais j'ai moi-même confectionné la herse, avec du fil de clôture. Ainsi, ça passerait pour un accident. Ce serait beaucoup mieux. Ça n'a pas été difficile, juste laborieux.

Je suis parti à bicyclette le lendemain, je l'ai abandonnée dans un champ. Tout était fort simple... et plus terrible que tout ce que j'aurais pu imaginer. Vous songez aux millions de gens et votre esprit est anéanti. Vous voyez deux corps étendus, brisés, dont la vie s'en est allée, et votre âme est écartelée. La réalité du sang et de la douleur est si éloignée de l'idée que l'on peut s'en faire... Je ne peux plus vivre avec ce fardeau.

J'aurais aimé ce que ce ne soient pas vos parents, Joseph. Je suis si désolé que je ne pourrai jamais m'en relever.

Sebastian

Joseph contempla la feuille. Elle expliquait tout. À leur manière, Sebastian et Elwyn se ressemblaient tellement : aveuglés, héroïques, autodestructeurs, et, au bout du compte, inefficaces. La guerre aurait lieu, de toute façon.

Perth déposa Elwyn à terre avec précaution, en glissant une couverture sous sa tête, comme si cela était utile. Il considérait Joseph, le visage terreux.

— Ce n'est pas notre faute, dit ce dernier. Au moins, cela évitera le procès.

L'inspecteur déglutit avec peine. Il essaya de dire quelque chose, mais ses mots s'étouffèrent dans un sanglot.

Joseph reposa la lettre sur le matelas et conserva celle de Sebastian.

— Je vais aller les prévenir.

Dès qu'il se retrouva dans la pièce, Mary s'avança et reprit son souffle pour exiger une explication. Elle découvrit alors son visage et comprit, effrayée, que quelque chose d'horrible s'était produit.

Gerald s'avança derrière elle et la prit par les épaules.

— Je suis navré, dit calmement Joseph. Elwyn a reconnu avoir tué le Dr Beecher, car celui-ci avait découvert la vérité sur la mort de Sebastian.

— Non! hurla Mary en essayant de s'arracher à l'emprise de Gerald.

Joseph resta immobile. Il ne pouvait éviter cela. Il eut l'impression de prononcer l'arrêt de mort de Mary Allard.

— Sebastian a mis fin à ses jours. Personne ne l'a assassiné. Elwyn ne voulait pas que vous le sachiez, alors il a pris l'arme et a maquillé cela en meurtre... pour vous protéger. Je suis désolé.

Elle était comme paralysée.

— Non, prononça-t-elle d'une voix tout à fait posée. Ce n'est pas vrai. C'est une conspiration!

Le visage de Gerald se décomposa lentement lorsque la compréhension brisa quelque chose en lui. Il lâcha Mary et recula en chancelant, pour se laisser choir sur une des chaises en bois.

L'avocat semblait totalement impuissant.

— Non! répéta Mary. Non! *Non!*

Perth apparut à l'entrée de la pièce.

— J'ai appelé un médecin...

Mary fit volte-face:

— Il est vivant! Je le savais!

— Non, dit l'inspecteur d'une voix rauque. Je l'ai appelé pour vous. Je suis désolé.

Elle vacillait.

Joseph tendit la main pour la retenir, mais elle le repoussa violemment, tandis que ses jambes se dérobaient sous elle; elle l'atteignit au visage et l'effleura à peine.

— Vous feriez mieux d'vous en aller, m'sieu, conseilla Perth tranquillement.

Nulle colère dans son regard, uniquement de la pitié et une immense fatigue.

Joseph comprit et sortit dans la fraîcheur enveloppante et protectrice de la nuit. Il avait besoin de solitude.

Le lendemain, le 3 août, Mitchell lui apporta le journal de bonne heure.

— Va y avoir la guerre, m'sieu, dit-il d'un air sombre. On peut plus rien y faire, maint'nant. La Russie a envahi l'Allemagne hier, et les Allemands sont entrés en France, au Luxembourg et en Suisse. La marine est mobilisée, et les soldats surveillent les lignes de chemin d'fer, les stocks de munitions et ainsi d'suite. J'crois qu'ça y est, docteur Reavley. Que Dieu nous vienne en aide.

— Oui, Mitchell, je suppose que le sort en est jeté, commenta Joseph.

La réalité de la situation l'oppressait à lui couper le souffle.

— Vous allez r'tourner chez vous, m'sieu.

C'était une affirmation.

— Oui, Mitchell. Il n'y a vraiment plus rien à faire ici pour l'instant. Je devrais être auprès de ma sœur.

— Oui, m'sieu.

Avant de s'en aller, Joseph passa voir Connie quelques instants. Ils avaient peu de choses à se dire. Il ne pouvait lui parler de ce qu'il avait appris sur Sebastian et, de toute manière, en la regardant, il songeait à Beecher. Il savait ce qu'on éprouvait à la perte de la seule personne qu'on pût imaginer aimer, lorsqu'on se retrouvait seul, face à un chemin s'étirant à perte de vue.

Il se borna à lui sourire et à évoquer la guerre.

— Je présume que la plupart d'entre eux vont s'enrôler comme officiers, dit-elle paisiblement, le regard voilé, comme elle contemplait le soleil sur l'enceinte du jardin.

— Probablement, approuva-t-il. Ce qu'ils ont de mieux à faire... si on en arrive là.

Elle se tourna vers lui.

— Vous pensez qu'il n'y a plus d'espoir?

— Je ne sais pas, admit-il.

Il s'attarda encore un peu, souhaitant dire un mot au sujet de Beecher, mais elle comprit. Elle l'avait peut-être même mieux connu que lui, et il lui manquerait d'autant plus. Enfin, il se contenta de lui dire au revoir, puis alla trouver le directeur pour lui faire aussi ses adieux, en tout cas pour le moment.

Il n'avait traversé que la moitié de la seconde cour quand il vit Matthew franchir la grille principale. Son frère avait le teint pâle et l'air fatigué, comme s'il avait veillé une grande partie de la nuit. Ses cheveux blonds étaient un peu éclaircis par le soleil et il portait l'uniforme.

— Tu veux que je te dépose à la maison? proposa-t-il.

— Oui... s'il te plaît.

Joseph hésita un instant, en se demandant si Matthew désirait une tasse de thé ou autre chose avant de parcourir les derniers kilomètres. Mais la réponse se lisait sur son visage.

Dix minutes plus tard, ils se retrouvaient sur la route. C'était presque une journée d'été comme les autres. Les chemins étaient gorgés de feuillage, la moisson battait son plein dans les champs, ici et là ponctués de coquelicots écarlates. Les hirondelles se rassemblaient.

Le cœur gros, Joseph relata à Matthew ce qui s'était passé la veille au soir. Il avait encore la lettre d'Elwyn en tête et celle de Sebastian sur lui. Il la lut pendant le trajet. Toute explication, tout commentaire étaient superflus. Lorsqu'il eut fini, il la replia et la glissa dans sa poche. Il observa Matthew. Le visage de son frère était déchiré de douleur et de colère envers ces actes inutiles et la peine qu'ils avaient causée. Il lança un bref regard à Joseph. C'était un regard de profonde compassion.

— Tu as raison, concéda Matthew avec calme, tandis qu'il négociait le virage pour entrer dans St. Giles et découvrait la grand-rue déserte. Ni toi ni moi ne pouvons y remédier. Pauvres diables. Tout cela pour rien. Je suppose que tu n'as toujours aucune idée de ce qui est arrivé au document?

— Non, répondit Joseph, lugubre. Je te l'aurais dit.

— Oui, bien sûr. Et j'ignore toujours qui est derrière tout ça... à moins que ce ne soit Aidan Thyer, comme tu le laisses entendre. Bon sang! Je l'aimais bien.

— Moi aussi. Je commence à me rendre compte que ça ne signifie pas grand-chose, dit Joseph avec tristesse.

Matthew lui lança un regard comme il quittait la rue principale pour rejoindre la maison.

— Que vas-tu faire maintenant? Archie va rester en mer, comme toujours. Il n'aura pas le choix. Et moi je demeure aux services secrets, naturellement. Mais toi?

Il fronçait les sourcils, l'air un peu inquiet.

— Je n'en sais rien, avoua Joseph.

Matthew gara l'automobile devant la demeure, faisant crisser ses pneus sur le gravier. Quelques instants plus tard, Judith ouvrit la porte d'entrée, le visage rasséréné. Elle descendit les marches du perron en deux enjambées et serra très fort ses frères à tour de rôle, avant de retourner à l'intérieur.

Quand ils sortirent ensuite pour se promener dans l'herbe douce du jardin, sous les pommiers, ils la mirent au courant à propos d'Elwyn et de Sebastian. Elle en resta abasourdie : la rage, la compassion et la confusion la submergèrent.

Le déjeuner tardif fut morne, silencieux, chacun était désireux de s'isoler dans ses pensées. C'était un de ces étranges moments où le temps semble suspendu. Le cliquetis des couverts sur la porcelaine était assourdissant.

Aujourd'hui, demain, bientôt, Joseph allait devoir prendre une décision. Il avait trente-cinq ans. Il n'était pas tenu de se battre. Il pouvait faire valoir toutes sortes d'exemptions et personne ne s'y opposerait. La vie devait continuer au pays : il y avait des sermons à faire, des gens à baptiser, à marier, à enterrer, les malades et les personnes en détresse à visiter.

Le dessert se composait de framboises. Il mangea les siennes lentement, en savourant leur douceur, comme s'il n'y goûterait plus jamais. Il avait l'impression que Matthew et Judith attendaient qu'il prenne la parole, mais il n'avait aucune idée de ce qu'il était censé déclarer, et son frère lui épargna cette peine en l'arrachant à son indécision.

— J'étais en train de réfléchir, dit-il. J'ignore les armes dont nous disposons, du moins dans le détail. Je sais en revanche que c'est insuffisant. Il se peut qu'on nous demande de donner celles, en état de marche, que nous possédons. J'ignore si quelqu'un en voudra, mais c'est fort possible.

— Ça ne va quand même pas être aussi terrible ! Si ? s'enquit Judith, livide, le regard effrayé. Je veux dire..

— Non, bien sûr que non ! s'empressa de contrer Joseph, en lançant un regard menaçant à Matthew.

— On risque de nous demander des armes à feu, persista son frère. Je ne serai pas à la maison et j'ignore si tu y seras ou pas.

Il regarda Joseph tout en parlant et recula sa chaise pour se lever.

— Il y a au moins deux fusils de chasse, un neuf et un vieux, ce qui risque de ne pas faire grand-chose. Et il y a la canardière.

— Tu pourrais arrêter un éléphant avec ça ! ironisa Judith. Mais seulement s'il venait vers toi par les marécages, à condition que tu sois en train de voguer dans ta barque au même moment

Matthew repoussa sa chaise contre la table.

— Je vais la sortir quand même. Elle servira sans doute à quelqu'un.

Joseph l'accompagna, non pas par intérêt pour les armes à feu — il les détestait —, mais pour s'occuper.

— Tu n'as pas besoin de l'affoler comme ça! reprocha-t-il à son frère. Pour l'amour du ciel, tâche de faire preuve de jugeote!

— Il vaut mieux qu'elle soit au courant, se contenta de répondre Matthew.

Les armes étaient rangées dans un placard fermé à clé du bureau. Matthew prit celle de son trousseau et ouvrit l'armoire. À l'intérieur se trouvaient les trois fusils qu'il avait mentionnés, ainsi qu'un très vieux pistolet de tir. Il les regarda un à un, ouvrit les fusils et les examina.

— As-tu décidé de ce que tu vas faire? s'enquit-il en inspectant l'un des canons.

Joseph ne répondit pas. Ses pensées étaient immuables depuis plus longtemps qu'il ne l'aurait cru. Elles interdisaient déjà toute fuite devant l'inévitable. À présent, il était bien obligé de le reconnaître.

Matthew scruta l'autre canon, puis referma le fusil. Il s'empara du deuxième et l'ouvrit.

— Tu n'as pas beaucoup de temps, Joe, dit-il gentiment. Guère plus d'un jour ou deux.

Joseph espérait que son frère se trompait. Il s'accrochait une dernière fois à l'innocence, mais en vain. Il comprenait la crainte de Sebastian. Peut-être était-ce ce qu'il avait vu chez ce jeune homme qui trouvait son écho le plus vif en lui-même, la compassion impuissante pour la souffrance qu'il ne pouvait atteindre, même pour l'apaiser. Cela l'anéantissait. La rage de la guerre l'horrifiait, la capacité de haïr, de faire de la mort d'autrui le but de sa vie... au service de n'importe quelle cause. S'il y participait, il y sombrerait.

Matthew prit la canardière. C'était une arme peu

maniable, avec un long canon par lequel elle se chargeait. Elle ne s'ouvrait pas au milieu comme un fusil de chasse, mais se révélait mortelle à faible portée.

— Nom d'un chien! lâcha-t-il, irrité, en regardant à l'intérieur du canon. Je n'y vois goutte! Celui qui a conçu ces maudits engins devrait être forcé de s'en occuper. J'ignore si elle fonctionne ou non. Te rappelles-tu la dernière fois qu'on s'en est servi?

Joseph n'écoutait pas. Il se remémorait l'hôpital où il avait commencé sa formation de médecin... les blessures, la douleur, les décès qu'il ne pouvait éviter.

— Joe! s'écria Matthew violemment. Bon sang! Passe-moi cette baguette et voyons si c'est propre ou non!

Joseph obtempéra et Matthew enfonça la badine dans le canon de la canardière.

— Il y a quelque chose là-dedans, dit-il, impatient. C'est..

Très lentement, il baissa les mains, en tenant toujours la canardière.

— C'est du papier, précisa-t-il d'une voix sourde. C'est un rouleau de papier.

Joseph sentit la sueur perler sur sa peau et un frisson le parcourir.

— Tiens le fusil! lui ordonna-t-il en s'emparant de la badine, pour la glisser et la remuer doucement dans le canon.

Ses mains tremblaient autant que l'arme tenue par Matthew.

Il lui fallut dix bonnes minutes pour extirper le papier sans le déchirer, puis le dérouler et le maintenir à plat. C'était un texte en allemand. Ils le lurent ensemble.

Il s'agissait d'un pacte entre le kaiser et le roi George V, dont les termes se révélaient d'une simplicité accablante. La Grande-Bretagne se tiendrait à l'écart et laisserait l'Allemagne envahir et conquérir la Belgique, la France et, bien entendu, le Luxembourg, en épargnant les centaines de milliers de vies qui seraient perdues en tentant de les défendre.

En retour, un nouvel Empire anglo-germanique serait formé, jouissant d'une puissance invincible sur terre et sur mer. Les richesses du monde seraient divisées entre eux : l'Afrique, l'Inde, l'Extrême-Orient, et, dernière et non des moindres, l'Amérique.

L'intervention serait rapide et quasi indolore, la récompense au-delà de toute espérance. Le kaiser avait signé le document qui, de toute évidence, était en chemin pour être parafé par le roi.

— Dieu tout-puissant ! s'écria Matthew, interloqué. C'est... c'est monstrueux ! C'est...

— C'est ce que père a empêché en le payant de sa vie, dit Joseph, la voix entrecoupée de sanglots.

Il en était sûr depuis le début : John Reavley avait eu raison. Rien ne l'avait égaré ou dupé ; il ne s'était pas trompé. Un sentiment de paix, de profonde certitude, envahit Joseph.

— Et peut-être a-t-il réussi, reprit-il. Il y aura la guerre. Dieu sait combien mourront, mais l'Angleterre a donné sa parole à la Belgique, et elle ne la trahira pas. Ce serait pire que la mort.

Matthew se passa les mains sur le visage.

— Qui est derrière ça ?

Il était épuisé mais, en lui aussi, subsistait quelque chose de plus fort, le doute, la vulnérabilité avaient disparu.

— Je l'ignore, répondit Joseph. Un proche du kaiser en Allemagne, très intelligent, visionnaire et puissant. Et, ce qui est plus important pour nous, quelqu'un ici en Angleterre, qui allait le porter au roi... et qui a bien failli réussir, bon sang !

— Certes, approuva Matthew en secouant la tête. Il pourrait s'agir de n'importe qui. Chetwin... Shearing aussi, je suppose. Même Sandwell ! Je ne sais pas, l'un ou l'autre.

— Ou n'importe qui d'autre auquel nous n'avons pas songé, renchérit Joseph.

Matthew le dévisagea.

— Quel qu'il soit, il est brillant et impitoyable... et toujours dans la nature.

— Mais il a échoué...

— Il n'acceptera pas l'échec.

Matthew se mordit la lèvre, la voix tendue, la figure quasi exsangue.

— Un homme capable d'imaginer cela ne s'arrêtera pas là. Il aura des plans d'urgence, d'autres idées. Et il n'est sans doute pas tout seul. Il a des alliés, des doux rêveurs, des idéalistes blessés, des mécontents, des ambitieux. Nous ne les connaissons pas jusqu'à ce qu'il soit trop tard. Mais bon sang, je vais consacrer chaque minute de mon temps libre à le pourchasser ! Je suivrai chaque piste, peu importe où elle me mène, peu importe qui elle affecte, jusqu'à ce que je mette la main dessus. Sinon, il détruira tout ce qui nous est cher.

Les paroles de son frère cristallisèrent la prise de conscience dans l'esprit de Joseph, dissipant tous ses doutes. Quoi qu'il ressente, sans se préoccuper de sa tête ou de son cœur, de son sentiment d'horreur ou de sa propre faiblesse lorsqu'il s'agissait d'accomplir quelque chose d'utile, il devait participer à la guerre. S'il fallait défendre l'honneur, la foi, les valeurs humaines ou divines, alors il n'existait aucune dérobade. Il ferait tout ce qui était en son pouvoir. Il apprendrait à protéger ses émotions, à n'éprouver ni rage ni compassion, et pourrait donc survivre.

— Je m'engage, annonça-t-il. En tant qu'aumônier.

C'était une déclaration irrévocable, sans remise en question, aucun changement possible. Je ne me battrai pas, mais je serai là. J'aiderai.

Matthew sourit et une douceur extraordinaire envahit son visage. Dans ses yeux brillait une lueur en laquelle Joseph reconnut, stupéfait, de la fierté.

— Je pensais que tu le ferais, dit Matthew calmement.

Quelque part, dans la maison, le téléphone se mit à sonner.

Au-dehors, la lumière s'atténuait.

— Qu'allons-nous en faire? s'enquit Matthew en lorgnant le document.

— Le remettre dans le fusil, répondit Joseph sans hésiter. Nous risquons d'en avoir besoin un jour. Personne ne croirait à son existence sans l'avoir vu. Ils ne l'ont pas trouvé ici auparavant, et ils ont cherché. C'est aussi sûr que n'importe quelle autre cachette. Mets le fusil hors d'usage et ensuite personne ne songera à s'en servir.

Matthew considéra la vieille canardière avec tristesse.

— Je déteste faire ça, dit-il.

Mais, tout en parlant, il ôtait le percuteur.

Joseph enroula le document et le glissa dans le canon, en se servant de la baguette pour l'enfoncer le plus loin possible.

Ils venaient de finir quand Judith apparut à l'entrée de la pièce, livide.

— Qui était-ce? demanda Joseph.

— C'était pour Matthew, dit-elle un peu nerveuse. M. Shearing. Sir Edward Grey[1] a déclaré au Parlement qu'en cas d'invasion de la Belgique par l'Allemagne, la Grande-Bretagne honorera le traité prévoyant de sauvegarder la neutralité belge, et nous entrerons en guerre. Il souhaite que tu retournes à Londres, dès que nous le saurons.

---

1. Sir Edward Grey (1862-1933), ministre des Affaires étrangères du gouvernement Asquith. (*N.d.T.*)

Elle prit une profonde inspiration et réprima un frisson :

— C'est ce qui va arriver, n'est-ce pas ?
— Oui, répondit Joseph. En effet.

Il lança un regard à Matthew, qui hocha la tête.

— Nous avons trouvé le document qui a coûté la vie à père, annonça-t-il à sa sœur. Tu ferais bien de venir au salon et nous allons t'en parler.

Elle demeurait immobile.

— De quoi s'agit-il ? demanda-t-elle. Où était-il ? Pourquoi ne l'avons-nous pas découvert plus tôt ?
— Dans la canardière, répondit Joseph. C'était en tout point aussi terrible qu'il le disait... voire pire.
— Je veux le voir ! exigea-t-elle sans bouger.

Matthew reprit sa respiration.

— Je veux le voir ! répéta-t-elle.

Ce fut Joseph qui s'empara du fusil et, avec le plus grand soin, commença à extraire le rouleau de papier avec la baguette. Matthew l'aida en tenant l'arme. Finalement, il parvint à le retirer du canon. Il le déroula et le mit à plat pour Judith.

Elle s'en empara et le lut lentement.

Au lieu de la peur, ce fut une sorte de fierté douloureuse, farouche, qui s'inscrivit sur son visage. Les larmes lui vinrent aux yeux, et elle les ignora comme elles coulaient sur ses joues. Elle releva la tête en regardant ses frères.

— Il avait donc raison !
— Oh, oui ! acquiesça Joseph d'une voix entrecoupée. Typique de père... il a minimisé l'affaire. Cela aurait changé la face du monde et fait de l'Angleterre la nation la plus ignominieuse des annales de l'Histoire. Cela aurait peut-être sauvé des vies... mais seulement à court terme. À la fin, le coût se serait avéré inestimable. Il existe certaines idées pour lesquelles nous devons nous battre...

Elle opina du chef et tourna les talons pour rejoindre le salon. Le soleil déclinait déjà, projetant de longues ombres.

Joseph et Matthew replacèrent avec soin le traité dans sa cachette, puis rejoignirent leur sœur.

Ils restèrent assis ensemble, à évoquer leurs souvenirs, dans la tombée du soir, tous les instants qu'ils avaient partagés, les joies passées, les moments de bonheur entrelacés dans le tissu de la mémoire pour briller dans les ténèbres qui les attendaient.

Plus tard, Shearing rappela. Matthew répondit et écouta.

— Oui, dit-il pour finir. Oui, monsieur. Bien sûr. Je serai là-bas demain matin à la première heure.

Il raccrocha et se tourna vers Joseph et Judith.

— L'Allemagne a déclaré la guerre à la France... et ses troupes sont regroupées pour envahir la Belgique. Lorsque cela se produira, nous enverrons un ultimatum à l'Allemagne, qu'elle refusera, bien entendu. D'ici minuit, demain, nous serons en guerre. Grey a déclaré : « Les lampes s'éteignent dans toute l'Europe. Nous ne les reverrons pas s'allumer de notre vivant. »

— Peut-être pas, dit Joseph, avant de reprendre sa respiration. Nous allons devoir porter notre propre lumière... le mieux possible.

Judith enfouit la tête au creux de l'épaule de Joseph, et Matthew passa son bras autour d'elle pour prendre la main de son frère et la serrer.

Anne Perry
Les enquêtes de William Monk

Détective hors du commun, William Monk est devenu soudainement amnésique à la suite d'un accident. Bel homme, mondain, dandy, vaniteux et tourmenté, aucun mystère ne saurait lui résister, sinon celui de son passé. D'un roman à l'autre, il va tenter de reformer le puzzle de sa vie. Anne Perry, la reine du polar victorien, nous plonge au cœur de la société anglaise de la fin du XIXe siècle, dénonçant corruption, non-dits et fausse respectabilité.

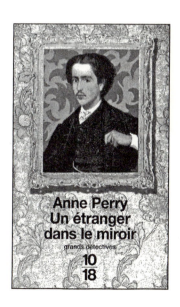

n°2978 – 7,80 €

GRANDS DÉTECTIVES, DES POLARS HORS LA LOI DU GENRE

Anne Perry

Les enquêtes de Charlotte et Thomas Pitt

Reine incontestable du polar victorien, Anne Perry se délecte avec des intrigues ingénieuses, se plaisant à y compromettre le Londres du XIXe siècle. Le détective Thomas Pitt est en charge de toutes sortes d'affaires crapuleuses : meurtres, incestes, enlèvements ; impulsions criminelles que l'on penserait plutôt naître dans les bas-fonds de la capitale anglaise. Ne vous fiez pas aux apparences ! Derrière la bienséance dont se pare la bonne société se cache parfois une perversion insoupçonnable…

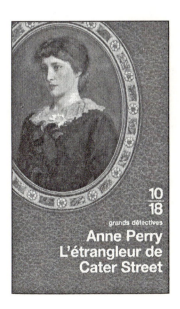

Anne Perry
L'étrangleur de Cater Street

n°2852 – 7,30 €

GRANDS DÉTECTIVES, DES POLARS HORS LA LOI DU GENRE

Cet ouvrage a été imprimé par

FIRMIN DIDOT

GROUPE CPI

Mesnil-sur-l'Estrée

*pour le compte des Éditions 10/18
en février 2005*

N° d'édition : 3696 – N° d'impression : 72384
Dépôt légal : mars 2005
Imprimé en France